FRITZ LEHNER

Seestadt

FRITZ LEHNER

Seestadt

Seifert Verlag

Die Drucklegung dieses Buches wurde gefördert durch das Land
Oberösterreich, die Magistratsabteilung 7, Kultur der Stadt Wien
und das Bundeskanzleramt/Kunstsektion

BUNDESKANZLERAMT ÖSTERREICH

2. Auflage

Umschlaggestaltung: Rubik Creative Supervison, unter
    Verwendung von zwei Fotos von Fritz Lehner
Verlagslogo: © Padhi Frieberger
Druck und Bindung: CPI books GmbH, Leck
ISBN: 978-3-902924-55-1

Inhalt

Sonnenallee

Die Flammen loderten auf und erfassten die Papiere. Belang-
loses Zeug, aber doch aus Kellermanns Vergangenheit. Dann
kamen die ersten Briefe, einer nach dem anderen wurde ins
Feuer geworfen. Sie alle trugen noch die alte Anschrift und
den Namen eines Menschen, der Kellermann nicht mehr
sein wollte. Dr. Hannes Kittel verbrannte nicht nur auf
Kuverts, sondern auch in einem Packen von Rechnungen,
Dokumenten und Einladungen zu Ärztekongressen. Die
Änderung seines Namens hatte Kellermann einiges gekostet,
wenn es ihn auch erstaunte, wie leicht es war, ein anderer zu
werden. Jeder in diesem Land konnte sich durch entsprechende Anträge bei den Behörden verwandeln, sein frühe-
res Dasein abwerfen, ein neues Leben beginnen. Dr. Hannes
Kellermann, bis zu seinem 40. Lebensjahr Dr. Hannes Kittel, war zur Verwandlung gezwungen gewesen, wenn er mit
Zuversicht in seine Zukunft blicken wollte. Das betraf nicht
nur das Äußere, auch der Mensch in ihm musste ein anderer
werden. Dem glücklichen Leben zugewandt, weg von diesen
Gedanken, die mit dem Tod zu tun hatten.

Kellermann zögerte, aber dann warf er doch die Zeitungen auf den Scheiterhaufen. Sie fächerten und blähten sich
auf, und für ein letztes Mal kamen die Schlagzeilen und
Bilder zum Vorschein. Die Flammen ergriffen das Gesicht
des Angeklagten, aber in keinem war Kellermann erkennbar, denn auf den Fotos trug er als Dr. K. schwarze Balken
über den Augen, und er war in den letzten Jahren um einiges
schlanker geworden. Das Training im Gefängnis hatte sich
gelohnt. Er hatte nicht nur die sechs Jahre überlebt, son-

dern war attraktiver geworden. Noch mehr Anthony Perkins. So hatten ihn schon damals seine Studienkollegen genannt, später die Assistentinnen im Operationssaal, nur seine Zellengenossen waren nie auf diese Idee gekommen. Hier, in seinem neuen Leben, dachte bei seinem Anblick niemand an Anthony Perkins, dazu waren dessen Filme zu alt und das Schauspielergenie auch schon zu lange tot. In der Seestadt hätte er Bruce Willis ähnlich sehen müssen, um aufzufallen, oder Tom Cruise. Aber Dr. Kellermann war weder der eine noch der andere sondern ein neuer Mensch mit einem neuen Lebensgefühl in einer neuen Stadt.

Kellermann konnte die Seestadt jetzt nicht sehen, weil es Nacht war, weil das Feuer ihn blendete und er sich zudem an die zehn Gehminuten entfernt in einer tiefen Baugrube befand. In dieses Loch, das so groß war wie zwei oder drei Häuser, die erst erbaut werden mussten, hatte es ihn verschlagen, weil es in seiner Wohnung in der Sonnenallee zwar alles gab, was man für das neue Leben brauchte, aber keinen herkömmlichen Ofen mit einem Abzugskamin für den Rauch eines Feuers, keine Möglichkeit, seine Vergangenheit zu verbrennen. Auch der Grill auf dem Balkon wäre keine Lösung gewesen, denn Papierstapel und Zeitungen machten höllisch viel Asche, und Teile flogen sogar durch den Auftrieb und bei leichtestem Wind davon. In den engen und blankgefegten Gassen der Seestadt könnte ihm das zum Verhängnis werden. Hier hingegen waren die halb verkohlten Blätter Krähen ähnlich, die irgendwohin flatterten, zerbrachen und keinen Schaden anrichteten. Der Flammenschein lockte nicht einmal Jugendliche an. Wenn sie Feuer sehen wollten, machten sie es sich normalerweise selbst, zu laut dröhnender Musik, irgendwo am Rand des Sees oder auch auf der winzigen Insel inmitten des grünlichen Wassers, das auf allen Prospekten im herrlichsten Blau schimmerte.

Das Grundwasser der Baugrube hatte längst seine Schuhe

durchnässt. Es war Zeit, dass er das von Baggern und Caterpillars gegrabene Tal mit den hohen Wänden aus Sand und Schotter verließ und nach Hause ging, vielleicht besser zurück in die Sonnenallee lief, denn er konnte es sich nicht leisten, zu spät in seine Wohnung zu kommen. Obwohl, noch gab es widerborstige Dokumente, die nicht brennen wollten, die keinem in die Hände fallen durften. Ein Blick darauf, und schon konnte ihm ein bis heute gut gesinnter Nachbar zum Feind werden. Jeder in der neuen Stadt. Jeder von den paar tausend neuen Bewohnern, die ihre Seestadt liebten, weil sie sich für sie entschieden hatten. Alles Pioniere, vor dem Einzug in die noch nach Farbe riechenden Wohnungen hatte keiner den anderen gekannt, und ihr Zuhause sah auch etwas nach Wildem Westen aus. Rundum Steppe, nichts als Ebene, und die hohen Häuser standen so eng beisammen, dass man an eine Wagenburg denken musste. In der man sicher war, nur umgeben von friedlichen Menschen. Da und dort vielleicht ein kleiner Überfall, eine Wand mit Graffities, eine heruntergerissene Fahne, ab und zu Schläge ins Gesicht eines Menschen, aber noch keine Messerstecherei, keine Schwerverletzten, nicht ein einziger Toter. Einen Mörder würde es in der Seestadt noch lange nicht geben. Vielleicht nie, denn auf dem Zeichenbrett der Planer und Architekten war ein solcher nicht vorgesehen, und auch in den Prospekten konnte Kellermann keinen entdecken. Er selbst war auch keiner. Verurteilt hatte man ihn wegen Totschlags. Aber das war ein Irrtum der Geschworenen gewesen. Acht Frauen und Männer hatten sich blenden lassen.

Im Halbdunkel suchte Kellermann nach einem Ast oder Holzstock. Und er fand etwas, das viel geeigneter war: Ein verrostetes Stück Eisen, fast wie mit Korallen bewachsen, die es hier natürlich nicht gab. Das Ding war so lang wie sein Unterarm, dick wie drei oder vier Finger, vielleicht ein verwachsenes Rohr von der Baustelle oder eine abgebrochene

Stange, wie sie aus anderen Gruben schon aus dem Stahlbeton ragte. Auf jeden Fall ein Fund, mit dem Kellermann die widerspenstigen Papiere bequem in die Glut drücken konnte. Auch die krähenartigen Aschenblätter am Rand des Feuers erschlug er damit. Er kam sich vor, als würde er Dr. Hannes Kittel so gründlich auslöschen, dass er nie wieder auferstehen konnte. Noch ein Hieb, dann noch einer und noch einer. Zum Abschied. Aber auch wie im Zorn. Das Stück Eisen in Kellermanns Hand fühlte sich gut an. Trotzdem warf er es weg. Es kollerte ins Sickerwasser, verschwand darin.

Er blickte auf seine Uhr. Früher hatte er nicht einmal eine getragen, jetzt war sie einer seiner wichtigsten Begleiter. Neben dem Handy, das er ständig bei sich haben musste, auch nachts war es in der Reichweite seines Armes, sogar beim Duschen lag es statt der Seife in der Ablage aus Acryl. Jederzeit konnte es losschrillen, ihn aufschrecken, ihn daran erinnern, dass er Bereitschaft hatte. Dann kam stets eine Anweisung. Wo er sich einzufinden habe und wann. Dass ein neuer Zeitplan zu erstellen sei. Aber es wurde auch manchmal gefragt, wie er mit seinem neuen Leben zurechtkomme. Das war dann sein Betreuer. Oder sogar sein großer Mentor Hofstätter. Ihm hatte Kellermann alles zu verdanken. Was wie eine beglückende Freiheit aussah, war aber eine, bei der man ständig auf dem Sprung sein musste. Oft mit Herzrasen, nur weil man auf das Klingeln des Telefons wartete, das dann aber ausblieb. Und eine Stunde nach dem Einschlafen war es nicht nur einmal zu diesen schrecklichen Sekunden gekommen, in denen Kellermann aus Albträumen in eine noch bedrohlichere Welt gestoßen wurde. Durch das Versehen eines Beamten. Oder einen technischen Defekt. Weil in der Überwachungszentrale wieder einmal das Signal aufgeleuchtet hatte. Dann schrillte das Telefon, und sie kam, die Frage, die Kellermann so fürchtete: »Wo sind Sie?«

Jetzt eben würde er alles unternehmen, um sie nicht zu

hören. Aber dafür war es fast zu spät. Er hatte die Zeit übersehen. Schuld daran waren die widerspenstigen Papiere, das lahme Feuer, das sie nicht auffressen wollte, aber auch sein Herumrätseln, welches Stück Eisen er bis vor ein paar Minuten in der Hand gehalten hatte. Es war etwas Besonderes gewesen, kein magischer Stab, aber auch nicht bloß irgendetwas von einer der größten Baustellen Europas für eine Stadt der Zukunft, wie es in den Prospekten hieß. Bodenfunde wirft man nicht weg, man trägt sie nach Hause, reinigt sie, erforscht ihre Herkunft, taucht ein in ihre Geschichte, dachte er und merkte sich die Stelle in der Wasserlacke, wo er diesen geheimnisvollen Stachel versenkt hatte.

10 vor 10. Er konnte es schaffen, er musste. Das war sein fester Wille. Man sollte ihm nichts anhängen können, keinen Schlechtpunkt in eine Liste eintragen, nach der man ihn dann negativ beurteilte. Ein anderer würde verzweifeln, weil die zusammengeschobene Seestadt zu weit weg war, doch er war als Sprinter gut. Zu seinem schnellen Denken kamen die schnellen Beine. Und eine Fantasie, die ihn dabei durch die Parks der Stadt, über Wiesen und sogar durch die Straßen von Los Angeles schweben ließ, hatte er ohnehin. Gerne stellte er sich dabei vor, neben dem dahintuckernden Peugeot Inspektor Columbos einherzulaufen und sich dabei sogar noch mit seinem liebsten Serienhelden zu unterhalten. Aber das waren nur Gedankenspiele gewesen, um sich die sechs Jahre zu verkürzen. Sie hatten trotzdem eine Ewigkeit gedauert.

Kellermann lief noch schneller, weg von diesem Gedanken, hin zu seiner Stadt, in der er sein eigener Herr war, ohne Primar, ohne offene Herzen, dafür aber mit einer Heilmethode, welche die Medizin revolutionieren konnte. Mit Patienten, denen ohne Blutvergießen geholfen wurde, im größten Zimmer seiner neuen Wohnung, das Menschen mit schmerzverzerrtem Gesicht betraten und lachend verließen, mit Freudentränen in den Augen, mit einer unendlichen Dankbarkeit ihm gegenüber, dem Wunder Dr. Kellermann, dem Mann mit den heilenden Händen, dem Aura-Chirurgen, der mit seinen Skalpellen ohne Schnitt in das Fleisch in das Innerste der Menschen vordringen konnte. In das wahre Innerste. Auch die Adresse seiner Praxis hätte nicht besser klingen können. Sonnenallee.

Kellermann kam sich wie ein Läufer bei olympischen Spielen vor, als er in die Sonnenallee einbog. Der Asphalt war griffig und glatt zugleich, ohne Spalt oder die üblichen Wasserrinnen, und Risse oder Narben gab es auch noch keine, ebenso wenig wie Schlaglöcher, denn es durften kaum Autos fahren. Wer hier stolperte, war selbst schuld. Die Sonnenallee war eben mehr Rennbahn in einem Stadion als Straße. Kellermann schätzte das. Statt Jubel von Publikum und Sportbegeisterten gab es aus den Fenstern das übliche Gezeter der Kinder, die noch nicht zu Bett gehen wollten, und von den Balkonen drang die Musik aus aller Herren Länder. Die Seestädter liebten die heißen Wochenenden, weil der See zur Geltung kam, aber Kellermann hasste diese Tage. Er war hier wohl der Einzige, dem es versagt war, in Sonnenöl getaucht auf den Schottersteinen am Ufer zu liegen oder ins warme Wasser zu gehen. Jeder hätte die Fußfessel bemerkt, die wie eine übergroße Armbanduhr locker und trotzdem fest genug am Knöchel saß. Auch hier sahen die Leute im Fernsehen genügend Kriminalfilme, um zu wissen, wie eine Fußfessel aussah und was sie bedeutete.

Sein Mentor in der Justizanstalt hatte dafür gesorgt, dass er eine Wohnung in der Nähe der Kreuzung der Sonnenallee mit der Agnes-Primocic-Gasse bekommen hatte, im Zentrum des bisherigen Stadtteils, dem in den nächsten Jahren noch zwei oder drei weitere folgen würden, und für die man auch die Baugruben groß wie Fußballfelder und diese Wälder aus himmelhohen Kränen hinnahm, den Staub und

Lärm aber verfluchte. Alles hier war am Anfang, nicht nur das Leben Kellermanns, und er fand es gut, dass die Seestadt mit ihm Schritt hielt, nicht zu langsam war, ihn aber auch nicht überholte. Neuland, wohin man blickte, und wahrscheinlich konnte er nirgendwo die Vergangenheit besser hinter sich lassen als hier. Aber es ging ihm weniger ums Vergessen als darum, sich mit dem zukünftigen Leben abzufinden. Vielleicht konnte sogar noch etwas Gelungenes aus ihm werden. Trotzdem graute Kellermann davor, nie wieder in einem Operationssaal mit einem Skalpell in Körper schneiden zu dürfen. Er könnte bestenfalls ein geliebter Heilpraktiker werden, wenn er auch mit der Aura-Chirurgie neue Wege betrat, in dieser Hinsicht ein Pionier war und sich so bestens in die Seestadt einfügte.

Kellermann blickte auf die Uhr. Der Minutenzeiger rückte unbarmherzig voran, aber er hatte alle Chancen, es zu schaffen. Schon sah er den gelben Balkon seiner Wohnung im Hochparterre, über den sich noch sieben andere stapelten und ihn fast erdrückten. Aber so konnte man wenigstens bei einem Brand vom Balkon auf den Boden springen, ohne sich zu verletzen, und wenn Kellermann einmal die Schlüssel vergessen sollte oder sich aussperrte, würde er mit einem Klimmzug in sein Reich zurückkehren. Jetzt aber fiel ihm ein, dass er auch am Balkongitter ein Schild anbringen sollte, das auf seine Praxis hinwies, und bald würde die Aura-Chirurgie in der Seestadt in aller Munde sein. Die Bewohner waren für alles Neue sehr aufgeschlossen, sonst wären sie auch wahrscheinlich nicht hierhergezogen, denn immerhin hatten sie die Absicht, ihr Leben in einer Retortenstadt zu verbringen, die am Reißbrett entstanden war. Doch wenn man in eine wirkliche Stadt wollte, brauchte man nur die nahe U-Bahn besteigen, und in einer guten halben Stunde war man im Zentrum von Wien. Kellermann hatte es noch nie getan. Auch andere machten es weniger oft als gedacht, weil sie am

Abend meist zu müde waren und sie in der Seestadt ohnehin fast alles hatten. Bei ihm kam hinzu, dass er weder Arztkollegen begegnen wollte noch entlassenen Mithäftlingen.

Jetzt war er endlich bei seinem Wohnhaus angelangt. Er hetzte die wenigen Stufen im Stiegenhaus hoch, weil der Lift zu lange gedauert hätte und für die paar Schritte auch nicht notwendig war. Oben öffnete er die Wohnungstür, sie schwang lautlos auf, aber ließ sich wieder nur mit einem satten Knall zudrücken. Kellermann hatte es geschafft. Auch heute war wie schon seit einem Monat der Fußfesselträger nicht auffällig geworden. In dieser Sekunde und exakt um 22.00 Uhr konnte der Sender an seinem Fußgelenk wieder mit dem Modem in seiner Wohnung Kontakt aufnehmen, und in der Überwachungszentrale würde kein Licht anfangen zu blinken, das sein Zuspätkommen gemeldet hätte.

Kellermann verhielt sich mustergültig, aus Dankbarkeit Hofstätter gegenüber, oder vielleicht auch nur, um in seinem neuen Leben keine Schwierigkeiten zu bekommen. Manchmal dachte er, dass mehr dahintersteckte. Als müsste er sich beliebt machen. Genauso wie bei seinen Begegnungen mit anderen Menschen. Er war immer nett, hilfsbereit, und für Gespräche stets zu haben, auch wenn er die meisten selbst beginnen musste. Mit seiner Liebenswürdigkeit und seiner Unterwerfung an die Fußfessel baute er an einem Menschen, dem vielleicht noch Größeres bestimmt war, ein Weg hinaus über Grenzen der Seestadt. Damit meinte Kellermann nicht nur die der Seestadt, sondern auch die eigenen. Andererseits war er gerade deswegen hierhergezogen, um diese nie wieder zu überschreiten. Es musste doch möglich sein, ohne Tod auszukommen, dachte er bei sich.

Er nahm ein Bad. Eigentlich durfte er nur duschen. Das war ihm beim Anlegen der Fußfessel eingetrichtert worden. Doch er roch derart stark nach der Einäscherung des Dr. Kittel, dass Wasserstrahlen aus einer Brause nicht genügt hätten.

Es wäre für ihn unerträglich gewesen, seine Vergangenheit als Gestank mit sich herumzutragen und bei jedem Atemzug an diese dunkle Zeit erinnert zu werden. Obwohl sie ihm manchmal leuchtend vorkam. Nicht die Gefängnisjahre. Aber diese Sekunde vor dem Aufschrei. Dieser Augenblick, im wahrsten Sinn des Wortes. Kellermann hatte in seinem Leben nie etwas Aufregenderes gesehen. Ihren Augenblick. Brigittes Angst und Begreifen. Den Tod eines Patienten auf dem Operationstisch unter seinem Skalpell konnte man damit nicht vergleichen, denn diese Leute stierten mit leerem Blick narkotisiert und schmerzlos ins Leere. Brigitte hatte auch eine geweitete Iris, aber nicht weil sie entspannt war. Ein grüner Sternenkranz, der immer schöner wurde. Sie hatte in diesem Augenblick ihren Tod gesehen und vielleicht auch ihr ganzes Leben, zuletzt dann die vier Ehejahre mit ihm.

Kellermann lächelte, streckte sich aus in der Badewanne, hob nur die Hand wie damals, bevor das Unglaubliche geschehen war, dachte jetzt weder an seine Vergangenheit noch Zukunft und hatte nur noch das größte Erlebnis seines Daseins vor sich. Er musste diesen besonderen Tod auskosten, weil Derartiges ihm nie wieder passieren würde und er auch alles unternahm, um einen anderen Weg zu gehen. Doch jetzt war es ihm erlaubt, in seine Erinnerungen einzutauchen, den Gebirgsbach in der Tiefe zu erblicken, den Wald der Rosengartenschlucht zu riechen, den Sprühregen und die Nebelschwaden des Wasserfalls zu spüren, Brigitte zum letzten Mal lebend zu sehen und dann ihren langen Schrei mit den vielen Echos von den Felsen zu hören.

Das Telefon klingelte. Kellermann fluchte, griff aber nach dem Handy, das wie eine Klette an ihm hing, die er am liebsten im Badewasser versenkt hätte. Er nahm sich vor, artig zu sein. So war man es von ihm gewohnt, so sollte man ihn weiter erleben, darauf hatten die Menschen um ihn herum ein Anrecht, und wer weiß, wofür der höfliche Mensch in diesem Dr. Kellermann einmal gut war.

»Wo sind Sie?«

Die Stimme gehörte einem der schärferen Überwacher, die mehr bellten als redeten, auf nette Worte nicht reagierten und früher sicherlich einmal zu den meistgehassten Aufsehern im Gefängnis gezählt hatten. Die Frage traf Kellermann zudem wie ein Stich ins Herz, und sie war auch nicht ehrlich zu beantworten. Er konnte ja nicht sagen, dass er sich eben in der Rosengartenschlucht befand, und noch viel weniger konnte er dem bissigen Hund von der Schönheit des Todes von Frau Kittel erzählen.

»Zu Hause.«

»Das ist unmöglich.«

»In der Badewanne.«

»Das ist verboten. Ihre Fußfessel hat keinen Funkkontakt zum Modem.«

»Durch das Wasser?«

»Was sonst. Ich warte.«

Kellermann streckte das Bein über den Rand der Badewanne und hoch hinauf.

»Halten Sie sich in Zukunft an die Vorschriften.«

Kein Danke, kein Gruß, nicht einmal eine Bestätigung, dass alles wieder in Ordnung war. Kellermann fragte sich, ob die wenigen Minuten des Funkausfalls in der Überwachungszentrale notiert wurden oder sein Versagen beim Beamten blieb, in dessen Gedächtnis. Würde sich der Mann mit der scharfen Stimme noch in ein paar Tagen daran erinnern können? Kam so etwas oft vor oder war er bereits auffällig? Dabei war er bestimmt der sorgfältigste Fußfesselträger. Andere gingen in Bars und Konzerte. Allerdings meistens angekündigt oder im Wochenplan vermerkt. Oder in ihrer Freizeit. Die hatte Kellermann ja auch. Von 17.00 Uhr bis 22.00 Uhr. Um die Dinge für das tägliche Leben zu besorgen. Um in einer Baugrube die Zeitungsartikel über den Tod seiner Ehefrau zu verbrennen, Bilder von einem Prozess in Flammen aufgehen zu lassen.

Dabei hatte Kellermann gehofft, mit fahrlässiger Tötung davonzukommen, das hätte höchstens ein Jahr Gefängnis bedeutet. So aber wurden es durch einen wild gewordenen Staatsanwalt und unfähige Geschworene Totschlag und sieben Jahre, das letzte davon mit Fußfessel in der Stadt mit dem See, in der Kellermann nicht einmal in seine Badewanne steigen durfte. Auch der Balkon war ihm verboten worden. Weil es von dort aus keinen Kontakt zum Modem gab. Durch diese verdammte Schiebetür und den Rahmen aus Metall oder sonst eine Barriere, eine funktechnische Abschirmung oder ein anderes elektronisches Mysterium. Die Lösung des Problems blieb Kellermann überlassen. Er durfte seinen Balkon nur in seiner Freizeit betreten und nicht nachts nach zehn. Die Seestadt war eben nicht für Fußfesselträger entworfen worden, nicht für ehemalige Verbrecher und sicher noch weniger für zukünftige. Kellermann war der einzige Totschläger hier. Aber auch das traf nicht zu. Frau Kittel war von einem gewissen Herrn Dr. Kittel in die Tiefe gestürzt worden, ein Herr Dr. Kellermann hatte damit nichts zu tun. Er müsste nur nochmals hinaus, in die Baugrube, um die übriggebliebenen Belege einer finsteren Zeit zu verbrennen.

Kellermann stieg aus der Badewanne. In Zukunft würde er in seinem Bett von Brigitte träumen müssen. Nicht das Leben mit ihr war so schön gewesen, sondern ihr überwältigendes Ende. Auch ihr zerschmetterter Körper hatte es in sich gehabt. Ein Traum für einen Chirurgen. Aber bei einem Bündel aus Haut, Fleisch, Knochen und Blut ohne einen Funken von Leben hätte auch Dr. Kittel nichts mehr ausrichten können.

In Kellermann stieg jetzt wieder der Zorn auf. Wie schon

so oft all die Jahre im Gefängnis. Weil Brigitte ihn mitgerissen hatte. In eine viel entsetzlichere Tiefe, verheerender als die Schlucht in diesem Tiroler Gebirge. Sie hatte ihn in die Bedeutungslosigkeit gestürzt. Welches Spital würde einen Totschläger beschäftigen? Welcher Patient würde sich von einem Chirurgen mit einer derartigen Vergangenheit öffnen lassen? Da hieß es, sich etwas einfallen lassen. Als Aura-Chirurg brauchte man eigentlich kein Studium, kein Doktorat, keine Praxis in einem Operationssaal, es genügte ein Kurs bei einem dieser Gurus. Auch den konnte man sich ersparen, ein paar Bücher taten es ebenso. Man konnte sie sogar im Gefängnis lesen, wie es Kellermann getan hatte, und seine heilenden Hände an Mithäftlingen ausprobieren. Über die Erfolge hatte er sich selbst am meisten gewundert. Seinen Mentor Hofstätter hatte Kellermann sogar von den wöchentlichen Migräneanfällen befreien können. Jetzt kamen die Seestädter zu ihm, weil er bereits eine kleine Legende war. Noch dazu ein richtiger Arzt, der von sich behauptete, das Vertrauen in die herkömmliche Medizin verloren zu haben und nur noch an die Aura-Chirurgie zu glauben.

Aber vielleicht gab es doch etwas Besseres als diese Lüge, ein Zurück, wieder ein Leben als angesehener Arzt, Operationssaal statt Hinterzimmer, Großstadt statt Seestadt. Kellermann setzte sich nackt an den Schreibtisch seiner Aura-Chirurgen-Praxis, holte Papier und Stift hervor, überlegte, welchen seiner beiden Namen er schreiben sollte. Seine neue Unterschrift hatte er schon oft genug geübt, auch wenn er sie kaum noch brauchte, und Rezepte waren auch nicht auszufüllen. Doch jetzt kam es auf Klarheit an, auf gerade Linien, auf perfekte Kurven, da hatte die unleserliche Schrift eines Arztes nichts zu suchen. Blockbuchstaben mussten her, und wenigstens dieses eine Mal noch wollte er seine Vergangenheit nicht verleugnen und der sein, der er in Wirklichkeit war, ein Mann mit einem Doppelleben, mit einem Doppelnamen. KITTEL-KELLERMANN stand vor seinem inneren Auge.

Aber noch hatte er diesen wunderschönen Schriftzug nicht vollständig zu Papier gebracht, da missfiel ihm schon der erste Strich. Er atmete durch, wie er es sonst nur als Aura-Chirurg seinen neuen Patienten empfahl, er schob die letzten Jahre fort, er strich die Worte Fußfessel und Badewanne aus seinem Gedächtnis und setzte von Neuem an. Als Volksschüler hatte er seine ersten Buchstaben auch geschafft, doch jetzt ging es nicht darum, eine unbeholfene Kritzelei zu Papier zu bringen, sondern das Werk musste aussehen wie gedruckt. Präzision war gefragt, und der Stift in seiner Hand war nichts als eine Krücke, ein Behelf, um nicht ein Skalpell nehmen zu müssen. Strich neben Strich, Schnitt neben Schnitt, Buchstaben ohne Blut, und es gab auch keine Äderchen zu durchtrennen und keine Herzwand zu öffnen.

Das Ergebnis war schrecklich, niederschmetternd. Sein Name auf dem Blatt sagte Kittel-Kellermann alles. Er ekelte sich vor dem Anblick, er hasste die zittrigen Linien von einer heilenden, aber für die Chirurgie unbrauchbaren Hand. Brigitte hatte sie ihm verdorben, und im Gefängnis war sie ihm vollends verdorrt. Kellermann erstellte eine Diagnose über seine versteiften Gelenke und verlorene Feinmotorik und kam zu einem Ergebnis, das man einem Kranken nur schonend mitteilt. Tatsache war, was er seit Jahren im Gefängnis sich nicht nur einmal gesagt hatte: Er würde in seinem Leben nie wieder mit einem Stück Stahl in seiner ruhigen, fast schwebenden Hand in einen Menschen eindringen können. Einer wie er taugte höchstens dazu, mit einem Skalpell die Luft zu durchschneiden, die seine Patienten für ihre Aura hielten. Kellermann ging unblutigen Zeiten entgegen.

Auch am nächsten Tag zogen keine Wolken auf, wie Kellermann gehofft hatte. Dieser Juli war unerbittlich heiß.

Auch dieses Wochenende wieder strahlend schön. Wer immer es sich leisten konnte und die Lust dazu hatte, war an den See gegangen, um sich abzukühlen. Im Gefängnis hatte Kellermann von Sprüngen ins Wasser geträumt, hinein in das Meeresblau, das aus den Fotos der Seestadt von seinen Wänden leuchtete. In Wirklichkeit war dann der See nichts als ein Schotterteich, aber was ihn viel mehr traf, war dieses Ding an seinem rechten Bein. Diese Fußfessel hatte sich in sein Gehirn gebrannt. Manchmal glaubte er sogar schon zu hinken, obwohl sie weniger als sein Handy wog und von der Haut ganz gut vertragen wurde, wenn man von den Nächten absah, in denen ein plötzlicher Juckreiz ihn fast wahnsinnig werden ließ. Aber das hatte dann nichts mit einem Ausschlag zu tun, sondern das Ekzem wütete in seinem Kopf und breitete sich auch dort aus. Trotzdem konnte er als Aura-Chirurg, der über eingebildete Krankheiten alles wusste, dann nicht anders, als mit Kugelschreibern, Bleistiften und durchgezogenen Taschentüchern sein Fußgelenk bis zum Blutaustritt zu bearbeiten.

Kellermann war sich bewusst, dass er noch die nächsten elf Monate von dieser Fußkrankheit befallen sein würde und keine Chance hatte, sie loszuwerden. Vielleicht gab es irgendwo elektronische Tricks und Hilfen, die er nicht beherrschte, Geräte, die man nur anstelle seines Körpers zu Hause lassen musste, um dem Modem und den Überwachern die persönliche Anwesenheit vorzutäuschen. Ein Abstreifen dieses Teufelswerks, um das er selbst bei der Gefängnisverwaltung angesucht und wie ein winselnder Hund seinen Mentor Hofstätter gebeten hatte, war ein Ding der Unmöglichkeit. Er hatte es versucht, Seifen und Cremes aufgetragen, doch das so harmlos aussehende Plastikband wollte nicht über sein Ferse gleiten. Dafür hätte der zitternde Chirurg in sein eigenes Fleisch schneiden müssen, auch einen Teil des Beins entfernen, mit den Skalpellen und Knochensägen, die er noch von früher hatte und die ihm jetzt für sein Zaubertheater als Aura-Chirurg dienten.

Aber er war frei. So frei, dass er an diesem Samstagnachmittag mit langer Hose über der Fußfessel auf den Kieselsteinen am Ufer des Sees sitzen durfte, während die anderen ins Wasser gingen, sprangen, tauchten, urinierten. Er hatte den heißen Tag auch schon fast geschafft, nur noch eine halbe Stunde, dann musste er zu Hause sein, an Samstagen schon früher, um acht statt um zehn. Das war keine Schikane der Justizanstalt, sondern er selbst hatte sich dieses Korsett auferlegt. Kellermann wollte nicht in die alten Zeiten verfallen, er wollte seiner Sucht nach Trinkgelagen am Wochenende entkommen. Eine Maßnahme, die nicht nötig gewesen wäre, denn in der Seestadt hatte er noch kein Lokal gefunden, das ihm so einladend vorgekommen wäre, dass er sich zu einer Berauschung verführt hätte lassen. Einzig die Kantine erschien ihm angenehm und mit einer Atmosphäre, in der er sich wohlfühlen konnte. Und Kellermann war bisher noch nicht gestrauchelt. Dafür sorgte ohnehin auch das strenge Alkoholverbot, Fußfesselträger mussten Tag und Nacht nüchtern sein. Er hatte zwar noch keine überraschende Kontrolle bekommen, aber er merkte, wie man bei den Telefonaten auf seine Sprache und Stimme achtete. Die Beamten im Überwachungsraum hörten jedes Zehntelpromille, und wenn es einen Zungenschlag gab, konnte man sicher sein, wieder im Gefängnis zu landen.

Kellermann wehrte einige Gelsen ab, andere zerdrückte er auf seinem nackten Oberkörper. Sie reizten ihn, aber viel lieber hätte er in das Gesicht eines Mannes geschlagen, der in einiger Entfernung sein tätowiertes Muskelfleisch wie auf einem Grillspieß immer wieder wendete, um es den gelangweilten Frauen zu zeigen. Einige wollten sicher schon längst mit dem Tätowierten ins Bett, aber dafür war es noch zu früh. Obwohl die nächsten Häuser nicht am Ufer standen, konnte man die Abendnachrichten aus den Fernsehern hören, in allen Sprachen, und man spürte, dass man in der Seestadt vielleicht weit draußen wohnte, aber von der Welt nicht abgeschlossen war.

Eine Wespe näherte sich, umkreiste zuerst Kellermann, dann den schwitzenden Tätowierten, bevor sie sich auf dessen Bierdose niederließ. Kellermann hoffte, dass sie nicht zu ihm zurückkehren würde, denn nachdem das Tier den Speichel des widerlichen Kerls aufgenommen hatte, wollte er nicht auch noch seine Krankheitserreger übertragen bekommen. Die Zeiten waren vorbei, als er sich bei Schwerverletzten auf dem Operationstisch vor nichts geekelt hatte, sogar einer jener war, der zugriff, wo andere zurückscheuten, weil ihnen der Anblick eines von Schmutz starrenden Obdachlosen unerträglich erschien oder sie den Schwall aus einer zerrissenen Schlagader nicht ertragen konnten.

Eine Weile tastete sich die Wespe am Rand der Bierdose entlang, bevor Kellermann sie in die Trinköffnung kriechen sah. Der Tätowierte war gerade damit beschäftigt, sich zu räkeln und seine Haut zu dehnen, damit man all die Kunstwerke sehen konnte, einmal größer, dann wieder zusammengefaltet, doch immer glänzend. So konnte er auch nicht hören, wie die Wespe in der Dose um ihr Leben kämpfte und dabei immer wieder gegen die Aluminiumwände stieß. Plötzlich war es still, was für Kellermann bedeutete, dass das Tier Kraft schöpfte für einen neuen Anlauf. Das Surren ihrer Flügelschläge sagte ihm, dass die Wespe sich jetzt bereits in der braunen Flüssigkeit im Kreis drehte und am Ertrinken war. In ihrer Panik schlug sie sogar noch Schaum, denn aus der Trinköffnung stiegen Blasen.

Kellermann, der die Szene interessiert verfolgte, verharrte in gespannter Erwartung, und tatsächlich, der ekelhafte Mensch griff zur Bierdose und trank. Kellermann hielt den Atem an. Und das Schicksal schlug zu, zur Freude Kellermanns, zum Entsetzen des Tätowierten. Zuerst ertönte der übliche Aufschrei, dann folgte das Husten, der Ärger der Badegäste rundum, weil sich der Mann noch auffälliger und platzgreifender benahm als sonst, dazu kam sein Gespucke in alle Richtungen. Auch Kellermann wurde von einem Auswurf getroffen, aber die Wespe war nicht darunter. Der Biertrinker war längst gestochen und schon dabei, sich selbst mit beiden Händen zu würgen. Kellermann wusste, dass derartige Versuche nichts halfen, sondern das Verhängnis eher beschleunigten. Wespen und Menschen in Panik sterben früher.

Jetzt griff sich der Trinker mit den Fingern in den Mund, streckte sie sich bis in die tiefe Kehle, als könnte ihm das auch nur im Geringsten helfen. Aber wenigstens hatte er die Bierdose fallen lassen, sodass eine der ihn anhimmelnden Frauen die Situation begriff. Vorerst vertippte sie sich auf ihrem Handy immer wieder, doch dann schaffte sie es doch, die Rettung zu rufen. Kellermann hingegen schob sein Telefon noch tiefer in die Hosentasche, denn alles, was man für den Röchelnden tun konnte, war bereits getan.

Am See der Seestadt war ein Mann am Ersticken. Fast allein. Denn die Umliegenden hatten sich in Sicherheit gebracht, weil sie in ihm einen tobenden Betrunkenen vermuteten, andere einen Epileptiker. Man sprang lieber ins Wasser als sich den immer noch glühend heißen Abend des Badetages verderben zu lassen.

Nur Kellermann kostete die Minuten aus. Er war wie gelähmt, zugleich aber auch befriedigt. Weil das Schicksal wieder einmal seinen Lauf nahm, dieses Mal in seiner Nähe, aber ohne sein Zutun wie bei Brigitte. In seiner Kinderzeit war es einmal eine Taube gewesen, die mit einem geknickten Flügel nicht mehr von der Stelle kam, später eine Ratte in einer Mausefalle, deren Genick nur zur Hälfte gebrochen war. Kellermann wusste, dass er für seine geringe Anteilnahme an Sterbenden nichts konnte. Das hatte er im Gefängnis über

Mörder gelesen, damals, als er angefangen hatte, nach dem Tod Brigittes sich selbst zu begreifen. Dabei war er ohnehin noch eine Ausnahme, wie sonst hätte er Medizin studieren und sogar noch Chirurg werden können?

Der Mann neben den wenigen Badegästen schien nun auch im Gesicht tätowiert zu sein, dabei war er nur blau angelaufen. Noch immer war keine Sirene zu hören, und selbst wenn die Rettung mit knatternden Rotorblättern aus dem Himmel stürzte, musste sie zu spät kommen. Kellermann gab dem Sterbenden noch ein Minute, oder, wenn er überlebte, eine Zukunft als Pflegefall mit Gehirnschäden, den er als Arzt oft genug Verwandten gegenüber irreparabel genannt hatte. Ein Chirurg müsste her, einer mit Mut, kein Zögernder, keiner, der Angst hatte, vom Geretteten später einmal verklagt zu werden, weil er ihm bei dem Eingriff die Stimme geraubt hatte. Der Mann neben ihm war keine Taube, keine Ratte.

Kellermann gab sich einen Ruck und bat einen Badegast, sein Feuerzeug aus dem Gummibund seiner Badehose zu holen. Bestimmt hätte er auch rundum genügend Messer gefunden, aber die wären alle zu groß gewesen. Mit seinem Microtool am Schlüsselbund hatte Kellermann jedoch schon Splitter aus hochentzündeten Wunden geschnitten, eine Nabelschnur bei einer Geburt durchtrennt und einmal sogar einem Wanderer durch einen gekonnten Eingriff das Augenlicht gerettet. Jetzt kehrte Dr. Kittel zurück, auch wenn es nur dieses eine Mal sein sollte, ohne Operationssaal, ohne Erlaubnis, die hätte ihm ja nur der Röchelnde geben können. Aber Sterbende haben anderes zu tun, andere Gedanken, sie sehen das Leben an sich vorbeiziehen oder hören als Erstickende schon die schöne Musik aus dem Jenseits.

Kellermann zwang sich, bis zehn zu zählen, sich vom Tod nicht hetzen zu lassen, die kleine Klinge seines Messers so lange über die Flamme zu halten und sie dann auch noch kurz auskühlen zu lassen, denn er wollte den nun ruhig gewordenen Daliegenden nicht verbrennen.

Kellermann grätschte seine Beine über dem Mann, setzte sich auf ihn, griff mit der einen Hand in seinen Mund, ekelte sich nicht vor dem heraustretenden Schaum und wusste, dass er ab jetzt alles richtig machen würde. Wie in seinen Träumen. Wie ein begnadeter Chirurg. Wie damals, als er noch einer war. Als Naturtalent für Schnitte in Menschen, das zu Höherem berufen war. Er bog den Schädel seines Patienten nach hinten, spürte kaum noch dessen Atem auf seinen bis in den Rachen reichenden Fingern, nur die zitternden Zähne, die aber nicht zubeißen würden, zu schwach war die Muskulatur schon, und führte mit der anderen heilenden Hand das Messer an den Hals, vorbei am Kehlkopf, zu der kleinen Stelle, der einzig richtigen, für den einzig richtigen Schnitt, richtig in Länge und Tiefe.

Kellermann war kein Jack the Ripper, wenigstens nicht in diesem Augenblick, und weil er das wusste, stieß er zu. Das war notwendig, denn sein Messer war nicht so scharf wie ein Skalpell, und viele Luftröhrenschnitte misslangen mit den verheerendsten Folgen, weil sie zu zögerlich ausgeführt wurden. Er öffnete Millimeter für Millimeter Haut und Knorpel und schob die Erinnerung an seinen gescheiterten Schreibversuch von KITTEL-KELLERMANN beiseite. Für einen Moment dachte er sogar, dass er als Chirurg zurückkehren könne, denn seine Hand zitterte nicht, und vor ihm tat sich ein Schnitt auf, wie er auch in einem Operationssaal nur von den besten Ärzten zu schaffen gewesen wäre.

Der Erfolg zeigte sich auch sofort, Luft wurde zischend eingesogen, Kellermann musste nur noch die Messerklinge etwas querstellen, um das lebensrettende Loch zu weiten. Er spürte unter seinen Beinen einen Menschen, der wieder zu atmen begann, so stark, dass Kellermann sich weitere Schritte für eine Wiederbelebung sparen konnte, er musste weder auf der tätowierten Brust herumdrücken noch den Mann auf den Mund küssen, er musste nur seine andere Hand aus dem Gaumen des Mannes ziehen, um in die eigene Hosentasche zu greifen, wo das Handy war und nicht aufhören wollte zu klingeln.

Jetzt war es Kellermann, der die notwendige Taste nicht gleich fand, aber nicht aus Nervosität, sondern weil das Ding mit den speicheltriefenden Fingern kaum zu halten war. Aber auch das gelang ihm heute.

»Wo sind Sie?«

Kellermann blickte auf seine Uhr. Seit zehn Minuten war er überfällig. Er hörte schon die Sirenen, aber sie gehörten zu einem Rettungswagen, der in einer langen Staubwolke über die Steppe auf die Seestadt zuraste, zu der es bisher nur dürftige Straßen gab.

»Wo sind Sie?

»Ich habe eben einem Kerl die Kehle aufgeschnitten.«

Kellermann hatte das Glück, dass ihm das Handy aus der Hand glitt. So blieb es ihm erspart, die scharfe Stimme des Beamten zu hören, und er wusste auch, wie wenig ihm passieren konnte, denn über ihm waren nun Menschen, die mit staunenden Gesichtern und ungläubigen Augen sahen, dass er ein Wohltäter mit heilenden Händen war. Solche Zeugen waren Kellermann willkommen, nicht nur jetzt und heute, sie waren genauso wichtig wie ein unerschütterliches Alibi. Aber das brauchte er noch nicht.

Am nächsten Tag traten ein paar Dinge ein, mit denen Kellermann nicht gerechnet hatte. Am meisten erschütterte ihn die Belehrung seines Mentors, die fast schon eine Rüge war. Hofstätter hielt ihm in einem kurzangebundenen Telefonat vor, wie leicht das Ganze ins Auge hätte gehen können.

»Kellermann, Sie sind doch ein Mann mit Verstand, überdurchschnittlich intelligent, mit besten Vorsätzen, und kein

Killer. Schneiden Sie in der Aura Ihrer Patienten herum, aber nicht in Kehlköpfen, der Mann hätte unter Ihrem Messer krepieren können.«

Das Geschrei Hofstätters klang in Kellermann noch immer nach, als er in seine Praxis hinüberwechselte. Dort versammelten sich an diesem Morgen mehr Patienten als sonst. Manche von den Wartenden waren allerdings bloß Besucher, die den Mann mit den heilenden Händen nur sehen wollten. Wer einem Scheintoten die Kehle aufschnitt, um die Luft durchzulassen, ohne ihm die Stimmbänder zu durchtrennen, musste ein Meister sein, und wie gut erst als Aura-Chirurg.

Man sah sich um in seiner Praxis, bestaunte die Skalpelle, die Bohrer und Scheren, die Schalen voller Operationsbesteck aus Kellermanns Studienzeit, als er dieses längst unbrauchbare Werkzeug von seinem Vater, von älteren Kollegen und einem Spital geschenkt bekommen und gesammelt hatte. Jetzt ließen ihn diese Instrumente als einen Aura-Chirurgen erscheinen, der besser ausgestattet war als die anderen im Land. Dazu trugen in diesem Zimmer in der Sonnenallee auch die Bilder von Sonnenuntergängen und Naturlandschaften an den Wänden bei, sogar Fotos der Rosengartenschlucht waren darunter, deren Bedeutung niemand kannte, die aber die Lust Kellermanns am Risiko zeigten.

Doch die Krönung seiner Praxis waren ein modellhafter Torso mit herausnehmbaren Organen und ein echtes menschliches Skelett. Keines aus Kunststoff, wie es bei anderen Aura-Chirurgen oder in Schulen zu finden war, sondern ein Erbstück seines verstorbenen Vaters, eines Hausarztes aus Wien, den es für ein paar Jahre nach Tirol verschlagen hatte, in die Nähe von Imst, in jene Gegend, in der Kellermann nicht nur seine Kindheit verbringen durfte, sondern dann auch zum Totschläger geworden war.

Der alte Dr. Kittel hätte ihn einen Scharlatan genannt, enterbt, vorher aber noch geohrfeigt, in aller Öffentlichkeit, in seiner Landpraxis, in einem Gasthaus in Imst oder in einem Restaurant in Wien. Was für ein Glück für Dr. Kellermann, dass der Alte rechtzeig gestorben war und nur die Hochzeit seines Sohnes mit Brigitte erlebt hatte, den Anfang allen Übels.

Kellermann nahm sich vor, heute seine Praxis früher zu schließen. »Mit den besten Vorsätzen, und kein Killer. Kein Killer. Kein Killer!« So hämmerte es die ganze Zeit in seinem Kopf.

Hofstätters Stimme war schneidend gewesen. So scharf, dass sie sogar den widerlichen Überwachungsbeamten überboten hatte. Zum ersten Mal, denn sonst war alles immer nur Zuneigung gewesen, sodass er sogar im Gefängnis von den eifersüchtigen Mithäftlingen das Wunschkind des Hofrats genannt worden war. Dabei war Hofstätter von diesem Titel noch entfernt, aber er wollte Hofrat werden, auch mit Erfolgen wie einem Fußfesselträger in der Seestadt. Kellermann würde seinen Beschützer anrufen müssen und um Verzeihung bitten. Er wusste, wie notwendig das war, um wieder zu einem ruhigen und ausgeglichenen Leben zu kommen. Harmonie war alles, wenigstens für den einen Teil in ihm.

»Ein Mann mit Verstand, überdurchschnittlich intelligent, kein Killer. Kein Killer. Kein Killer.« Woher wollte Hofstätter das wissen? Ein Mann, der sich aufspielte, als wäre er sein Vater? Kellermann ließ den Verstand gelten, auch die überdurchschnittliche Intelligenz, wer wusste das besser als er selbst. Doch der Killer brachte ihn zur Weißglut. Natürlich war er einer. Nur, der aufgeblasene Richter und die Schwachköpfe von Geschworenen hatten in ihm nichts als einen Totschläger gesehen, den in der Rosengartenschlucht ein plötzliches Gefühl übermannt hatte. Leider waren die Herrschaften nicht bereit gewesen, sich in einem noch höheren Ausmaß blenden zu lassen. Die Wahrheit kannten diese Idioten nicht. Lebenslang wäre richtig gewesen. Für Mord.

Für einen kaltblütigen Mord. Darauf war Kellermann besonders stolz, fast so sehr wie auf die Perfektion der Durchführung und Brigittes weit aufgerissene Augen. Diese Kröte, die unbedingt einen Arzt zum Mann haben musste, diese Klette, die schon nach den Flitterwochen immer dünner wurde und ihn mit ihrer ständigen Anwesenheit zu ersticken drohte. Es war höchste Zeit gewesen, dieses Anhängsel umzubringen, das sich in den Geschäften von Wien Frau Doktor nennen ließ, obwohl sie von Medizin nur wusste, was er ihr in den ersten Ehejahren von seinen Operationen erzählt hatte.

Kellermann schlug auf den Tisch, und einige Skalpelle sprangen aus den vor Sauberkeit blitzenden Schalen. Solche Wutausbrüche kannte er, seit seiner Kindheit waren sie da, kamen immer wieder, und er begrüßte sie dann auch, weil sie ihm ein unglaublich gutes Gefühl gaben, er genoss es, furchterregend zu sein, ein Monster, vor dem sogar seine Mithäftlinge zurückgeschreckt waren. Die Stille danach war immer schrecklich. So wie jetzt, wo er wieder zu sich zurückkehren musste. Von draußen nach drinnen, oder von dem einen zum anderen, das wusste auch er nicht.

Zum Glück war er bereits allein in der Ordination. Er besah seine Hand. Ein herumliegendes Skalpell war durch die Haut gedrungen, sie blutete. Morgen würde er seine Aura-Chirurgie linkshändig durchführen und den Patienten erklären müssen, dass auch ein Arzt verletzbar war.

Er streifte seinen Arztkittel ab und zog seine älteste Jeans an. Jene, die er im Gefängnis in den letzten Jahren getragen hatte.

Eine knappe Viertelstunde lag die Baugrube von seiner Praxis entfernt. Jetzt musste er nur gehen, Schritt für Schritt in seinen Jeans, die noch immer nach seiner Zelle roch. Die späte Dämmerung würde bald in die Finsternis der Nacht übergehen und ihn beschützen.

Er wusste, wie sehr es darauf ankam, schon von Anfang

an nicht den geringsten Fehler zu machen. Man musste sich immer so verhalten, als hätte man mit einem bestimmten Unternehmen nichts zu tun, als erledigte ein anderer die Vorbereitungen. Schon allein dafür brauchte Kellermann ein doppeltes Leben. So wie bei der Fußfessel. In seiner Wohnung hatte sie eine Funkverbindung, auf seinem Balkon nicht. Kellermann gefiel dieser Vergleich. Korrektes Wohlverhalten und verbotene Zone. Hin und her. Wie man es wollte, was einem besser gefiel. In aller Freiheit. Mit diesen Gedanken machte er sich auf den Weg.

In der Baugrube sah er gleich die Aschenreste von seinem letzten Besuch, und es roch noch immer nach seiner verbrannten Vergangenheit. Aber nach der Schlacht in dieser Steppe und in den Auen der Donau im Jahre 1809 muss der Gestank nach Pferden, Verwundeten und Toten unerträglich gewesen sein. Napoleon war endlich besiegt worden, seine Glückssträhne durchtrennt. Hier hatten die Österreicher als Sieger Geschichte geschrieben, auch wenn in den Prospekten über die Seestadt davon nur wenig zu erfahren war. Aber er hatte darüber gelesen, schon im Gefängnis und zuletzt heute, nachdem er seine malträtierte Hand verbunden hatte. Für jemanden, der dann wie er weiterdachte, konnte es keinen Zweifel geben. Man konnte hier viele Viertelstunden spazieren gehen und hatte immer Tote unter den Füßen. Man hatte auch immer wieder Skelette gefunden, sogar von Pferden, schon beim Bau des Flugfelds Aspern vor hundert Jahren, und auch später, aber wie durch ein Wunder waren zuletzt solche Entdeckungen ausgeblieben. Auf einer der größten Baustellen Europas, mit mehr aufgewühlter Erde als Wien es jemals erlebt hatte, schienen sich die Gefallenen in noch tieferen Schichten versteckt zu haben.

Kellermann war sich sicher. Die Toten waren hier, aber man hängte sie nicht an die große Glocke. Und wenn er

Glück hatte, würde er heute nicht mit leeren Händen nach Hause gehen.

Er versuchte erst gar nicht, sich sauber zu halten, mit seinen alten Jeans konnte er alles anstellen und tun. Er fiel auf die Knie, hinein in den nassen Sand, und tauchte seine unversehrte Hand in die Lacke, hinab an die Stelle, wo er dieses gestern so leichtsinnig weggeworfene Stück aus Eisen oder Stahl vermutete.

Aber das Abtasten blieb vergeblich. Um tiefer vorzudringen, stieg er bis zu den Knöcheln, dann über die Fußfessel hinweg und schließlich bis zu den Oberschenkeln in das Wasser. Die Schuhe hatte er schon vorher ausgezogen, um mit den Zehen den schlammigen Grund zu durchwühlen.

Nach einer endlos scheinenden Weile stieß er auf einen harten Gegenstand.

Er traute seinen Füßen und Zehen kaum, erst nachdem er seinen Arm bis zur Schulter ins Wasser getaucht und den so heiß begehrten Fund aus der Lacke gezogen hatte, war er sich sicher. Seine Fantasie hatte ihn nicht betrogen. Es war ein Bajonett. Auch wenn er sich im Klaren war, nur einer zu sein von vielleicht hunderten Bauarbeitern, Spaziergängern, Schatzsuchern und Archäologen, die so ein Stück Stahl aus der blutgetränkten Erde holten, so ahnte er schon jetzt, dass es bei ihm besser aufgehoben war als in der Vitrine eines Museums oder in der Schublade eines Sammlers von Militaria.

Er nahm das Bajonett an sich, schlüpfte in die schlammigen Schuhe und lief auf die Seestadt zu, noch schneller als vor ein paar Tagen, und dabei musste er erst in einer halben Stunde zu Hause sein. Doch was war ein drohender Anruf aus dem Überwachungszimmer gegen diese unbändige Neugier, gegen den Augenblick, den Bodenfund bei Licht zu besehen, ein Kriegswerkzeug erster Güte vor sich zu haben.

Um nicht auffällig zu werden, zwang sich Kellermann schon am Rande der kleinen Stadt, langsamer zu werden, dieses Mal nicht die Sonnenallee hinunterzuhetzen, sondern sie mit den gemächlichen Schritten eines nächtlichen Wanderers entlangzugehen, immer darauf bedacht, Begegnungen mit Menschen zu vermeiden, damit sie ihren Aura-Chirurgen nicht so nass und verdreckt sahen. Er wusste, wie sehr ihm ein solcher Eindruck alles verderben, ihn verdächtig machen konnte, noch bevor er das Geringste getan hatte.

In seiner Wohnung nahm Kellermann eine Dusche, obwohl ein Bad notwendiger gewesen wäre. Aber er wollte keine Zeit verlieren. Er konnte es kaum erwarten, an seinem Tisch zu sitzen, und er schwor sich, die Angelegenheit bedacht und mit aller Sorgfalt anzugehen. Skalpell statt Feile, in Alkohol getauchte Wattebausche statt Schleifpapier. Immer wieder fiel ihm jetzt die Luftröhre des Tätowierten ein. Das Stück Stahl vor ihm hatte mit ziemlicher Sicherheit feindliche Hälse durchbohrt, innere Organe und bestimmt auch das eine oder andere Herz. Kellermann wusste, dass er sich jetzt wieder Fantasien hingab, denn mit Bajonetten wurden in erster Linie in Bäuche gestochen, da sie am leichtesten zu treffen waren und man einen Soldaten mit heraushängenden Gedärmen getrost als unschädlichen Feind hinter sich lassen und weiterstürmen konnte, um den nächsten aufzuschlitzen.

Um 4 Uhr früh hatte er es dann geschafft. Eine Dickdarmoperation wäre kaum schwieriger gewesen, aber der Patient lebte. Er hatte ein Stück Geschichte gerettet. Geschichte, die man bewahren konnte, vielleicht sogar jemandem zeigen und erklären, mit spannenden Erzählungen erlebbar machen. Oder man setzte sie fort. Dieser Gedanke erschreckte Kellermann nicht mehr, zu oft war er ihm in den letzten Stunden gekommen. Begreifende Augen, geweitete Iris, nie war Brigitte befriedigender gewesen. Allerdings war es auch nicht der kleine Tod, sondern der große.

La petite mort hieß zu Recht so, nichts als ein kurzer

Schauer, mit der Rosengartenschlucht nicht zu vergleichen, sie dauerte jetzt noch an, kam in Wellen immer wieder. Es ging um etwas Höheres, das Bajonett würde mit Sexualität nichts zu tun haben, sondern Kellermann auf eine vollkommen andere Weise glücklich machen. Es ging um ein erfülltes Leben. Ein Krieg musste gewonnen werden, Schlachten, Stiche waren perfekt auszuführen.

Kellermann fühlte sich müde. Nicht das Reinigen hatte ihn erschöpft, sondern die vielen Gedanken, vor allem die Möglichkeiten, die es für ihn gestern noch nicht gegeben hatte. Er legte sich angezogen auf das Bett. So hatte er es auch oft in seiner Zelle gehalten, um wach zu bleiben, um nicht im Schlaf die Kontrolle über seine Träume zu verlieren. Er mochte es, wenn er sie selbst gestalten konnte. Jetzt zum Beispiel stand Brigitte vor ihm. Aber das war hoffentlich ein letztes Mal in dieser Nacht, denn um in seinem Leben vorwärtszukommen, wollte Kellermann seine Vergangenheit für alle Zeiten versenken. Er hatte auch die hässlichen Dinge kaum noch in Erinnerung, das Heraufziehen der Leiche aus der Schlucht auf einer Trage, die sich drehenden Räder des Flaschenzugs, den die Retter an einem eigens über dem Abgrund errichteten Balken befestigt hatten. Geblieben waren Kellermann Brigittes Augen, lebendig, tot, und vor allem kurz vor ihrem Sturz in die Tiefe, und seine überwältigende Idee. Seine Frau hatte an allem gelitten, und es war keine Auszeichnung für ihn als Arzt, eine magersüchtige Hysterikerin an seiner Seite zu haben. Ihre Höhenangst kam erst später dazu, aber sie war ein Geschenk des Himmels. So konnte er ihr den Vorschlag machen, sie wenigstens davon zu heilen. Er hatte ihr versprochen, dass sie nach dieser Konfrontation mit einer Felsenkluft, wo sie in scheinbar unendliche Tiefe blickte, ohne auch nur einen Augenblick in Gefahr zu sein, sogar auf den Stephansdom steigen könnte, ohne die geringste Angst zu verspüren.

Plötzlich verscheuchten Schritte von draußen Kellermanns Erinnerungen, Seestädter, die im Morgengrauen zur U-Bahn-Station aufbrachen, um pünktlich zu ihrer Arbeit zu kommen, irgendwo in Wien. Vielleicht auch die Krankenschwester von unten, die ins nahe Donauspital ging, das ihm verwehrt war. Sie wohnte einen Stock tiefer, direkt unter seinen Zimmern, und bei ihr bemühte er sich besonders, sie herzlich zu grüßen, der guten Nachbarschaft wegen, aber auch, weil sie ihm gefiel. Nichts an ihr erinnerte ihn an Brigitte. Lisa Bruckner würde er nie ins Gebirge locken, sie niemals zwingen, mit ihm die Wege zwischen den Felsen und den Geländern aus Brettern hinaufzugehen, dann den einsamen Steig einzuschlagen, der höher und höher führte und Brigitte Schweißausbrüche und Hustenanfälle beschert hatte. Doch dann war das Wunder geschehen. Es war unerwartet gekommen. Kellermann hätte sich nie träumen lassen, seine Frau von der Höhenangst befreien zu können oder ihr auch nur ein wenig vom Schwindel zu nehmen. Aber plötzlich stand Brigitte da, wie befreit, triumphierend, mit dem Gesicht eines Engels, der glaubte, nie fallen zu können. Ihr Lächeln ärgerte ihn besonders, und es kam ihm sogar vor, dass sie ihm dankbar war, zum ersten Mal in ihrem gemeinsamen Leben. Dabei hatte er sie nicht als Heiler in die Rosengartenschlucht geführt, sondern aus Berechnung und in der Hoffnung, an diesem Wochenende im Herbst als erschütterter Witwer und gebrochener Mensch von allen bemitleidet zu werden. Die Geschworenen hatten sich später davon wenig beeindrucken lassen, und auch dem Richter war kein milderes Urteil als diese verdammten sieben Jahre in den Sinn gekommen.

Kellermann richtete sich von seinem Bett auf. In der Zelle war bei den Erinnerungen an diesen Augenblick eine so heftige Reaktion seines Körpers nie vorgekommen. Aber wahrscheinlich hing das damit zusammen, dass er jetzt Brigitte zum letzten Mal in den Abgrund stieß. Vorsätzlich, und nicht in plötzlicher Erregung durch einen aufgeflammten Streit.

Kellermann hätte seine außerordentliche Leistung und Raffinesse oft gerne hinausgerufen, aber das war eben das Schicksal von Mördern, dass sie ihre schönsten Erlebnisse mit niemandem teilen durften. Vielleicht war es auch gut so. Zu viele Menschen kämen auf den Geschmack, wie nach dem ersten Glas Wein, den ersten atemraubenden Schlucken vom Whisky oder dem Jackpot im Casino. Auch Kellermann hatte gewonnen, mit den Blicken aus zwei Augen, die durch nichts zu ersetzen waren, mit einer Zeit danach, die ganz einfach unbeschreiblich war, die man einfach erlebt haben musste.

Es ließ Kellermann keine Ruhe. Er ging wieder in seinen Ordinationsraum zurück, wo dieser Spieß aus Stahl lag, mit dem bestimmt schon Menschen getötet worden waren. Und wenn nicht, dann war es höchste Zeit. Das Bajonett hatte keinen Griff, da es nur auf ein Gewehr aufgesteckt wurde. Den Soldaten standen damit Lanzen für grauenhafteste Verwundungen zur Verfügung. Kellermann selbst hingegen befand sich in einem heimlichen Krieg, in dem man nicht mit Geräten herumlaufen durfte, die die Länge eines Mannes hatten, und verletzen wollte er schon gar niemanden, nur töten. Schmerzlos. Aus dem Nichts. Ohne Schrei wie bei Brigitte. Kellermann hatte dazugelernt, sich weiterentwickelt. Es war noch alles Theorie, aber als Mediziner wusste er, wann ein Mensch blutete, wann er litt, wann er starb. Die besten Tode waren lautlos. Irgendwo in der Seestadt. Durch einen Stich ins Herz. Doch es musste durchbohrt werden.

Er blickte auf das Bajonett in seiner rechten Hand. Es war so lang, dass die scharfe Spitze sogar noch aus dem Rücken eines Mannes treten musste. Das Rohr am unteren Ende der Waffe war zwar zum Aufstecken auf einen Gewehrlauf gedacht, aber es eignete sich auch als Griff. Dieser stählerne Stachel für das Fleisch eines Feindes war kunstvoll geschmiedet, zwei Klingen standen der Länge nach senkrecht aufeinander. Kellermann hatte genug Wissen von menschlicher Haut, dass er sich vorstellen konnte, wie die Wunde oberflächlich erscheinen würde. Nach herausgezogenem Bajonett musste ein Kreuz zu sehen sein, im Umfang kaum größer als eine Münze. Bestimmt ein Rätsel für moderne Kriminalbeamte und Forensiker. Solche Messer gab es nirgendwo, auch keine Dolche dieser Art, vielmehr würde man nicht umhin können, in dem Gebilde ein christliches Symbol zu entdecken, eine Botschaft.

Kellermann freute sich schon jetzt auf die Entschlüsselung des vermeintlichen Codes, auf die tausend Interpretationen, auf die Flut von Verschwörungstheorien, die dem Ereignis folgen würden. Er hatte das perfekte Werkzeug gefunden. Eigentlich war es ihm vom Schicksal in der Baugrube zu Füßen gelegt worden, ausgerechnet beim Verbrennen und Vernichten seiner Vergangenheit. Das hatte etwas zu bedeuten! Dieser Stahl in seiner Hand musste wieder zum Leben erwachen, er musste fortsetzen, was für zwei Jahrhunderte unterbrochen worden war.

Er hob das Bajonett hoch und hielt es knapp über seinem Kopf, mit der Spitze weg von sich und schräg nach unten. Er wusste instinktiv, dass alles richtig war. Der Winkel, mit dem der Stahl den Körper zu treffen hatte, die Kraft im Arm, mit dem die Waffe eindringen musste. Auch die Chance war gegeben, dass er sich nicht mit Blut bespritzte, weil es ein sauberer Stich werden würde.

Die aufgegangene Sonne warf sein Schattenbild an die Zimmerwand. Das gefiel ihm. Er hatte es schon oft gesehen, in Filmen über Stichwaffenmörder oder auch Jack the Ripper, sogar Vampiren wurde in solch aufregenden Bildern der Holzpflock in das Herz getrieben, und auch sein Doppelgänger Anthony Perkins war durch kurz aufblitzende Einstellungen von dem Frauengesicht, der Brause, dem Duschvorhang und natürlich vor allem von diesem herrlichen Messer dem Kinobesucher für alle Zeiten in Erinnerung geblieben. Doch Kellermann wollte gar nicht dieser Perkins sein, dem er in Wahrheit wahrscheinlich nur sehr entfernt ähnlich sah, kein Schauspieler, der nur vorgab, einen Menschen umgebracht zu haben. Kellermann war mehr. Auch wenn das Bajonett nie zum Einsatz kommen sollte, den Mord an Brigitte konnte ihm niemand mehr wegnehmen.

Er musste einen geeigneten Ort für die künftige Tatwaffe finden und war schon nahe daran, einen Wutanfall zu bekommen, weil ihm kein Versteck einfallen wollte. Mörder mussten fantasievoll sein, dachte er, voller Ideen, aber seine beste lag bereits über sechs Jahre zurück, und manchmal kam er sich schon wertlos vor und sogar lächerlich, weil er sich immer noch an dieser Höhenangst berauschte, mit der er Brigitte das Leben genommen hatte. Es kam ihm vor, als hätte ihm jemand dieses erbsengroße Stück für Kreativität aus dem Gehirn operiert. Oder hatte ihn doch sein Psychiater zur Strecke gebracht? War er von ihm im Gefängnis umgedreht worden, ohne es bemerkt zu haben? Nicht mehr fähig, einen Menschen zu töten? Wie sollte er einen perfekten Mord in den einsehbaren Gassen der Seestadt zustande bringen, wenn es ihm nicht einmal gelang, sein wichtigstes Werkzeug zu verstecken?

In diesem Augenblick fiel sein Blick auf das Skelett seines Vaters, und er erstarrte. Er konnte seinen Einfall kaum fassen. Mit einem Gehirn wie dem seinen war alles zu erreichen. Nie wieder würde er an sich zweifeln. Er musste nur etwas Geduld haben mit dem Genie in sich, er durfte sich auf sich verlassen.

Ohne eine Spur von Hektik nahm er den Totenkopf vom Gerippe, nur seine Hände zitterten leicht. Aber das kam vom

Glück, das ihn durchströmte. Denn wenn ein Unternehmen so gut anfing, würde es auch gelingen. Mit der Freude eines Siegers und dem Geschick eines Chirurgen begann er, das Bajonett in den hohlen Rückenmarkskanal der Wirbelsäule zu schieben. Ihre Biegungen nach vorne und hinten widersetzten sich dem geraden Stahl, und er hörte das Knacken von Knochen. Doch mit Gefühl und zugleich Kraft drückte er das Bajonett weiter und weiter, fast hinunter zum Kreuzbein. Kein Mensch würde es bemerken, und wenn ein Patient fragte, konnte Kellermann noch immer auf den Segen einer aufrechten Körperhaltung verweisen. Es fügte sich eben alles.

Kellermann nahm den Totenschädel in beide Hände und setzte ihn mit größter Vorsicht auf das Skelett. Die stählerne Tülle ließ sich wie dafür gemacht durch das Große Hinterhauptloch führen, ohne anzustoßen, hinein in den Hohlraum, in dem sich einst das Gehirn dieses Menschen befunden hatte. Der Totenkopf saß jetzt sogar fester als jemals zuvor. Kellermann freute sich auf den Tag, an dem er ihn wieder abnehmen würde.

Ihm war zum Feiern zumute. Zu einem gewagten Schritt. Hinaus auf den Balkon, mit einer Zigarette in der gesunden Hand. Im Gefängnis hatte er viel geraucht, hier nur außer Haus, am liebsten irgendwo in der Steppe, wo ihn niemand sah, mit Blick auf die Seestadt, mit der er sich mehr und mehr verbunden fühlte, in der er sich entfalten konnte.

Langsam zog er an der Zigarette, er wollte sie auskosten, wie alles in dieser Nacht, die nun doch zu Ende ging. Zwar stand die Sonne noch tief über dem Horizont, doch schon in wenigen Stunden würde sie auf die endlose Weite und die unzähligen Balkone niederbrennen und einem das Atmen schwer machen. Andere durften in den See, Kellermann nicht einmal auf den Balkon, nicht um diese Zeit. Trotzdem stand er da, beugte sich sogar über das Geländer, um das Schicksal noch mehr herauszufordern und die Verbindung seiner Fußfessel zum Modem in seinem Wohnzimmer mit Sicherheit abreißen zu lassen.

Eine halbe Zigarettenlänge war vergangen und immer noch nichts geschehen. Kellermann hatte sich vorgenommen, zurückzubellen, sich von einem Überwachungsbeamten mit einer unerträglichen Stimme nicht wie ein Schulkind zurechtweisen zu lassen.

An diesem Morgen sah er auch die Sonnenallee mit neuen Augen, eine bessere Wohnung hätte ihm sein Mentor Hofstätter nicht beschaffen können. Da sie in der Mitte dieser Kleinstadt lag, war jede Gasse, jeder Winkel in Minuten zu erreichen. Wenn es so weit war, musste er nur kurz außer Haus und danach auf schnellstem Weg zurück. Unbeachtet, ohne Zeugen, nicht einmal seinen Schatten durfte man beschreiben können. Ihm war klar, dass er vor einer großen Aufgabe stand, vor Barrieren und scheinbar unüberwindbaren Hürden.

Das Telefon läutete. Drei Züge noch, und die Zigarette wäre zu Ende geraucht gewesen. Kellermann drückte sie aus und machte sich auf den Weg in seine Wohnung, zurück in die Gefangenschaft. Bevor er zum Handy griff, blickte er auf die Uhr an der Wand. Acht Minuten Balkon waren vergangen, Zeit genug, dass sein Feind aufmerksam geworden war.

»Wo sind Sie?«

Kellermann kam nicht dazu, aufzubegehren, weil in seinem Kopf alles durcheinandergeriet. Die Worte aus dem Telefon waren dieselben, doch die Stimme ohne Schärfe und verborgenen Hass. Da er in seiner Verwirrung nicht antworten konnte, hörte er eine weitere Frage.

»Sie sind auf dem Balkon, habe ich recht?«

Kellermann hatte es unerwartet mit einer anderen Welt zu tun, dieser neue Überwacher war kein scharfer Hund, sondern ein Mensch mit einer warmherzigen Stimme, jemand, dem man sofort vertraute, weil er einem mit ausgestreckten Armen entgegenkam. Beunruhigend war nur, wie viel er wusste.

»Sie waren auf dem Balkon, jetzt sind Sie wieder in Ihrer Wohnung. Ja, die Technik, dafür können Sie nichts, nicht Sie sind schuld.«

»Nur kurz. Auf dem Balkon nur kurz.«

Kellermann stammelte fast, die Jahre im Gefängnis hatte er noch nicht abgelegt.

»Sie sind auf dem Balkon wegen der Hitze. Frische Luft. Oder um eine Zigarette zu rauchen? Ich kann auch nicht aufhören damit.«

»Nur eine am Tag.«

Kellermann hasste es, sich artig und unterwürfig zu hören, jedes seiner Worte war eine Entschuldigung. Doch mit dem Mann am Telefon konnte er vielleicht so reden, ohne sich etwas zu vergeben. Kellermann fiel plötzlich wieder ein, dass er keine Freunde hatte. Er versuchte, sich zu dieser wohltuenden Stimme ein Gesicht vorzustellen.

»Einverstanden, Herr Kellermann. Eine Zigarette, auf dem Balkon, kein Anruf von uns, wir sind keine Unmenschen.«

Kellermann hätte am liebsten geantwortet, Sie nicht, aber die anderen, vor allem der eine. Kellermann konnte sogar jetzt dessen scharfe Stimme im Hintergrund hören. Trotzdem tat es ihm leid, dass dieses Telefonat gleich zu Ende gehen musste, denn Fußfesselträger gab es hunderte, und der freundliche Beamte würde sich gleich einem anderen Verbrecher zuwenden. Es gab auch schon eine Verabschiedung, auf die aber Kellermann nicht antwortete, weil er noch eine äußerst wichtige Frage hatte.

»Sind Sie jetzt für mich zuständig?«

»Immer wieder, nicht rund um die Uhr, versteht sich von selbst. Aber die Nächte gehören uns, Herr Kellermann. Auf Wiedersehen.«

Kellermann legte ebenfalls auf, ohne Gruß und verstört, weil sich in der letzten Minute so viel ereignet hatte. Er war sogar bei seinem neuen Namen genannt worden, wenn auch ohne Titel, dafür aber hatte es nach Nähe geklungen, nicht abweisend und kühl. Der Neue war eben bestens geschult, oder er kam nicht aus der Riege der Justizwachebeamten, war vielleicht ein Akademiker, ein Psychologe, dazu da, am Telefon Seelsorge für die Fußfesselträger zu betreiben. Doch alle diese Überlegungen bedeuteten nichts im Vergleich zu der Idee, die Kellermann vorhin wie ein Blitz getroffen hatte, mitten im Telefonat, als die Rede vom Balkon war, von der erlaubten Zigarette, dieser geschenkten Zeit in Freiheit, ohne Anruf, ohne die verhasste Frage: »Wo sind Sie???«

Noch hatte sich in Kellermanns Vorstellung nicht alles zusammenfügen lassen, und vieles musste überprüft werden in den nächsten Tagen, Wochen. Läutete wirklich nicht sein Telefon, wenn er auf dem Balkon eine Zigarette rauchte? Ließ man in der Überwachungszentrale das Signal blinken, ohne besondere Notiz davon zu nehmen, weil man wusste, dass Herr Kellermann nicht auf der Flucht war, sondern schön brav zu Hause? Wurden die Zeiten notiert? Diese zehn Minuten, diese Zigarettenlänge? Er würde das alles erforschen müssen. Er würde den Herrn mit der freundlichen Stimme auf die Probe stellen müssen. Das Risiko abwägen und dann zuschlagen. Innerhalb dieser zehn Minuten. Ein besseres Alibi hatte es noch nie gegeben. Besonders dann, wenn sich der Todeszeitpunkt nicht genau feststellen ließ, weil der Erstochene nicht geschrien hatte. In der Agnes-Primocic-Gasse. Oder auf der Janis-Joplin-Promenade. Alles lautlos. Sehr raffiniert. Eben Kittel-Kellermann. Der einzige Verbrecher, der seine Fußfessel liebte, weil sie ihm eine besondere Freiheit verschaffte. Aber nur noch 333 Tage lang. Höchste Zeit.

Susanne-Schmida-Gasse

»Ich verspreche Ihnen, dass Sie heute Nacht nicht schlafen können.«

Kellermann hob den Totenkopf, und das Publikum hielt den Atem an. Eine Frau lachte, doch sie wurde von den anderen zurechtgezischt, weil sie sich in ihrer andächtigen Aufmerksamkeit gestört fühlten. Kellermann selbst war erstaunt über seine Fähigkeiten. Er hatte die Leute im Griff. Man hörte ihm zu. Lauschte auf jedes seiner Worte. Und er hatte zu seiner Verwunderung eine Stimme, die nicht aufdringlich klang, auch nicht anbiedernd und einschmeichelnd, sondern offen und ehrlich. Dennoch war sie alles andere als nüchtern. Etwas Magisches schwang mit, wenn Kellermann auch nicht wusste, wie er das zustande brachte. Vielleicht lag es an den Augen im Zuschauerraum, die jede seiner Bewegungen verfolgten, an den vor Neugier und Staunen leicht geöffneten Mündern, an dem nahezu gemeinsamen Atmen.

Das alles beflügelte ihn, ließ ihn immer sicherer werden, und er verschlang die Reaktionen des Publikums, um es besser zu machen, über sich hinauszuwachsen. Er hatte das Talent eines Bühnendarstellers, der mit nur wenigen Requisiten verzaubern konnte und weder Mikrofon noch Headset brauchte, um in die Gehirne einzudringen und dort das Wunder seiner neuen Medizin wachsen zu lassen.

»Sie werden nicht schlafen können, weil Sie Hoffnung schöpfen. Wer sich mit mir einlässt, muss damit rechnen, wieder gesund zu werden.«

Es waren auch mehr Menschen zu seinem Vortrag gekommen als erwartet. Der eher kleine Zuschauerraum des

Kulturzentrums war zu einem Viertel besetzt, was immerhin an die vierzig Neugierige bedeutete. Sie saßen verstreut, die Skeptiker hinten, die Offenherzigen vorne, nahe an der Rampe, zu Füßen des Mannes, der ihnen vielleicht helfen konnte.

Die Idee zu diesem Abend hatte seine Nachbarin aus der Wohnung im Erdgeschoss gehabt. Lisa Bruckner war mutig genug gewesen, bei Kellermann anzuläuten und ihm diesen Vorschlag zu machen. Seine heimliche Verehrerin hatte nach seiner Zustimmung einen Flyer verfasst, ihn fotokopiert und verteilt, Leute in den Gassen und Geschäften der Seestadt angesprochen, sogar andere Krankenschwestern und Ärzte aus dem Donauspital zu diesem Vortrag über die Aura-Chirurgie eingeladen. Traurig hatte sie Kellermann gestehen müssen, dass sich für heute Abend keine Doktoren angekündigt hatten. Er hingegen konnte aufatmen, nichts hätte er weniger gebraucht als Zweifler und Kritiker, und ein ehemaliger Kollege wäre eine Katastrophe gewesen. So aber war man unter sich, ein jeder ein echter Seestädter, und Kellermann wusste, dass er in diesem Saal und zu dieser Stunde der Größte war. Er nahm den Schädel zur Hand, den er vorbereitet hatte.

»Keine Angst, meine Damen und Herren, das ist nur der Schädel eines längst verstorbenen Menschen. Auch keine Angst vor mir, meine Skalpelle verletzen keine Haut, und wenn ich in Fleisch schneide, dann nur in die hervorragende Pljeskavica unserer Kantine.«

Ein Kellner aus dem Container-Lokal der Seestadt war auch gekommen, deswegen bedachte Kellermann ihn mit dieser Aufmerksamkeit, und das verhaltene Lachen seiner Zuhörer klang nach Erleichterung. Er ließ sich Zeit, um eine Pinzette zu nehmen und sie in das Nasenloch des Schädels einzuführen. Es war so still, dass man hörte, wie das Instrument aus Stahl an das Siebbein stieß, und fast alle Zuschauer verzogen schmerzhaft ihre Gesichter. Eine ältere Dame stöhnte sogar auf, aber Kellermann lächelte sie nur an.

»Liebe Frau, Sie wären eine hervorragende Patientin, Ihnen könnte ich helfen, Sie leben mit, Sie machen diesen Kopf zu Ihrem eigenen.«

Kellermann stocherte mit der Pinzette im Inneren des Schädels, rührte um, schnappte einige Male zu, drückte sie dann weithin sichtbar fest zusammen und zog sie langsam und mit großer Kraftanstrengung aus der Öffnung, an der sich einmal die Nase des Verstorbenen befunden hatte. Jemand in der ersten Reihe bedeckte seine Augen mit dem zerdrückten Flyer, der zugleich auch Karte für einen freien Eintritt war.

»Zusehen, zusehen! Oder wollen Sie nicht gesund werden?«

Kellermanns Stimme war so schneidend geworden wie die seines Überwachers am Telefon. Im Saal gab es niemand, der nicht gehorchte, und Kellermann zog das unsichtbare Etwas immer weiter weg vom Totenkopf. Seine Frage richtete er an alle im Publikum.

»Was sehen Sie?«

»Schleim«, »eine Ader«, »Nerven«, »eine Schlange«, »das Gehirn«, war zu hören. »Einen Scharlatan«, setzte sogar jemand nach.

Kellermann winkte immer wieder ab.

»Meine Damen und Herren, Sie sehen nichts. Aber wenn ich einen Patienten auf diese Weise behandle, ohne ihn selbst auch nur zu berühren, dann atmet er auf, bekommt wieder Luft, und seine verlegten Nebenhöhlen werden durchlässig, innerhalb von wenigen Stunden fließt alles ab, Eiter, Schleim und Blut, alle Krankheitserreger. Keine Antibiotika, kein Ausräumen unter Vollnarkose.«

Jemand applaudierte. Andere fielen ein. Kellermann hielt es nicht für möglich, wie schnell ihm die Leute an diesem

Abend glaubten. Stühle wurden gerückt, und Besucher aus den hinteren Reihen drängten nach vorne. Am glücklichsten schien Lisa Bruckner zu sein. Mit glänzenden Augen und gespreizten Fingern zeigte sie Kellermann das Victory-Zeichen. Fast hätte er die neuerliche Frage aus dem Publikum überhört.

»Hat jeder Mensch eine Aura?«

»Jeder«, antwortete er. »Aber verschieden groß, unterschiedlich in Form und Farbe. Sie umgibt ihn wie ein Kranz aus Wolken und Strahlen. In allen Farben. Aber das ist auch nur meine Vermutung, denn mit meinen Augen habe ich sie auch noch nie gesehen.«

Kellermann genoss die Verwirrung im Publikum. Er brauchte auch die Zeit, um sich wieder die schönen Worte einfallen zu lassen, die er im Gefängnis über die Aura gelesen hatte.

»Ein Energiekörper. Ein ständiges Flackern, ein Blitzen und Funkeln. Unsichtbar für die Augen. Ich spüre sie. Mit den Händen.«

»Sie haben heilende *und* sehende Hände?«

Kellermann richtete seine Antwort über die Köpfe der anderen hinweg, in die Tiefe des Saals, aus der die weibliche Stimme gekommen war.

»Ja!«

Die Frau, die sich von Kellermann nicht verführen hatte lassen, nach vorne zu kommen, stand auf und ging. Die Tür wurde laut zugeschlagen, und man hörte von draußen noch ein paar Bemerkungen, voller Hass und Zorn über den Scharlatan, das Schmierentheater und ein Publikum voller Schwachköpfe, dazu hysterisches Lachen.

Kellermann hatte schon vorher das immer wieder zu einem Grinsen verzogene Gesicht dieser Dame gesehen, und er würde es wiedererkennen. Sie wäre eine geeignete Kandidatin für sein anderes Leben, fernab von der Aura-Chirurgie.

Drei Männer und zwei Frauen hatte er schon zur Auswahl. Doch das war nicht genug, weil keiner von ihnen makellos war. Kellermann brauchte jemand, der mit ihm nicht in Verbindung stand, ein Ekel, um das die Seestädter auch nicht trauern würden. Die Frau mit dem widerlichen Abgang und dem lauten Gefluche erfüllte beides. Er könnte ihr das Bajonett in die Brust stoßen, ihr Herz durchbohren, und ein Stück Dreck wäre aus der Welt geschafft, wie ein Tumor entfernt. Eine zweite Brigitte. Ohne Gefängnis und Folgen. Er schloss kurz die Augen, um sich das Gesicht der lärmenden Dame einzuprägen. Sie durfte ihm nicht entkommen.

Kellermann hörte, wie die Leute rätselten, ob die Frau eine Seestädterin war oder eine von draußen. Fest stand, eine wie sie wollte man hier nicht haben. Kellermann wählte Worte, die mehr bedeuteten, als die Menschen vor ihm ahnten.

»Ich werde Ihnen helfen. Ich werde Sie von den verschiedensten Krankheiten befreien. Nicht nur Sie, auch die Seestadt«

Kellermann blickte in die Runde, und es war eine Beruhigung für ihn, dass niemand seine Gedanken lesen konnte. Um das Große zu schaffen, mussten ihm die Seestädter vertrauen.

»Wer hat Zahnschmerzen?«

Niemand meldete sich.

»Tinnitus?«

Drei Frauen zeigten auf, ein Mann erst nach Zögern. Kellermann entschied sich für die Brünette, auch weil sie die Älteste war und mit höchster Wahrscheinlichkeit bereits am längsten gelitten hatte. Er bat sie auf die Bühne, schob wie ein Kavalier einen Stuhl an sie heran und ließ sie gleich schwören, mit ihm noch nie zu tun gehabt zu haben, keine Patientin zu sein, weder verwandt noch verschwägert, keine Freundin. Sie gab aber zu, Herrn Dr. Kellermann ab und zu aus der Ferne gesehen zu haben. Ihren Tinnitus beschrieb sie als Wasserfall, der schon seit Jahren in die Tiefe stürzte und den bisher niemand abzustellen vermochte.

Die Frau blickte ihn hilfesuchend an, sah in ihm die letzte Rettung. Kellermann hob seine beiden Hände über ihren Kopf, ohne ihn zu berühren. Seine Finger schienen etwas zu ertasten, das größer war als ihre frisch geföhnten Haare, und er wusste aus seinen Erfahrungen mit Gefangenen, dass es im Publikum bald die ersten geben würde, die eine Aura sehen konnten. Kellermann überlegte, zu welchem Trick er greifen sollte, aber es würde jeder gelingen, denn die Frau war inzwischen aufs Höchste erregt, ein perfektes Objekt zwischen seinen heilenden Händen, eine, der man nur das richtige Bild vorführen musste. Er entschied sich für die Schere.

»Sie werden nichts spüren. Ich durchtrenne den Nerv. In Ihrer Aura. Keine Schmerzen.«

Kellermann öffnete vor ihrem Gesicht die Schenkeln des ehemaligen Operationsbestecks und visierte ein unsichtbares Etwas an. Er wusste, dass die Aufmerksamkeit bei seinen Zusehern umso größer wurde, je kleiner seine Bewegungen waren. Er zitterte nicht, aber seine Hand glänzte von Schweiß. Er hatte auch aufgehört, das Parfum der Frau zu riechen, er spürte, wie sich ihre Erwartung und die tausendfache Hoffnung auf ihn übertrugen, ihr Glaube alles möglich machte, bei ihr, bei ihm.

Kellermann drückte die Schere langsam zusammen, bis ihre Schneiden den unsichtbaren Nerv fast berührten. So wurden Bomben entschärft, Drähte zu einem Zünder durchschnitten. Seine Hand war so ruhig geworden, dass er sie nicht länger beobachten musste. Er blickte in die Augen der Frau, die auf die Schere starrte. Aber von einer Iris, wie Brigitte sie hatte, war nichts zu sehen. Todesangst konnte durch nichts überboten werden. Als hätte Kellermann das nicht ohnehin gewusst.

Er durchtrennte die Luft. Nur das Schnappen der Schere

war zu hören, dann die angespannte Stille. Kellermann ließ das Besteck laut in eine Schale fallen, um das quälende Zuwarten zu durchbrechen.

»Er ist immer noch da.«

Die Frau meinte damit ihren Wasserfall. Kellermann hätte ihr am liebsten in das enttäuschte Gesicht geschlagen. Vielleicht war es überhaupt an der Zeit, wieder einen Wutanfall zu bekommen, endlich in aller Öffentlichkeit und nicht zu Hause beim Skelett, dem jetzt der Kopf fehlte, weil Kellermann ihn unbedingt auf der Bühne haben wollte. Wahrscheinlich um sich vollends lächerlich zu machen. Die Hysterikerin hatte schon recht. Schmierentheater, ein Publikum von Idioten. Oder hatte sie Schwachköpfe gesagt? Kellermann sah die Leute an. Enttäuschte Gaffer. Man müsste sie alle auf seine Liste setzen, jeden durchbohren, einen nach dem anderen. Lisa Bruckner wäre die Erste, ihr hatte Kellermann das alles zu verdanken.

»Jetzt ist er … er ist …«

Die Frau hob die Hände, um die Menschen im Saal um Stille zu bitten, und sie horchte fast endlos lange in sich hinein.

»Er ist weg!«

Kellermann hätte sie umarmen können, auf offener Bühne, vor seinem begeisterten Publikum. Der Jubel war so laut, dass ein noch so tosender Wasserfall kaum zu hören gewesen wäre, und Kellermann begriff, wie leicht er Menschen dorthin bringen konnte, wo er sie haben wollte, allein mit einer Schere und einer fantastischen Geschichte. Noch ein paar Abende wie dieser, und die ganze Seestadt wäre auf seiner Seite, doch schon jetzt war er von Menschen umringt, die ihre Hand für ihn ins Feuer legen würden.

Kellermann hatte mit seinem neuen Beruf die richtige Wahl getroffen, die Aura-Chirurgie half ihm selbst am meisten. Alle schienen plötzlich krank zu sein, jeder wollte auf dem Stuhl sitzen und in seiner Aura herumschneiden lassen, um die heilenden Hände Kellermanns spüren. Doch er verweigerte jede Zugabe, wissend, wie leicht ein weiteres Experiment scheitern und die Stimmung umschlagen konnte.

Er verließ die Bühne, bahnte sich einen Weg durch die Menschen Richtung Ausgang, ließ sich nur von Lisa umarmen. Der Mensch, dem er das alles zu verdanken hatte, war vielleicht am glücklichsten. Kellermann überlegte kurz, sie auf die Wange zu küssen, doch dann hätten sich auch die anderen Frauen an ihn herangedrängt.

Nach dem Verlassen des Kulturzentrums, genannt Fabrik, war er dann mit Lisa Bruckner allein am anderen Ende der Sonnenallee, an einem dieser Abende, die seit Wochen vor tropischer Hitze glühten und das Schlafen fast unmöglich machten. Aber er ging nur schweigend neben ihr her. Immerhin durfte sie als Einzige den Star des Abends nach Hause begleiten, aber das hatte auch damit zu tun, dass sie ja fast bei ihm wohnte, nur eben einen Stock tiefer. Kellermann schätzte sie auf Mitte zwanzig, und schon bei ihrer ersten Begegnung vor zwei Monaten hatte er sie für einen Menschen gehalten, von denen es nur wenige gab. Das machte sie so gefährlich für ihn. Wahrscheinlich glaubte Lisa sogar mehr an die Aura-Chirurgie als er selbst. Kellermann hatte den Verdacht, dass sie aus ihm etwas Großes machen wollte.

»Gehen wir noch hinunter? An den See?«

Kellermann blickte auf seine Uhr. Eine halbe Stunde wäre noch Zeit dafür, dann aber musste er als Fußfesselträger zu Hause sein.

»Nur kurz. Ich muss noch jemanden anrufen. Um zehn. Pünktlich.«

»Ihre Mutter?«

»Die ist schon tot. Wie kommen Sie auf meine Mutter?«

»Weil Sie aussehen wie Anthony Perkins. Und auch so schüchtern sind.«

Kellermann stieg das Blut in den Kopf. Trotzdem ging er an Lisas Seite den Weg hinunter zum See, setzte sich neben sie auf eine Bank. Er wollte etwas Unverfängliches sagen.

»Aber das war doch nur ein Film.«

Kellermann fiel noch etwas ein, etwas aus seinem anderen Leben.

»Und heute war ich schüchtern?«

Lisa lachte.

»Sie waren großartig!«

Sie küsste ihn auf die Wange. Kellermann wich ihr nicht aus, aber er sah hinunter zu seinem Fußgelenk. Es hatte wieder zu brennen begonnen, doch zu erkennen war nichts, schon gar nicht für einen Fremden, der dort niemals eine etwas zu große Armbanduhr vermuten würde. Lisa blickte ihm ohnehin in die Augen, und mit Erleichterung stellte Kellermann fest, dass sie eine vollkommen andere Iris als Brigitte hatte. Damit auch ein anderes Schicksal.

»Ich habe nichts gegen schüchterne Männer, Herr Kellermann.«

Sie redete überhaupt lieber als er, mit einer Stimme, deren Wohlklang nur noch von dem seines neuen Betreuers übertroffen wurde.

»Schüchtern und geheimnisvoll, das sind Sie, Herr Kellermann.«

Kellermann gefiel, wie sich das Gespräch entwickelt hatte. Er mochte auch Lisas Ansichten über ihn. Damit konnte nichts passieren. Geheimnisvoll. Sie würde gar nicht erwarten, dass er viel von sich erzählte.

Plötzlich fiel Kellermann ein, dass er die alte Arzttasche seines Vaters in der Kulturfabrik vergessen hatte, mit all seinen Utensilien und dem Totenkopf. Aus dem Skelett in seiner Praxis würde die ganze Nacht das Rohr des Bajonetts ragen, nackt, unverdächtig für Ahnungslose, aber er selbst wusste ja, was es bedeutete. Nämlich dass es höchste Zeit war, zuzuschlagen und er noch immer nicht das Wichtigste hatte, einen Menschen, mit dem alle Seestädter einverstanden waren, wenn er tot in einer der Gassen lag.

Lisa folgte seinem Blick, hinaus auf den See, in dem noch eine Handvoll Menschen schwammen, hinüber zum anderen Ufer, wo eben eine der wilden Nächte für die Jugendlichen begann. Gleich würde ihre Musik über die Landschaft aus Schotter, Gras und Wasser dröhnen und auch der einsame Gitarrist auf einem der Spielplätze nicht mehr zu hören sein. Sein Song handelte von Liebe, und Kellermann merkte, wie Lisas Fußspitzen dazu wippten und ihre Augen immer wieder zu ihm hersahen.

»Herr Kellermann, wer ist Dr. Kittel?«

»Dr. Kittel? Hat jemand im Spital von ihm erzählt?«

»Im Spital? Nein. Warum im Spital? Ich habe einen Brief in Ihrer Hand gesehen, vor ein paar Tagen, unten beim Postfach, an Herrn Dr. Kittel, unsere Adresse, Ihre Türnummer.«

»Das ist eine lange Geschichte.«

»Wohnt er bei Ihnen?«

»Ob er bei mir wohnt?«

Kellermann konnte seine Verwirrung nur schwer verbergen, blickte auf seine Uhr, gab sich erschrocken, zeigte auf die vorgerückten Zeiger, richtete sich auf, entschuldigte sich immer wieder und meinte, gerne wäre er lieber länger geblieben. Damit ließ er sie stehen.

Er hatte alle Mühe, ohne auszugleiten über den steinigen Boden vom Ufer hinauf auf die Wiese zu klettern. Als er schon oben war, wagte er es, sich umzuwenden, denn im Halbdunkel und aus dieser Entfernung würde Lisa sein Gesicht nicht genug deuten und ihn womöglich durchschauen können. Doch ihre Bemerkung war ein weiterer Schlag für ihn.

»Er ist manchmal sehr laut. Das sind nicht Sie. Er schreit, schlägt gegen Wände.«

»Er ist kein Freund. Es wird nie wieder vorkommen.«

»Wenn er Hilfe braucht, bei uns im Krankenhaus ... Herr Kellermann, Sie können immer mit mir ...«

Kellermann wandte sich endgültig ab. Der Gitarrist hatte zu spielen aufgehört, sein Lied passte nicht zu diesem streitenden Paar.

»Herr Kellermann, ich bin kein Feind!«

Kellermann hatte keine Antwort. Er bemühte sich, nicht zu laufen, eine Flucht hätte alles nur schlimmer gemacht, er blickte sogar nochmals zurück. Aber Lisa lachte schon wieder, und Kellermann schien es, als machte sie an diesem Abend mit ihren Fingern ein zweites Mal das Victory-Zeichen.

Kellermann hob die Hand. Er sah, wie Lisa sich umwandte, weil ihr der junge Mann von vorhin, jetzt mit geschulterter Gitarre, etwas zugerufen hatte.

Für Kellermann war es ohnehin Zeit sich zu beeilen, wollte er nicht auch noch die Sympathie des Überwachungsbeamten mit der angenehmen Stimme verlieren, und er lief das letzte Stück zu seiner Wohnung zurück.

Aus den Fernsehern in den Gassen rundum kam die Musik der späten Abendnachrichten. Kellermann hatte es wieder einmal geschafft, sein Gefängnis in der erhitzten Sonnenallee auf die Minute genau zu betreten. An Lisas Wohnungstür im Erdgeschoss war er schnell vorbeigegangen, ohne jedoch ihrem Namen auf dem kleinen Schildchen mit den handgezeichneten Verzierungen zu entkommen. Lisa Bruckner. Noch. Lisa Bruckner-Kellermann, vielleicht wollte sie darauf hinaus. Frauen begehrten Ärzte, nicht nur seine Brigitte, die auch schon bald ein Skelett sein dürfte, bei dem wenigen Fleisch, das sie bereits zu Lebzeiten auf den Knochen gehabt hatte. Kellermann schob sie aus seinen Gedanken, und er dachte an den Körper der Krankenschwester, und dass irgendein Arzt ihn einmal besitzen würde. Er könnte allen zuvorkommen, als Aura-Chirurg es sogar leichter haben, und bestimmt mochte Lisa nicht nur seine heilenden Hände. Aber bei aller Liebe, er käme zu kurz. Kellermann wusste das. Er war dazu verdammt, sein Glück auf eine andere Weise zu finden.

Er zog das Bajonett aus dem kopflosen Skelett. Das Geräusch allein schon machte ihn verrückt. Wie aus einer Scheide. Wie auf dem Schlachtfeld.

Über die Killing Fields draußen vor seiner Tür wusste er inzwischen alles. Am besten gefielen ihm die Feinde, die Franzosen. Weil sie die Feuerwaffen nicht mochten, das Herumgedonnere verachteten und am liebsten zu den Bajonetten griffen. Gewehre waren für sie nur dazu gut, die stählernen Todesbringer auf ihnen aufzupflanzen. Ein Ritual, dem man sich hingab, das man auskostete, bevor man im Nahkampf die Gedärme aus den österreichischen Bäuchen holte. Das war nicht besonders schwierig, weil sie groß genug waren und es davon jede Menge gab, man musste nur aufpassen, nicht selbst erstochen zu werden.

Mit dieser Gefahr hatte Kellermann nicht zu rechnen. Ihm drohten Augen. Von Menschen, die dann erzählten, was sie gesehen hatten. Das Teuflische an ihnen war, dass es sie überall geben konnte. In der Gasse, hinter Fenstern, auf Balkonen. Es wäre unmöglich, dann weiterzuwüten und die Zeugen auch noch zu beseitigen. Kellermann war kein Massenmörder. Kellermann stach zu. Die Luft bot entsetzlich wenig Widerstand, und ohne Sonne gab es nicht einmal einen Schatten an der Wand.

Kellermann kam sich unendlich einsam vor, in diesem Zimmer, in dieser Wohnung, in der es keinen Zweiten gab, nur Kittel-Kellermann. Er hatte nicht einmal eine Vorstellung davon, ob er in einer der kommenden Nächte eine Frau oder einen Mann treffen würde, mitten ins Herz. Es gelang ihm nicht, sich das Gesicht der hysterischen Frau ins Gedächtnis zu rufen. Alle Bemühungen, es sich einzuprägen, waren umsonst gewesen. Dennoch gefiel ihm diese Furie nach wie vor am besten.

Kellermann nahm sich vor, sie schon morgen ausfindig zu machen. Damit er sie dann beobachten konnte, ihre Eigenheiten kennenlernen, die Wege erforschen, die sie ging, und vor allem um die Gasse festzulegen, in der das große Ereignis dann stattfinden konnte.

Er ärgerte sich über die Frau, weil sie ihm Schwierigkeiten machte, die nicht notwendig wären. Wie kam er dazu, sie erst lange suchen zu müssen? Sterben würde sie ohnehin, früher oder später. Wusste die hysterische Krähe denn nicht, wie unbedeutend sie in der ganzen Angelegenheit war? Nichts als ein unwillkürlicher Muskel, genannt Herz, das jetzt noch Blut durch ihren widerlichen Körper pumpte. Kellermann war nahe daran, sie fallen zu lassen und sich unter anderen Seestädtern umzusehen. Wer war noch ein Außenseiter oder zumindest jemand, den man nicht mochte, der entbehrlich war, den auch er verabscheuen konnte?

Kellermann begriff im selben Augenblick, dass er Gefühle hatte. Kein Mitleid, aber Bedenken. Am wenigsten konnte er ein schlechtes Gewissen brauchen. Eine Tragödie wäre es, wenn er hassen müsste, um töten zu können. Mit Brigitte hatte er Glück gehabt, das große Los gezogen, den ersten Gewinn gemacht, und die Tat selbst nicht auch nur einen Augenblick bereut.

Erst als er sah, wie viel er in den letzten Wochen geschafft hatte, beruhigte sich Kellermann wieder. Baustein für Baustein. Nach exakten Plänen. Die Architektur eines Mordes. Alles war bis ins Kleinste überlegt. Er hatte Baguettes im Supermarkt gekauft, die langen Verpackungen aufgehoben und sorgfältig zusammengerollt. Eine solche Verpackung würde ihm als Scheide dienen für das blutige Bajonett, denn nichts aus dem Körper des Feindes sollte an ihm haften bleiben oder in der Wohnung zu finden sein. Keine Spuren, keine Schuld. Mit Kriminalisten musste Kellermann natürlich rechnen.

Kellermann fühlte wieder Zorn in sich hochkommen, er schlug mit der Faust auf den Tisch, trat gegen die Instrumentenvitrine und rammte den Drehstuhl gegen die Tür, sodass er eine Kerbe im Anstrich hinterließ und wie ein Ringelspiel rotierte. In der letzten Zeit war er immer öfter ausfällig geworden. Aber das hatte nichts mit ihm zu tun, sondern die Umstände waren daran schuld. Die lange Wartezeit. Dass er noch niemanden gefunden hatte, den er ohne schlechtes Gewissen umbringen konnte. Brigittes gab es eben nicht wie Sand am Meer. Ein Wunder, dass Kellermann nicht schon verrückt geworden war, sondern nur etwas jähzorniger als gewöhnliche Menschen.

Außerdem durfte er noch laut sein, denn Lisa Bruckner war nicht zu Hause. Er hätte sie heute einladen müssen, ihr den Wind aus den Segeln nehmen. Kellermann hatte eine Wohnung, die man herzeigen konnte, zwei Zimmer, ohne den geringsten Hinweis auf ein anderes Leben. Auch die Miete wurde pünktlich überwiesen. Vom Konto von damals, nur mit geändertem Namen, aber mit Ersparnissen, die noch ein paar Jahre reichen würden. Kellermann hatte als Dr. Kittel gut verdient, und die Zeit im Gefängnis war umsonst gewesen. Aber er hätte mit Lisa nicht ins Bett gehen können. Seine Fußfessel war zugleich ein Keuschheitsgürtel.

Kellermann blickte aus seinem Zimmer mit Freude auf seinen Balkon. Ein Meisterwerk. Keine Blumen, noch nicht einmal das Schild mit dem Hinweis auf seine Aura-Chirurgie, nur ein Sonnenschirm und der Holzkohlengrill. Aber dennoch vollkommen. Das Eigentliche war unsichtbar. Eine von Menschenhand geschaffene Aura. Es war nicht einfach gewesen, aber Kellermann hatte das kleine Wunder zustande

gebracht, mit Geduld seinen wohltönenden Überwachungsbeamten wie ein Hündchen abgerichtet. Eine Zigarette vor
Mitternacht, dann einmal um 2 Uhr früh, das nächste Mal
vor Sonnenaufgang, dann wieder alles umgekehrt, manchmal sogar überhaupt keine, auf jeden Fall ohne erkennbare
Regelmäßigkeit. Nie länger als 10 Minuten. Auch nie kürzer.
Und niemals öfter als einmal pro Nacht. Anfangs hatte noch
ab und zu das Telefon geläutet und die freundliche Stimme
sich erkundigt, ob sie auch gut schmecke. Neidvoll. Denn
dem Beamten war in seinem Überwachungszimmer das
Rauchen verboten. Über den blauen Dunst wurde dann fast
zärtlich geredet, oft nur wenige Sekunden, aber sie genüg-
ten, um Kellermann ein Gefühl der Geborgenheit zu geben.
Umso notwendiger war es, dass er angefangen hatte, einsilbig
zu antworten.

Dem freundlichen Mann sollten diese Gespräche langweilig werden. Zum Glück gab es andere Fußfesselträger, die
er dringend anrufen musste, und manchmal hörte sich das
Überwachungszimmer ganz schön hektisch an. Kellermann
hingegen war mittlerweile kein Problem, man wusste, dass
er nur auf dem Balkon war, wenn die Anzeige für 10 Minuten blinkte, keinesfalls auf der Flucht, eben ein verlässlicher
Gefangener, ein Wunschkind. Sein Smartphone hatte schon
nächtelang nicht geklingelt. Ein Triumph für Kittel-Kellermann. Es war ihm gelungen, die Justiz zu erziehen und seine
Idee vom perfekten Alibi zu verwirklichen.

Kellermann schaltete den Fernseher ein. Bald würde er
die Mordberichte aus der Seestadt verfolgen können, doch
heute musste er sich noch mit Los Angeles zufriedengeben.
Columbo stand auf dem Programm, versteckt und weggeschoben, auf einem Kanal, der sich keine neuen Serien leisten konnte. Doch für Kellermann waren es Sternstunden,
weil am Beginn der Filme nahezu perfekte Morde vorgeführt
wurden. Er achtete auf Fehler und entdeckte sie schon oft,

noch bevor der Kommissar in seinem abgetragenen Trenchcoat dahinterkam. Daraus konnte er lernen. Aus den Missgeschicken anderer. Diesmal ging es auch um einen Killer von hoher Intelligenz und noch größerer Skrupellosigkeit. Auf den ersten Blick widerwärtig, dann aber faszinierend. Kellermann hielt sofort zu ihm. Dieser Mörder ließ sich bei der Durchführung seines Vorhabens nicht aus der Ruhe bringen, obwohl er auch unter Zeitdruck stand. Doch dann war es geschafft. Großartig. Genial. Keine Fehler. Dazu auch noch ein perfektes Alibi. Leider aber hatte es vorher einen Streit zwischen Täter und Opfer in aller Öffentlichkeit gegeben. Für Columbo Grund genug, den Mörder ins Visier zu nehmen und ihn nie wieder loszulassen.

Kellermann wurde plötzlich klar, dass er die Krähe aus dem Kulturzentrum von seiner Liste streichen musste. Er war über sich erschüttert, weil er beinahe den Fehler seines Lebens begangen hätte. Der hysterische Abgang der Frau war ein auffälliges Ereignis gewesen, der Beginn einer Feindschaft. Vor den Augen aller, ein jeder von den Zuhörern heute Abend wäre ein Zeuge. Die nächstliegenden Fragen der Kriminalisten mussten sich zwangsläufig an Kellermann richten, weil er die Dame gehasst haben musste. Dann würde weitergebohrt werden, sie würden seine Wohnung durchsuchen, das Bajonett im Skelett finden und ihn tagelang verhören, bis es ein Geständnis gab. Der erste Mord in der Seestadt wäre schnell aufgeklärt. Dabei hatte Kellermann sogar ein oberstes Gesetz. Zwischen ihm und dem Auserwählten durfte es keine Verbindung geben. Er hatte die Gnade, jemanden ohne erkennbares Motiv umbringen zu können. Weder aus Rache noch Geldgier oder Eifersucht. Scheinbar ohne jeden Grund. Aber aus einer geheimen Liebe zum Töten.

Kellermann schaltete den Fernseher aus. Mitten im Film. Er wollte nicht mitansehen müssen, wie Columbo einen Versager zur Strecke brachte. In der Stille hörte er jetzt auch die Geräusche von unten. Lisa war nach Hause gekommen. Seine Lisa. Noch gehörte sie ihm nicht, aber so aufrichtige und herzliche Menschen wie sie waren selten. Schade nur, dass man sich mit ihr nur über Morde in Filmen unterhalten konnte.

Kellermanns Stimmung sank noch tiefer, denn er war auf sich allein gestellt, er fristete ein Leben, das man mit niemandem teilen konnte. Wie gut hatten es Killer-Paare. Aber vielleicht gab es auch bei Lisa Bruckner eine andere Seite?

Hatte sie den Fernseher eingeschaltet? Sah sie auch Columbo? Oder Psycho von einer DVD, um Anthony Perkins mit dem Nachbarn über ihr zu vergleichen? Doch die Musik war nicht aufpeitschend, keine aus einem Thriller. Es waren sanfte Töne. Von einem einzigen Instrument. Draußen am See hatte die Gitarre wie verloren gewirkt, jetzt belebte sie das Zimmer der einsamen Krankenschwester, und die Stimme des jungen Mannes klang zart und einfühlsam. Sie passte zu den Songs von Cat Stevens. Kellermann war schon als Gymnasiast dieser Softrock unerträglich gewesen.

Er nahm sich vor, nicht wütend zu werden, nicht gegen Wände und Türen zu treten, und schaltete den Fernseher wieder ein. Columbo streichelte gerade seinen Hund. Kellermann wechselte das Programm, hetzte durch alle Kanäle, blieb bei Scorseses Film über die Rolling Stones hängen, weil er am lautesten war. Er drehte noch lauter. Das war Musik, und nicht das erbärmliche Geklimper einen Stock tiefer. So spielt man Gitarre, wie die alten Männer auf dem Bildschirm! Das Milchgesicht bei Lisa brachte verkitschte Lyrik und verlogene Sanftheit hervor. Kellermann hörte das Gejaule und Lechzen nach Liebe immer wieder, weil er alle zehn Sekunden Scorseses »Shine a Light« auf stumm schaltete.

In Kellermanns Wohnung war ein Inferno von Stones und Stevens ausgebrochen. Noch hatte sich Kellermann in der Hand. Auch weil er sich sagte, dass Lisa so ein Leben führen durfte, an niemanden gebunden war, und sicher darunter litt, weil sich nach dem Vortrag über die Aura-Chirurgie nichts ergeben hatte. Am See hätte Kellermann noch alle Chancen gehabt, auch ohne Gitarre, dafür mit Händen, die in Lisas Vorstellung wahrscheinlich zärtlicher waren als alle anderen.

Doch jetzt war es zu spät. Kellermann versuchte sich einzureden, dass der da unten nur ein Trost für Lisa war, einer, den sie schon morgen vergessen hatte. Wenn es überhaupt dazu kam. Denn noch immer konnte es sein, dass Kellermann innerhalb der nächsten Minuten Lisas Wohnungstür hörte und dann nur noch auf den Balkon hinaustreten musste, um den Abgang des Musikanten zu sehen, der sich mit geschulterter Gitarre auf den Heimweg machte.

Stones – Stevens, Stones – Stevens. Kellermann ertrug es nicht länger, er schaltete seinen Fernseher wieder aus. Nur noch Stevens. Kellermann war hilflos der Folter ausgeliefert, und er konnte durch die Fußfessel nicht einmal aus seiner Wohnung fliehen. Er fürchtete sich davor, was in dieser Nacht noch kommen würde. Schon vorhin war eine der Pausen zwischen zwei Songs länger als die anderen gewesen, aber dann erklangen doch wieder die Akkorde und die dünne Stimme. Damit wusste Kellermann, wo die Hände des Gitarristen waren, noch nicht auf Lisas Körper. Doch nun herrschte wie erwartet minutenlange Stille in ihrer Wohnung, und sie wurde auch nicht mehr unterbrochen. Die einsame Krankenschwester war in den Fängen des Feindes. Anders konnte Kellermann es nicht sehen.

Er lauschte, legte sein Ohr an die Wände, doch ohne rechte Orientierung, da er nicht wusste, welcher der Räume unter ihm als Schlafzimmer diente. Oder die beiden jungen Leute waren schon neben der Gitarre übereinander hergefallen.

Kellermann versuchte, sich Lisas Körper vorzustellen,

dann ihr Gesicht in diesem Augenblick, ihren Mund, der ihn auf die Wange geküsst hatte und aus dem die Komplimente für den Aura-Chirurgen gekommen waren. Von ihrem derzeitigen Liebhaber hatte er nur die schlanke Gestalt in Erinnerung, lockige Haare und am Kinn mehr Flaum als Bart, ein Milchgesicht. Aber vielleicht war Lisas Bettgenosse schon zwanzig oder sogar so alt wie sie. Das wäre für Kellermann eine Hilfe. Dann könnte er sich weiter mit dem aufregenden Gedanken beschäftigen, der ihm vorhin gekommen war, der ihn eigentlich überfallen hatte. Warum nicht der Gitarrenspieler? Gab es ein besseres Objekt? Noch dazu, wo die hysterische Frau aus der Kulturfabrik tabu geworden war.

Kellermann hörte Schreie der Lust. Sie klangen noch nicht ganz reif, aber erwachsen. Lisa hatte nur laut gestöhnt, aber in ihren Armen lag einer, der alt genug war, um zu sterben. Der kleine Tod und der große, beide in einer Nacht. Kellermann setzte den Gitarristen auf seine Liste. An oberste Stelle. Jetzt waren die Probleme zu durchdenken, die Vorgangsweise, die Folgen. Lisa würde von dem Mord in der Seestadt erst irgendwann am Nachmittag erfahren, nach ihrer Rückkehr aus dem Krankenhaus. Auf jeden Fall musste dazu der junge Mann ihre Wohnung in den nächsten Stunden verlassen, allerdings vor Sonnenaufgang, denn Kellermann war auf das schummrige Licht und die Schatten in den Gassen angewiesen.

Kellermann erschrak. Vor der Nähe des großen Augenblicks. Mit welcher Wucht und Geschwindigkeit das Ereignis an ihn heranrollte und eigentlich nicht mehr aufzuhalten war! Um Lisa wollte sich Kellermann später sorgen oder gar nicht mehr. Eine, die nicht aufhören konnte, ihn zu betrügen, verdiente es, den plötzlichen und echten Tod begreifen zu müssen.

Er hielt das Bajonett vor sich hin. Es fühlte sich anders an als bisher. Daran waren nicht nur die hauchdünnen Handschuhe schuld, sondern die Verwirklichung eines jahrelangen Traumes. Zudem kam es nun auf jede Minute an, auf jede Sekunde, auch wenn alles noch Stunden dauern konnte. In der Wohnung einen Stock tiefer war Ruhe eingekehrt, das ekelhafte Gestöhne ausgeblieben. Zuvor waren sogar von Lisa Schreie zu hören gewesen, und Kellermann traf es besonders, weil sie so erfüllt geklungen hatten und zugleich wie von Schmerzen.

Sein Hass auf den Gitarristen war ins Unermessliche gestiegen, sodass die Angelegenheit sich wie von selbst erledigen würde. Kellermann musste nur noch den inneren Befehlen gehorchen, das Geübte Wirklichkeit werden lassen, seinen Weg Schritt für Schritt gehen, lautlos in dieser Nacht, mit einem Höhepunkt in einer der Gassen. Kellermann kam sich vor wie eine Mischung aus Raubtier, Soldat und Dr. Kittel, sprungbereit in weichen Schuhen, in seinen alten Jeans, in der Jacke mit Kapuze, in der Mitte seines Zimmers, aufrecht stehend, lauschend.

Eine halbe Stunde war vergangen, und noch immer wartete er mit angehaltenem Atem auf das Geräusch der Wohnungstür im Erdgeschoss. Er verfluchte all die Mieter, die um zwei Uhr früh lärmend auf die Toilette gingen oder sich mit trampelnden Schritten ein Bier aus einem Kühlschrank holten. Das größte Glück war ohnehin, dass Kellermann heute noch nicht zu seiner täglichen Zigarette gegriffen hatte und dem Balkon ferngeblieben war, sodass ihm unverbrauchte und gesicherte 10 Minuten zur Verfügung standen. 10 Minuten. Diese kurze Spanne, von der Kellermann hoffte, dass sie die schönste Zeit seines Lebens nach dem Gefängnis werden würde.

Er öffnete seine Wohnungstür einen Spalt, um besser zu hören, aus Angst, der Gitarrist könnte sich leise davonstehlen. Zugleich achtete er darauf, nicht von einem plötzlich aus einer Wohnung tretenden Mieter bemerkt zu werden.

Niemand würde verstehen, warum Dr. Kellermann eine Jacke trug, mit über den Kopf gezogener Kapuze. Durch diese Verkleidung war er nicht zu erkennen, doch noch wichtiger war Kellermann der alles bestimmende Gesamteindruck, den er bei Zeugen hinterlassen wollte. Sie sollten glauben, einen Jugendlichen gesehen zu haben, schlank, gelenkig, schnell zu Fuß, auf keinen Fall einen Mann im mittleren Alter. Die Ermittlungen hatten von Anfang an in andere Richtungen zu gehen, hin zu den alltäglichen Gewaltverbrechern. Der Gitarrist war als Opfer dafür wie geschaffen, weil man den Täter in seinem Freundeskreis suchen würde, an einen jungen Raubmörder denken musste, oder an ein Verbrechen aus Rache oder Rivalität. Doch der beste Schutz für Kellermann war die Aura, die ihn umgab. Er galt als Mann, der sich die Seestadt ausgesucht hatte, um anderen zu helfen, und nicht um sie umzubringen.

In diesem Moment wurde die Tür einen Stock tiefer geöffnet. Vorsichtig, langsam, leise. Von Lisa war nichts zu hören, es gab auch keinen Abschiedskuss. Wahrscheinlich verließ ihr Besucher eine erschöpfte Schlafende, eine Glückliche. Er könnte betrunken sein, denn die Gitarre wurde gegen eine Wand oder ein Geländer gestoßen, mit einem langen Nachhall im Stiegenhaus. Kellermann blickte auf seine Uhr, prägte sich die Stellung des Minutenzeigers ein, und wo er stehen würde, wenn er wieder zurück sein musste. Er wollte schon umkehren, weil ihm vorkam, dass das alles unmöglich zu schaffen war, nur ein Wahnsinniger hatte sich so viel in so kurzer Zeit vornehmen können. Brigitte fiel ihm ein, sie kam Kellermann wie ein Engel aus dem Jenseits zu Hilfe, ihr Schrei in der Schlucht zog ihn aus seiner Wohnung, ihr zerschmetterter Körper sagte ihm, dass es heute auch zu schaffen sei. Nur Mut. Eine Chance wie diese kam nie wieder, und wenn ihm der Gitarrist zu jung erschien, würde er ohnehin abbrechen, dann wäre alles nur ein nächtlicher

Spaziergang gewesen, 10 Minuten Bewegung statt mit einer Zigarette auf dem Balkon.

Der Gitarrist huschte wie ein Verbrecher durch die gläserne Tür aus dem Haus. Kellermann schaffte es, sie am Zufallen zu hindern, ohne dass sein Opfer dies bemerkt hätte. Keiner der Nachbarn kam aus einer der Wohnungen, niemand sonst war auf der Straße. Der junge Mann vor ihm schwankte auf die Mitte der Sonnenallee zu, ohne auf etwas anderes als sich selbst zu achten. Trotzdem sah er nicht wie unter Drogen aus, war vielleicht nur vollkommen erschöpft, bestimmt nicht betrunken, denn das hätte zu Cat Stevens, der sich seit Jahrzehnten Yusuf Islam nannte, kaum gepasst.

Kellermann hatte nicht bedacht, dass ihm der junge Mann den Rücken zuwenden würde. Jetzt müsste er ihn also überholen, um ihn von vorne mit dem Bajonett in die Brust stechen zu können. Er verfluchte sich, dass er so anmaßend gewesen war, sich den großen Augenblick immer von Angesicht zu Angesicht vorgestellt zu haben, mit dargebotenem Oberkörper, auf dem er nur die richtige Stelle anvisieren musste. Doch der Gitarrist kam seinem Mörder nicht entgegen. Es war kein Aufeinandertreffen mit dem Feind, wie es die Soldaten in ihren Schlachten erleben durften, sondern ein Hinterherhecheln für Kellermann. Auch die Kapuze stellte sich als ein höchst gefährliches Hindernis heraus, denn sie nahm ihm die Sicht zur Seite, wo sich Spätheimkehrer auf den Gehsteigen, Liebespaare vor Haustüren oder Zigarettenraucher auf Balkonen befinden konnten.

Doch als Kellermann auf die Uhr blickte, schöpfte er wieder Mut. Seit dem Verlassen seiner Wohnung waren erst zwei Minuten vergangen. Ein weiterer Anreiz, das Unternehmen nicht abzublasen, kam hinzu. Der Mann vor ihm bog in die Agnes-Primocic-Gasse ein. Kellermann hatte sich immer hier gesehen, in seiner Vorstellung war für das große Ereignis nie ein anderer Ort aufgetaucht, vielleicht auch deshalb, weil diese Schlucht zwischen den Häusern so nah war, der Weg nach Hause ein Katzensprung, alles innerhalb der Zeit, und sogar bei seinen als schnelle Spaziergänge getarnten Übungen konnte er dann immer ohne Hast die Stufen im Stiegenhaus hinaufsteigen, die Tür aufschließen und zurück in seiner Wohnung sein.

Allerdings hatte er für alles, was mit dem Bajonett zu tun hatte, nur eine Minute veranschlagt. Länger durfte das große Ereignis nicht dauern. Nicht nur wegen seiner begrenzten Zeit als Fußfesselträger. Kellermann hegte die Vermutung, dass dieses besondere Erlebnis nur seine volle Wucht entfaltete, wenn es kurz und bündig war, hart, eine Explosion. Er hasste Mörder, die den Augenblick endlos dehnten, den Tod hinauszögerten, sich am Leiden des Opfers ergötzten. Die Soldaten auf den Killing Fields um die Seestadt konnten damals auch nicht stehenbleiben und zusehen, wie die Gedärme aus den Uniformen quollen oder die Niedergestochenen endlos lange die Augen verdrehten.

Kellermann begriff, dass er ein Genie war. In spätestens einer Minute musste er töten, und trotzdem war er in der Lage, sich vorher noch tausend Gedanken durch den Kopf gehen zu lassen. Etwas in ihm war unendlich. Jede einzelne Sekunde dauerte ewig. Wenn ihn nur seine Uhr nicht betrog und stehengeblieben war. Doch auch seine Schritte waren ein Maß für die Zeit, und der junge Mann, der vor ihm auf die Susanne-Schmida-Gasse zusteuerte, bewies ebenfalls, dass nicht schon Stunden vergangen waren. Jetzt geschah das Gleiche wie bei Brigitte. Was zu tun war, erledigte Kellermanns Gehirn. Ein Feuerwerk an Befehlen, um die er sich nicht mehr kümmern musste. Er selbst war frei für den großen Augenblick. Sein Körper machte ohnehin, was nun notwendig war. Die schnellen Schritte vorwärts, den Griff in den linken Ärmel der Jacke, um das Bajonett hervorzuziehen, das Abwinkeln des rechten Armes, um die Waffe hinter dem Rücken zu verbergen.

»He!«

Der Mann wandte sich ahnungslos um. Kellermann war erstaunt über das Gesicht des Gitarristen, fast erschrocken. Er mochte achtzehn sein, zwanzig, oder auch nur sechzehn, aber mit Augen, die schon vieles gesehen hatten. Flackernde Irrlichter, wie aus einer anderen Welt und zugleich voller Schrecken.

Der Gitarrist sah an ihm vorbei, die Agnes-Primocic-Gasse entlang, hinüber zur Sonnenallee, dorthin, von wo er eben gekommen war. Zu dem Haus, das sie beide vor knapp fünf Minuten verlassen hatten.

Kellermann hatte etwas Ekelhaftes vor sich, schlimmer als eine Prostituierte, vielleicht einen Wahnsinnigen, auf jeden Fall Abschaum. Aber zugleich wusste er, dass das nicht stimmen konnte, dass der Junge ein begnadeter Sänger war, virtuos auf der Gitarre. Vielleicht war es notwendig, den Feind mit anderen Augen zu sehen, um ihn hassen zu können. Kellermanns Arm kam schon hinter seinem Rücken hervor, nahm Schwung nach oben, wurde ausgestreckt, dann wieder angewinkelt, in die richtige Ausgangslage gebracht. Er selbst sah nur noch die Stelle, hinter der sich das Ziel befand, der unwillkürliche Muskel, der getroffen werden musste. Ihm fiel ein, welche Geschicklichkeit immer notwendig gewesen war, tief in das Fleisch eines Patienten zu schneiden. Jetzt durfte er nur nicht im letzten Moment zögern, sich nicht ablenken lassen, und vor allem durfte er sich keine Gedanken mehr machen. Weder über das Alter des jungen Mannes noch über die Worte, die dieser ihm mit versprühter Spucke entgegenschrie.

»A bad night, a bad night, baby, you're cool.«

Kellermann blieb gar nichts mehr anderes übrig, als den Schreihals zum Verstummen zu bringen. Er stach zu. Mehr noch. Er durchbohrte sein Herz. Dessen war er sich sicher, denn das Bajonett kam an der richtigen Stelle am Rücken des zusammensinkenden Körpers wieder heraus. Kellermann wuchs über sich hinaus. Mit der einen Hand fing er die Gitarre, bevor sie zu Boden fallen und noch mehr Lärm in der Susanne-Schmida-Gasse machen konnte, mit der anderen zog er die todbringende Waffe aus dem stürzenden Körper. Zugleich schaffte er es, rechtzeitig auszuweichen, jede Berührung mit dem Feind zu vermeiden, zu sehen, dass kein Blut spritzte, und ohne Hast den Rückzug anzutreten. Nichts von ihm war bei dem Toten geblieben, keine Abdrücke von Fingern, keine DNA, dessen war sich Kellermann sicher. Auf dem Weg zurück zu seinem Haus legte er die Gitarre auf einem Rasenstück in der Größe eines kleinen Tisches geräuschlos ab.

Er hatte noch vier Minuten. Zeit genug, um nicht laufen zu müssen. Kein Mensch auf der Straße, und in der Gasse hinter ihm nur der Tote auf dem Steinpflaster, um sie beide herum Stille. Kellermann blies in die zusammengerollte Verpackung eines längst aufgegessenen Baguettes und freute sich, weil sie sich gleichmäßig über die ganze Länge entfaltete. Um das Bajonett hineinzuschieben, blieb er stehen. Schon im Licht der Straßenlaterne sah er, dass es auf dem perfekten Mordinstrument wie erwartet nur wenig Blut gab.

Kellermann drückte wenige Sekunden später die Waffe in der Scheide aus Papier an sich und ging die Sonnenallee entlang, als wäre nichts geschehen. Dabei wusste er, dass er eben das Größte erlebt hatte, das einem Menschen möglich war. Es würde Tage und viele Nächte dauern, um alles zu begreifen, vor allem, die eine Minute. Länger hatte das Einzigartige nicht gedauert. Jetzt war es wieder passiert. Mitten in der Seestadt. Ohne Rosengartenschlucht und Höhenangst. Brigitte war nun endgültig und für immer tot. Kellermann brauchte sie nicht mehr, er hatte neue Augen, die er aber noch enträtseln musste. Flackern statt Iris.

Als er die gläserne Tür zu seinem Haus öffnete, erinnerte er sich daran, wie wenig er noch vor neun Minuten bedeutet hatte. Aber als er jetzt seine Wohnung betrat, war er sich sicher, der mächtigste Mensch in der Seestadt zu sein. Noch nicht Gott, aber ihm ähnlich. Fast hätte er einen Schrei ausgestoßen vor Freude. Das hätte aber vermutlich Lisa geweckt. Sie würde denken, Herr Dr. Kittel habe wieder einen Anfall bekommen.

Dabei war Kellermann so gelassen und entspannt wie seit Jahren nicht. Alles fiel ab von ihm, die Sorgen um ein geeignetes Objekt, ob die zehn Minuten denn auch reichen würden, und ob die Gefühle wiederkämen, die ihn nach dem Todessturz Brigittes überwältigt hatten. Sie waren da, mitten in seinem Zimmer, mitten in seinem Körper, in seiner Seele. Wohin er in seiner Wohnung ging, sie blieben bei ihm. Er konnte nichts mehr tun, ohne diese unglaubliche Macht zu spüren. Er sah sich auch im Spiegel neu. Allein seine flackernden Augen erinnerten ihn an den Gitarristen. Das war aber auch das Einzige, was sie gemeinsam hatten. Kellermann durfte die gute Luft der Seestadt atmen, der andere war auf ewige Zeiten tot. Der Aura-Chirurg hatte ein zweites Leben, der Musiker nicht einmal mehr sein Instrument.

Kellermann zog das Bajonett aus der papierenen Hülle, und er roch Blut wie zu den Zeiten als Chirurg. Viel war von dem Gitarristen nicht auf dem glänzenden Stahl geblieben, aber die Schlieren waren hellrot, voll von Sauerstoff, ein Hinweis für Kellermann, dass er die linke Herzkammer getroffen hatte. Er war sich auch sicher, weder das Brustbein noch eine Rippe durchstoßen zu haben. Eben ein Meisterwerk, aber auch ein Mord mit viel Glück. Das setzte sich fort bis zur Fußfessel. Kellermanns Handy war draußen auf dem Schlachtfeld stumm geblieben, der Überwacher mit der angenehmen Stimme hatte anderes zu tun gehabt, als sich über das Zigarettenrauchen auf einem Balkon zu unterhalten. Mit höchster Wahrscheinlichkeit würde der freundliche Mann sich nicht erinnern können, wann das warnende Licht in dieser Nacht geblinkt hatte. Damit war das Alibi stichhaltig, einfach perfekt, wie alles.

Kellermann hätte schon gerne die Handschuhe abgestreift, aber vorher war noch einiges zu erledigen. Mit einem Papiertaschentuch wischte er die Klinge ab, nicht hektisch und verbissen, wie andere Mörder ihre Waffen reinigten, sondern in dem Wissen, dass es beim Stand der heutigen Forensik ohnehin sinnlos wäre, da auch der glatteste Stahl Narben hatte, in denen sich Körperzellen verstecken konnten.

Um alle Spuren zu beseitigen, musste Kellermann ein Wagnis eingehen. Nicht der Holzkohlengrill auf dem Balkon war das Problem oder dass er ihn wegen der Fußfessel vom Zimmer aus handhaben musste, sondern der aufsteigende Rauch um diese Zeit konnte Nachbarn ins Grübeln bringen. Trotzdem wäre es gefährlicher, die Beweise für den Mord bis zum Abend in der Wohnung zu belassen, denn eines wusste Kellermann ebenfalls von Columbo und tausend anderen Filmen: Er konnte etwas übersehen haben, und schon in wenigen Stunden würde die Meute der Kriminalisten durch die Gegend hetzen, um die Fährte aufzunehmen, um heiße Spuren nicht erkalten zu lassen.

Kellermanns Glückssträhne riss nicht ab. Als er in die Holzkohle blies, um die Glut zu entfachen, rollte ein Müllabfuhrwagen heran. Zu früh an diesem Morgen, andererseits war es schon sieben, und der Dreck der Seestädter roch nicht besser als der anderer Menschen. Der vom Grill aufsteigende Duft ging im Gestank unter, sogar der beißende Geruch der schmelzenden Handschuhe. Die ehemalige Verpackung eines Baguettes und einer Mordwaffe loderte nur kurz auf, ebenso das blutbefleckte Taschentuch, und Kellermann genoss die Hitze, die ihm von der inzwischen hellroten Holzkohle entgegenschlug. Das Bajonett passte exakt in die eiserne Wanne, man hätte es sogar für einen in das Feuer gefallenen Grillspieß halten können. Dort würde es bleiben, mindestens eine halbe Stunde, bis es nur noch ausgeglühten Stahl gab, nicht mehr den geringsten Rest eines Menschen, keinen Beweis für ein Verbrechen. Kellermann fragte sich, ob er in diesem Augenblick auch die Zellen eines gefallenen Soldaten vernichtete, ob die alte DNA noch heute zu entschlüsseln wäre. Viel würde er dafür geben, den Infanteristen von damals kennenzulernen. Mit ihm war Kellermann auch nach zwei Jahrhunderten verbunden, hatten sie doch beide dieses Bajonett zum Töten benutzt.

Kellermann nahm eine Dusche. Nur zehn Minuten. Ihm fiel auf, dass er immer mehr von seinem Leben in diese Zehn-Minuten-Spanne teilte. Lieber hätte er den ganzen Vormittag das Wasser über seinen Körper rinnen lassen wollen, aber ein solcher Exzess hätte wieder das Misstrauen Lisas erweckt, wenn sie das Brausen des Wassers gehört hätte. Ob sie schon wach war? Oder sie erst zu Mittag in das Donauspital musste oder überhaupt Nachtdienst hatte? Oder die verlässliche Lisa Bruckner war mutig genug gewesen, sich krank zu melden. Verkühlt, Husten, infektiös, und aus Rücksicht wollte sie keine Patienten anstecken. Liebeskrank. Der Samen des Gitarristen war in ihr, und damit in Kellermanns Haus, nur einen Stock tiefer.

Kellermann wusste noch nicht, was das bedeuten konnte, welche Auswirkungen das hatte, aber er erschrak. Fest stand, zwischen der Leiche in der Susanne-Schmida-Gasse und seiner Adresse in der Sonnenallee gab es eine Verbindung. Eine, die sich nicht wegwaschen oder ausglühen ließ. Alles war überstürzt gewesen, nichts perfekt. Bis auf den Stich. Kellermann tröstete sich mit dem Anblick des Bajonetts in der Glut. Beweisen konnte man ihm nichts. Außer es gab

Zeugen. Aber die hatten nur einen Kapuzenmann gesehen, vom Gang her höchstens zwanzig, so alt wie das Opfer, ein typischer Mord unter Gleichaltrigen, eine Drogengeschichte. Musiker brauchen Kokain, um Cat Stevens spielen zu können, und der Gitarrist hatte auch tatsächlich wie im Rausch ausgesehen. Vernichtenswert.

Als der Morgen dämmerte, hängte Kellermann das Schild von außen an seine Wohnungstür: Heute keine Ordination. Aber auch das machte ihn verdächtig. Keine Ordination? Warum so plötzlich? Warum gerade heute? Noch dazu nach dem Publikumserfolg von gestern? Tinnitus hatte fast ein jeder, und seit dem Vortrag wusste man, wer die Wasserfälle, das Bienengesumme und die Pfeifkonzerte zum Verstummen bringen konnte. Kellermann aber kam sich wie verwandelt vor, voller Schwäche, einen Patienten nur zu begrüßen wäre schon zu viel, und es war unvorstellbar für ihn, eine ganze Behandlung durchzuhalten. Er musste sich zurückziehen, sich krank stellen.

Die Frühnachrichten im Radio brachten noch nichts über den ersten Mord in der Seestadt. Es waren auch keine Folgetonhörner von Polizei oder Rettung zu hören gewesen, obwohl Kellermann das Schlafzimmerfenster in Richtung Susanne-Schmida-Gasse geöffnet hatte. Entweder verschluckten die Häuser zwischen seiner Wohnung und dem Tatort sogar ein derartiges Geheul, oder die Einsatzkräfte waren still ans Werk gegangen. Auf jeden Fall hielt er es für ausgeschlossen, dass man die Leiche noch nicht gefunden hatte.

Das Telefon läutete. Ein Überwacher konnte es nicht sein, denn Kellermann befand sich weder in der Badewanne noch auf dem Balkon. Oder es gab in der Zentrale einen Fehlalarm, was nicht das Schlechteste wäre. Kellermann könnte antworten, ich bin da, meine Herren, in meiner Wohnung, Sie sehen, mit mir ist alles in Ordnung. In Gedanken würde er hinzufügen, danke, danke, jetzt ist mein Alibi durch nichts mehr zu erschüttern.

»Sie sind schon wach, ich höre Sie, sonst hätte ich Sie nicht angerufen.«

Kellermann musste nachfragen, weil er die Stimme nicht erkannte.

»Lisa. Ihre Nachbarin. Verkühlt. Mitten im Sommer.«

»Lisa? Sie klingen wie …«

»… verkühlt. Halsschmerzen. Ich bleibe im Bett. Auch eine Krankenschwester darf einmal krank sein. Es tut mir leid wegen gestern. Aber die Einsamkeit. Deswegen habe ich die alten Kassetten hervorgeholt. War es sehr laut?«

»Die alten Kassetten?«

»Von meinem Vater. Musik zum Träumen, aber vielleicht zu laut.«

Kellermann ärgerte sich, für wie dumm sie ihn hielt. Aber er wusste auch, dass er jetzt nicht den geringsten Fehler machen durfte.

»Ich habe schon geschlafen, nichts gehört.«

»Nichts gehört?«

»Nichts. Ich war müde, der Vortrag, ein Glas Wein zu Hause, und ich war hinüber, von einer Minute zur anderen.«

»Dann ist es ja gut.«

Kellermann hörte sie husten, schlucken, würgen. Der Anfall wirkte aber nicht gespielt. Auch wenn ihm Lisa jetzt etwas vormachte, irgendetwas war mit ihr nicht in Ordnung. So klang man nicht nach einer Liebesnacht, und mochte sie noch so stürmisch gewesen sein. Wusste sie schon etwas vom Tod ihres Gitarristen?

»Lisa, wenn Sie Hilfe brauchen, Sie kommen zu mir, ich zu Ihnen, es ist ja nur ein Sprung.«

»Ich mache nicht auf. Nie mehr. Niemandem.«

»Was ist los mit Ihnen?«

»Mögen Sie mich?«

Kellermann kam nicht dazu, ihre Frage zu bejahen. Er hätte allerdings dabei lügen müssen.

»Sind Sie mein Freund? Dann lassen Sie mich in Ruhe. Ein paar Tage. Bis alles vorüber ist. Ich möchte nicht, dass Sie mich so sehen.«

»Lisa, als Arzt sind mir schon viele Kranke untergekommen. Verwundete, übel zugerichtet, Menschen mit heraushängenden Gedärmen.«

Kellermann hätte sich fast auf die Zunge gebissen. Er hatte sich nicht in der Hand, seine Sprache nicht im Griff. Zu oft waren ihm in der letzten Zeit die Soldaten mit den Bajonetten eingefallen, und heute Nacht musste er ständig an sie denken, weil er nicht der Einzige sein wollte, der getötet hatte. Kellermann nahm sich vor, in Zukunft jedes Wort auf die Waagschale zu legen. Ihm wurde auch plötzlich klar, warum manche Mörder sich selbst verrieten. Auch seine Gedanken drehten sich nur um das eine. Jetzt noch mehr, weil von draußen Sirenengeheul zu hören war. Lisa schien der schrille Lärm in der Sonnenallee zu überraschen.

»Brennt es in der Seestadt? Oder eine Schlägerei? Ich brauche keine Hilfe. Nur schlafen, wie Sie, Herr Kellermann.«

Lisa legte auf. Kellermann war nun klar, dass sie vom Tod ihres Geliebten nichts wusste. Trotzdem hatte sie gelogen. Wie er. Man kannte sich kaum und betrog sich schon. Kellermann hatte allen Grund dazu, aber seine Nachbarin? Was musste sie verbergen? Kassetten statt Musik live, das nahm er noch hin, weil Lisa ihn nicht kränken wollte. Doch ihr Verhalten war eigenartig gewesen, die Wahl ihrer Worte, ihre Angst vor Besuchen.

Kellermann fühlte sich hellwach, obwohl er die vergangene Nacht die Augen keine Minuten zugemacht hatte. Er fühlte seinen Puls. 104, viel, doch nicht besorgniserregend, sondern dem Ereignis angemessen. Die trüben Gedanken hatten sich in Luft aufgelöst. Niemand würde zwischen ihm und dem Gitarristen einen Zusammenhang sehen.

Kellermann war wieder in Fahrt. Wie auf Drogen. Seit Stunden gab es Flashbacks und neue Bilder, und nicht die abgegriffenen und zum Überdruss erlebten Erinnerungen an Brigitte und ihren Todesschrei. Der Gitarrist war nur mit einem kleinen Ächzen gestorben, als wollte er den Stich in seinen Körper nicht übertönen. Wie gerne hätte Kellermann die Wunde gesehen. Das kreuzförmige Gebilde in der Haut, das spätestens nach der Reinigung dem Pathologen Rätsel aufgeben musste. Spekulationen würden entstehen, Irrtümer, Verschwörungstheorien und der Verdacht, dass da jemand ein Zeichen hinterlassen wollte, einen Code des Todes. Doch dafür war es jetzt zu früh. Ein Code wurde erst als Code erkannt, wenn er ein zweites Mal auftauchte. Niemand konnte sagen, wann ein Serientäter aufhörte. Hoffentlich nie. Kellermann wusste seit heute, dass er einer war. Der erste Stich mit dem Bajonett lag keine zwei Stunden zurück und schon dachte er an den nächsten. Vielleicht war Kittel-Kellermann größer als jeder andere. Doch Geduld. Jetzt galt es, diesen einen Mord auszukosten. Immerhin war es der erste in der Seestadt, diesen Vorsprung konnte ihm niemand mehr nehmen.

Achtzehn Jahre. Endlich wusste Kellermann, wie alt der Tote in der Susanne-Schmida-Gasse war. Die Nachrichten im Radio hatten nicht sehr ausführlich berichtet, aber genug, um Kellermann aufatmen zu lassen. In diesem Alter durfte man schon sterben, und er konnte endlich die Angst ablegen, ein Kindermörder zu sein. Trotzdem war die Jugend des Erstochenen ein Makel, den Kellermann aber auch beim besten Willen nicht wiedergutmachen konnte. Er tröstete sich damit, dass jüngere Prostituierte reihenweise umgebracht wurden und niemand etwas Besonderes daran fand. Außerdem waren die toten Soldaten unter der Seestadt auch

längst nicht alle erwachsene Männer gewesen, sondern bart-
loses Kanonenfutter. Er hatte nur eine Leiche zu den vielen
hinzugefügt, das war alles. Kellermann begriff, dass man sich
als Mörder schützen musste. Mit vernünftigen Argumenten,
mit einer glaubwürdigen Verteidigung und mit Gelassenheit.
Wenn er jetzt anfing, sich wegen jeder Kleinigkeit Vorwürfe
zu machen, konnte er nur untergehen. Auch ohne Justiz. Er
würde sich selbst zugrunde richten.

Er blickte in den Spiegel. Sah so ein Monster aus? Und
wenn schon, was konnte er dagegen tun? Außerdem war er
jetzt noch aufgewühlt, keine vier Stunden nach dem Zustechen, deswegen auch der flackernde Blick. Trotzdem be-
schloss er, sich aus dem Haus zu wagen. Hätte er nicht die
Arzttasche seines Vaters mit dem Operationsbesteck und
vor allem dem Totenkopf zu holen gehabt, wäre er in seiner Wohnung geblieben. Seine Wände gaben ihm Schutz vor
Blicken, vor Fragen.

Aber als er die Sonnenallee betrat, ging es ihm besser als
erwartet. Er wurde freundlich gegrüßt, und niemand drehte
sich nach ihm um. Es gab auch kein Flüstern hinter vorge-
haltener Hand, nichts. Mit jedem Schritt wurde er sicherer,
fast hätte er wie Lisa die Hand erhoben und den gewöhnlichen Menschen das Victory-Zeichen entgegengestreckt.
Weil er so viel mehr wusste als alle anderen. Weil Kellermann
kein Blut an den Händen hatte und trotzdem der erste Mörder der Seestadt war.

Die Verlockung war groß, in die Polizeistation im Haus
Sonnenallee 33 hineinzugehen und sich nach dem Stand der
Dinge zu erkundigen. Als besorgter Einwohner durfte er ein
Interesse daran haben, was in dieser Nacht eigentlich gesche-
hen war. Aber dann siegte die Vorsicht, und er setzte seinen
Weg fort. Er musste achtgeben auf sich, seine Stimmungs-
schwankungen in den Griff bekommen. Diese Wechselbäder
machten ihm zu schaffen. Sieger oder Versager. Gott, oder

schon in Handschellen. Kellermann wandte sich um, ob ihm auch wirklich keiner der vielen Polizisten von der Sonnenallee 33 folgte.

Die Tasche seines Vaters war immer noch dort, wo er sie gestern vergessen hatte. Kellermann holte sie unter dem Tisch auf der Bühne hervor und verließ den Saal schnell. Diese schwarzen Wände ohne Scheinwerferlicht und Publikum boten einen traurigen Anblick. Ihm graute außerdem auch bei der Vorstellung, womöglich auf Wunsch der Seestädter hier wieder auftreten zu müssen und seine heilenden Hände verehren zu lassen. Doch er würde abermals in dem Totenschädel herumstochern, weil es kein besseres Mittel gegen Verdächtigungen gab als seine Aura-Chirurgie. Mit der Tasche in der Hand, trat er aus der Finsternis hinaus in die Sonne. Die ältere Dame, die für die Durchlüftung der Kulturfabrik nach den Veranstaltungen zuständig war, kam ihm entgegen.

»Es hat den Richtigen erwischt«, hörte er sie sagen.

Kellermann wusste, von wem sie sprach, doch mit diesem harten Urteil über den Toten hatte er nicht gerechnet.

»Ich habe es gesehen, mit meinen eigenen Augen.« Die Dame fuhr sich mit den Fingern ins Gesicht. Dann packte sie Kellermann an der Hand und zog ihn hinter sich her zur Rückseite der Fabrik, hin zu der Blechwand einer Bauhütte.

»Nach einem Abend mit Disco, das Übliche, dagegen sagt auch niemand etwas, wir alle waren einmal jung. Aber er hat sie nachher gewürgt, fast umgebracht.«

Kellermann atmete durch. Ihm gefiel jedes Wort. Erleichterung stieg in ihm auf. Es schien, als hätte sein Bajonett keinen Unschuldigen durchbohrt. Wie aus dem heiteren Himmel war die Befreiung von seinen quälenden Gedanken gekommen.

»Kein Einzelfall, man redet nur nicht darüber. Natürlich sind auch die Mädchen schuld.«

Kellermann hätte gerne noch länger zugehört, doch er musste weg, weil er noch etwas anderes begriffen hatte. Er ließ die Frau einfach im Gras mit den Kondomen und dem Uringeruch stehen.

»Er wäre ein zweiter Unterweger geworden. Ich lüge nicht, das ist die Wahrheit!«, rief sie ihm noch nach.

Mit der Arzttasche seines Vaters in der Hand schritt Kellermann weit aus, als wäre er zu einem Notfall gerufen worden. Das Operationsbesteck klirrte in dem abgetragenen Leder, der Totenkopf rollte heftig hin und her, doch das kümmerte ihn jetzt nicht. Lieber ein paar Löcher mehr in dem Schädel als zu spät bei seiner Kranken. Natürlich musste Lisa Halsschmerzen haben und wie eine Verrückte husten, was sonst. Es kam darauf an, wie tief sich die Finger des Gitarristen in ihre Haut gegraben hatten, ob ein Wirbel verletzt war, eine Vene gerissen, nur in der Breite eines Haares, aber weit genug, um einen Menschen in einer verdammten Sickerblutung verrecken zu lassen. Sein eigener Mord interessierte ihn nicht mehr, ebenso wenig wie das Aufgebot von Kriminalbeamten, deren Einsatzfahrzeuge sich bis zur Sonnenallee stauten.

Als er endlich sein Haus erreichte, waren in den ebenerdigen Fenstern von Lisa die Jalousien heruntergelassen und auch die Vorhänge dahinter zugezogen. Das konnte alles bedeuten. Auch die Stille, nachdem er an ihrer Wohnung geklingelt hatte, ließ noch jede Möglichkeit offen. Als jedoch nach einer ganzen Weile von drinnen immer noch nichts zu hören war, weder ein Ringen nach Luft noch müde Schritte, läutete er in wildem Stakkato und schlug gegen die Tür.

»Ich weiß es schon, Herr Kellermann«, hörte er eine vertraute Stimme hinter seinem Rücken. Er wandte sich um, und Lisa stand vor ihm. »Jeder hier weiß es, er ist das Stadtgespräch. Gestern noch haben wir ihn am See gesehen, jetzt ist er tot. Umgebracht. Erschlagen, erschossen, keine Ahnung.«

Kellermann hatte nur einen Blick für Lisas Schal. Das Tuch aus Seide schlang sich um ihren Hals und verdeckte alles bis hinauf zum Kinn, mitten im Sommer, bei der größten Hitze. Am liebsten hätte er es ihr heruntergerissen, Lisa Bruckner schon im Hausflur bloßgestellt, nicht erst in ihrer Wohnung, er hatte sie als Lügnerin entlarvt, diese scheinheilige Krankenschwester, die so tat, als hätte sie mit dem Gitarristen nichts zu tun gehabt. Ihre geröteten Augen waren kein Hinweis auf eine Verkühlung, dessen war er sich als Mediziner sicher, sondern sie mussten vor ein paar Stunden beinahe aus ihren Höhlen getreten sein, unter dem Mangel an Luft, in Todesangst, im Würgegriff eines Achtzehnjährigen.

»Ich war in der Apotheke. Ich weiß, bei einer Verkühlung hilft nichts.«

»Und auch drüben?«

Kellermann musste mit dem Kopf nur in die Richtung der Susanne-Schmida-Gasse deuten, und Lisa verstand sofort.

»Drüben auch. Er war ja ein Seestädter, einer von uns. Man hat seine Gitarre gefunden.«

»Mit der Sie ihn gestern gesehen haben.«

Lisa tappte nicht in die Falle, die Kellermann ihr stellte.

»So wie Sie, unten am See.«

»Später nicht mehr?«

Lisa beugte sich vor und sperrte ihre Wohnungstür auf. Sie wusste offenbar auch, wann es notwendig war, das Gesicht zu verbergen. Kellermann sah in ihrem Nacken zwei kleine blaue Flecken, und er war sich sicher, dass es unter dem Seidenschal noch eine Reihe anderer gab. Je vier links und rechts. Der Gitarrist hatte sie also von vorne gewürgt, über ihr kniend, die Daumen gegen den Kehlkopf gedrückt. Kellermann wusste so viel über diese Tötungsart, weil er sich mit ihr beschäftig hatte, sie bei Brigitte hatte anwenden wollen. Jetzt war es ihm eine Genugtuung, nicht so primitiv wie ein ganzes Meer von Mördern gewesen zu sein.

»Herr Kellermann, hören Sie mir überhaupt zu? Er hat für mich ein Lied gespielt, nicht mehr, nicht weniger, unten am See. Ich war traurig, und er wollte mich trösten. Traurig, weil Sie so schnell nach Hause mussten.«

Endlich hatte es Lisa geschafft, mit ihren zitternden Händen die Tür aufzusperren. Kellermann entging nicht, dass sie beim Weggehen zweimal abgesperrt haben musste. Aus Angst. Sie kam ihm auch verändert vor. Als wäre über Nacht aus dem gutgläubigen Mädchen eine erfahrene Frau geworden. Das war auch kein Wunder, denn immerhin hatte sie dem Tod in die Augen gesehen.

Kellermanns letzte Zweifel wurden beseitigt, als er von der Türschwelle aus sah, wie Lisa das dünne Plastiksäckchen aus der Apotheke auf einen niedrigen Schrank im Vorzimmer stellte und der Inhalt auf das gestickte Leinentuch glitt. Medikamente gegen eine Verkühlung waren nicht darunter, aber Schmerzmittel und Wundsalben. Die Krankenschwester wollte sich selbst heilen, und Kellermann mit seiner Hausarzttasche kam sich überflüssig vor. Aber auch belogen und betrogen. Ihn tröstete, dass auch Lisa nicht die Wahrheit gesagt hatte, kein Wort von den Gitarrenklängen aus ihrer Wohnung, keine Bemerkung über ihr Stöhnen die halbe Nacht.

Erst jetzt fiel ihm auf, wie ihre Lustschreie gegen Ende hin immer mehr nach Schmerzen geklungen hatten. Er hätte genauer und aufmerksamer hinhören müssen, doch in diesen Minuten war er schon mit all seinen Sinnen und Gedanken bei den Vorbereitungen für den Mord gewesen.

»Mir geht es gut, Herr Kellermann. Nur müde, furchtbar müde. Auf Wiedersehen.«

Damit drückte Lisa die Tür zu. Sie sperrte auch ab. Einmal, und noch einmal. Kellermann hörte aus ihrer Wohnung noch das Rinnen von Wasser, das Aufknacken einer Medikamentenpackung und gierige Schlucke. Ihm wurde schwindelig bei dem Gedanken, dass ihm bei dem ersten Mord in der Seestadt beinahe ein anderer zuvorgekommen wäre.

Kellermann machte kehrt und stieg zu seiner Wohnung hoch. Er würde auch in Zukunft den Schlüssel nur einmal umdrehen, weil er keine Angst haben brauchte. Als Einziger in der Seestadt. Das war das Privileg von Mördern. Auch wenn er sich manchmal vor sich selbst fürchtete, so wie jetzt, als er einen Blick in den Spiegel seines Badezimmers warf, auf der Suche nach dem Flackern in seinen Augen. Es war zwar weniger geworden, aber immer noch so deutlich, dass er es mit dem irren Blick des Gitarristen vergleichen konnte. Die Ähnlichkeit war verblüffend. Noch eine Idee drängte sich Kellermann auf. Niemals derselbe Ort. Susanne-Schmida-Gasse. Abgehakt, erledigt. Das war ab sofort seine Handschrift, sein Markenzeichen, neben der kreuzförmigen Einstichwunde. Abwechslung bei der Gasse, Beständigkeit in der Waffe.

Kellermann stellte die Arzttasche seines Vaters ab und holte den Totenkopf heraus. Noch nie war er ihm so vertraut vorgekommen wie jetzt. Unzählige Male hatte er ihn in den Händen gehalten, doch seit heute fühlte er sich mit ihm verbunden, von ihm beschützt. Kellermann setzte das Knochengebilde vorsichtig und wie eine Krone auf das Skelett. Perfekt. Vom ausgeglühten und inzwischen abgekühlten Bajonett war nur ein Schimmern aus der hinteren Schädelgrube zu sehen.

Kellermann gingen die letzten Worte des Gitarristen nicht aus dem Kopf. Er gab sie in sein Smartphone ein und musste nicht lange suchen. »A Bad Night« war ein Song von Cat Stevens aus dem Jahre 1967, »Baby you're cool« der Beginn der ersten Strophe. Der irre Blick des jungen

Würgers kurz vor seinem Tod hatte Lisa gegolten, nicht seinem Mörder.

Er trat auf den Balkon hinaus. Am Tag durfte er das, und wenn er wollte, sogar für Stunden. Schade, dass die Susanne-Schmida-Gasse auf der hinteren Seite lag, aber Kellermann musste seinen Blick nur schweifen lassen, die halbkreisförmige Sonnenallee entlang und hinunter bis zur Polizeiinspektion, um auf seine Kosten zu kommen.

So viele Menschen hatte es bisher in der Seestadt nur bei Straßenfesten gegeben, aber heute waren alle nur seinetwegen gekommen. In einer großen Stadt hätte der gewaltsame Tod eines jungen Mannes kein besonderes Aufsehen erregt, aber man war hier in einer eigenen Welt, auf einem Schiff, auf dem sich vielleicht sogar noch der Mörder befand.

Kellermann genoss jedes Polizeifahrzeug, die verstörten Gesichter der Einwohner, die neugierigen Blicke der Voyeure. Dabei hatte er aber darauf zu achten, nicht selbst gesehen zu werden. Die herumirrenden Kriminalbeamten waren keine Gefahr, denn sie wussten weder von ihm noch von Lisa. Aber seine Patienten waren unnachgiebig und rücksichtslos, besonders dann, wenn sie ihre Schmerzen nicht mehr ertrugen. Einige hatten vorhin schon immer wieder den Klingelknopf des Aura-Chirurgen gedrückt. Sie würden ihm die Tür eintreten, hätten sie ihn auf dem Balkon bemerkt. Kellermann blies deswegen den Rauch seiner Zigarette nur in dünnen Wolken von sich und nutzte nur den Spalt zwischen Sonnenschirm und Mauerkante für seine Beobachtungen.

Ein Paar in seinem Alter fiel ihm besonders auf. Da sich Journalisten um die beiden drängten, konnten es nur die Eltern des Verstorbenen sein. Kellermann wünschte sich, dass aus ihrem Kind wirklich ein zweiter Jack Unterweger geworden wäre, denn dann hätte Dr. Kittel in dieser Nacht ein gutes Werk getan.

Kellermann schauderte vor den eigenen Gedanken. Er

verließ den Balkon. Seine Neugier hatte ihm zwei Gesichter beschert, die er nie wieder vergessen würde. Diese Familie hatte einmal zusammengehört, nicht nur dem Aussehen nach. Um sich abzulenken holte er aus der ledernen Tasche das Operationsbesteck, Stück für Stück, und er legte es auf seinen Tisch, mit peinlichster Ordnung, Pinzette neben Pinzette, Skalpelle, der Größe entsprechend, die Zähne der Knochensäge nach innen gerichtet, damit er sich nicht verletzte, morgen, wenn er wieder als Aura-Chirurg im Einsatz war. Es machte ihn glücklich, wie lange alles dauerte, wie viel Aufmerksamkeit er verwenden musste, um die Instrumente wie Zinnsoldaten auf Schlachtreihen zu verteilen. Mit jeder Handbewegung verging Zeit, in der er nicht an den Gitarristen und an das Schicksal seiner Eltern denken musste. Warum waren sie nicht tot wie Kellermanns gütige Mutter und sein noch weichherzigerer Vater? Bei Brigitte war alles so schön und einfach gewesen, weil es nach ihrem Ableben keine Trauernden gegeben hatte, nur einen Ehemann voller Zufriedenheit.

Kellermann begriff, dass er der einsamste Mensch der Welt war. Kein wahrer Killer. Sondern ein Ausgestoßener mit Gefühlen. Nicht für die Umgebrachten, denn die hatten es hinter sich, aber die Angehörigen machten ihm zu schaffen, und solche würde es immer geben. Trotzdem hatte er schon vorhin an die nächste Gasse gedacht. In der Rosengartenschlucht war er schon am Tatort verhaftet worden, in der Seestadt würde niemand kommen, um ihm die Handschellen anzulegen. Kellermann war nun sich selbst überlassen.

Er hängte trotzdem ein Handtuch über den Badezimmerspiegel, um diesem Dr. Kittel nicht immer wieder begegnen zu müssen, und legte sich angezogen auf das Bett. Aber einschlafen konnte er nicht, weil die Sonne hoch am Himmel stand und sein neuester Plan noch jede Menge Lücken hatte. Sollte er zu Hofstätter gehen oder sich ganz einfach an den nächstbesten Polizisten wenden? Oder er kehrte an den Tatort zurück, mit dem Bajonett in der Hand. Vielleicht würde man auf ihn schießen und alles hätte ein Ende. Ohne Gefängnis. Nach zwei Toten wäre in der Seestadt wieder Ruhe.

Er schlief ein, mit dem festen Vorsatz, sich am nächsten Tag zu stellen. Gegen seinen Willen träumte er von Brigitte. Auch wenn er sie immer wieder wegschob, sich gegen sie wehrte, seine ehemalige Frau küsste ihn trotzdem, und es gelang ihr sogar, ihn unter ihrem dürren Körper zu begraben. Er wachte auf, weil ihn die Bettdecke fast erstickte. Draußen war es hell. Noch immer oder schon wieder? War es heute oder bereits morgen? Kellermann fiel ein, wie er sein Geständnis beginnen könnte. Ich, ich Dr. Kittel-Kellermann. Weiter kam er nicht, weil sich seine Lider abermals über den flackernden Augen schlossen.

Agnes-Primocic-Gasse

Kellermann gestand nichts. Lisa aber eins nach dem anderen. Sie kam schon am nächsten Tag frühmorgens zu ihm herauf, um ihm unter Tränen zu erzählen, was er ohnehin schon wusste. Natürlich hatte es nie Musik von den Kassetten des Vaters gegeben, sondern es war der Gitarrist in ihrer Wohnung gewesen. Musik zum Verlieben. Und ein junger Mann, der sie nicht so wie Herr Dr. Kellermann allein am See zurückgelassen hatte.

Lisa Bruckner breitete ihr Herz so weit und offen aus, dass Kellermann sogar eine Art von Mitleid empfand. Eigentlich hätte er sie schlagen müssen, aus Eifersucht, sich für die Demütigung rächen, ihr aus Zorn das Nasenbein zerschmettern und nicht nur seine Vitrinen wie bisher. Aber die Krankenschwester lag ohnehin schon auf dem Boden, und Frauen hatte Kellermann noch nie getreten. Nicht einmal seine Brigitte. Nur kurzen Prozess mit ihr gemacht, nachdem er sie nicht mehr ertragen hatte.

Lisa rückte auf dem Stuhl immer weiter nach vorne, und Kellermann spürte ihren Drang nach ihm. Doch er ließ sich nicht dazu hinreißen, sie in die Arme zu nehmen. Dazu waren Kellermann auch Lisas Schilderungen von der Triebhaftigkeit des Gitarristen zu widerlich. Kellermann nahm sich vor, sich in nichts hineinziehen zu lassen. Ihre Nähe war gefährlich. Durch Lisa wäre er mit dem Ermordeten verbunden.

»Ich kann nichts dafür, Herr Kellermann.«

Lisa schob ihre Bluse hoch und zeigte ihren Bauch. Kellermann sah Blutergüsse und Rissquetschungen. Sie glänzten von dick aufgetragenem Gel, und er konnte die Salbe auch riechen.

Kellermann begriff, dass Lisa kaum noch bei klarem Verstand war, denn sie hatte nicht einmal ihre Wunden richtig versorgt, obwohl sie Krankenschwester war. Er hatte ihr bereits verziehen, dass sie sich in der vergangenen Nacht einem anderen hingegeben hatte. Die Vorteile waren nicht zu übersehen, verdankte er Lisa doch einen Kerl, der es verdient hatte, zu sterben.

»Er ist keine Gefahr mehr, Lisa, er wäre ein zweiter Unterweger geworden.«

Lisa nickte.

Kellermann überlegte, ob er in der Begeisterung für seinen Mord nicht eben zu viel gesagt hatte, und nahm sich vor, wieder schweigsam wie Anthony Perkins zu sein.

»Warum haben Sie nicht die Polizei gerufen? Ihn angezeigt?«

»Ich bin bewusstlos geworden, Herr Kellermann. Er ist eingeschlafen.«

Kellermann merkte, dass sie seine Fragen weder gehört noch verstanden hatte. Sie sah ihn auch nicht mehr an.

»Ich weiß nicht, wie lange. Eine Stunde.«

Kellermann erinnerte sich, in dieser Zeit voller Anspannung mit dem Bajonett im Jackenärmel in seinem Zimmer darauf gewartet zu haben, wann endlich der Gitarrist die Wohnung Lisas verlassen würde.

»Ich bin vor ihm aufgewacht, vor ihm. Ich habe ihn umgebracht.«

Jetzt war es Kellermann, der nichts verstand.

»Mit Psychopax in seinem Wein. Aus Angst, er macht weiter. Er ist aufgestanden, hat sich angezogen, er hat alles in sich hineingeschüttet. Das ganze Glas. Rot. In einem Zug. Ich habe es gehört, mit geschlossenen Augen. Er ist zur Tür und hinaus. Wie betrunken. Weit ist er nicht gekommen. In der Gasse drüben war es schon aus. Vielleicht hatte er auch ein schwaches Herz.«

»Psychopax? Aus dem Spital?«

Lisa nickte.

»Gestohlen. Für alle Fälle. Für mich. Jetzt könnte ich es brauchen, aber es ist nichts mehr da.«

Sie lachte auf.

»Wie viel?«

Lisa gab nur einen müden Wink, der wohl bedeuten sollte, mehr als genug.

»Lisa, Sie lügen?«

Er setzte sich wieder zu ihr. Nichts war gelogen, nichts erfunden. Er erinnerte sich an den schwankenden Gang des Gitarristen, und auch Lisas Verhalten und Versteckspiel kam ihm nun nicht mehr rätselhaft vor. Kellermann hatte einen Sterbenden getötet, er war Lisa zuvorgekommen. Um zehn Minuten, um einen Tag? Hatte es deswegen in den Nachrichten keinen Hinweis auf die Art des Todes in der Susanne-Schmida-Gasse gegeben?

»Ich habe ihn umgebracht.«

Lisa nahm seine Hand, und er ließ es zu. Kellermann hatte auch nichts dagegen einzuwenden, dass sie sich für die Mörderin ihres Liebhabers hielt.

»Woran denken Sie?«

»Ob Sie es schaffen, niemandem davon zu erzählen. Nicht ein Wort, keine Andeutung, der Kerl hat den Tod verdient.«

Lisa nickte zu allem.

»Lisa, er wäre ein zweiter Unterweger geworden.«

Lisa griff sich an den Hals. Kellermann hätte ihr noch gerne gesagt, dass sie jetzt ein Paar waren, aber sie hätte das bestimmt falsch verstanden. Sie hätte dabei an Liebe gedacht und nicht an den Tod. Bald würde sie erfahren, dass der junge Mann erstochen worden war und die Welt noch weniger begreifen.

»Lisa, Sie machen alles sauber, Gläser, Bett, überall, wohin er gegriffen hat, Sie gehen nicht aus dem Haus, ich kaufe für Sie ein, am Telefon husten Sie, und Sie haben mir nie etwas erzählt. Ich habe nichts gehört, keinen Cat Stevens. Ich habe geschlafen.«

Lisa nickte, glaubte immer noch seiner Lüge. Doch sie war nicht dumm.

»Cat Stevens? Woher wissen Sie das, wenn Sie geschlafen haben?«

»Vom See, unten am Ufer, was sonst, meine Liebe?

»Meine Liebe?«

»Ich kann Sie auch Lisa nennen.«

Kellermann fühlte sich in die Enge getrieben. Wieder fing eine Frau an, jedes seiner Worte ernst zu nehmen. Es erstaunte Kellermann auch, wie schnell Lisa Bruckner auf andere Gedanken kam, so als wäre ein Mord nicht etwas Besonderes.

»Wann müssen Sie wieder ins Krankenhaus, Lisa?«

»Wenn ich wieder gesund bin, nicht mehr ansteckend.«

Lisa hustete. Einige Male hintereinander, immer lauter.

Sie fing an, ihm wieder zu gefallen. Noch mehr als damals, als er sie nach seinem Einzug einmal kurz im Stiegenhaus gesehen hatte. Wegschieben konnte er sie noch immer, umbringen auch. Vielleicht kam es auch ganz anders, und sie wurden das, woran er manchmal gedacht hatte. Oder waren sie nicht ohnehin schon ein Killer-Paar? Auf jeden Fall ein sehr eigenartiges, denn Lisa wusste nichts von ihm. Dabei würde es auch bleiben müssen.

»Sie können jederzeit zu mir hinunterkommen, Herr Kellermann. Auf ein Glas Wein.«

Schnell fuhr sie sich mit der Hand an den Mund, aber Kellermann hatte nicht gedacht, dass sie auch ihn vergiften würde. Trotzdem stand der Tod plötzlich mitten im Zimmer. Lisa blickte zum Skelett. Kellermann müsste nur den Schädel abnehmen, das Bajonett hervorholen und ihr alles gestehen. Sie wären auf ewig verbunden. Keiner könnte den anderen verraten, ohne sich selbst ans Messer zu liefern. Doch Kellermann wollte auf seinen Vorsprung nicht verzichten. Dennoch, es reizte ihn das Spiel mit dem Risiko.

»Fällt Ihnen nichts auf?« Seine Stimme klang harmlos.

»Ein paar Knochen fehlen.«

»Und das Rückgrat, die Haltung?«

»Ziemlich gerade. Als hätte er einen Stock verschluckt. Oder er war ein aufrechter Mensch. Wie Sie, Herr Kellermann. Aber Sie verbergen etwas vor mir.«

Er wusste nicht, was sie meinen könnte. Denn Geheimnisse hatte Kellermann viele.

»Wer ist Dr. Kittel? Auch ein Chirurg? Im Spital spricht man über ihn.«

»Lisa, Sie sollten nur glauben, was ich Ihnen erzähle.«

»Wann?«

»Wenn Sie wieder gesund sind.«

Sie versuchte, sich schnell aufzurichten, aber ihre Schmerzen hinderten sie daran. Es dauerte, bis sie bei der Tür war. Für ihre letzte Frage wandte sie sich nicht einmal um.

»Dr. Kittel, das sind doch Sie, oder?«

Sie wartete nicht auf die Antwort. Kellermann hörte kurz darauf, wie sie die wenigen Stufen hinunterstieg und dann begann, in ihrer Wohnung sauber zu machen. Er ließ im Badezimmer kaltes Wasser über Kopf und Hände laufen. Noch immer hing das Handtuch über dem Spiegel. Einen Stock tiefer lief schon die Waschmaschine. Kellermann konnte nicht anders, als an das Bettzeug voller Flecken in der Trommel zu denken. Bald würden alle Spuren des Gitarristen beseitigt sein.

In den Fernseh-Nachrichten gab es an den darauffolgenden Tagen nichts Neues über den ersten Mord in der Seestadt, und auch die Berichte in den Zeitungen hielten sich zurück. Kellermann hatte das Gefühl, dass die Stadt des 21. Jahrhunderts nicht beschmutzt werden durfte und sie auch weiterhin so erscheinen sollte wie in den Prospekten. Er hielt sich an seine Patienten. Diese trugen ihm die Neuigkeiten zu, und sie hatten mit jedem Tag mehr zu erzählen. Der junge Mann habe ein Doppelleben geführt, seine Musik als Tarnung benutzt, mit der Gitarre eine ganze Reihe von Mädchen und auch Frauen in seine Fänge gelockt. Manche habe er nur umarmt, viele geschlagen, eine geschwängert, keine geliebt.

Kellermann konnte gar nicht genug kriegen von den Kranken in seiner Praxis, denn sie heilten das schlechte Gewissen und die verborgenen Ängste in ihm. Um sich vollkommen unverdächtig zu machen, verteidigte er den Gitarristen, sprach vom angeborenen Bösen, und man glaubte ihm. Er beschrieb die Aura solch unglücklicher Missgeburten, und alle hingen an seinen Lippen. Kellermann staunte über die Menschheit. Man konnte ihr alles erzählen! Sogar er selbst fing an, sich zu glauben. Kellermanns einsame Abende wurden immer schöner, weil er der Mensch war, für den die ganze Seestadt die Hand ins Feuer legen würde.

Er machte sich auch keine Sorgen mehr um Lisa. Er musste nicht einmal für sie einkaufen gehen. Nur ihre Blumen gießen, aber auch das erst am Wochenende. Frau Bruckner hatte in Kellermanns Augen die beste Entscheidung getroffen und war abgereist. Schon vor zwei Tagen, nach der großen Reinigung ihrer Wohnung. Was lag für eine Giftmörderin näher, als von der Bildfläche zu verschwinden? Nicht für immer, nur vorübergehend, für zwei, drei Wochen, bis Gras über die Sache gewachsen war, der Gitarrist begraben und nur noch seine Eltern ihn beweinten.

Urlaub in den Bergen, um eine Abwechslung zur Steppe der Seestadt zu haben. Das war in Kellermanns Augen ein Segen für sie und ihn, denn lange konnte es nicht mehr dauern, bis die Todesursache veröffentlicht wurde. Nur Stich mit einer unbekannten Waffe oder doch auch eine tödliche Dosis von Psychopax? Kellermann hoffte noch immer, dass man sich mit dem durchbohrten Herz zufriedengab, denn jede Spur, die zu Lisa führte, wäre für ihn eine Katastrophe. Er war ein perfekter Mörder, sie nur eine Anfängerin.

Eine Woche nach seiner Aussprache mit Lisa verließ Kellermann zum ersten Mal wieder das Haus. Eine Woche lang hatte er nur Patienten gesehen und seine vier Wände. Es war höchste Zeit, wieder einmal einen abendlichen Spaziergang zu wagen. Nicht gleich zum Tatort, sondern auf Umwegen in die Susanne-Schmida-Gasse. Kellermann kam die Seestadt verändert vor. Nicht stiller war sie geworden, sondern noch lauter. Die Bewohner schienen keine Angst zu haben und sich nicht zu verstecken, manche hatten sogar mehr Abfall von den Balkonen geworfen als sonst. Vielleicht dachte man nach dem ersten Mord, endlich in einer richtigen Stadt zu wohnen, in der man sich ausleben durfte. Kellermann gefiel es, der Seestadt die Jungfräulichkeit genommen zu haben, von nun an konnte sie sich entwickeln.

Er würde dazu das meiste beitragen, in den Gassen und Straßen, die er durchschritt, die darauf warteten, von ihm ausgesucht zu werden. Vielleicht sollte er beim nächsten Mord sogar in die Häuser gehen, an Türen klingeln und zustechen. Doch Mitbewohner könnten sich in der Wohnung aufhalten, und er hätte mit einem Stich alles verspielt. In den Gängen und auf den Stiegen könnten die Deckenleuchten plötzlich aufflammen. Nur im Lift gäbe es keine Zeugen. Ein fahrender Sarg, dem nur Kellermann entsteigen würde.

Die Gedanken pochten zwischen seinen Schläfen, als er sich der Susanne-Schmida-Gasse näherte. Ein alter Mann mit einem lauten Trolley kam ihm entgegen, und auf einer Betonmauer kauerten ein paar Halbwüchsige mit Bierdosen in den Händen.

Es ärgerte ihn, dass er nicht gelassen war. Er fühlte sich beobachtet. Bestimmt hatte jemand bemerkt, wie er in die andere Richtung blickte, weg von seinem großen Erlebnis. Er zwang sich, zu dem Ort hinzusehen. Ein paar vertrocknete Blumen, viele verlöschte Kerzen. Es wäre ihm unmöglich gewesen, ein brennendes Licht auf das Kopfsteinpflaster zu stellen, obwohl er sich damit noch unverdächtiger gemacht hätte.

»A bad night. Zweimal hat er es geschrien. Und dann: Baby, you're cool.« Der Mann mit dem Trolley stand jetzt plötzlich neben ihm. »Um 17 Minuten nach zwei, dann der Sturz. Ich hätte aufstehen sollen und aus dem Fenster schauen. Man sieht von mir aus herein in diese Gasse.«

Kellermann wandte sich ihm zu.

»Sie haben nicht aus dem Fenster geschaut?«

Der alte Mann schüttelte bedauernd den Kopf. In Kellermann stieg jene Hitze hoch, die er seit seiner Verhaftung in der Rosengartenschlucht kannte. Der Alte war kein Augenzeuge, aber er hatte bestimmt der Polizei die genaue Zeit genannt. Sollte die vermeintliche Zigarettenlänge auf dem Balkon notiert worden sein, hätte sich Kellermanns Alibi in einen Beweis gegen ihn verwandelt.

»Sie sind der neue Arzt, ein Heiler, sagt man. Aber Ihre Hände sehen ganz gewöhnlich aus. Meine sind tot, sehen Sie.«

Der Mann streckte ihm die Hände entgegen. Kellermann brauchte sie nur kurz zu befühlen, um ihre Blutleere zu spüren.

»Kommen Sie zu mir, ich kann Ihnen helfen.«

»Mir kann niemand helfen. Auch die Füße, kälter als Eis. Ich erfriere von innen her.«

Der alte Mann blickte auf die roten und ausgebrannten Kerzenbecher.

»Sind Sie mit ihm verwandt?«, fragte Kellermann.

»Wo denken Sie hin? Ich bin ein Mann der Gerechtigkeit. Und nicht dumm. Kennen Sie Peter Falk? Einzigartig, wie sein Glasauge. Der beste Kommissar. Leider tot, vorher Alzheimer, dement, schrecklich. Er konnte sich nicht einmal mehr an Columbo erinnern. 69 überführte Mörder. Jetzt spiele ich Columbo.«

Der alte Mann schien darauf zu warten, von Kellermann belächelt zu werden.

»Danke. Wenigstens einer in der Seestadt, der mich ernst nimmt. Nach außen hin bin ich tot, aber in Wahrheit wie Columbo. Ein Minenfeld.«

Er setzte seinen Weg fort, zog den Trolley mit den laut quietschenden Rädern über das Kopfsteinpflaster. Doch wie Columbo machte er plötzlich Halt, griff sich mit seiner kalten Hand an die Stirn, wandte sich zu Kellermann um.

»Ich finde ihn! In der Seestadt werden alle Morde aufgeklärt.«

Kellermann sah den Alten in der Agnes-Primocic-Gasse verschwinden, und auch das Grinsen in den Gesichtern der Jugendlichen auf der Betonmauer blieb ihm nicht verborgen. Sie tippten sich an die Stirn, doch Kellermann hielt den Verrückten für gefährlich. Ein kleines Mädchen streckte Kellermann eine neue Kerze entgegen und zeigte mit dem Daumen, dass sie dafür nur einen Euro verlange. Er gab ihr die Münze und war froh, nichts zum Anzünden zu haben. Als er aber das Totenlicht in seiner Jacke verschwinden lassen wollte, flammte vor ihm ein Feuerzeug auf. Einer aus der Gruppe der Halbwüchsigen half ihm, den zitternden Docht ruhig zu halten.

»Ich habe Ihnen schon einmal Feuer gegeben«, sagte er. »Unten am See. Für Ihr kleines Messer, gegen Infektion, oder was weiß ich. Wir haben schon gedacht, Sie bringen den Mann um.«

Kellermann ging in die Hocke, um die Kerze zu den anderen zu stellen.

»Die Mädchen mögen Sie«, fuhr der Junge fort. »Weil Sie anders sind. Man glaubt auch, dass Sie eine Tätowierung auf der Brust haben, die Sie nicht herzeigen wollen. Ein Seefahrer in der Seestadt? Aus dem Gefängnis?«

Kellermann sah zwischen den Grablichtern das mit einer Plastikfolie überzogene Bild des Gitarristen. In den Augen des Würgers lag ein gewinnendes Lächeln, keine Spur von Wahn. Die Schrift auf dem Pappkarton daneben war vom Regen verwaschen, aber Kellermann konnte die Botschaft noch lesen: Rache für Dominik.

»Kommen Sie einmal zu uns. Wir treffen uns oft drüben, am anderen Ufer. Feuer, Musik bis zum Sonnenaufgang, Alk bis zum Umfallen. Laketown eben.«

Kellermann richtete sich auf, weil er das eingetrocknete Blut auf den Steinen nicht auch noch betrachten wollte. Der Halbwüchsige gesellte sich wieder zu den anderen. Man wartete auf seine Zustimmung zur Einladung. Kellermann war sich klar, der größte Heuchler in Laketown zu sein, aber er konnte nicht anders, als seine Rolle weiterzuspielen.

»Man weiß noch immer nicht, wie er gestorben ist?«

Ein anderer Jugendlicher meldete sich zu Wort.

»Erstochen, mit einem Grillspieß.«

Der Jugendliche mit dem Feuerzeug zerdrückte die leere Bierdose und warf sie hinter sich.

»Oder mit einem Haring. Von einem Zelt. Egal, wir kriegen das Schwein. Wir hängen es auf. Wir wissen auch schon, wo.«

Kellermann blickte auf seine Uhr, als hätte er noch etwas anderes an diesem Abend zu erledigen. Die Jugendlichen waren in Fahrt, rückten noch enger zusammen. Ein Dritter

94

meldete sich zu Wort, der Stimme nach fast noch ein Kind, aber mit nicht weniger Hass.

»An einer Fahnenstange.«

Kellermann wünschte der eingeschworenen Runde noch viel Glück dafür und ging die Gasse weiter. Nach diesem Ausflug wusste er, woran er war. Die Stadt kochte zwar nicht, aber man war aufgescheucht. Er war sich sicher, einen guten Eindruck hinterlassen zu haben. Man mochte ihn. Man vertraute ihm. Ein Greis und eine rachedurstige Jugendgang waren auf seiner Seite. Sie wussten nur eines nicht: dass sie sich heute mit einem Mörder unterhalten hatten.

Mit einem, der wieder zuschlagen würde. In einer Gasse, in einem Lift. Kellermann stand die Welt offen. Rache für Dominik, wie lächerlich.

Zurück in seiner Wohnung, merkte Kellermann, dass er noch einsamer war als sonst. Lisa fehlte ihm. Einmal glaubte er, sie gehört zu haben, aber dann war doch wieder Stille. Trotzdem ging er hinunter, läutete, klopfte, sperrte aber nicht auf, obwohl er ihre Schlüssel in seiner Hand hielt. Er hatte Scheu davor, ihre Zimmer zu betreten, ihr Reich, das Bett zu sehen, in dem sie fast erwürgt worden wäre. Lisa hatte ihm ohnehin aufgetragen, die Blumen nur einmal in der Woche zu gießen, und erst in ein paar Tagen wäre es so weit. Vielleicht kehrte sie auch früher zurück, dann bliebe ihm diese Angelegenheit erspart.

Einem plötzlichen Impuls folgend, machte Kellermann kehrt und bestieg den Lift. Aber er fuhr nicht in sein Stockwerk, sondern drückte den Knopf für das oberste Geschoss. Die Liftkabine war nicht sehr geräumig, grell von Neonlicht beleuchtet. Kellermanns Augen wanderten an ihren Wänden entlang und zur Decke hinauf. Er sah nirgends eine Kamera. Auch war nach oben hin Platz genug, um mit dem Arm ausholen zu können. Unversehens war in ihm eine Fantasie erwacht und hatte von ihm Besitz ergriffen. Er würde den Atem des Opfers spüren, das brechende Auge mit seiner Iris in aller Schärfe und Helligkeit sehen und mit Sicherheit keine Zeugen haben. Es durfte nur niemand auf den Aufzug warten, wenn er ausstieg. Aber nachts war das ohnehin unwahrscheinlich. Außerdem würde es den Reiz erhöhen. Seestädter Roulette.

Wenig später fuhr Kellermann wieder hinunter. Er zählte dabei die Sekunden. Zeit genug. Doch nicht in seinem Haus, das war zu gewagt, in einem Nachbarhaus, ein paar Minuten entfernt. Er musste nur in das fremde Gebäude gelangen und das Glück haben, dass mit ihm jemand den Lift bestieg. Der Erfolg wäre überwältigend, der Schrecken größer als bei jedem Toten auf der Gasse. Das Ereignis hätte auch einen Namen, eine Schlagzeile, auf die keine Zeitung verzichten würde.

Nach dieser kurzen Erkundung kehrte Kellermann rasch wieder in die Stille seiner Wohnung zurück. Mord im Lift. Die drei Worte gingen ihm den ganzen Abend nicht mehr aus dem Kopf. Auch das höhere Risiko nicht, das damit verbunden war, die Schwierigkeit, an einen Schlüssel der umliegenden Häuser zu gelangen. Das war etwas für später, für den Winter. Heute hatte sich eine neue Gefahr aufgetan. Die Jugendlichen waren kein Problem, aber die genaue Zeit. Zwei Uhr 17. Kellermann hatte im Augenblick des Zustechens nicht auf die Uhr geschaut, aber es musste stimmen, denn vier Minuten später war er wieder zu Hause gewesen. Ob der alte Mann schon mit der Polizei geredet hatte? Oder als Columbo lieber selbst und allein ermittelte?

Voller Ungeduld wartete er bis halb elf, damit er endlich auf den Balkon hinaustreten und sich eine Zigarette anzünden konnte. Er hatte sich vorgenommen, so lange zu bleiben, bis das Telefon klingelte. Er wollte es wissen. Nichts war quälender als die Unsicherheit.

Schon nach ein paar Zügen schrillte sein Handy.

»Herr Kellermann, Sie sind berühmt, nicht Sie persönlich, Ihre Seestadt, endlich ein Mord.«

Es war die angenehme Stimme. Kellermann spürte sofort wieder die Herzlichkeit des Beamten, und er liebte diese Geborgenheit.

»Ich bin auf dem Balkon.«

»Wo sonst? Ich höre Sie rauchen und beneide Sie darum, Herr Kellermann, auf Sie ist Verlass, Sie sind berechenbar.«

»Ich bin ein Gewohnheitstier. Seit dem Gefängnis.«

»Aber Sie müssen auch an die Zukunft denken, wieder ein Mensch werden, frei, ganz frei, in einem dreiviertel Jahr ist es so weit, und die Zeit vergeht schneller, als man glaubt, auch mit einer Fußfessel. Rauchen Sie fünf Zigaretten statt einer, und wenn Sie ab und zu einen Schluck trinken, ich verrate Sie nicht. Aber lassen Sie sich nicht umbringen. Auf Wiedersehen, Herr Kellermann.«

Spricht man so mit jemandem, den man für einen Mörder hält? Kellermann atmete auf. Außer Verdacht! Mehr noch, dem Telefonat nach zu beurteilen, dürfte es nie einen gegen ihn gegeben haben. Kellermann hatte vergessen, an der Zigarette zu ziehen. Er streifte die lange Asche ab, sie fiel vom Balkon hinunter, vorbei an Lisas Fenster. In einem dreiviertel Jahr war es so weit, dann durfte er sich vor ihr ausziehen, und sie würde nichts von seiner Vergangenheit bemerken. Ein Glück auch die Lage ihrer Wohnungen. Ein Katzensprung, und man schlief beisammen, ein weiterer, und Kellermann war wieder für sich und ungestört.

Zu ihrer Liebe kam jetzt auch noch die Dankbarkeit. Ohne ihn hätte sie ein paar Jahre Gefängnis vor sich. Aus Unkenntnis zu viel Psychopax, deswegen nur Totschlag. Sie wäre ein Fall wie er. Die Gute hätte auch beste Voraussetzungen für eine Assistentin. Nicht für Morde, aber in der

Aura-Chirurgie. Alles weitere würde sich ergeben. Lisa war ein Mensch, mit dem man zusammenwachsen konnte.

Kellermann störte es nur, dass sie immer noch nicht angerufen hatte. Wenn sie nur nicht einen anderen fand, in einer Kellerbar im Gebirge. Oder sie lag schon mit ihm im Bett, bei dem Gitarristen war es ja auch schnell gegangen. Dann müsste Kellermann die Telefonzelle in der U-Bahn-Station aufsuchen und in der Sonnenallee 33 anrufen. Zwei Worte würden der Polizei genügen. Psychopax und Krankenschwester.

Kellermann hörte ein Geräusch, das ihm bekannt vorkam. Quietschende Räder. Der Alte mit den kalten Händen kam auf der gegenüberliegenden Straßenseite den glatten Asphalt entlang. Kellermann zog sich in seine Wohnung zurück, weil die zehn Minuten schon vorüber waren und er auch von dem Alten nicht gesehen werden wollte. Was für ein Zufall, dass es in der Seestadt zwei Menschen gab, die Columbo mochten. Aber es war Kellermann nicht angenehm, seine Liebe für den Kommissar aus Los Angeles mit einem Spinner teilen zu müssen. Dieser blickte jetzt herüber, auf Kellermanns Haus, dann zurück in die Gegend, in der die Leiche gelegen hatte. Der Alte schien die beiden Punkte in seinem Kopf zu verbinden, und Kellermann machte den Fehler, in seinem Zimmer das Licht abzuschalten. Columbo hatte es bemerkt, doch Lampen und Lichter gingen in den hunderten von Wohnungen rundum ständig aus und an. Die ganze Seestadt war um diese Zeit ein Geflacker.

Jetzt beobachtete Kellermann, wie der Alte die Sonnenallee überquerte und im toten Winkel verschwand. Wenige Minuten später ertönte, kaum wahrnehmbar, der Türgong von Lisas Wohnung. Es folgte ein lautes Klopfen an ihr ebenerdiges Fenster. Kellermann hielt den Atem an. Nichts. Und da, plötzlich, seine eigene Klingel schrillte. Immer wieder. Der Alte musste gewusst haben, dass jemand zu Hause war. Kellermann griff zum Hörer der Gegensprechanlage.

»Herr Dr. Kellermann? So ein Zufall. Unsere freundliche Begegnung vor ein paar Stunden, und jetzt lese ich Ihren Namen auf dem Schild. Aura-Chirurg, Top 7. Frau Bruckner wohnt auf 3, wissen Sie, wo sie ist, wie ich sie erreichen kann? Frau Lisa Bruckner, Ihre Nachbarin, direkt unter Ihnen, so ein Zufall, man glaubt es nicht.«

»Frau Bruckner ist verreist, im Urlaub, keine Ahnung wo, sie kommt in zwei, drei Wochen, was wollen Sie von ihr?«

»Sie einmal besuchen. Meine Hände sind noch immer kalt, aber sie war sehr freundlich zu mir, wie Sie, Herr Dr. Kellermann. Ohne Frau Bruckner wäre ich im Krankenhaus ganz erfroren. Ich wollte mich bedanken bei ihr.«

»Wie gesagt, in ein paar Wochen.«

»Bei einem Glas Wein, bei ein wenig Musik. Frau Bruckner mag Musik. Können Sie sich erinnern? Ich habe es Ihnen heute Abend erzählt. A bad night. Und dann noch: Baby, you're cool. Ein schöner letzter Satz, finden Sie nicht?«

»Ich habe noch zu arbeiten, Herr …«

»Wagner. Justizbeamter. Grau, aber nicht im Grauen Haus. Seit zehn Jahren im Ruhestand. Und wo bin ich gelandet? Im langweiligsten Ort der Welt. Bis vor Kurzem. Fast möchte man sich wünschen, dass es noch mehr Morde in der Seestadt geben würde. Aber wenn Frau Bruckner nicht zu Hause ist, möchte ich nicht länger stören. Gute Nacht, Herr Dr. Kellermann.«

Kellermann legte den Hörer der Gegensprechanlage auf und sah aus der Dunkelheit seines Zimmers den alten Mann in die Richtung zurückgehen, aus der er gekommen war.

Nach diesem Zwischenfall drehte Kellermann das Licht nicht wieder an. Er wollte in der Finsternis bleiben, in die er gehörte. Es war auch gut, ohne Skelett im Blick nachdenken zu können. Auch wenn es nicht in aller Ruhe möglich war, denn in der Sonnenallee begannen die täglichen Nachtfeste mit Musik. Keine war so zurückhaltend wie die Lieder von Cat Stevens. Was wusste Wagner darüber?

Im nächsten Augenblick wurde Kellermann in seinen Reflexionen schon wieder unterbrochen, weil das Telefon läutete. Er rechnete mit allem. Auch wenn er nicht auf dem Balkon war, riefen seine Überwacher zu jeder Tageszeit an, um auszuspähen, ob er getrunken hatte. Oder es war Lisa, zur ungünstigsten Zeit, die man sich denken konnte. Kellermann nahm sich vor, ihr höchstens von den Kerzen in der Susanne-Schmida-Gasse zu erzählen, ihren Krankenhauspatienten Wagner aber mit keinem Wort zu erwähnen.

Es war wieder Wagner.

»Herr Dr. Kellermann, Sie können mir helfen, haben Sie gesagt, oder nicht? Kalte Hände sind doch kein Grund zum Sterben, ich komme am Freitag, Ordination von 8–11 steht auf Ihrem Schild, auch Ihre Telefonnummer. Ich habe wieder Freude am Leben.«

Damit legte er grußlos auf. Der Alte hatte hellwach geklungen, Kellermann war sich sicher, dass sein Todfeind die nächsten Stunden ständig an den ersten Mord in der Seestadt denken würde und wie man den Täter finden konnte. Kellermann würde ebenfalls nicht schlafen gehen, aber er durfte sich bereits mit dem zweiten Opfer beschäftigen.

Er öffnete eine Dose Bier, und der herbe Geruch erinnerte ihn an die Halbwüchsigen bei den Kerzen. Viel würde er nicht trinken, um bei einem Anruf aus dem Überwachungszimmer ohne Zungenschlag alle Fragen beantworten zu können. Kellermann überlegte, ob der alte Wagner Angehörige hatte oder ein Einzelgänger war wie er selbst. Ein Problem könnte seine Geschwätzigkeit sein, aber als Verrückter wurde er auch nicht ernst genommen. Doch was war, wenn der Alte schon etwas von einer Lisa Bruckner erzählt hatte?

Nach einer halben Stunde langte Kellermann wieder in den Kühlschrank, und beim Öffnen der Dose fiel ihm sein Schnitt durch die Luftröhre ein. Er würde die Jugendlichen besuchen, bei einem ihrer Feste drüben am anderen Ufer. Sie mochten ihn. Genau betrachtet, lief alles gut. Er wusste inzwischen auch, was er beim zweiten Mord verbessern konnte. Kellermann hatte sogar die kühne Überlegung, nicht gleich zuzustechen, das Bajonett für eine Sekunde über Wagner schweben zu lassen. Wagner sollte noch alles begreifen, vor allem, dass er nicht Columbo war.

Am Freitagvormittag kam Wagner nicht wie angekündigt in die Praxis. Kellermann wartete lange, er mochte weder Unzuverlässigkeit noch Verwirrspiele, noch dazu, wenn er sich die Antworten auf jede erdenkliche Frage des Alten so gut zurechtgelegt hatte und auch schon wusste, dass er ihn auf einer seiner nächtlichen Ausfahrten mit dem Trolley umbringen würde. Am Abend saß er dann bei zurückgeschobener Balkontür und geöffneten Fenstern in seiner Wohnung und lauschte nach dem Geräusch von Columbos Trolley. Columbo nannte er Wagner mittlerweile bei sich, und es wurde ihm allmählich klar, dass es nicht so einfach werden würde, den Alten umzubringen. Er hatte sich heute als unberechenbar erwiesen, kein Mensch mit Gewohnheiten, denn sonst hätte er längst schon wieder eine Runde durch die Gassen gemacht.

Kellermann rätselte auch über den Trolley. Wozu brauchte er diesen lärmenden Rollwagen mit der großen Tasche, wenn es nichts mehr einzukaufen gab? Und noch etwas missfiel ihm bei der Sache – dass er morden sollte, um sich zu schützen, anstatt nur aus Lust. Er handelte schon wie ein gewöhnlicher Verbrecher, der töten musste, um nicht entdeckt zu werden.

Erst kurz vor dem Zubettgehen schöpfte Kellermann wieder Hoffnung. Der alte Mann war ein Schwätzer, er hatte nichts in der Hand, er war ein Seestädter wie jeder andere, den man aus freier Entscheidung abstechen konnte.

Am nächsten Tag stand Kellermann eine unangenehme Verpflichtung bevor. Er musste hinunter und Lisas Pflanzen gießen. Es dämmerte schon, als er sich endlich aufraffte und in die Wohnung der Krankenschwester ging. Schon das Vorzimmer roch nach Reinigungsmittel. Kellermann zog an einem der rückwärtigen Fenster den Vorhang beiseite und die Jalousie hoch, um frische Luft und kühles Licht von den Leuchten im Hinterhof hereinzulassen. Er schaltete nur die Lampe im Badezimmer an, weil er nicht alles sehen wollte, nur so viel, um die kleine Gießkanne mit Wasser füllen und die Blumentöpfe ausmachen zu können. Die Erde war so trocken, dass sie das Nass sofort aufsog, und als er gegen eine der Pflanzen stieß, fielen verdorrte Blätter zu Boden.

Kellermann war überrascht, wie wenig eigene Möbel und Hausrat Lisa hatte. Vieles erschien ihm improvisiert, als hätte sie vor, bald wieder auszuziehen. Die größte Scheu hatte er davor, ihr Schlafzimmer zu betreten. Der Gedanke war ihm schon tagsüber gekommen, und er erschien ihm jetzt immer naheliegender. Es würde auch erklären, warum ihn Lisa bisher nicht angerufen hatte. Kellermann hatte sich an ihre Bemerkung über Psychopax erinnert, warum sie das Zeug gestohlen hatte. Für alle Fälle, für sich selbst. Ihre Behauptung, davon sei nichts mehr da, war vermutlich gelogen. Wie so vieles, was sie sagte. Es roch schon nach Verwesung, kam ihm vor. Dagegen vermochte selbst der Duft der Putzmittel nichts mehr auszurichten.

Kellermann drückte die Klinke der Schlafzimmertür. In der Dunkelheit erkannte er die Umrisse des Bettes, und keine Leiche darauf. Aber Lisa konnte sich in das Laken gewickelt haben, um auch noch im Tod schön zu erscheinen, nicht so ekelhaft wie die nackten Leichen im Krankenhaus.

Plötzlich ertönte der Gong an der Wohnungstür. Immer wieder. So laut, wie er ihn bei sich nie gehört hatte. Erschrocken machte er kehrt und schlich in das Vorzimmer, die Wasserkanne immer noch in der Hand. Obwohl er den Türspionen in den Neubauten der Seestadt nicht traute, wagte er einen Blick hindurch. Draußen stand Wagner. Und er hatte natürlich die kleine Bewegung am Guckloch bemerkt. Columbo winkte Kellermann zu.

»Frau Bruckner, schön, dass Sie wieder da sind! Nur eine kleine Frage.«

Kellermann hatte die Wahl. Sollte er tun, als wäre er Lisa und von der Reise so müde, dass sie nicht aufschloss, oder war er Kittel-Kellermann, der Mörder, der von einem Verrückten verfolgt wurde?

»Herr Dr. Kellermann, lassen wir das Spiel, ich habe Sie gesehen, vom Hinterhof durch das Fenster.«

Wagner hatte ihm die Entscheidung abgenommen, Kellermann öffnete. Der alte Mann hob seinen Trolley über die Schwelle und trat ein.

»Einen Höllenlärm macht das Ding, wenn ich bei mir im Haus bin, muss ich es immer endlos weit tragen. Aber Frau Bruckner wohnt ja ebenerdig, sehr angenehm für mich. Ich liebe meinen alten Trolley, weil ich entscheiden kann, ob man mich hört oder nicht. Sie haben ihre Blumen gegossen, sehr nett von Ihnen. Frau Bruckner wird sich freuen, wenn sie nach Hause kommt. Aus dem Urlaub, oder?«

Wagner griff zum Lichtschalter.

»Darf ich?«

Der alte Mann ging gleich voran.

»Herr Wagner oder wie immer Sie heißen, Sie sind in einer fremden Wohnung.«

»Meine sieht genauso aus, nur vier Stockwerke höher, ein paar Gassen von hier, einheitliche Architektur. Die Küche ist vorne rechts, das Schlafzimmer um die Ecke, aber dorthin müssen wir erst, wenn wir hier nichts finden. Alles so sauber, dabei ist mir Frau Bruckner gar nicht so ordentlich vorgekommen. Mein Bett im Spital hat sie nie sehr schön gemacht, aber vielleicht ihr eigenes, wir werden sehen.«

Der alte Mann nahm auf dem Sofa im Wohnzimmer Platz. Dort mochte auch der Gitarrist gesessen haben, dachte Kellermann und blieb vor Wagner stehen.

»Um es kurz zu machen, Herr Dr. Kellermann. Lisa Bruckner hat diesen Dominik erstochen. Womit weiß ich noch nicht, aber ein Grillspieß war es eher nicht, denn Ihre Freundin hat keinen Balkon. Ich habe die beiden an diesem denkwürdigen Abend gesehen, etwa um halb elf, bei meinem Spaziergang. Wie in vielen Nächten auch, nur gestern nicht, denn gestern musste ich alles durchleuchten. Tut mir auch leid, dass ich nicht in die Praxis gekommen bin, aber ein Mord ist wichtiger als kalte Hände. A bad night, und dann sein letzter Satz. Sie kennen ihn doch.«

Kellermann zuckte wie ahnungslos die Schulter.

»Nicht von ihm, sondern von mir. Sie sollten sich merken, was ich sage. Baby, you're cool. So spricht man mit einer Frau, auch wenn alle glauben, dass Dominik nur von einem Mann erstochen worden sein kann. Krankenschwestern sind kräftig. Frau Bruckner hat mich im Bett einige Male aufgerichtet, wie ein Kind hochgezogen. Alles noch kein Beweis, aber Dominik war hier, in diesem Zimmer, auch wenn ich ihn nicht gesehen habe. Nur das Licht, denn ich bin kein Voyeur. Aber ich kann hören. Zu Hause Streitereien von den Nachbarn, unten am See Musik. Ich kann sogar unterscheiden, ob jemand die Gitarre mit bloßen Fingern spielt oder mit einem Plektrum. Sie kennen es bestimmt, dieses kleine Plättchen, damit die Klänge und Akkorde lauter werden. Dominik hatte eines.«

»Ich habe nichts gehört, tief geschlafen in dieser Nacht. Warum sollte Frau Bruckner jemanden umbringen? Mörder sehen anders aus.«

»Liebe, Hass, Rache, alles ist möglich. Vor allem Rache.

Dieser Dominik hat Frauen geschlagen, gewürgt, und Frau Bruckner vielleicht auch.«

Wagner stand auf und ging ins Badezimmer, öffnete die Schränke über dem Spiegel.

»Keine Wundsalben. Schade. Oder sie hat sie mitgenommen. Sie pflegt sich im Urlaub gesund. Sie kommt zurück, als wäre nichts gewesen. Wo ist sie?«

»Keine Ahnung. In den Bergen irgendwo.«

»Wichtiger ist, wo ist dieses Ding? Die einen sagen Plektrum, die anderen Plektron. Oder Pick, auch Plek. Kommen Sie mit, als Zeuge, falls ich es finde.«

Der alte Mann stand schon an der Schlafzimmertür, als ihm Kellermann mit Unbehagen folgte.

»Sie sind der Arzt, riechen Sie es auch?«

Wagner öffnete die Tür, drehte das Licht an, ging voran. Kellermann sah, wie der Alte an das Bett herantrat und mit einem Ruck die Decke beiseite zog. Er stand da, mit hängenden Armen, und Kellermann musste an ihn herantreten, um dasselbe zu sehen wie er: ein sauberes Bett ohne Frau Bruckner.

Wagner brachte alles wieder in Ordnung, kniete nieder, streifte mit seinen steifen Händen über den Teppich, richtete sich mühsam auf. Kellermann sah ihm zu und hätte ihm am liebsten gesagt, dass er nur noch wenige Tage zu leben habe, dass er durch das ausgeglühte Bajonett sterben würde, das sich nur ein paar Meter über ihnen befand, in einem perfekten Versteck, im Zimmer eines perfekten Mörders, der ein perfektes Opfer gefunden hatte.

»Herr Dr. Kellermann, sehen Sie mich nicht so an, helfen Sie mir suchen. Und geben Sie zu, Sie haben das Gleiche gedacht wie ich, bei diesem Gestank. Manche Mörder richten sich selbst. Aber Frau Bruckner ist im Urlaub, ich hoffe nur, sie stürzt nicht ab, in eine Schlucht, wie Ihre Frau, Herr Dr. Kittel. Ich weiß alles über Sie. Wir haben gemeinsame

Bekannte, allen voran Hofstätter, er liebt Sie wie einen eigenen Sohn. Herr Dr. Kittel, Sie sind ein Paradepferd, nicht nur ein Wunschkind, und einer der wenigen Seestädter, der Dominik nicht ermordet haben kann.«

Wagner blickte rasch auf Kellermanns Fußgelenk. »Sie hätten mir als Mörder gefallen, mit Ihrer Vergangenheit. Und wer einmal auf den Geschmack gekommen ist, tut es wieder.«

Dann machte er sich auf in die Küche. Er brauchte nicht lange, um den Grund für den Gestank zu finden. Er musste nur die Kühlschranktür einen Spalt öffnen, und da sah er das abgezogene Kabel.

»Ein weiterer Beweis, Herr Dr. Kellermann, finden Sie nicht? Frau Bruckner konnte nicht mehr richtig denken. Die Angst, die Erinnerungen, die Gewissenbisse, die Abreise, alles überstürzt. Ein wenig Strom gespart, dafür verwesen im Kühlschrank die Hühner. Mörder machen immer Fehler, aber das wissen Sie besser als ich. Sie waren im Gefängnis, ich war ja nur ein kleines Licht in der Verwaltung.«

Kellermann flüchtete vor dem Gestank und Wagners Monologen aus der Küche. Der Alte drückte den Stecker in die Dose an der Wand und folgte ihm dann in das Wohnzimmer.

Kellermann begriff, dass er schweigen konnte, ohne auffällig zu werden. Er musste nichts erzählen über Brigitte, von der Rosengartenschlucht, über seine Jahre im Gefängnis.

Wagner erwartete von ihm etwas anderes. Er hatte wieder auf dem Sofa Platz genommen und schwitzte. Kellermann sah seine Aura nicht, aber er stellte sie sich mit gezackten Rändern vor, voller Risse und Brüche. Wagner hatte zweifellos etwas vor. Kellermann betrachtete ihn aus den Augenwinkeln heraus. Um sich zu tarnen, stellte er eine belanglose Frage.

»Was haben Sie in Ihrem Trolley?«, fragte Kellermann.

»Heute noch nichts. Manchmal Knochen, oft nur Gürtelschnallen, Reitersporen, aber mein größter Fund war ein Pferdekopf. Die Seestadt ist ein Paradies, deswegen bin ich hierhergezogen. Kommen Sie einmal mit, dann graben wir gemeinsam. Nachts, weil ja so manches verboten ist, Knöpfe von den Uniformen liegen sogar offen herum. Nach der Kriminalistik ist Archäologie das Größte.«

Der Alte war sichtlich froh über das Gespräch und beugte sich begeistert vor. Kellermann entging nicht, dass er versuchte, mit seinem Körper etwas zu verbergen. Er blickte nun zum Fenster hinaus in die Seestadt, in der es so vieles zu entdecken gab, aber er sah dabei trotzdem, wie die Hand des Alten in die Jackentasche fuhr, ein kleines Papiersäckchen hervorholte und dessen Inhalt rasch in eine der Ritzen zwischen zwei Sofapolster kippte.

»Unter uns liegen Tote. Dutzende, hunderte. Haben Sie das nicht gewusst, Herr Dr. Kellermann? Auch Waffen.«

Kellermann schüttelte den Kopf.

»Hier? Unter der Seestadt? Nie davon gehört. Das ist ja grauenhaft. Wie viele Tote?«

Wagner erhob sich. Kellermann überlegte kurz, wer von ihnen beiden wohl der bessere Schauspieler war. Wagner hielt sich an die Rolle seines Vorbildes Columbo. Er ging zur Tür, um dann doch umzukehren und sich wieder auf das Sofa zu setzen. Wie zufällig schob er nach einer kurzen Weile die Sofapolster ein wenig zur Seite, sodass in der Ritze zwischen den Polstern ein kleiner Gegenstand zum Vorschein kam. Es war ein Plektrum. Der Alte hob es vorsichtig mit einem Taschentuch auf und streckte es Kellermann triumphierend entgegen.

»Sie sind Zeuge!«

Er führte ihm das Beweisstück von beiden Seiten vor und ließ es dann in das kleine Kuvert aus seiner Jackentasche gleiten. Betrüger, tötenswert, ging es Kellermann durch den Kopf. Ihm wurde immer deutlicher bewusst, dass er diesen

Falschspieler bald hinrichten musste, noch bevor er irgendwo redete oder sogar mit dem Fund aus dem Sofa zu den gemeinsamen Bekannten lief. Er sah auch schon die Stelle an der Brust des Alten, hinter der die linke Herzkammer liegen musste.

»Haben Sie Kinder, Herr Wagner?«

»Nein. Auch keine Frau. Alleinstehend, aber glücklich.«

Der alte Mann verstand diese unpassende Frage nicht, doch für Kellermann hatte sie eine große Bedeutung. Es würde für ihn viel leichter werden als bei dem Gitarristen. Wagner schien dazu wie geschaffen. Er war alt, krank, ohne Anhang, ein Feind und Seestädter. Zudem ein skrupelloses Geschöpf, dem es nichts ausmachte, Lisa mit einem gefälschten Beweis der Justiz ans Messer zu liefern.

Kellermann sah zu, wie Wagner ganz aufgeregt das Kuvert mit dem Plektrum in seine Jackentasche schob und mit dem Papiertaschentuch sein schweißnasses Gesicht trocknete. Der Mann war eben ein Anfänger, ein selbsternannter Mörderjäger. Wie Columbo hustete er auch in das Taschentuch, wie Columbo brachte er es umständlich in die stinkende Küche, um es dort scheinbar besorgt und tollpatschig in den Abfalleimer fallen zu lassen. Dabei versuchte er unentwegt, Kellermann von der Wichtigkeit des gefundenen Plektrums zu überzeugen.

»Es lässt sich auch ohne Aufschrift, ohne Nummer ganz eindeutig dem Besitzer zuordnen. Ein Gitarrist hält es zwischen Daumen und Zeigefinger. Die Abdrücke sind zwar unbrauchbar, weil sie sich überdecken, aber da sind tausende von Hautzellen, Millionen, und damit die DNA. Sie wissen, was das heißt. Jeder weiß es. Dominik war hier, unter Ihrer Wohnung, schade, dass Sie geschlafen haben, Sie wären ein guter Ohrenzeuge gewesen.«

Wagner ergriff seinen Trolley und schob ihn über den Teppichboden zur Eingangstür.

»Herr Dr. Kellermann, besuchen Sie mich, in der Agnes-Primocic-Gasse, das Haus mit den gelben Balkonen, nicht zu übersehen, Top 20. Dann machen wir gemeinsam eine Reise, zurück in das Jahr 1809, hinein in die Schlacht von Aspern. Meine Wohnung ist wie ein Museum, Pistolen, Gewehre, alles Vorderlader, Säbel, Bajonette!«

Wagner wandte sich noch einmal zu Kellermann um.

»Wir könnten Freunde werden. Frau Bruckner wird die Wohnung hier verlassen, auf ins Gefängnis. Ich könnte hier einziehen, ganz privat, ohne Uniformen und Orden. Sie sind mein Hausarzt. Wenn es mir schlecht geht, klopfe ich an die Zimmerdecke, damit Sie herunterkommen.«

Der Alte öffnete die Wohnungstür, hob seinen Trolley in das Vorhaus und winkte zum Abschied.

»Herr Dr. Kellermann, ich danke Ihnen. Ohne Ihre Frage nach meinem Trolley wär ich nie auf die Idee gekommen. Die Toten in der Seestadt sind meine Leidenschaft. Ich grabe, finde Zähne von Menschen und Pferden, ganze Gebisse, aber auch Gewehrkugeln aus Blei, kleinste Dinge. Bajonette. Wenn Sie mich besuchen, in meinem Wohnzimmer an der Wand, rechts neben einer Muskete, hängen drei Stück. Vor meinen Augen, blankgeputzt und glänzend. Und erst jetzt komme ich darauf, durch Ihre Frage, durch Sie. Frau Bruckner hat Dominik mit einem Bajonett erstochen, ich wette, die Wunde sieht aus wie ein Kreuz. Besuchen Sie mich bald, auf Wiedersehen.«

Kellermann schloss das Fenster zum Hof und stellte die Gießkanne in das Badezimmer. Um den Kühlschrank sollte sich Lisa kümmern, wenn sie wieder zurückkam. Für eine Krankenschwester unter Mordverdacht waren verdorrte Blumen bestimmt nicht das größte Problem. Als er an der Eingangstür war, kehrte Kellermann noch einmal um. Ein Gedanke drängte sich ihm auf, der ihn nicht mehr losließ. Eine unglaubliche Idee. Er ging zurück in die Küche, beugte sich über den Abfallkübel und spießte das Taschentuch des Alten vorsichtig und ohne es zu berühren auf sein Microtool. Den Verwesungsgeruch der vergessenen Hühner nahm Kellermann nicht mehr wahr, denn seine Ideen überdeckten alles.

Oben in seiner Wohnung warf er sich auf das Bett, angekleidet, als müsste er bereit sein, jederzeit hinauslaufen und zustechen zu können. Dabei hatte er nun einen vollkommen anderen Plan, einen, der besser war als alle bisherigen. Er würde Wagner nicht umbringen, sondern ihn zum Mörder machen.

Allerdings gab es in diesem neuen Plan noch Lücken und Hindernisse. Wie sollte er unbemerkt in Wagners Haus hineinkommen? Auf gut Glück warten, dass jemand ins Freie trat? Damit hätte er einen unerwünschten Zeugen. Oder eine beliebige Klingel drücken und sich als Zettelverteiler ausgeben? Das wäre nur bei Tag möglich, nicht in der Nacht. Kellermann entschloss sich, sein Vorhaben doch lieber auf den Gehsteig der Agnes-Primocic-Gasse zu verlegen.

In diesem Augenblick drang wieder das Quietschen von Wagners Trolley an sein Ohr, und Kellermann sah auf die Uhr. Er achtete genau auf die Zeit und trat eigens auf den Balkon hinaus, um die Silhouette des Alten kurz darauf am Ende der Straße zu beobachten. Wagner wühlte in einer Halde neben einer der vielen Baugruben, und immer wieder hielt er inne, um einen Fund genauer zu betrachten, bevor er ihn entweder in die Grube zurückwarf oder in seinem Trolley verstaute. Kellermann stellte sich vor, dass bald noch mehr Zeugen der Schlacht von Aspern an Wagners Wänden hängen würden. Er blickte auf seine Uhr, Wagner hatte endlich seinen Rückzug angetreten, und es dauerte genau so lange wie das letzte Mal, bis das Räderquietschen wieder durch die Sonnenallee hallte und der Alte an ihm vorbei in den Häuserschluchten verschwand.

Kellermann verließ den Balkon, stellte sich genau vor, was

morgen um die gleiche Zeit in der Agnes-Primocic-Gasse geschehen musste, und nachdem er sich wieder auf sein Bett gelegt hatte, ging er alles noch einmal durch, Schritt für Schritt, Sekunde für Sekunde. Es kam immer auf höchste Präzision im zeitlichen Ablauf an, denn ein besseres Alibi als durch seine Fußfessel würde es nie geben.

In den Radionachrichten gab es schon längst nichts mehr über den ersten Mord in der Seestadt zu hören, aber die Wettervorhersage für den Montag war für ihn wichtig. Kein Regen, wenig Wind, das war der letzte Anstoß zum Entschluss, sodann sternenklarer Himmel nach Mitternacht, aber da war schon alles vorbei. Und weder er noch Lisa je wieder unter Mordverdacht. Man musste nur die richtigen Einfälle haben, göttliche.

Am Montag dann war Dr. Kellermann alles andere als ein guter Aura-Chirurg. Einige Kranke merkten es, manche hielten sein nach innen gewandtes Gehabe für eine Art Trance, in die er sich versetzte, um ihnen besonders gut helfen zu können. Etliche Frauen waren unzufrieden, da er sie kaum ansah und auch ihre Aura nur kurz streichelte. Am Nachmittag und nach unzähligen Blicken auf die Uhr verlor Kellermann seine Beherrschung. Ein Patient hatte endlos lange gebraucht, um sich auf den Behandlungsstuhl zu setzen und wollte nicht aufhören, über seine Schmerzen im Rücken zu klagen. Kellermann hasste leidende Menschen, besonders dann, wenn sie sich gehen ließen. Er stieß heftiger als sonst eine Ahle in das Rückgrat des Skeletts, knapp unter der 12. Rippe, wo das Bajonett nicht verletzt werden konnte. Ein Dornfortsatz eines Wirbels sprang ab und rollte über den Boden.

»Stehen Sie auf!«, befahl Kellermann dem Patienten wütend.

Der Mann rührte sich nicht.

»Los. Sie sind nicht gesund, aber Sie haben keine Schmerzen.«

Der eingeschüchterte Mann stemmte seine Arme gegen die Sitzfläche und zog sich an der Stuhllehne hoch. Das letzte Stück schaffte er, ohne sich anzuhalten, und schließlich stand er nach einigen unsicheren Schritten aufrecht und mit einem Lächeln in den Augen mitten im Zimmer.

Am Anfang seiner Karriere als Aura-Chirurg hatte Kellermann an Spontanheilungen geglaubt, und einige Male waren sie ihm auch tatsächlich passiert, doch er war sicher, dieser Mann würde zu Hause wieder bei jeder Bewegung vor Schmerzen stöhnen, weil er voller kaputter Knochen und Knorpeln war, ein Fall für eine Reihe schwerer Operationen. Nur saß ihm jetzt der Schock in den Gliedern, sodass er keine Schmerzen verspürte und nicht aufhören wollte, sich zu bedanken.

Kellermann nahm nur die Hälfte der entgegengestreckten Geldscheine an, schob den Glücklichen zur Tür hinaus und kam sich schändlich vor, weil er wusste, was er war. Ein Scharlatan. Die hysterische Dame bei seinem Vortrag hatte recht gehabt.

Am späteren Nachmittag fühlte sich Kellermann dann wie ein Schauspieler, der voller Ungeduld und Anspannung seinem abendlichen Auftritt entgegenfieberte. Zu proben gab es nichts mehr, die Handbewegungen mit dem Bajonett waren ihm in Fleisch und Blut übergegangen, obwohl einiges wohl auch heute wieder improvisiert werden musste. Den Spiegel im Badezimmer verhängte er, denn er hatte keine Lust, in der Nacht in das Gesicht eines Mörders zu blicken. Er hatte schon bemerkt, wie seine Lippen anfingen sich zu verziehen und der Unterkiefer wieder starr wurde. Aber er war kein Mr. Hyde, nur ein Mensch vor einer gewaltigen Aufgabe, ein Schulkind am Tag einer wichtigen Prüfung, ein Soldat in Erwartung der entscheidenden Schlacht. Heute stand der Seestadt etwas Besonderes bevor. Kittel gegen Columbo.

Nachdem er geduscht hatte, löste Kellermann die Kapuze von seiner Jacke. Nichts sollte sein seitliches Gesichtsfeld stören, der hochgeschlagene Kragen genügte. Diesmal war ohnehin vieles schwieriger, weil um diese Zeit noch mehr Menschen unterwegs waren als damals beim Gitarristen. Er stellte sich sogar darauf ein, ohne blutiges Bajonett nach Hause zurückzukehren und sein Glück in der nächsten Nacht noch einmal versuchen zu müssen. Er zwang sich, nicht daran zu denken, weil er ohnehin nur an Ort und Stelle falsch oder richtig handeln konnte. Für alles andere war gesorgt.

Trotzdem überprüfte er ein letztes Mal, ob das Handy auf Vibration geschaltet war, ob seine dünnen Handschuhe auch tatsächlich keine Risse aufwiesen, ob die Schuhbänder fest genug zugezogen waren und seine Uhr regelmäßig tickte. Die zusammengerollte Verpackung, die ursprünglich für eines der Baguettes gedacht war, und Wagners Taschentuch steckten griffbereit in der linken Jackentasche.

Die Balkontür hatte Kellermann zur Gänze geöffnet, in der Seestadt herrschte das vorhergesagte Wetter. Nur ein leichter Wind bewegte die Kordelschnüre an den Rändern des Sonnenschirms, im Grill lag genug Holzkohle zum Ausglühen der Waffe. Und jetzt schlurfte auch schon der Alte mit den kalten Füßen langsam über den Asphalt. Kellermann hörte ihn, hatte sich aber vorgenommen, erst im letzten Augenblick seine Wohnung zu verlassen.

Sein Herz schlug immer schneller, er spürte, wie sich sein Hals verdickte und die Adern gegen den Jackenkragen pochten. Wagner hatte bei der Baugrube offenbar gute Beute gemacht, vielleicht sogar wieder einen Pferdeschädel gefunden, weil die Räder noch lauter quietschten als sonst. Das Geräusch kam näher und näher. Gerne wäre Kellermann unsichtbar geworden und auf den Balkon hinausgetreten. Aber er zwang sich, seinem Gehör zu vertrauen. Als eine plötzliche Stille eintrat, stellte er sich vor, wie der Alte genau in diesem Augenblick vor seinem Haus verharrte und es betrachtete. In allen Räumen brannte Licht. Wenn Wagner jetzt nur nicht auf die Idee kam, ihn zu besuchen.

Aber gleich darauf war wieder das Räderquietschen zu hören. Nach einem Blick auf die Uhr verließ Kellermann seine Wohnung. Durch das Glas der Haustür sah er den langen Schatten des Alten auf dem hellen Gehsteig der Sonnenallee. Er trat ins Freie. Nur sehr wenige Menschen zeigten sich in den Gassen, gerade so viel wie nötig, denn er musste ja auch eine Wahl treffen können. Manche kamen von der U-Bahn, andere waren so weit entfernt, dass sie keine Rolle spielten. Wagner bog eben in die Agnes-Primocic-Gasse ein, und Kellermann beschleunigte seine Schritte, nachdem er mit der rechten Hand den Halskragen noch höher gestellt hatte, während er mit der Linken das Bajonett im Jackenärmel festhielt.

In das Quietschen der Räder mischte sich nun das laute Rütteln auf dem Kopfsteinpflaster, und Kellermann hoffte inständig, dass die Anrainer sich über den entsetzlichen Lärm ärgern und morgen auch der Polizei davon erzählen, würden. Je mehr Wagner auf sich aufmerksam machte, umso besser. Die ganze Agnes-Primocic-Gasse sollte wissen, wer um die Zeit des Mordes hier unterwegs gewesen war.

Aber in der Gasse gab es vorläufig nur ihn und Wagner, und Kellermanns Plan drohte wie ein Kartenhaus zusammenzufallen. Warum kam nicht jemand aus einer Haustüre oder lief ihnen ein Jogger entgegen! Er hatte nicht bedacht, dass die Menschen rundum aus Angst lieber in den Wohnungen blieben, weil eine Gasse weiter ein Seestädter umgebracht worden war.

Jetzt hatte Wagner nicht mehr weit bis zu seinem Haus. Wenn er es betreten hatte, war alles umsonst gewesen. Kellermann schob das Bajonett noch tiefer in seinen Jackenärmel und machte sich schon zur Umkehr bereit, als er plötzlich in der angrenzenden Susanne-Schmida-Gasse einen Schatten bemerkte. Dieser bückte sich, zündete eine Kerze für den ermordeten Gitarristen an und setzte eilig seinen Weg hinein in die Agnes-Primocic-Gasse fort. An den Schritten erkannte er, dass es eine Frau war, die jetzt offenbar schnell nach Hause wollte. Auch der alte Wagner beschleunigte seine Schritte und war bald vor seinem Haus angelangt. Er sperrte auf, und im nächsten Moment war er hinter der Eingangstür verschwunden.

Jetzt, durchzuckte es Kellermann. Alles passte, alles stimmte. Auf die Minute genau. Auf die Sekunde. Er sah sich ein letztes Mal um, dann ging er lautlos auf die Frau zu, er hatte keinen Blick mehr für ein Gesicht, das ohnehin von verwehten Haarsträhnen verhangen war, nur noch für die Stelle zwischen den zwei Umhängetaschen, an der sich das Herz befinden musste.

Es war eine einzige Bewegung, vom Herausziehen aus dem Jackenärmel bis zum Zustechen, und auch das Entfernen des Bajonetts aus dem Frauenkörper geschah ohne Unterbrechung. Kellermann kamen in diesem Augenblick des Todes Stierkämpfer in den Sinn, ihre Eleganz im Umgang mit dem Degen.

Die Frau brach wortlos zusammen, fiel vornüber auf ihr Gesicht, das Kellermann gleichgültig war. Er war hier, um zu schlachten, und nicht, um sich an einer Iris oder an brechenden Augen zu ergötzen. Der Killer Kittel-Kellermann.

Ein Gepäcksstück fiel ihm auf den Fuß, er trat danach wie nach einem bissigen Hund. Die Tasche der Frau kippte auf die groben, noch nicht abgeschliffenen Kopfsteine und zog ihren Körper auf die Seite. Es sah aus, als würde die Tote einen Arm heben.

Für Kellermann bestand kein Zweifel, dass er vollendet getötet hatte. Schon jetzt hatte er eine Vorstellung vom durchbohrten Herz, zu Hause würde er dieses Bild auf seinem Bett noch oft sehen, immer wieder, in den schlaflosen Nächten, die so erfüllt waren von seinem anderen Leben.

Er blickte auf die Uhr. In drei Minuten musste er zurück sein. Aber er würde es schaffen, einschließlich aller Verrichtungen, die es bei dem Mord an dem Gitarristen noch nicht gegeben hatte, denn in dieser Nacht ging es um mehr als nur um das Töten. Wagner-Columbo musste zur Strecke gebracht werden.

Kellermann zog das Papiertaschentuch des Alten, das er in Lisas Wohnung aus dem Müll gefischt hatte, aus seiner linken Jackentasche, säuberte damit das Bajonett mit zügigen Wischbewegungen und warf das zu einem Knäuel zusammengedrückte Beweisstück mit der hellroten Blutspur in den schmalen Rasen neben der Eingangstür zu Wagners Haus. Selbst ein Blinder würde es finden.

Er überlegte kurz, ob das Ganze nicht zu arrangiert wirken würde, aber es fehlte ihm die Zeit, nach einem besseren Platz zu suchen. Der alte Mann hätte die Frau ja auch kaltblütig niederstechen können, um dann den Kopf zu verlieren und in sein Haus zu flüchten. Zeugen würden bestätigen, dass sie den Lärm des Trolleys und das Aufschließen der Tür zum Zeitpunkt der Tat gehört hatten.

Gerade als er das dachte, kam Kellermann das Glück zu Hilfe. Er sah einen Mann mit einem kleinen weißen Hund die Agnes-Primocic-Gasse entlangkommen. Und als Kellermann in die Sonnenallee einbog, hörte er aufgeregtes Gebell. Das Übliche würde folgen. In dem Häuserblock hinter ihm gingen schon die ersten Fenster auf, wahrscheinlich blickte dieses Mal auch Wagner auf die Gasse, weil er eben erst in seine Wohnung gekommen war und noch nicht im Bett lag. Er würde eine Ermordete sehen, für die nur er als Täter in Frage kam.

116

Kellermann hatte noch ein paar Schritte zu seinem Haus, als das Handy vibrierte. Wenn der freundliche Beamte ihn bitten sollte, zum Beweis seiner Ehrlichkeit vom Balkon zurück in sein Zimmer zu gehen, säße er in der Falle. Zwischen ihm und dem rettenden Modem lagen die Eingangstür, ein Stiegenhaus, eine Reihe von Stufen, eine versperrte Wohnung, und damit eine Fülle von Geräusche, die ihn über das Telefon als Lügner entlarven mussten. Aber vielleicht gab sich die angenehme Stimme auch mit ein paar Bemerkungen über den blauen Rauch zufrieden, und Kellermann war gerettet. Er hob ab.

»Herr Dr. Kellermann, Sie vollbringen Wunder. Keine Schmerzen. Ich glaube sogar, Sie haben meine Knochen geheilt, mein Rücken lässt sich biegen, in alle Richtungen. Ich würde gerne vorbeikommen, mich bedanken, von Angesicht zu Angesicht. Mit einer Flasche Wein, mit Ihnen anstoßen, ich verschwinde auch gleich wieder. Auf ein Glas?«

Kellermann hatte Mühe, sich jetzt zurechtzufinden. Aber dann dämmerte ihm, es war der Patient von heute Vormittag, für den er die Wirbelsäule seines Skelettes mit einer Ahle durchstochen hatte. Er versprach dem Mann einen gemeinsamen Abend und legte auf. Im selben Augenblick empfand er eine Fülle von Dankbarkeit, weil er ein unerschütterliches Alibi hatte.

Es war noch vor Mitternacht, als Kellermann sich in dem Stuhl für Patienten räkelte und dehnte, die Beine von sich streckte, die Arme gegen den Himmel richtete, und sich sagte, dass er es geschafft hatte.

Bereits eine Stunde lang heulten draußen schon die Sirenen, auch unter seinem Balkon waren Polizeiautos vorbeigerast. Der Gitarrist und die Frau hatten noch nichts miteinander zu tun, aber Einzelfälle waren sie auch nicht mehr. Dafür lagen die beiden Tatorte zu nah beisammen, und auch die Zeit zwischen den beiden Morden war auffallend kurz.

Doch Angst und Hysterie würden in die Seestadt erst einkehren, nachdem die Obduzenten die kreuzförmigen Einstichstellen miteinander verglichen hatten und das Ergebnis auch in den Zeitungen erwähnt worden war. Man würde immer noch über die Waffe rätseln, früher oder später aber Grillspieße und Haringe verwerfen, weil irgendein Nachbar des alten Mannes von dessen Liebe zur Schlacht bei Aspern wusste, und vielleicht sogar schon die vielen Fundstücke an seinen Wänden gesehen hatte, darunter nicht weniger als drei Bajonette.

Nur das Taschentuch beunruhigte Kellermann. Würde es auch rechtzeitig gefunden werden, und könnte es nicht vielleicht ein Hund fressen, bei dem Blutgeruch? Und genügte wirklich der Gesichtsschweiß eines Menschen, um eine unumstößliche DNA zu gewinnen und Wagner als Mörder zu überführen? Nur an einem hegte Kellermann keinen Zweifel: Stand Wagner erst einmal als Täter in der Agnes-Primocic-Gasse fest, hatte er nach den Gesetzen der Logik auch in der Susanne-Schmida-Gasse zugestochen. Der alte Columbo war dann ein Serienmörder.

Kellermann sah durch die offene Balkontür von seinem Platz aus zwischen den Dächern zweier Häuser den sternenklaren Himmel über der Seestadt, aber unvergleichlich besser gefiel ihm der rötliche Schimmer in seinem Grill. Der feine Rauch und Duft der Holzkohle zog in sein Zimmer, hinauf zu den Nachbarn über ihm. Niemand würde sich beschweren, denn vor Mitternacht wurden auch auf anderen Balkonen über offenen Feuerstellen allerlei Speisen zubereitet. Zur Feier des Tages zündete sich Kellermann eine Zigarette an, nicht auf dem Balkon, sondern mitten in seinem Zimmer. Die beiden Rauchschwaden vermengten sich. Mit einem unglaublichen Glücksgefühl betrachtete er das Bajonett in der roten Glut.

Schenk-Danzinger-Gasse

Die alte Seestadt gab es nicht mehr. Seit Tagen wurde nur noch über die zwei Todesopfer gesprochen. Die Bewohner waren sich sicher, es mit einem Serienmörder zu tun zu haben. Dazu hatte auch die Meldung in den Medien über die Tatwaffe beigetragen. Lang, dünn, spitz, mit einem kreuzförmigen Einstich.

Kellermann gab sich ahnungslos und ließ sich von seinen redseligen Patienten die genaue Form der Wunde beschreiben, den Gang des Stahls, und wie in beiden Fällen das Herz durchbohrt worden war. Jeder der Kranken hatte eine andere Vorstellung von der Größe des Kreuzes, und in manchen Köpfen geisterten schon armdicke Stahlmeißel herum, wie sie von den Arbeitern mit Pressluhthämmern verwendet wurden. Diesem Wildwuchs an Fantasien wurde erst ein Ende gesetzt, als in den Zeitungen Bilder von einem der Einstiche erschienen.

Kellermann war in keiner Weise überrascht. So hatte er sich sein Werk vorgestellt. Zum Größenvergleich gab es auf dem Foto eine 2-Euro-Münze neben der Wunde, beide hatten denselben Durchmesser.

Die Seestädter stritten auf der Straße und in den Geschäften, bei welcher der beiden Leichen die Farbaufnahme gemacht worden sei, beim Mann oder bei der Frau. Auch Kellermann hatte Mühe, sein Opfer zu erkennen, da nur ein Stück Haut zu sehen war. Er entschied sich für Dominik, dem man die wenigen Brusthaare bei der Obduktion abrasiert hatte. Dabei kam ein wenig Wehmut in ihm auf. Sogar der Geruch eines Operationssaals war wieder da, das Klirren der Bestecke, das Summen der Maschinen, seine knappen und präzisen Befehle und vor allem die fast unhörbaren Schnitte in das Fleisch von Menschen.

Dennoch fühlte er sich jetzt auf der besseren Seite, im richtigeren Leben. Er brauchte auch niemanden mehr, keine Assistenten, keine Schwestern, weder Deckenleuchten noch Narkoseapparate, nicht den schwerfälligen Betrieb eines Spitals, und er konnte auch keinen Kunstfehler mehr machen und deswegen vor Gericht gezerrt werden. Er war sein eigener Herr, angewiesen nur noch auf wenige Menschen, und geeignete Opfer ließen sich bestimmt immer wieder finden. Dazu kam sein Wert als Killer, auch wenn er ihn nicht auskosten, ihn nur allein genießen konnte. Selbst schwierigste Operationen hätten nicht mehr Aufsehen erregt als die beiden Morde in der Seestadt. Es traf auch alles ein, was er sich erträumt hatte. Die Zeitungen schrieben bereits jetzt über den Serienmörder mit dem Kreuz als Markenzeichen. Eine titelte sogar: Seestadt, Mordstadt.

Aber Kellermann wusste auch, wie gefährlich Größenwahn werden konnte, nicht wenige Serienmörder waren daran gescheitert, auf halber Strecke zum Stehen gebracht worden. Er nahm sich vor, kühl und berechnend zu bleiben, und dennoch nicht vollkommen kaltblütig zu werden. Ihm gefiel sein schneller schlagendes Herz, wenn er sich vergegenwärtigte, dass er nun schon drei Menschen getötet hatte. Er kam darüber hinweg, aber er ging nicht unbeteiligt über seine Leichen. In seinen Augen war er kein Monster. Zu ändern war ohnehin nichts mehr, und wenn man schon einmal so weit gegangen war, hieß es weitermachen. Jetzt umkehren? Wohin, wozu? Alles Bisherige wäre sinnlos. Wenn er es recht überlegte, beneidete Kellermann Wagner sogar. In der Öffentlichkeit würde er der Serienmörder von der Seestadt sein.

Nur, noch war er es nicht. Noch hatte man Wagner nicht. Es gab nicht einmal erste Anzeichen, dass er verdächtigt wurde, zumindest wurden darüber keine Berichte laut. Die Heerschar der Kriminalisten tappte noch im Dunkeln, oder sie waren Wagner schon auf der Spur und beobachteten ihn.

Kellermann verfluchte seine Patienten, weil sie nicht auf dem Laufenden waren. Sie wussten nicht einmal, wer die Tote war. Eine Frau, hieß es immer wieder, eine von hier, oder auch nicht, im mittleren Alter. Aber eine ohne Namen, ohne Herkunft und Beruf. Die Zeitungen druckten keine Fotos von ihr, es gab weder einen dezenten Hinweis noch einen Anfangsbuchstaben der Familie. Kellermann vermutete dahinter eine Rücksichtnahme auf die Einwohner. Die Seestadt war eben ein Schiff, auf dem keine Panik ausbrechen durfte. Die Frau schien auch niemandem zu fehlen. Kellermann hatte ein einsames Herz durchbohrt. Falsch. Es war Wagner, der zu einem Bajonett gegriffen hatte, das musste sich Kellermann immer wieder vor Augen halten. Wagner war der Serienmörder, Kellermann war nur der Aura-Chirurg, der alle Fäden zog.

In dieser Nacht war die kleine Stadt wie ausgestorben, aber nur wenige schliefen. Kellermann hatte noch nie so viele heruntergelassene Jalousien und zugezogene Vorhänge gesehen, aber auch noch nie so viele Augen dahinter. Man wartete auf den nächsten Mord. Er konnte sich Zeit lassen, das Niederstechen erledigten jetzt die Seestädter in ihren Köpfen. Der Tod ging um. Als Einziger in den Gassen. Eine Patientin hatte ihn schon heute in der Ordination gefragt, ob die Aura-Chirurgie sie nicht von dem Gedanken an den wahnsinnigen Mörder befreien könne.

Kellermann war kaum imstande gewesen, seine heilenden Händen um den unsichtbaren Farbenkranz der Frau zu legen, weil er erregt war wie selten zuvor. So musste es sein. Man sollte aus Angst vor Dr. Kittel im Boden versinken und sich gleichzeitig von Dr. Kellermann helfen lassen.

Ihm aber half niemand. Allein blätterte Kellermann die

Zeitungen durch, ohne Lisa hörte er die Radio-Nachrichten, die keine Neuigkeiten zu den Morden enthielten. Die Bilder im Fernsehen erschienen ihm noch enttäuschender. Die Häuserblöcke in den Berichten waren trostlos wie im wirklichen Leben, alle vor die Kamera gezerrten Seestädter noch immer fassungslos, und die Ermittler schienen kein Stück weitergekommen zu sein. Wann wurde Wagner verhaftet? Wann? Warum gab es keine Hinweise auf die Tote?

Drei Tage ließ Kellermann verstreichen, bevor er frühmorgens Richtung U-Bahn ging. Im Strom der Seestädter war er der Einzige, der nicht zu irgendeiner Arbeit musste, sondern sich nur eine Gratiszeitung aus einem der Ständer in der U-Bahn-Station holen wollte, denn in die Trafik wagte er sich nicht. Eine falsche Bemerkung könnte tödlich sein. Er hatte die vergangene Nacht wiederum kaum geschlafen, dieses Mal aber, weil er über den Mord in der Agnes-Primocic-Gasse so wenig wusste. War man vielleicht gar nicht Wagner auf der Spur, sondern bereits ihm? Die Überwachungskameras in der U-Bahn-Station fielen ihm ein. Besser er ging nicht hinein, es war vollkommener Wahnsinn gewesen, hierher zu kommen, ohne in die Stadt zu fahren, nur dieser Zeitungen wegen, noch verdächtiger konnte man sich nicht benehmen. Kellermanns Gehirn funktionierte nicht mehr. Er müsste Dr. Kittel zu Hilfe rufen. Aber dann wäre er verrückt.

Auf seinem Rückweg sah er die Septembersonne, den See, die Stadt. Er dachte an Lisa. Warum hatte sie von sich noch immer nichts hören lassen. Vielleicht hatte sie ihm ja eine Ansichtskarte geschrieben, er war seit Tagen nicht mehr beim Postfach gewesen. Kellermann kam zu Bewusstsein, dass er an der gewöhnlichen Welt immer weniger Anteil nahm. Auch seine Patienten waren nur dafür da, ihm die Geheimnisse und vermeintlichen Hintergründe über seine Verbrechen zu erzählen. In ein paar Jahren, wenn alles vorbei war, würden sie sich mit Schaudern an Dr. Kellermann erinnern, Lügengeschichten erfinden und ihn Dr. Mord nennen. Oder Dr. Killermann. Darauf lief es hinaus, und nichts anderes wollte er. Hunderttausende Menschen draußen in der Welt würden sich sein Gesicht für immer merken, die Bewohner der Seestadt seine freundliche Art im Gedächtnis behalten, und dass er mit seiner Aura-Chirurgie auch Gutes getan hatte. Es lag an ihm, aus dem Ganzen etwas Großes zu machen.

Kellermann überwand sich und ging hinunter zum menschenleeren See. Er nahm sich vor, nicht an Lisa zu denken, nicht an ihren Kuss auf seine Wange, und das Gesicht des Gitarristen hatte er ohnehin schon vergessen. Er musste nach vorne blicken, auf die Rückkehr Lisas aus dem Urlaub warten, auf Wagners Verhaftung, auf eine Zeit, in der ihm die Seestadt immer mehr gehören würde. Einen Augenblick dachte Kellermann daran, die Gunst der Stunde zu nützen, das Wagnis einzugehen, sich auszuziehen und in das brackige Wasser zu steigen. Aber eine Frau mit Kinderwagen, die den schmalen Weg von der Janis-Joplin-Promenade herunterkam, hinderte ihn daran, ein solches Risiko einzugehen. Noch 199 Tage war er Fußfesselträger, dann nur noch Mörder, der aber schwimmen und lieben durfte.

Die junge Mutter setzte ihr Kleines auf eines der neuen Spielplatzpferde, deren Holz schon rissig geworden war. Kellermann hörte, wie sie das Mädchen in einer fremden Sprache lobte, aber im nächsten Moment nahm etwas anderes seine Aufmerksamkeit in Anspruch. Er hatte Wagners Trolley entdeckt. Der zweirädrige Rollwagen lag nah am Ufer im seichten Wasser, und sein Besitzer konnte nicht weit weg sein.

Kellermann hielt den Atem an und blickte verstohlen herum. Aber auf den nassen Steinen lag nur der übliche Müll, nirgendwo ragte ein Fuß oder eine Hand hervor, und auch auf dem Wasser trieb nichts, was einer Leiche ähnlich sah. Kellermann hatte keine Ahnung, wie tief der See war, ob man in ihm ertrinken konnte oder sich ertränken musste, und wie lange es dauerte, bis ein Toter durch die Fäulnisgase wieder auftauchte. Beim genaueren Hinsehen fiel ihm auf, dass die große Tasche am Trolley fehlte. Sie mochte sich gelöst haben und versunken sein, oder Wagner hatte sie mit den schwersten Fundstücken aus der Steppe gefüllt, damit sie ihn mit in die Tiefe nahm.

Kellermann wandte sich um und blickte hinauf zur Seestadt. Irgendwo musste Wagner stehen, ihn beobachten. Columbo war ein Minenfeld und kein Selbstmörder. Doch im Park war kein alter Mann zu sehen, nur junge Bäume am weiten Horizont, dünne Straßenlaternen und himmelhohe Baukräne, nicht die gebückte Figur, die Kellermann so begierig zu entdecken hoffte.

»Er läuft noch frei herum.«

Die Frau, die diese Worte an ihn richtete, sprach fast ohne Akzent, und sie zeigte Kellermann eine Pfeffersspraydose in Rosa.

»Frauen mit Kindern tut er nichts, aber man soll sich nicht darauf verlassen.«

Kellermann liebte dieses Gefühl, vertrauenerweckend zu sein, einer, mit dem man offen über alles reden konnte. Nur das kleine Mädchen betrachtete ihn durch die Finger ihrer Hände und ohne Lächeln.

»Zwei Menschen hat er auf dem Gewissen, aber er hat kein Gewissen. Wenn einer schon Wagner heißt. Ein sonderbarer Mensch. Ein Mensch ist er nicht. Aber angezeigt haben ihn andere, ich bin froh, dass ich noch lebe. Miriam! Die Polizei wird ihn finden. Miriam!!!«

Die Frau lief dem kleinen Mädchen nach und versuchte, es vom Wasser wegzuziehen. Das Kind wehrte sich, weil es nach dem Reitpferd aus Holz ein anderes Spielzeug entdeckt hatte. Wagners Trolley. Nun warf endlich auch die Mutter einen Blick ins Wasser.

»Was ist das?«

Die Frau kam auf Kellermann zu.

»Warum sagen Sie nichts? Sie haben doch auch dieses Ding im Wasser gesehen. Wo dieses Ding ist, ist auch er. Er ist im See, Wagner ist im See, und Sie stehen da und sagen nichts?«

Kellermann bereute es jetzt, nicht in die Trafik gegangen zu sein und eine neue Zeitung gekauft zu haben. Er sah noch, wie die Frau zum Kinderwagen lief und ihr Mobiltelefon aus einem Einkaufsnetz holte, um beim Weggehen mit über den See und den Park schallender Stimme irgendjemandem zu erklären, wo Wagner zu finden sei.

Auch Kellermann wandte sich nun zum Gehen. Auf dem Rückweg in die Stadt grüßte er öfter als sonst, artig und in alle Richtungen. Die Menschen in der Sonnenallee waren dankbar dafür, er spürte regelrecht, wie sie wieder Hoffnung schöpften. Zwei Morde, mehr nicht. Kellermann wollte es scheinen, als sei von überall her der Name Wagner zu hören.

Als er sich neben eine Gruppe von Leuten stellte, die sich auf dem Gehsteig miteinander unterhielten, erfuhr er ohne fragen zu müssen die neuesten Nachrichten über die See- stadt-Morde. Es gab eine Vielzahl von Zeugen, die den alten Mann gehört hatten, als er mit seinem Trolley lärmend durch die Gassen zog und exakt zur Todeszeit der Frau vor seinem Haus kurz stehengeblieben war. In diesem Augenblick hatte er wohl zugestochen. Die Wunde war kreuzförmig gewesen, das Zeichen des Mörders. Nachbarn hatten die Polizei auf die Kriegsrelikte und Stichwaffen in Wagners Wohnung auf- merksam gemacht, und man hatte tatsächlich drei Bajonette gefunden. Noch dazu hatte er den Fehler gemacht, das Blut von der Tatwaffe mit seinem Papiertaschentuch abzuwischen und dieses neben der Eingangstür wegzuwerfen. Auch ein sogenanntes Plektrum war in seiner Wohnung gefunden worden, das durch eine DNA-Analyse ohne jeden Zweifel dem erstochenen Dominik zugeordnet werden konnte.

Das Gespräch endete abrupt, als Einsatzfahrzeuge über die Steppe kamen und sich dem See näherten. Die Kunde hatte sich also schon verbreitet. Alles drängte jetzt aus den Gassen heraus, die Sonnenallee entlang, hinunter zum Seestadt-See, und Kellermann ließ sich im Strom der Schaulustigen mittreiben.

Erst unten im Park am Ufer fiel er zurück, weil er Wagner nicht als Wasserleiche aus nächster Nähe sehen wollte. Zudem hatte er von dem sanften Hügel aus den besten Überblick. Kellermann genoss sein Werk. Alles, was hier herumhetzte, die ganze Jagd nach dem Täter, die Schlauchboote und die Polizeitaucher, das scheinbare Finale der Serienmorde in der Seestadt, alles war ihm zu verdanken. Er stellte sich vor, selbst im Wasser zu liegen und wie ein Ungeheuer aus dem See gezogen und der Meute vorgeworfen zu werden. Doch er war nicht Wagner, er war unvergleichlich mehr, auch größer als ein gewöhnlicher Serienmörder, er hatte das alles erschaffen, ein Ereignis, wie es die Stadt nie wieder erleben würde, ein Spektakel auf der Seebühne. Lisa müsste hier sein, gerade sie, die Wagner zur Mörderin machen wollte. Kellermann musste lächeln, weil es anders gekommen war. Nach seinem Plan, nach seinem Willen.

Nach gut einer Stunde machte sich Ärger breit. Die Menschen begannen zu murren, weil es außer viel Aufwand nichts zu sehen gab. Nur die leere Tasche des Trolleys und Sperrmüll waren aus dem See geborgen worden. Die Taucher kletterten wieder in die Boote zurück, Polizisten mit hüfthohen Stiefeln stocherten noch mit langen Stangen an den Ufern in das aufgewühlte Wasser, aber dann gaben auch sie die Suche nach dem Mörder auf. Wagner war untergetaucht, aber nicht im See. Columbo trieb ein Spiel.

Allmählich zerstreute sich die Menschenansammlung, und Kellermann verließ seinen Posten, um sich nach Hause zu begeben. Er wusste noch nicht, ob Wagner ihm tot oder lebend lieber war. Schweigende Leiche oder explosives Minenfeld. Gefährlich würde es werden, wenn der alte Mann anfing, sich zu verteidigen. Alibi hatte er zwar keines, weil er zum richtigen Zeitpunkt am richtigen Ort bei der richtigen Frau gewesen war, aber machte ein Täter so viel Lärm? Auch das blutige Taschentuch konnte ein Problem werden. Warum hatte er es neben der Eingangstür weggeworfen, sodass man es auf den ersten Blick finden konnte? Nur über sein Motiv brauchte Kellermann sich keine Gedanken zu machen. Serienmörder töteten einfach, weil sie es wollten, sie waren zu etwas Höherem geboren.

Im Hauseingang leerte Kellermann das Postfach. Er fand tatsächlich eine Ansichtskarte von den Tiroler Bergen. Lisa schwärmte von der schönen Natur, der frischen Luft, dem guten Essen und von den freundlichen Menschen. Mit ihnen könne man sich über alles unterhalten. Lisa hatte die Zeilen vor einer Woche geschrieben und daneben einen Schmetterling gezeichnet.

Später dann, am Abend, sah sich Kellermann im Fernsehen. Er war nur einer unter hunderten, aber der Einzige, der da oben stand, mit der Janis-Joplin-Promenade im Rücken, einsam und allein, ein Zuschauer aus der Ferne, mehr Statue als Mensch. Kellermann tauchte am Ende des Berichts nochmals auf, als Gesicht abseits der Menge. Er konnte darin eine Schönheit sehen, mit der er nicht gerechnet hatte. Er kannte sich von Bildern, aus seinem Spiegel, der zuletzt nur eine hässliche Fratze gezeigt hatte, aber jetzt sah er wirklich Anthony Perkins ähnlich. Das Hochhaus dahinter könnte sogar das viktorianische Psycho-Haus sein.

Kellermann begriff, dass von Kittel-Kellermann eine Wirkung ausging, obwohl Kittel-Kellermann nichts tat. Der

Mann stand nur da. Er hatte eine Aura. Eine Ausstrahlung der besonderen Art. Ohne Farben, ohne Strahlen. Kellermann verwarf den Ausdruck Schönheit und ersetzte ihn durch Faszination. Diese Bilder würden auch in ein paar Jahren eine Bedeutung bekommen, dann, wenn alles vorbei war. Das ist er, da steht er, das ist der Serienmörder der Seestadt, und niemand hatte etwas an ihm bemerkt.

Es klingelte an der Tür. Gerade jetzt, da er im Fernsehen war und man ihn vielleicht sogar noch ein drittes Mal zeigte. Verärgert ging Kellermann zur Tür. Ohne durch das Guckloch zu blicken öffnete er.

Wagner!

Kellermann wich zurück, und Wagner stand schon im Vorzimmer, wo er sich für sein ungestümes Eindringen entschuldigte. Er bat Kellermann höflich, die Tür zu schließen, und fügte gleich mit einem Lächeln hinzu:

»Auf der Flucht. Aber das wissen Sie ja, alle hier wissen es. Hat man Sie schon einmal gejagt, Herr Dr. Kellermann?«

Dieser streckte spontan den Arm aus, um den alten Mann vom Zutritt in sein Wohnzimmer abzuhalten.

»Herr Dr. Kellermann, ich bitte Sie, darauf kommt es jetzt nicht mehr an. Ich bin hier, bei Ihnen, hier bin ich sicher, bei einem Freund. Ich habe niemanden umgebracht, ich bin genauso wenig ein Mörder wie Sie.«

»Ich bin nicht Ihr Freund, aber auch nicht Ihr Feind. Was Sie getan haben, interessiert mich nicht, ich rufe auch nicht die Polizei, aber gehen Sie jetzt.«

»Haben Sie Angst vor mir, vor einem alten Mann? Wissen Sie, wie viel Kraft man braucht, einen Menschen zu erstechen? Ich bin keine kräftige Krankenschwester wie Frau Bruckner und auch kein Kerl wie Sie, ich habe nur schlechte Karten. Alles spricht gegen mich, aber nichts ist wahr. Jemand hat mir eine Falle gestellt. Jemand will mich vernichten, ich musste meinen Trolley versenken, damit man mich für ertrunken hält und ich ein paar Stunden Luft zum Atmen habe. Sie müssen mir helfen! Geben Sie mir die Schlüssel.«

»Welche Schlüssel?«

»Oder ist es Ihnen lieber, wenn ich bei Ihnen wohne? Ich brauche nur ein paar Tage Zeit. Um nachzudenken. Sie werden mich nicht hören, die Jalousien bleiben heruntergezogen, die Vorhänge zu, kein Licht. Wenn es mir schlecht geht, kann ich an die Zimmerdecke klopfen, und Sie sind dann mein Hausarzt, Herr Dr. Kellermann.«

»Sie sind verrückt.«

»Das sagen alle. Ich bin auch ein Serienmörder. Sagen auch alle. Schon bald wird man anders über mich reden. Die Schlüssel! Sie haben keine Wahl, ich kenne Sie. Einzelzelle im Gefängnis, auf Ihren Wunsch hin. Waren Sie enttäuscht, als man mich nicht gefunden hat?«

»Frau Bruckner kann jederzeit zurückkommen.«

»Schön, dann sind wir zu dritt. Wir werden uns gut verstehen, weil jeder ein Geheimnis hat. Frau Bruckner ist sehr überstürzt abgereist, vor fünf Wochen. Am Tag nach Dominiks Tod. Jeder von uns dreien könnte der Serienmörder sein. Oder einer von da draußen. Die Schlüssel, bitte!«

Wagner streckte seine Hand aus.

»Herr Dr. Kellermann, Sie sind doch intelligent, klüger als ich, warum zögern Sie? Ich bin in diesem Haus, und ich bleibe hier, vor Ihrer Tür. Stellen Sie sich vor, einer Ihrer Nachbarn erkennt mich, was dann? Die Polizei kommt, mir legt sie Handschellen an, Ihnen stellt sie Fragen. Woher kennen Sie mich, warum bin ich zu Ihnen gekommen, was verbindet uns, was haben Sie mit den Morden in der Seestadt zu tun?«

Kellermann begriff, dass Wagner nichts zu verlieren hatte. Er umgekehrt alles. Warum sollte er ihn nicht in Lisas Wohnung lassen? Für ein paar Stunden, für diese Nacht, um Zeit zu gewinnen. Lisa würde ohnehin nicht so bald wieder auftauchen.

Er verschwand kurz in den hinteren Bereich des Vorzimmers und kam dann mit Lisas Schlüssel zurück. Wagner griff eilig danach, drückte kurz Kellermanns Hand.

»Ich werde gut absperren. Ich möchte mich nicht umbringen lassen. Alle haben Angst in der Seestadt. Der Mörder läuft noch frei herum, sage ich Ihnen, und es ist nur eine Frage der Zeit, bis er in die Häuser geht.«

Damit verließ er die Wohnung. Kellermann hörte noch, wie er Lisas Tür aufsperrte und sie hinter sich doppelt wieder zusperrte. Die Stille danach glich jener der letzten Wochen. Trotzdem hatte sich alles geändert, das Minenfeld befand sich jetzt nicht mehr in den Gassen, sondern direkt unter ihm. An einen nächtlichen Ausflug war heute nicht mehr zu denken. Er wagte es gerade noch, auf den Balkon zu gehen, sich über das Geländer zu beugen und nach unten zu blicken. Aus den Spalten zwischen den Lamellen der Jalousie kam kein Licht. Wagner saß im Dunkeln. Als Kellermann nach eine Stunde voller Anspannung sein Ohr auf den Fußboden drückte, vernahm er das leise Rauschen der Dusche. Alles wäre so einfach gewesen, hätte man Wagner als Wasserleiche aus dem See gezogen.

Am nächsten Tag vermied Kellermann jeden Lärm, jedes Geräusch. Wagner sollte nicht wissen, ob er zu Hause war oder unterwegs. Er sollte im Dunkeln tappen. Kellermann hatte sich gestern überrumpeln lassen, jetzt würde er sich wehren. Er schrieb ein Schild, dass die Praxis für drei Wochen geschlossen sei. Nicht nur Krankenschwestern, auch Ärzte durften Urlaub machen.

Im Stiegenhaus hing ein übler Geruch, der Alte hatte offenbar in der Nacht die verwesten Hühner aus Lisas Kühlschrank in einen Müllcontainer geworfen. Ein Mieter war fluchend in den Lift gestiegen, und auch noch im obersten Stockwerk hatte Kellermann seine Beschimpfungen über die

Schweine im Haus hören können. Nur Wagner war ruhig. Totenstill. Er brütete etwas aus. Kellermann musste auf alles gefasst sein.

Als er die Stille, die aus Lisas Wohnung drang, nicht mehr ertrug, verließ Kellermann das Haus. Er trat aus dem Schatten der hohen Häuser, um sich von der Sonne bescheinen zu lassen, aber das Gefängnis Seestadt verlassen durfte er nicht. Auch nicht im Urlaub.

Er zwang sich wie in seiner Zeit als Häftling zu einem Rundgang. Der Auslauf um die Seestadt war um Welten größer als im Spazierhof für die Gefangenen, und er hätte stundenlang über die Steppe gehen können, ohne an ein Ende zu kommen. Doch keiner der vielen Schritte erlöste ihn von seinen Gedanken an Wagner. Er hätte ihn damals doch töten sollen.

Kellermann war übermütig geworden, es hatte ihm nicht genügt, ein gewöhnlicher Serienmörder zu sein. Er hatte sich selbst eine Falle gestellt. Jederzeit konnte sie zuschnappen. Vielleicht wäre es jetzt am besten, alles hinter sich zu lassen. Nicht Wagner wäre auf der Flucht über die Steppe, sondern er.

Kellermann lief voller Tatendrang in seine Seestadt zurück. Unterwegs folgte ihm ein Polizeihund, aber er war auf der falschen Fährte, und Kellermann wertete es als gutes Zeichen, dass das übereifrige Tier zurückgepfiffen wurde und der Hundeführer sich entschuldigte. Er unterhielt sich auch kurz mit ihm, zeigte ihm ein Foto von Wagner und gab ihm den Rat, sich diesem scheinbar harmlosen älteren Herrn unter keinen Umständen auf Reichweite zu nähern, sondern sofort die Polizei zu rufen. Kellermann reagierte mit einer Mischung aus Dankbarkeit und Angst, wie es ihm angemessen erschien, auch wenn dieser leichte Glanz eines Lächelns aus seinen Augen nicht zu verbannen war. Er kannte ihn aus dem Spiegel, aber auch von den Bildern vieler Serienmörder und aus den alten Fernsehaufnahmen über Unterweger. Sie alle waren eben Wissende.

Dann ging er zurück zu seinem Haus. Im Erdgeschoss öffnete er wieder den Lift, es war notwendig, dass er noch einiges klärte. Die Tür ging nach rechts auf, sodass sie nicht im Weg stand, wenn man die Leiche das kurze Stück aus Lisas Wohnung über den Boden zog. Mit Schwung in einem Halbkreis, wobei er Wagner unter den Armen fassen und gleichzeitig mit seinem eigenen Rücken die Lifttür offen halten musste.

Wie ein Slalomfahrer versuchte Kellermann, sich diese Bewegung einzuprägen, und sie musste anfangs in völliger Finsternis, dann im Schein des Lichts aus der Kabine geschehen. Kurz darauf aber verwarf er den halbkreisförmigen Schwung wieder. Auch wenn es keine Wischspur aus Blut auf dem Boden geben würde, so wäre jeder Fährtenhund in der Lage, Lisas Wohnung als den Tatort zu finden. Wagner musste also getragen werden. Bei diesem Mord würde er eines seiner eisernen Gesetze über Bord werfen müssen, das da lautete, einen Kontakt mit dem Umgebrachten zu vermeiden. Dies würde in der kommenden Nacht nicht möglich sein. Wenigstens gingen die Lampen im Stiegenhaus nicht automatisch an.

Kellermann drückte nun im Lift den Knopf für das oberste Stockwerk, stieg aber nicht ein, ließ nur die Tür zufallen, zählte die Sekunden, lauschte, hörte von hoch oben die Ankunft der Kabine. Genug Zeit, um in der eigenen Wohnung zu verschwinden, dachte er bei sich.

Nachdem die Probe beendet war, begab sich Kellermann in seine Wohnung. Er ärgerte sich, nicht mehr Zeit zur Planung zu haben. Wie leicht wäre es gewesen, Wagner in der Agnes-Primocic-Gasse zum Schweigen zu bringen. Zugleich gefiel ihm aber gerade die Schwierigkeit seines Unternehmens, das ihm ähnlich erschien wie eine Notoperation nach

132

einem Unfall, die nur jemand wie er bewerkstelligen konnte. Es reizte ihn, dass er einem fast Ebenbürtigen gegenübertrat. Sein Feind war nicht ein torkelndes Bürschlein voll mit Psychopax, auch nicht eine mit Taschen behangene, wehrlose Frau, sondern eben Columbo. Das war ein ehrliches Spiel.

Plötzlich drang von unten ein lautes Pochen herauf. Das musste Wagner sein, der zu ihm heraufklopfte, so laut und heftig, dass Kellermann sogar die Schläge in seinen Füßen spürte. Der Alte hatte in Lisas Wohnung vermutlich einen Besen mit einem langen Stiel gefunden. Dem Lärm nach brauchte er dringend Hilfe. Vielleicht hatte Columbo die Aufregung der letzten Tage so zugesetzt, dass er nun als Kranker einen Stock unter ihm lag.

Das war die Lösung, schoss es Kellermann im nächsten Moment durch den Kopf. Die Lösung für alles. Er packte die Tasche seines Vaters, füllte sie mit den Skalpellen, Scheren, Ahlen und Pinzetten und legte ein frisches Paar Handschuhe obenauf. Das Bajonett kam in das innere Seitenfach. Sollte Wagner gerade einen Herzanfall haben, brauchte Kellermann nicht einmal die Tasche öffnen, er musste nur dastehen und warten. Doch jemandem bei einem langen Sterben zuzusehen, hatte ihn immer gelangweilt. Noch abstoßender erschien ihm, was dann geschehen musste. Der Stich durch einen Toten. Für das kreuzförmige Markenzeichen. Auch wenn es dieses Mal kein Mord gewesen wäre.

Kellermann hatte Jack the Ripper nie verstanden. Warum er sich nicht mit dem Töten zufriedengab, sondern seine Opfer auch noch ausweidete. Aber mittlerweile kam ihm dieser Mann nicht mehr so abwegig vor. Das bloße Umbringen konnte abstumpfen und langweilig werden. Man musste die Dosis erhöhen, sich erweitern, zu härteren Maßnahmen greifen.

Einen Tod wie bei Brigitte mit der bloßen Hand und ein leichtes Anstoßen konnte er sich nicht mehr vorstellen. Das

Bajonett war zweifellos ein Fortschritt, eine unglaubliche Steigerung, aber vielleicht noch nicht das Ende der Fahnenstange. Kellermann atmete erleichtert auf, als er wieder das Klopfen hörte. Er machte sich zum Gehen bereit.

Unten läutete er an Lisas Tür. Von draußen waren noch immer die Folgetonhörner der Polizeifahrzeuge zu hören. Trotzdem drängte die Zeit, und Kellermann war froh, als endlich Wagners grüne Pupille in dem Guckloch erschien. Warum sollte man nicht einmal das Bajonett hier ansetzen, Auge und Gehirn durchbohren, nicht nur junge und alte Herzen? Er tat diesen Gedanken ab. Das waren Überlegungen für später, der Mann da drinnen musste nun einmal auf herkömmliche Weise sterben.

Wagner öffnete die Tür, und Kellermann trat in das dunkle Vorzimmer. Der Verwesungsgeruch war kaum noch zu spüren, oder er wurde von Bratendüften überdeckt. Der Alte warf einen raschen Blick ins Stiegenhaus, dann schloss er die Tür hinter sich. Kellermann konnte keine Anzeichen einer plötzlichen Erkrankung oder Schwäche an ihm entdecken. Vielmehr winkte er ihn mit einer galanten Bewegung seiner kalten Hand in Lisas Wohnzimmer, wo der Tisch mit einfachen Mitteln für zwei Personen gedeckt war. Das einzige Licht spendeten Kerzen, die Wagner in Ermangelung von Kerzenhaltern auf kleine Teller gestellt hatte. Von dem hellen Nachmittag in der Seestadt war hier drin nicht das Geringste wahrzunehmen. Wagner war ein Mensch, auf den man sich verlassen konnte, Lisa Bruckner würde von seinem Besuch nichts bemerken, wenn sie vom Urlaub nach Hause kam.

Kellermann setzte sich auf den angebotenen Stuhl und stellte die Tasche neben sich auf den Boden. Kurz war das Klirren der Operationsbestecke zu hören.

»Mein lieber Herr Dr. Kellermann, wer hätte das gedacht, wir sitzen an einem Tisch. Ich bin kein guter Koch, aber mit Essen aus der Dose kenne ich mich aus. Mehr war in diesem kleinen Haushalt nicht zu finden, und wenn Ihnen schon der erste Bissen im Hals stecken bleibt, bin ich auch nicht beleidigt. Feine Küche gibt es in unserer Kantine, hier geht es um Mord.«

Kellermann stocherte mit der Gabel in dem roten Brei auf seinem Teller herum, spießte ein Stück auf, ließ es wieder fallen. Es klatschte in die dicke Tomatensauce.

»Leider kein Chili, wie es Columbo liebt, nur Ravioli nach Art des Hauses, mit gebratenen Sardinen. Eine Mischung aus meiner kurzen Studentenzeit, und Frau Bruckner ist vermutlich mit allem zufrieden, wenn sie nach dem Donauspital müde nach Hause kommt. Warum geht sie nicht weg von dort, arbeitet bei Ihnen? Sie brauchen doch eine Assistentin, am Morgen steigt sie die paar Stufen hinauf, am Abend herunter. Sie wären ein gutes Paar.«

»Was wollen Sie?«

»Was wollen Sie. Mehr nicht? Sie sind ein sehr schweigsamer Mensch, Herr Dr. Kellermann. Ich rede gerne, auch wenn ich allein bin in meiner Küche und nur rasch eine Dose öffne. Aber nie mit Ravioli, weil mich der Tomatensaft an Blut erinnert. Blut war auch auf dem Taschentuch, das vor meinem Haus gefunden wurde. Der Mörder hat damit das Bajonett abgewischt. Mit diesem weichen Stück Papier, das ich weggeworfen habe. Aber nicht auf den kleinen Rasen in unserer schönen Agnes-Primocic-Gasse, sondern hier, in der Küche, in den Abfalleimer. Nur, es ist nicht mehr drin, Sie haben es herausgefischt und mir untergeschoben. Also, wer von uns beiden ist der Mörder? Ich bin dafür, dass Sie es sind. Man wird mir aber nicht glauben, niemand wird mir glauben. Weil so vieles gegen mich spricht. Und Sie haben ja ein Alibi.«

Kellermann schob den Teller von sich weg, so heftig, dass der Tomatensaft auf das Tischtuch spritzte.

»Sie haben sich nicht in der Hand, Herr Dr. Kellermann,

gerade jetzt, wo es darauf ankommt. Ihrem Gesicht sieht man alles an. Sie wollen mich zum Schweigen bringen. Aber ich bleibe, laufe nicht davon, weil ich noch etwas vorhabe mit Ihnen. Oder glauben Sie wirklich, ich weiß nicht, was Sie in Ihrer Tasche haben? Die Wohnung von Frau Bruckner bleibt rein, auch die beiden anderen Mordopfer haben kaum geblutet, saubere Arbeit eines Chirurgen! Und Ihre Idee mit dem Lift finde ich großartig, Sie haben nur etwas zu viel geübt, sehr eigenartig haben Sie ausgesehen, wie ein Pantomime, der einen Sack über den Boden zieht oder meine Leiche. Sie waren so vertieft, dass Sie nicht an die Spione gedacht haben, an diese kleinen Gucklöcher in den Türen. Aber ich glaube, außer mir hat Sie niemand gesehen.«

Kellermann sprang auf.

»Setzen Sie sich. Sie sind mein Gast. Ich mache Ihnen ein Angebot. Der Deal ist einfach. Ich gehe ins Gefängnis. Ich stelle mich, weil ich keine Chance habe und mir niemand glaubt. Auch bei einem Freispruch aus Mangel an Beweisen wäre ich für die Seestädter ewig ein Mörder.«

Wagner wartete, bis Kellermann wieder Platz nahm.

»Ich sage, setzen Sie sich, und Sie setzen sich. Sie machen alles, was ich will, oder? Ich könnte auch Ihr strenger Vater sein, Sie mein braver Sohn. Wir beide passen besser zusammen als Sie und Frau Bruckner. Zu dritt aber wären wir unschlagbar. Doch Sie sind der Wichtigste. Weil Sie mich aus dem Gefängnis holen werden. Ich denke, in zwei, drei Wochen. Länger werden Sie es nicht aushalten, bevor sie wieder zustechen. Und dann wird man mich nach Hause schicken, weil ich unmöglich der Serienmörder sein kann. Das nenne ich einen Freispruch!«

»Ich habe damit nichts zu tun.«

»Sie haben alle Freiheiten. Wie ich Sie kenne, wird es eine andere Gasse sein. Nur die Waffe bleibt gleich, ohne Ihre Handschrift wäre das Ganze kein Vergnügen.«

136

Kellermann stand auf und ging zur Tür.

»Ihre Tasche. Nach Ihrem Vortrag über die Aura-Chirurgie haben Sie auch Ihre Tasche vergessen. Damals waren Sie berauscht vom Erfolg, dann von Frau Bruckner, mich haben Sie überhaupt nicht gesehen.«

Kellermann kehrte um, bückte sich nach der Tasche und wandte sich wieder zum Gehen. Aber er schaffte es neuerlich nur bis zur Wohnzimmertür, bevor ihn die Stimme Wagners stoppte.

»Herr Dr. Kellermann, Sie machen Fehler, kleine und sehr große. Sie hätten vor meinem Haus eine andere Frau umbringen sollen. Warum ausgerechnet sie? War es Zufall oder haben Sie die Dame so gehasst? Gut, sie hat sie beschimpft, bloßgestellt vor allen Leuten. Aber sie hatte recht, Ihre Aura-Chirurgie ist ein Schmierentheater, Sie sind ein Scharlatan, oder nicht?«

Kellermann verließ grußlos die Wohnung. Er vermied den Blick auf den Lift, während er die Stufen hinaufstieg. Kaum hatte er oben die Tür ins Schloss fallen lassen, klingelte auch schon das Telefon. Die Arzttasche seines Vaters fiel polternd zu Boden. Er nahm den Hörer ab. Es war Wagner.

»Warum so aufgeregt, Herr Dr. Kellermann? Es ist doch alles in bester Ordnung. Dominik war ein Frauenschänder, und die Dame mit den vielen Taschen hätte nur Unruhe und Ärger in die Seestadt gebracht. Kaum eingezogen und schon tot, das ist doch gut. Ich bin Ihr Partner, und ich halte Wort, ich war nie hier. Niemand wird mich aus Ihrem Haus kommen sehen, nur Sie. Ich warte, bis es dunkel wird. Sagen wir um acht, weil ich noch alles auf Hochglanz bringen muss, keinen Fingerabdruck vergessen darf. Ich werde die Serienmorde aufklären, ganz allein ich, das lasse ich mir von niemandem nehmen! Die Schlüssel werfe ich in Ihr Postfach. Auf Wiedersehen.«

Kellermann verstand jetzt selbst nicht mehr, warum er vor

Wagner davongelaufen war. Er hatte einen Gegner. Endlich einen, der ihm ebenbürtig war. Kellermann begann den alten Mann zu mögen. Endlich war er nicht mehr allein. Lisa dachte bestenfalls liebevoll an ihn, Wagner aber erkannte sein wahres Wesen. Er würde es für sich behalten, denn er wollte in die Geschichte eingehen. Niemand verstand das besser als Kellermann.

Er konnte den Abend kaum erwarten. Würde der Alte sein Wort halten und sich wirklich der Polizei stellen? Er vertrieb sich die Zeit damit, die Dinge zu ordnen. Das Operationsbesteck kam zurück in die Schalen, das Bajonett wieder in das Skelett. Er suchte auch in den Zeitungen nach der Frau, die er erstochen hatte, doch er fand weder ihr Gesicht noch einen Namen. Wagner wusste offenbar wieder einmal mehr als alle anderen.

Punkt acht trat Kellermann auf den Balkon. Kurz darauf kam Wagner aus der Eingangstür. Kellermann sah nur seinen Kopf von oben, und die Schultern. Der alte Mann verharrte kurz, blickte um sich und machte sich dann über den Gehsteig davon. Niemand beachtete ihn, er war nur ein Seestädter, der die Sonnenallee entlangging. Nicht einmal die Hunde kümmerten sich um ihn. Er konnte ungehindert in der Sonnenallee 33 verschwinden, wo die Polizeiwachstube der Seestadt untergebracht war. Kellermann dachte an sich, als er Wagner nicht mehr sah. Wie würde es bei ihm sein, wenn er am Ende war?

Die Seestadt war noch nicht in Schlaf verfallen, aber es brannten weniger Lampen in den Zimmern als sonst. Hinter den Fenstern flackerte der bläuliche Schimmer der Fernsehapparate, ein wildes Durcheinander, weil man die verschiedensten Programme sah. Dann aber merkte Kellermann, wie sich das Blinken immer mehr anglich, zu einem einheitlichen Wechsel von Hell und Dunkel wurde, und schließlich pulsierte die Seestadt in einem einzigen gemeinsamen Licht.

Auch Kellermann schaltete seinen Fernseher ein, und er sah wie alle hier dieselben Nachrichten des lokalen Senders, der in den letzten Tagen in der Seestadt zu größter Popularität gelangt war. Die Eilmeldung kam erst am Schluss. Sie lief unter Breaking News. Ein Foto von Wagner wurde noch nicht gezeigt, aber es hieß, dass die Seestadt nun aufatmen könne. Überall in der Sonnenallee gab es Freudenschreie wie bei einem Tor, das in der letzten Minute eines Fußballspiels geschossen wurde.

Kellermann trat wieder auf den Balkon hinaus, überlegte, ob er den vermeintlichen Sieg nicht auch bejubeln sollte, weil es eine einzigartige Gelegenheit war, im Strom der Unschuldigen mitzuschwimmen. Doch da war dieses Gefühl, das stärker war als alles andere. Mit zwei Toten konnte man eine ganze Stadt beherrschen, und ihn schwindelte bei der Vorstellung, was erst passieren würde, wenn er in einigen Wochen wieder zuschlug. Wagner hatte auf den Richtigen gesetzt.

Von seinem Aussichtsplatz aus sah Kellermann jetzt, wie der alte Mann aufrecht und fast jugendlich das kurze Stück von der Sonnenallee 33 zu dem Kleinbus mit Blaulicht zurücklegte, umringt von Polizisten, die ihn vor aufgebrachten Seestädtern beschützten. Wagner kletterte in das Auto, die Sirene heulte auf. Als der Wagen unter Kellermanns Balkon vorbeirollte, sah Wagner nicht herauf. Er war eben ein Mann, auf den man sich verlassen konnte, einer, der seinen Partner nicht verriet.

Kellermanns Handy klingelte. Er hörte die angenehme Stimme seines Überwachers.

»Gratuliere. Euer Mörder kommt zu uns. Jetzt können Sie wieder unbesorgt spazieren gehen. Trotzdem Respekt vor dem Seestadtmörder, er ist mutig und geschickt, jemanden mit einem Bajonett umbringen, ist sicher nicht so leicht. Die Pflicht ruft, in Zukunft können Sie Ihre Zigaretten auf dem Balkon noch mehr genießen. Auf Wiedersehen.«

Kellermann versuchte, sich den Beamten vorzustellen. Der Stimme nach dürfte er in seinem Alter sein, und er schien Menschen zu mögen. Auch Gefangene und Fußfesselträger. In ein paar Wochen würde er aus allen Wolken fallen, wenn der Mörder in der Seestadt wieder mutig zum Bajonett gegriffen und geschickt zugestochen hatte. Mutig und geschickt.

Am nächsten Tag blickte Kellermann in Gesichter voller Freude. So leicht konnte man die Seestädter glücklich machen. Sie sahen aus wie Menschen, die eine Katastrophe überwunden hatten. Sie liefen nicht mehr ängstlich durch die Gassen, vertraten bei der Todesstrafe die unterschiedlichsten Meinungen und überschwemmten die Agnes-Primocic-Gasse mit Kerzen, obwohl sie die umgebrachte Frau kaum gekannt hatten. Sie waren dankbar. Keiner von ihnen dachte an eine Rückkehr des Schreckens. Kellermann hingegen schon, er suchte nach Gassen, die ihm gefielen, und nach Menschen, die ihm nicht gefielen.

Nach seinem obligaten Spaziergang durch die Stadt holte er Lisas Wohnungsschlüssel aus dem Postfach. Gerade rechtzeitig, denn im gleichen Augenblick kam Lisa mit zwei anderen Frauen durch die Eingangstür. Sie unterhielten sich angeregt über die Ereignisse der letzten Tage, und man bedauerte die junge Nachbarin, weil sie die aufregendste Zeit der Seestadt versäumt hatte.

Lisa umarmte Kellermann ungestüm. Die junge Krankenschwester war braungebrannt, voller Leben, und sie roch endlich nicht nach Spital, sondern ein Duft von Wald und Wiese lag in ihren Haaren. Sie drückte ihm auch gleich ein Geschenk in die Hand, nahm die Schlüssel entgegen, stürmte in ihre Wohnung. Kellermann hörte, wie sie den Koffer abstellte, Jalousien hochrollte und Fenster öffnete.

Dann zog sie ihre Jacke aus, streifte die Schuhe ab und

warf sie in das Vorzimmer. In Strümpfen kam sie jetzt auf Kellermann zu und streckte ihm den Hals entgegen. Die Haut war glatt, ohne Narben.

»Zufrieden? Jetzt denken wir nur noch an die Zukunft. Waldblütenhonig. Riechen Sie einmal.«

Lisa wartete ungeduldig, bis Kellermann die Verpackung des Geschenks entfernt und das Glas geöffnet hatte.

»Danke, Lisa.«

Er roch, betrachtete das Etikett. Er las den Namen Imst. Lisa näherte sich mit ihrem Mund seinem Ohr.

»Ich war auch in der Rosengartenschlucht. Keine Angst, niemand erfährt etwas von mir. Das Grab habe ich aber dort nicht gefunden. Brigitte Kittel, oder? Wahrscheinlich auf einem Friedhof hier irgendwo. Aber keine Familiengruft, hoffe ich.«

»Sie spionieren mir nach?«

Lisa nickte.

»Im Spital redet man nur davon, das war mir zu wenig. Sie wissen auch alles von mir.«

Unhörbar formte Lisa ein Wort, und Kellermann glaubte, Psychopax von ihren Lippen ablesen zu können. Der Lift kam an, zwei kleine Mädchen entstiegen ihm. Lisa verschwand in ihrer Wohnung, die Kinder stürmten mit ihren Scootern hinaus in die Sonnenallee. Kellermann wandte sich wieder dem Postfach zu und blätterte die Sendungen durch. Keine Briefe, nur Werbung. Er warf sie in den Altpapiercontainer aus Edelstahl, dazu auch die Verpackung von Lisas Geschenk.

Ein paar Stunden später rief Lisa bei ihm an. Er hatte damit gerechnet. Er konnte ihr gleich erklären, warum die Hühner aus dem Kühlschrank weggeworfen werden mussten, und dass er die Dosen mit Ravioli und Sardinen in einem Anfall von Heißhunger an sich genommen hatte. Sie schöpfte keinerlei Verdacht, sondern lud ihn sogar für morgen Abend zu sich ein.

»Den Wein bringen Sie mit. Übrigens, ich kenne diesen Wagner, den man verhaftet hat. Als Patient ein Quälgeist, aber dass er jemanden umbringt? Was wissen Sie über ihn? Hoffentlich viel. Ich freue mich. Um sieben Uhr?«

Kellermann schob das Honigglas auf dem Tisch seiner Praxis hin und her. Er war nicht mehr allein. Sie waren nun zu dritt. Getrennt, aber miteinander verbunden. Wagner dürfte jetzt schon stundenlang verhört worden sein. Kellermann würde Lisa morgen die Fußfessel zeigen. Damit das Versteckspiel eine Ende hatte, vielleicht auch die Keuschheit. Er nahm sich vor, ihr alles zu gestehen, was mit der Rosengartenschlucht zu tun hatte, und zu schweigen, wenn die Rede auf den letzten Mord in der Seestadt kam. Wagner? Nie gesehen, bloß gehört, und nicht einmal ihn, nur seinen Trolley.

Kellermann vernahm nun auch endlich wieder Leben aus der Wohnung einen Stock tiefer. Er mochte Lisas Schritte, er liebte es, wenn sie duschte. Er erinnerte sich an ihre Augen, als sie von Brigitte gesprochen hatte. Ohne Mitgefühl. Kellermann glaubte sogar, ein Lächeln in ihrem Gesicht gesehen zu haben, Zufriedenheit. Glück. Eine Rivalin war erledigt.

Vielleicht sollte Kellermann in Zukunft nur Frauen umbringen. Unterweger hatte es verstanden, ihm waren die weiblichen Herzen in Scharen zugeflogen. Briefe voller Liebe und Heiratsanträge hatte Kellermann auch in seiner Zeit als Häftling bekommen, aber von Damen, die seine Wärter schon alle kannten, über die man sich amüsierte. Kellermann fühlte, dass er zu gewöhnlich war. Weder pervers noch sadistisch. Deswegen hatte er es nur zu einer Krankenschwester gebracht, und auch das war nicht sicher.

Endlich sah man Wagner auch im Fernsehen. Doch wie viele Verbrecher hielt er sich eine Zeitung vor das Gesicht. Danach zeigte man die Hände des Serienmörders von der Seestadt und als Höhepunkt die bei ihm gefundenen Waffen.

Kellermann lehnte sich zufrieden zurück, weil die drei Bajonette des alten Mannes nicht verbogen oder verrostet waren, wodurch sie eine andere Wunde hervorgerufen hätten. Wagner hatte keine Chance, in den Augen der Kriminalisten musste er der Täter sein. Dem Bericht nach hatte er bisher geschwiegen, nicht einmal einen Anwalt verlangt. Wagner wusste, dass er sich auf seine Befreiung durch Kellermann verlassen konnte.

Am nächsten Tag konnte Kellermann es kaum erwarten, dass die Zeit verstrich. Sein Urlaub von der Aura-Chirurgie war Segen und Fluch zugleich. Einerseits brauchte er sich vor den Patienten nicht mehr zu verstellen und sich mit ihren Leiden zu quälen, aber es gab auch nichts, was ihn auf andere Gedanken kommen ließ. Er lief ziellos durch die Stadt, ständig verfolgten ihn die vielen Aufgaben, die er noch zu erledigen hatte, die Erinnerungen, die immer wieder auftauchten und ihm keine Ruhe ließen. Auch der Gitarrist drehte mit ihm die Runden, und sogar Brigitte fiel ihm wieder ein.

Die Toten drängten sich an ihn, neue mussten her, um die alten abzuwehren, möglichst bald, auch wenn Columbo dann früher aus dem Gefängnis kam und ihn wieder jagte. Kellermann konnte keinen Menschen mehr sehen, ohne sich vorzustellen, wie sein Bajonett in dessen Brust eindrang. Heute hatte er schon allein auf dem Weg zur Trafik mindestens zehnmal zugestochen, dann noch einmal beim Kauf der Zeitungen.

Er machte sich auch immer mehr Sorgen um sein Gesicht. Er spürte förmlich, wie sich die Haut über seinen Wangen spannte und der Unterkiefer sich vorschob. Die Zähne schmerzten vom ständigen Zusammenbeißen, und er öffnete auch immer wieder den Mund, um genügend Luft zu bekommen. Vor schwierigen Operationen hatte er Ähnliches erlebt, nur damals konnte er sein Aussehen unter der

Gesichtsmaske verbergen. Doch wie würde das heute Abend bei Lisa sein?

Kellermann lief wie gejagt über die Steppe rund um die Seestadt, erst als er zur Ausgrabungsstätte kam, hielt er an, um einen Blick hineinzuwerfen. Archäologen waren heute keine am Werk, sodass ihn niemand hinderte, die Absperrung zu überklettern. Viel zu sehen gab es nicht, nur ein zur Hälfte freigelegtes Pferdeskelett. Ihm fehlten Rippen, ein Oberschenkel, Wadenbeine und vor allem der Kopf. Er musste monströs gewesen sein, ein Gegengewicht zum übrigen Körper, wahrscheinlich hatte ihn Wagner in seinem Trolley abtransportiert.

Eine Familie aus der Seestadt, von Kellermanns Anwesenheit dazu ermutigt, wagte sich nun ebenfalls ans Pferdegrab heran, und man begrüßte den Aura-Chirurgen freundlich, weil man so viel Gutes von ihm gehört hatte. Die Kinder wollten wissen, ob der Reiter des Pferdes auferstanden sei. Und als die Rede auf den toten Gitarristen kam, begann das kleine Mädchen zu weinen, es hatte den jungen Mann mit der Gitarre gekannt und seine Lieder gemocht. Der Vater versuchte, die Tochter zu beruhigen, indem er ihr versicherte, dass es in der Seestadt nie einen Mörder gegeben habe, dafür Erdgeister, Gnome und Kobolde, Werwölfe, aber die seien alle längst weitergezogen. Jetzt herrsche hier seit ewigen Zeiten Frieden. Die Kleine glaubte ihm nicht. Kellermann war auf ihrer Seite, auch wenn er dazu schwieg. Insgeheim fand er die Idee verlockend, dass man den Serienmörder für einen von den Toten auferstandenen Krieger halten könnte. Man müsste die erwachsenen Seestädter dazu bringen, etwas Mystisches an den Herzstichen zu finden. Dann wäre er auf dem besten Weg, es mit dem Größten aufnehmen, mit Jack the Ripper. Die Seestadt könnte ein Ort voller Geheimnisse und Legenden werden, wie Londons East End 1888.

In seinen nüchternen vier Wänden kam Kellermann wieder zurück auf den Boden der Realität. Auch wenn er solche Ausflüge in das Reich der Fantasie liebte, am Ende war es doch immer nur sein Bajonett, seine Hand, die ihm zu Gebote standen. Mehr gab es nicht, und auch das Wenige konnte er Lisa unmöglich anvertrauen. Sie würde ihn für krank halten, in die Psychiatrie zerren. Wie sehr er diesen Wahnsinn an ihr hasste. Warum konnte nicht eine Prostituierte unter ihm wohnen, die für alles Verständnis hatte? Das Gegenteil war der Fall. Der Duft von gebratenen Zwiebeln zog aus Lisas Küche über den Balkon zu ihm herein. Sie war dabei, ihn mit einem Gericht vom Land zu benebeln, zu umgarnen. Eine Ausgeburt von Hausfrau machte sich an ihn heran, Brigitte war auferstanden, und nicht die Untoten der Seestadt.

Der Abend würde tödlich werden, tödlich langweilig. Kellermann sehnte sich nach Wagners Ravioli und Sardinen, weil es damals am Tisch einen Menschen gegeben hatte, der scharfsinnig denken konnte. Bei Lisa gab es nur Honig und Zwiebelrostbraten oder Tiroler Gulasch. Was für ein Glück, dass er um zehn wieder in seiner Wohnung sein musste. Kellermann freute sich auf den Balkon. Heute würde er zur Erholung mehr als eine Zigarette rauchen.

Eilends blätterte er die Zeitungen durch. Sie brachten nur eine Neuigkeit, und auch die nur als Randnotiz: Dominik S. war eindeutig durch einen Stich mit einem Bajonett gestorben, doch der endgültige Blutbefund hatte auch eine letale Dosis eines Medikamentes in seinem Körper festgestellt. Die Juristen waren sich uneinig, ob diese Konstellation rechtliche Folgen hatte und wie sie sich auf den Prozess gegen den verhafteten Seestädter auswirken würde.

Das hatte Kellermann schon fast vergessen, der Gitarrist war von zwei Menschen ermordet worden. Der eine las, die andere kochte, am Abend würden sie einander gegenübersitzen. Unschuldig war nur Wagner, der aber saß im Gefängnis.

Kellermann sah Lisa nun wieder mit anderen Augen. Ihr schlanker Hals, die vollen Lippen, das unschuldige Kindergesicht, alles Fassade. Krankenschwestern hatten schon öfter getötet, in der Regel aber nur anstrengende oder zu alte Patienten. Auch mit Psychopax, wenn er sich recht erinnerte, es kam auf die Menge an, ob dieses Medikament dann auch tödlich war. Lisa hatte es geschafft. Letale Dosis. Kellermann las es immer wieder. Wozu hatte er Dominik eigentlich erstochen?

Kurz vor sieben stieg er mit einem Blaufränkischen aus Marienthal die wenigen Stufen zu Lisa hinunter. Er nahm sich vor, milde zu sein, den Abend geduldig über sich ergehen zu lassen. Unten fand er ihre Tür nur angelehnt, er durfte sich als willkommen betrachten, noch mehr, als sehnlich erwartet.

Kellermann trat ein und rief im Vorzimmer nach Lisa. Ein Blick in das Wohnzimmer zeigte ihm einen liebevoll gedeckten Tisch, mit Blumen geschmückt, zwei Kerzen steckten in leeren Flaschen, die Lisa mit kleinen Föhrenzweigen verziert hatte. Das verriet eben die Hand einer Frau, und Kellermann würde für ein paar Stunden seinen vorigen Gastgeber und all diese Morde vergessen können.

Er wartete kurz vor dem Wohnzimmer, und als sich nichts rührte, folgte er dem Geruch und ging weiter in die Küche. Dort standen nur Teller mit Zutaten und geleerte Töpfe.

»Lisa? Frau Bruckner?«

Vor der Schlafzimmertür machte er Halt. Schon einmal war er hier gestanden, voller Bangen, dass Lisa sich etwas angetan hatte. Kellermann öffnete die Tür einen Spalt, dann ganz.

»Was machen Sie in meinem Schlafzimmer?« Lisas Stimme ließ ihn herumfahren.

»Ich habe Sie gesucht, die Tür war offen, ich habe mir Sorgen gemacht.«

»Sorgen? Dass man mich auch noch umbringt? Aber dieser Wagner ist doch im Gefängnis, oder nicht?«

Lisa verschwand in der Küche. Kellermann folgte ihr. Sie kam ihm wie eine andere vor. Die Flasche mit Wein hielt er noch immer in der Hand, und Lisa wühlte in ihrer Einkaufstasche, brachte Tiefkühlpackungen und Dosen zum Vorschein.

»Was wollen Sie? Pizza, Spinat, Fisch, es gibt alles. Sehen Sie mich nicht so an.«

»Um ehrlich zu sein, ich habe keinen Hunger.«

»Mir ist er auch vergangen, als ich gekostet habe. Stundenlang gekocht, genau nach Rezept, aber ich möchte Sie nicht vergiften. Ich bin eine Krankenschwester, aber keine Köchin. Und Sie, Sie haben den Wein vergessen.«

Kellermann hielt ihr den Wein entgegen. Lisa hatte mit einem Griff einen Korkenzieher zur Hand. Während er die Flasche öffnete, holte sie vom gedeckten Tisch zwei Gläser.

Kellermann schenkte ein, angestoßen wurde nicht, aber man nahm auf den Küchenhockern Platz.

»Ich bin keine Krankenschwester mehr. Ich habe gekündigt. Keine Angst, wenn Sie nicht wollen, dann eben nicht, aber ich wäre eine gute Assistentin. Sie brauchen jemand.«

»Ich brauche jemanden? Sie?«

Lisa nickte.

»Herr Kellermann, ich habe keine Angst vor Ihnen. Sie haben Angst vor mir. Ich könnte zu viel wissen.«

»Was wissen Sie?«

»Alles. Man muss nur einen Blick dafür haben. Und sich Gedanken machen. Wenn eine Wohnung vier Wochen leer steht und trotzdem vor Sauberkeit strahlt, dann muss man sich Gedanken machen. Wenn mein Bett so ordentlich gemacht ist wie noch nie, dann auch. Wenn das Leintuch in den Ecken so gefaltet wurde wie im Spital, fällt mir ein alter Mann ein. Ich konnte es ihm nie recht machen. Solche Patienten

147

müsste man vergiften. Die Tomatensoße auf dem Tischtuch hat Wagner übersehen, er hat auch seine Tabletten vergessen, die er von mir bekommen hat, und mein Radio war auf einen Klassiksender eingestellt. Wie lange war er hier?«

»Ich kann Ihnen alles erklären.«

»Sie haben ihn versteckt. Ohne Schlüssel wäre er nicht hereingekommen. Sie haben einem Mörder geholfen.«

Lisa stand auf, verstaute einige der Packungen im Tiefkühlfach.

»Ich helfe ebenfalls einem Mörder, Herr Kellermann. Wir werden über Ihre Brigitte sprechen, Sie erzählen mir vom Gefängnis, ich bin für Sie da.«

Lisa stellte die Dose mit Ravioli in das Regal neben der Mikrowelle, holte als Letztes eine Zeitung aus ihrer Einkaufstasche, schlug sie auf, blätterte schnell darin, fand die gesuchte Seite. Sie setzte sich und trank den Rotwein aus Marienthal, ohne auf das Glas zu blicken. Dann aber sah sie Kellermann an, und ihre Stimme war etwas leiser geworden.

»Letale Dosis, wie das klingt. So harmlos wie malignes Melanom. Tödlich ist beides. Aber gestorben ist Dominik an diesem Stich. Schade, dass Wagner im Gefängnis ist! Ich verdanke ihm viel.«

»Ihre Freiheit.«

»Durfte er deswegen in meinem Bett schlafen? Ihr Freund bekommt sicher lebenslang. Sie verdanken ihm auch etwas. Ob Zufall oder nicht, er hat diese Frau erstochen, diesen Drachen, der aus Ihrem Vortrag weggelaufen ist. Uns beiden hat der alte Mann Glück gebracht.«

Kellermann setzte sein Glas ab. Er durfte nicht zu viel trinken, sonst würde er Lisa noch alles gestehen. Niemand anderer als er hatte Lisa davor bewahrt, zur Mörderin zu werden, der große Wohltäter hieß Kellermann und nicht Wagner. Doch ein Wort zu viel, und er wäre Lisa ausgeliefert, jederzeit könnte sie ihn hinter Gitter bringen. Sie schien sich im Urlaub verändert zu haben, oder die einst naive Kranken-schwester zeigte jetzt ihr wahres Gesicht.

»Herr Kellermann, Ihr Vater hatte als Hausarzt in der Nähe von Imst einen sehr guten Ruf, Sie nicht. Sie haben als Kind Tiere aufgespießt.«

»Bachforellen, wie jeder.«

»Eine Katze.«

»Als Fünfjähriger.«

»Sie haben Fröschen Zigaretten ins Maul gesteckt und zu-geschaut, wie sie geplatzt sind. Sie haben dabei gelacht.«

»Nicht nur ich, alle.«

»Ihre Frau ist in die Schlucht gestürzt, und Sie haben keine Hilfe geholt, Sie haben sich auf einen Stein gesetzt und den Wasserfall betrachtet, das hat mir ein Einheimischer erzählt.«

»Sie haben, Sie haben, was habe ich noch? Hat er Ihnen auch erzählt, dass ich meine Frau absichtlich in den Abgrund gestoßen habe.«

»Ja.«

»Dann wissen Sie alles über mich.«

Lisa füllte Kellermanns Glas bis zum Rand.

»Es ist Ihr Wein, Herr Kellermann. Er ist nicht vergiftet. Oder haben Sie gesehen, wie ich Psychopax hineingeschüttet habe?«

Kellermann leerte das Glas. Er sah Lisa an, sie ihn. Lan-ge schwiegen sie. Kellermann spürte den Schleier in seinem Kopf, er musste achtgeben auf sich. Lisa war nicht so harm-los, wie sie aussah.

»Herr Kellermann, warum liegen Handschuhe auf Ihrem Tisch. Sie operieren nicht mehr, und bei der Aura-Chirurgie gibt es kein Blut und keine Infektionen.«

»Aus Gewohnheit. Zur Dekoration.«

»Sie ziehen Sie nie an?«

»Nur wenn ich einem Patienten einen alten Verband ab-nehme, eine ekelige Angelegenheit.«

»Sonst nie?«

»Einmal für einen toten Vogel auf meinem Balkon. Balkon, Sie wissen, was das ist? Dieser Schatten über Ihrem Fenster.«

»Auf dem Sie Feuer machen. Latexhandschuhe verbrennen. Ein entsetzlicher Gestank.«

»Ich grille. Fisch, Fleisch, exotische Früchte.«

»Um fünf Uhr früh. Nach dem Tod von Dominik.«

Kellermann stand auf.

»Lisa, Sie sind krank, nicht ich. Sie.«

»Ich habe Zeit gehabt nachzudenken. In den Bergen. Mir ist auch wieder eingefallen, wie Sie mir das Skelett gezeigt haben, die gerade Wirbelsäule, Sie haben mit mir geredet, als wäre ich ein kleines Mädchen. Ich bin erwachsen geworden, aufgewacht.«

Kellermann wandte sich abrupt um und ging zur Tür. Lisas Stimme wurde lauter.

»Wagner hat seine Bajonette an der Wand hängen gehabt. Kein gutes Versteck. Oder er ist kein Mörder.«

Als Kellermann die Wohnungstür schon geöffnet hatte und nach draußen trat, rief sie ihm nach: »Laufen Sie ruhig, Herr Kellermann. Ich höre Sie auch noch über mir. Ich bin bei Ihnen, seit ich Sie kenne. Ich liebe diesen Mann da oben. Und ich hasse ihn.«

Kellermann schlug die Tür hinter sich zu. Er schaffte es, in seine Wohnung zu gelangen, ohne jemandem zu begegnen. Wagner fiel ihm ein, auch vor ihm war er davongelaufen. Das musste aufhören, er war kein Kind mehr. Damals hatte es eine Flucht nach der anderen gegeben, auch noch nach dem Tod des Vaters, aber Katzen hatte er dann keine mehr aufgespießt, nur Fledermäuse an den Gartenzaun genagelt.

Er war noch ganz in seiner Erinnerung an die alten Zeiten bei Imst versunken, als Lisa ihn anrief, um sich zu entschuldigen, dass sie so heftig geworden war. Aber der Abend selbst habe ihr gefallen, besonders das Gespräch mit Herrn

Dr. Kellermann, seine ehrlichen Antworten. Er sei ein besserer Mensch als sie, denn sie habe wieder einmal gelogen. Nicht sie habe gekündigt, sondern in Wahrheit habe das Spital sie gekündigt. Warum, das sagte sie aber nicht. Und Kellermann unterließ es zu fragen.

Gedankenversunken schlüpfte er in seine Jacke. Er wusste, was er zu tun hatte. Es war noch genug Zeit dafür. Zwei Stunden. Der Fußfesselträger durfte in Ruhe einen abendlichen Spaziergang machen. Es stand ja auch kein Mord auf dem Plan, sondern nur ein anderes Versteck. Ein neues Zuhause für das Bajonett. In sicherer Entfernung. Dann konnte Lisa jederzeit in seine Praxis kommen. Allein oder in Begleitung von Kriminalisten. Eine peinliche Situation für die junge Dame, man würde sich bei Dr. Kellermann entschuldigen und sich Gedanken über Frau Bruckner machen.

Kellermann holte ein Paar Handschuhe, schüttelte sie aus, blies in die hauchdünnen Fingerlinge, zog sie über, streifte das kühle Latex glatt. Die Vorsicht war zwar übertrieben, aber auf dem Bajonett sollten keine Fingerabdrücke zu finden sein. Dann hob er den Totenschädel vom Skelett. Für das neue Versteck musste eine alte Idee aufgewärmt werden, aber sie war nicht schlecht.

Kellermann verließ sein Haus ohne Hast. Es kam ihm eigenartig vor, mit dem Bajonett im Jackenärmel in die Sonnenallee hinausgehen zu können und dabei nicht auf die Uhr schauen zu müssen und von den Minuten gehetzt zu werden. Er brauchte sich auch nicht ständig umwenden. Es war ein gutes Gefühl, in Handschuhen und bewaffnet unterwegs zu sein und trotzdem niemanden umbringen zu müssen. Das alles hatte er Lisa zu verdanken, ehemals Krankenschwester, jetzt sogar sein Schutzengel. Denn eine Mordwaffe im Haus war ein Risiko, er musste nur an Wagner denken und an seine Bajonette an der Wand.

Kellermann ging an Reihen junger Bäume entlang, doch

die Bäume schienen nicht aus der Erde zu wachsen, sondern zwischen Betonplatten hervorzukriechen, manchmal umgaben Kieselsteine die armdicken Stämme. Ein Platz für seine Waffe war beim besten Willen nicht zu finden. Er suchte nach geeigneten Metallgerüsten, in denen er das Bajonett verstecken könnte, doch an keinem bot sich eine passende Öffnung. Er lebte ganz offensichtlich in einer Stadt, in der alles dicht verschlossen und versiegelt war. Am zweckmäßigsten erschien Kellermann schließlich eine Fahrradstation, an der er vorbeigekommen war, nicht länger als eine Minute von seinem Haus entfernt, und doch weit genug weg. In der Stahlkonstruktion für die Seestadträder gab es eine Öffnung, die für sein Bajonett wie geschaffen wirkte.

Er näherte sich der Station wie zufällig. Die wenigen Menschen in der Umgebung waren zu Fuß unterwegs, Autos gab es ohnehin kaum. Wenn er sich hier über die Räder beugte, konnte er sich nicht verdächtig machen. Er blickte sich verstohlen um und zog das Bajonett aus seinem Jackenärmel. Es blitzte im Schein der Straßenlampe auf, und Kellermann glaubte, Blutgeruch wahrzunehmen. Er kam sich vor wie ein Alkoholiker, der nur das Bild von einem Getränk sehen musste, um verführt zu werden und widerstandslos dem nächsten Rausch zu verfallen.

Vorsichtig schob er die Waffe in das münzengroße Loch. Stahl kratzte an Stahl, sodass Kellermann sich veranlasst sah, noch behutsamer vorzugehen. Das Bajonett war zur Hälfte verschwunden, als es auf Widerstand stieß. Er drückte nach, zog es heraus, wurde unruhig, schob es abermals vor, wieder zurück, er suchte einen Weg, stocherte in dem Loch hin und her, er hielt die Waffe höher, tiefer, mit immer mehr Wut und Zorn stieß er zu. Doch das Bajonett war im Inneren des Gestänges wieder nur abgeprallt, nicht einen Millimeter vorangekommen.

»Was machen Sie da?«

Kellermann richtete sich auf. Er sah Hände, die den Lenker eines Fahrrads hielten, einen Sattel, und dazwischen einen Mann, der eben dabei war, abzusteigen.

»Was ist das???«

Kellermann versuchte mit seinem Körper das aus dem Gestänge ragende Bajonett zu verbergen.

»Das ist ja …«

Der Mann verhedderte sich in seinem Rad, schob es ein Stück rückwärts, prallte gegen eine Verkehrstafel, kippte beinahe über die Gehsteigkante, er ließ sein Fahrzeug fallen und wich immer weiter zurück. Er schrie weder um Hilfe noch griff er zu seinem Handy, er war auf der Flucht.

Kellermann nahm das Bajonett aus dem Radständer, und es klang, als hätte er es aus einer Scheide gezogen. Er folgte dem Mann, der stumm und rückwärtsgehend mit gestrecktem Arm auf ihn zeigte. Kellermann wurde immer schneller, und in der Kreuzung mit der nächsten Gasse stieß er zu. Ein erstes Mal.

Der Flüchtende hatte ihn nicht aus den Augen gelassen, ihm die Brust dargeboten, sich dann aber plötzlich abgewandt. Kellermann musste ihn überholen, nochmals zustechen, von vorne, wie es sich gehörte, doch auch jetzt war der Teufel im Spiel, denn das Bajonett drang nicht tief genug ein. Kellermann drehte die Klinge in der Wunde nach der Art der Soldaten, und er sah, wie der Mann nach hinten kippte, aber schon tot sein musste, als sein Kopf auf den Beton schlug.

Er hatte einen Feigling niedergemacht, einen gefährlichen Feind, den dritten Menschen aus der Seestadt, unter der bereits tausend Tote lagen.

Kellermann sah sich um. Es kam ihm wie eine Gnade vor, dass die Gassen wie ausgestorben waren und sich auch hinter den Fenstern nur kleine Schatten zeigten, keine Gesichter.

Trotzdem war alles anders. Kellermann hatte einen ungeplanten Mord begangen, er war ihm aufgezwungen worden, auf dem Boden lag eine Leiche mit zwei Stichen. Es gab keine Verpackung für ein Baguette, in der er die Waffe ohne sich zu beschmutzen unterbringen konnte, und sie wegzuwerfen wäre Kellermann wie die Amputation seines Armes vorgekommen.

Er wischte mit seinem Taschentuch die Klinge ab, um wenigstens keine sichtbaren Blutflecken auf der Jacke zu bekommen. Zu Hause musste in dieser Nacht ohnehin mehr vernichtet werden als sonst.

Kellermann ging die Gasse nicht zurück, sondern es trieb ihn bis zum Stadtrand. Er brauchte Zeit, um nachzudenken. Was morgen geschehen würde, war ihm noch gleichgültig. Aber er musste schon bald in ein Haus zurückkehren, in der es eine junge Frau gab, die vor nicht einmal einer Stunde immer wieder beteuert hatte, ihm gewogen zu sein.

Als er in die Sonnenallee kam, hörte er Schreie und Polizeisirenen nur aus den Fernsehfilmen, und niemand außer ihm wusste zu diesem Zeitpunkt offensichtlich, dass die Serienmorde in der Seestadt eine Fortsetzung erfahren hatten.

Wagner hatte mit seiner Prognose Unrecht gehabt, aus drei Wochen war ein Tag geworden. Kellermann hoffte dennoch, dass man den Alten noch eine Weile im Gefängnis behielt.

Vor Lisas Wohnung streifte er die Handschuhe ab und steckte sie in die Jackentasche. Sie waren nicht blutig geworden, rochen aber nach der bekannten Mischung aus Latex und Schweiß. Er zog seine Jacke aus und schlug darin das Bajonett der Länge nach ein. Er hatte keinen Plan, nur das Gefühl, das Richtige und Notwendige zu tun. Wie vorhin in der Schenk-Danzinger-Gasse. Man musste sich wehren, wenn man überleben wollte. Aber ein zweites Mal zustechen würde er heute nicht. Er glaubte sogar, in Zukunft nicht mehr allein zu sein. Dafür musste er etwas riskieren.

Kellermann läutete an Lisas Tür. Lisa öffnete und empfing ihn mit einem Lächeln, ohne Fragen, Vorhaltungen und

Schmähungen, als ginge Kellermann hier schon immer aus und ein, und als wäre er nicht vor Kurzem wie ein geprügelter Hund davongelaufen. Lisa wollte ihm beim Aufhängen der Jacke behilflich sein, aber er bestand darauf, die Jacke auf dem Schuhschrank im Vorzimmer abzulegen. Der Länge nach. Das Bajonett hatte man weder gehört noch gesehen, doch Kellermann war sich sicher, dass die Krankenschwester die feuchten Latexhandschuhe roch.

Der Tisch war noch immer gedeckt, genau wie er vor einer Stunde. Eine merkwürdige Vorstellung. Lisa bot ihm einen Stuhl an.

»Pizza oder Ravioli? Oder Fisch?«

»Nichts. Aber ich würde mir gerne die Hände waschen. Und vielleicht etwas Wein. Die letzten Tropfen?«

Lisa lachte, wies ihm die Richtung zum Badezimmer.

»Bei Ihnen oben war es still, Sie waren spazieren?«

Kellermann betrat zum ersten Mal Lisas Bad. Pflanzen zum Gießen gab es hier nicht, aber Wäsche über der Wanne, und die Dusche hatte keinen Vorhang, sondern eine Schiebetür.

»Haben Sie vielleicht ein Stück Brot, mit etwas Butter?«, rief er ihr aus dem Badezimmer zu.

»Süß oder sauer. Mit Honig oder Schinken?«

»Wie Sie wollen, Lisa.«

Er ließ das Wasser über seine Hände laufen, als müsste er sie abkühlen und nicht waschen. Den Blick in den Spiegel vermied er. Lisa war an ihm nichts aufgefallen, oder sie hatte nur nichts gesagt. Auf der Ablage gab es wie bei ihm zu Hause eine einzige Zahnbürste, und auch noch die Tabletten für eine bessere Durchblutung. Wagner hatte sie vergessen, Lisa noch nicht weggeworfen.

Kellermann drehte das Wasser ab und blickte nun doch in den Spiegel. Aber er betrachtete nicht sich, sondern Lisa, wie sie durch die halb offene Tür in das Vorzimmer ging. Mehr konnte er nicht erkennen. Dafür hörte er das Bajonett auf den Boden fallen. Und die Stille danach. Aufschreien würde Lisa nicht, dessen war sich Kellermann sicher. Aber sie könnte lautlos ihre Wohnung verlassen, Hilfe und Polizisten holen. Dann müsste er flüchten wie Wagner.

Doch Lisa kam zurück.

Kellermann trat jetzt auch in das Wohnzimmer, und Lisa sah aus, als wäre nichts geschehen. Sie ging ganz nahe an ihn heran.

»Sie waren nicht spazieren, Herr Kellermann. Sie waren den ganzen Abend hier.«

Lisa wandte sich ab, bevor er seine Arme um sie legen konnte, und verschwand in der Küche. Er setzte sich und zündete mit den bereitliegenden Streichhölzern die Kerzen an. Den Gedanken, Lisa könnte von der Küche aus telefonieren, ihn doch noch verraten, schob er rasch beiseite. Sie hatte doch gesagt, sie sei auf seiner Seite. Immer. Also auch jetzt. Ihre Stimme gefiel Kellermann immer besser.

»Herr Kellermann, Sie bekommen beides.«

Lisa kehrte endlich zurück und stellte ein Tablett mit Brotschnitten, Butter, Schinken und Honig auf den Tisch. Als sie sich setzte, hörten sie beide das Geheul der Einsatzfahrzeuge. Es kam näher, aber in der Sonnenallee bogen die Autos mit quietschenden Reifen ab, rasten hinüber in die Schenk-Danzinger-Gasse.

Lisa lächelte, bestrich ein Brot mit Butter, belegte es mit mehreren Schinkenscheiben, reichte es Kellermann. Schweigend und essend sah er ihr zu, wie sie auf ein weiteres Butterbrot schwarzen Honig träufelte. Kellermann konnte den Duft von Tannen riechen.

Maria-Tusch-Straße

Kellermann kam noch rechtzeitig in seine Wohnung. Beinahe hätte er Lisa von seiner Fußfessel erzählt, denn heute war alles möglich. Aber eine solche Nacht durfte er nicht mit langweiligen Gesprächen über Technik und Justiz zerstören, es war doch unglaublich schön gewesen, die letzte Stunde still beisammenzusitzen. Zu Lisas Kündigung hatte er nur gelächelt. In Spitälern wurde viel gestohlen, und auf ein Fläschchen Psychopax mehr oder weniger kam es auch nicht mehr an.

Sie hatten einander gefunden. Lisa hatte ihn erobert, mit bohrenden Fragen und scharfem Verstand. Er hatte sie erobert, mit einem noch feuchten Bajonett als ehrliche Antwort. Sie wäre bestimmt auch bereit gewesen, die Waffe in ihrer Wohnung zu verstecken, denn ab heute waren sie Komplizen und Lisa Bruckner als Frau unverdächtig. Warum also sollte das Bajonett nicht an den alten Platz zurückkehren? Lisa war keine Gefahr mehr, und die anderen würden weiterhin nichts bemerken. Das Versteck war auch deswegen so gut, weil die Menschen beim Anblick eines Skeletts mit sich selbst beschäftigt waren.

Kellermann nahm eine Verbandschere aus dem Chirurgenbesteck, um seine Jacke und die Handschuhe zu zerteilen. Nach verbranntem Latex würde es nie wieder riechen, und er hatte sich auch vorgenommen, das Bajonett erst auszuglühen, wenn Lisa nicht zu Hause war. Er nannte es nicht Vorsicht, sondern Rücksicht. Lisa würde seine Assistentin werden, aber dass sie zusammengehörten, musste geheim gehalten werden. Sie waren zwar kein Killer-Paar, doch in manchen Staaten Amerikas würden sie beide hingerichtet werden. Kellermann erwartete von Lisa keine besondere Hilfe, nur dass sie ihn umsorgte, wenn er an solchen Abenden wie heute nach Hause kam. Und bewunderte. Einen Mörder. Es gab eben nicht viele Menschen, die wirklich töteten, in der Seestadt nur ihn, denn Lisas Psychopax war in einer Leiche ohne Wirkung geblieben.

Für die Handarbeit, der er sich jetzt widmete, brauchte man Sorgfalt und Ausdauer. Kein Schnipsel durfte vom Tisch fallen. Zahllose Stücke in der Größe von Briefmarken lagen schon vor ihm. Kragen und Jackentaschen waren durch die mehrfachen Lagen des Stoffes am hartnäckigsten gewesen, jetzt zerschnitt Kellermann die Finger der Handschuhe in immer kleinere Teile, sie mussten noch eingepackt werden, für den Fall, dass Latex auf Wasser schwamm. Das blutige Taschentuch konnte im Ganzen bleiben.

Er setzte die Schere oft ab, schloss dann die Augen, sah Lisa in ihrem Schlafzimmer, im Bett. Bald würde alles Wirklichkeit werden, mit ihm an ihrer Seite. Dennoch glaubte er nicht, verliebt und kopflos zu sein. Er hatte nur einen anderen Menschen gefunden.

Kellermann ließ sich von leiser Musik aus dem Radio durch diese besondere Nacht begleiten, und zu jeder vollen Stunde drehte er lauter. Dann kamen nämlich die Nachrichten. Sie klangen gut, der kommende Tag würde ganz im Zeichen der Seestadt stehen. Auch das dritte Mordopfer hatte noch keinen Namen, aber nach den ersten Mitteilungen der Polizei dürfte wieder ein Stich zum Tod geführt haben. Jetzt machte es sich bezahlt, dass er sich für eine einzige Waffe entschieden hatte und auch dabeigeblieben war. Die Morde in der Seestadt waren aus einem Guss, und der Schrecken umso größer.

Kellermann kippte die zerschnittenen Teile in kleinen Portionen in die Toilette, und jedes Mal spülte er nach, aber mit langen Pausen dazwischen, denn keiner der Nachbarn sollte sich an die ungewöhnlich häufige Benutzung eines Klosetts im Haus erinnern können. Das Taschentuch kam als Letztes. Kurz färbte es das Wasser rot, bevor es verschlungen wurde.

Es war drei Uhr früh, als er fertig war. Er ging auf den Balkon und zündete sich eine Zigarette an. Aus der Schenk-Danzinger-Gasse strahlte viel mehr Licht als sonst gegen den Himmel, ein Tatort war auch nachts ein Tatort, und er musste bis in den letzten Winkel ausgeleuchtet werden. Doch Kellermann sah davon kaum etwas, weil die Gasse hinter den Häusern lag, und nur einmal hetzte eine Gestalt in hellem Overall zu einem Fahrzeug in der Sonnenallee.

Die meisten Seestädter verschliefen diese Nacht, weil sie zu früh ins Bett gegangen waren, die späten Nachrichten nicht gehört und die Polizeiautos nicht ernst genommen hatten. Sie waren auch durch die Verhaftung von Wagner auf ein Ende der Mordserie hereingefallen. Kellermann lebte in einer Stadt der Ahnungslosen, nach dem Aufwachen würden sie etwas mehr wissen, aber längst nicht alles. Auch die Kriminalisten mussten Wagner vergessen und von vorne anfangen. Ob es schon Spezialisten gab, die sich in die Psyche des Serienmörders versetzten? Er konnte sich kein größeres Vergnügen vorstellen, als diese Berichte und Profile zu lesen.

Kellermann verschlief den Vormittag und stand erst zu Mittag auf. Die Welt draußen drehte sich auch ohne ihn weiter, lieber hätte er sich noch dieser unendlichen Schwere seines Körpers hingegeben. Der Tag darauf war noch nie angenehm gewesen, weil dann wie nach einem Rausch andere Gedanken kamen. Hubschrauber hatten ihn geweckt, umkreisten die Seestadt, überflogen sie. Das Geknatter ließ die Fensterscheiben vibrieren, der Luftsog wirbelte den feinen Sand der Steppe auf, in den Gassen die abgefallenen Blätter der jungen Bäume, und der Sonnenschirm auf Kellermanns Balkon schwankte hin und her. Man war wie im Krieg.

Bei Tageslicht sah vieles anders aus. Kellermann entdeckte im Wasser der Toilette ein fingernagelgroßes Stück von seinen Latexhandschuhen und ihm wurde übel. Was hatte er noch alles übersehen, aus seinem Gedächtnis verbannt oder ganz einfach vergessen? Ihm fiel die Flucht des Radfahrers ein, und dass sein Leben nur mit zwei Stichen zu beenden war. Statt der Eleganz eines Stierkämpfers hatte es das Gemetzel eines Anfängers gegeben.

Kellermann wollte vor dem Ausnahmezustand in der Seestadt nicht fliehen. Immerhin hatte er ihn selbst ausgelöst, wer konnte sagen, wie oft das noch möglich sein würde, denn früher oder später würde wohl auch er zu den Gejagten gehören. Er verließ das Haus erst nach Stunden, doch draußen drückte er sich nicht wie die anderen Bewohner der Stadt an den Mauern und Betonwänden entlang, sondern trat in die Mitte der Sonnenallee. Um ihn herum ging man zu zweit oder in kleinen Gruppen, niemand war allein unterwegs, und auch die Menschen auf dem Weg hinüber zur U-Bahn wurden von Angehörigen oder Freunden begleitet.

Kellermann hatte ein solches Verhalten erst nach dem vierten oder fünften Mord erwartet, aber die Seestadt war eben ein Schiff, auf dem die Ereignisse viel hellhöriger und auch ängstlicher wahrgenommen wurden. Er sah auch schon die Ersten, die dem Untergang entkommen wollten. Ein junges Paar mit Kindern zwängte Koffer und Taschen in ein Auto, dessen Gepäckträger schon turmhoch beladen war, und es sah nicht aus, als ginge es nur auf eine kurze Reise. Am meisten dabei verwunderte Kellermann, dass der Motor des Fahrzeugs schon lief, als käme es auf die Minute an. Das war eben Panik, und er bekam sie in seiner Seestadt vorgeführt.

Zur Schenk-Danzinger-Gasse wurde er nicht vorgelassen. Ein Polizist kannte ihn und wusste, dass Dr. Kellermann in der Sonnenallee seine Praxis hatte und dort auch wohnte, sodass er kein Anrainer in der Gegend um den Tatort war. Kellermann bemerkte, dass er von einem Beamten in Zivil fotografiert wurde, aber er war eben nur einer unter vielen Schaulustigen. Kriminalisten würden die Bilder betrachten, und wenn sie sein Gesicht sahen, den Aura-Chirurgen abhaken und sich mit dem Nächsten beschäftigen. Kellermann war kein Mörder, der an den Ort seines Verbrechens zurückkehrte, er stand hier an der Absperrung, weil ihn das schwere Schicksal der Stadt erschütterte.

Er nahm sich vor, bei dieser Version für sein Verhalten zu bleiben, wenn es einmal so weit war und er befragt wurde. Die Verhöre würden später kommen, doch für die Beamten zu Misserfolgen werden. Herr Dr. Kellermann hatte den Mordabend im Erdgeschoss seines Hauses verbracht, in einer spärlich eingerichteten Wohnung, an einem Tisch mit zwei Kerzen und den besten Butterbroten, die er jemals gegessen hatte. Frau Lisa Bruckner würde das gerne bestätigen.

Kellermann besah sich die Neugierigen, die jetzt eine Gegend fotografierten, an der sie vor dem Tod des Radfahrers bestimmt immer achtlos vorbeigegangen waren. Hatten diese Menschen ein Alibi? Ein jeder von ihnen?

Mit jedem Schritt und bei jeder Begegnung mit den Menschen spürte Kellermann, wie ihn der Spaziergang durch die Stadt belebte. In seiner Wohnung wäre er nur der düsteren Seite des jüngsten Mordes nachgehangen, hier draußen konnte er sein eigentliches Werk besichtigen. Auch wenn es gestern zwei Stiche waren, was machte es schon, beim nächsten Mal würde es wieder einer sein. Handschrift war Handschrift, er hatte in Sekundenschnelle richtig entschieden und effektiv gehandelt, aus der Hüfte heraus. Wenn es darauf ankam, konnte man sich auf Kittel-Kellermann verlassen. Er war der Herr der Stadt. Schade, dass es niemand wissen durfte und die Tarnung weiterlaufen musste.

Er zeigte seinen Ausweis einem Polizisten, der ihm entgegengekommen war und seine Papiere gar nicht kontrollieren wollte. Kellermann bekam ein freundliches Lächeln, und zum Abschied wurde ihm auch noch gedankt, weil er die Exekutive bei ihrer schwierigen Arbeit unterstützte. Er musste sich beherrschen, nicht übermütig zu werden. Ohne ihn gäbe es heute einen der trostlosen Tage in der Seestadt, keine Gassen mit dieser Atmosphäre der Anspannung und den vielen Fragen in den Gesichtern der Menschen. Wer war es, wo war er, wer war der Nächste, könnte ich es sein?

Zu Hause angekommen, ließ sich Kellermann rücklings auf sein Bett fallen. Es kostete ihn alle Kraft, die Arme zu heben, nach der Zeitung zu langen und sie durchzublättern. Schon nach wenigen Seiten sah er die Seestadt. Wie erwartet hieß sie endlich Mordstadt. Der Radfahrer wurde aus der Mitte seines Lebens gerissen, eine Frau, keine Kinder, Angestellter in Wien, begeisterter Anhänger des Urban Gardening, ehrenamtlicher Experte für die Gartensprechstunden in der Seestadt, rundum ein glücklicher Mensch, das Opfer eines Trittbrettfahrers.

Kellermann richtete sich auf. Die Schlussfolgerungen der Kriminalisten waren klar und einfach. Der verhaftete und im Gefängnis einsitzende Beschuldigte in den zwei Morden davor musste zwangsläufig als Täter ausgeschieden werden, und das Gewaltverbrechen in der Schenk-Danzinger-Gasse war ähnlich, aber in wesentlichen Bereichen doch auf eine andere Art ausgeführt worden. Es hatte zwei Stiche gegeben, jeder am Herz vorbei, zu einer anderen Tageszeit, und vor allem gab es eindeutige Hinweise auf einen Raubmord. Dem Opfer fehlten Geldtasche und Uhr. Es war also davon auszugehen, dass sich der unbekannte Täter als der Serienmörder der Seestadt tarnen wollte, Bajonette aus der Schlacht bei Aspern waren in dieser Gegend auch immer wieder zu finden. Ein Zeuge hatte Jugendliche in der Nähe des Tatorts gesehen.

Auf jeden Fall habe dieses Verbrechen mit den bisherigen Seestadtmorden nichts zu tun.

Kellermann erhob sich und trat auf den Balkon hinaus. Er musste sie sehen, all die Leute, die den Kriminalisten nicht vertrauten und geduckt durch die Gassen liefen, weil sie an den Seestadtmörder glaubten, weil sie spürten, dass er noch immer unter ihnen war, um zu töten, nur zu töten, ohne das geringste Interesse an Brieftaschen oder Uhren. Es gefiel ihm, dass sich die Menschen nicht belügen und beruhigen ließen, ihren Gefühlen und ihrem Instinkt folgten, an jeder Ecke ein Bajonett sahen, aber nicht in Händen eines Jugendlichen, sondern für sie stach jemand zu, der mit dieser Waffe umgehen konnte, einer, der größer und mächtiger war als alle anderen.

Kellermann verkroch sich, weil er nicht existierte. Es gab Wagner, jugendliche Raubmörder, aber nicht den Mann, der alles entworfen und in die Tat umgesetzt hatte. Er verachtete die Kriminalisten, von denen die meisten bestimmt noch nicht getötet hatten und sicher nicht wussten, wie man ein Herz mit einem Bajonett blitzschnell außer Gefecht setzte. Sie hatten nichtssagende Gesichter, sie brauchten endlos lange, um Morde aufzuklären, während er einen Toten nach dem anderen aus dem Handgelenk schüttelte. Er war es, der die Seestadt in Atem hielt, nicht sie. Aber das wollten diese Betrüger nicht zulassen, sie logen und erfanden Geschichten, um nur ja alles in einem natürlichen Licht erscheinen zu lassen. Für jeden Mord ein eigener Täter, das wäre ihnen am liebsten. Das Alltägliche sollte geschehen, aber nicht das Unglaubliche. Sie wollten herkömmliche Gewalt in der Seestadt, die in Vergessenheit geraten würde. Doch dafür waren weder Dominik noch die hysterische Frau noch der Radfahrer gestorben. Sie alle gehörten Kellermann, in seinem Kopf hatte die Serie begonnen, und er war einer, der im Leben oft genug aufgegeben und davongelaufen war, doch jetzt nicht.

Später an diesem Abend wagte sich Kellermann auf einem Spaziergang bis an die Grenze, in der U-Bahn-Station machte er Halt. Es gab keinen Grund, zu den Zügen hinaufzugehen und wegzufahren. Wo erginge es ihm besser? Er musste auch nicht mehr zu den Kontrollen für die Fußfessel in die Stadt wie am Anfang. Das hatte er wahrscheinlich seinem Mentor Hochstätter zu verdanken. Er wurde in Ruhe gelassen. Unvorstellbar war für Kellermann ein Mord in einer der unzähligen Gassen der Innenstadt. Er würde sich auch in diesem Dschungel nicht mehr zurechtfinden, nach sechs Jahren Gefängnis war die Seestadt das einzig Richtige. Es gab ja genug Besuch von draußen, er wunderte sich, wie viele Neugierige sein dritter Toter in die Seestadt lockte. Vom Bahnsteig strömten wie bei einem Fußballspiel aufgeregte Fremde über die Stiegen, aber sie kamen nicht weit, weil sie von Polizisten aufgehalten und hinter die Stahlgitter gedrängt wurden. In die Stadt durfte nur, wer dort wohnte.

Bei den Betonsäulen der U-Bahn-Station riss man den Zeitungsverkäufern die Blätter aus den Händen. In den Abendausgaben wurde ähnlich berichtet wie am Morgen, aber es gab große Fortschritte bei der Aufklärung des letzten Mordes. Ein Panoramabild zeigte die Verhafteten. Sie standen in einer Reihe am anderen Ufer. Alle hatten Bierdosen in der Hand und schwarze Balken vor den Augen. Einer von ihnen war nach der festen Überzeugung der Kriminalisten der Täter. Bei den Verhören hatte es noch keine Geständnisse gegeben, aber die Beweise wurden als erdrückend bezeichnet. Unter Schottersteinen am See war die leere Geldtasche und am Arm eines Jugendlichen die Uhr des Ermordeten gefunden worden, an der Leiche gab es große, aufgerissene Wunden. Der Raubmörder hatte planlos und schnell zugestochen. Das Foto der Halbwüchsigen musste im Sommer gemacht worden sein, weil dichte Gewitterwolken am Himmel standen und das Seewasser schon Wellen schlug. Kellermann suchte den jungen Mann, der ihm schon zweimal Feuer gegeben hatte. Er könnte den Toten bestohlen haben. Oder jeder andere. Alle gemeinsam, weil sie nie etwas alleine unternahmen. Aber die Leichenfledderer waren zu spät gekommen. Hätten sie Kellermann gesehen, wären sie schon längst wieder in Freiheit, und die Polizei stünde vor seiner Tür.

Kellermann warf die Zeitungen weg. Bei der Absperrung verlangte man seinen Ausweis. Er zeigte den lang nicht benützten Führerschein, und es wurde telefoniert, geprüft, nochmals telefoniert. Man richtete ihm herzliche Grüße von Herrn Hofstätter aus und er durfte zurück in die Seestadt. Vor seinem Haus sah er wieder Polizeibeamte, doch sie sorgten ihn nicht, weil sein Mentor ihn beschützte. Er nahm sich vor, sich nicht mehr wie ein beliebiger Seestädter behandeln zu lassen, sondern in Zukunft gleich auf einen Anruf bei Hofstätter zu bestehen.

Durch die großen Glasfenster sah er jetzt aber auch im Stiegenhaus Polizisten, einige davon in seinem Stockwerk. Er erstarrte. Das Bajonett war noch nicht ausgeglüht! Warum hatte er nur auf Lisa Rücksicht genommen? Wenn er nicht zurück ins Gefängnis wollte, blieb ihm nur noch die Flucht, mit dem Tod in den Gassen durch Schüsse von allen Seiten. Er wollte nicht sterben. Er wusste, wie erbärmlich das Verrecken war. Blanke Furcht kroch in ihm hoch. Wenn man umgebracht wurde, war das die Hölle.

Plötzlich trat Lisa aus der Eingangstür. Kellermann erkannte sie an der Figur, an den Beinen. Die Strickjacke, die sie über dem Kopf trug, hatte er noch nie an ihr gesehen. Die Männer begleiteten Lisa nur, hielten sie nicht fest, sie trug auch keine Handschellen. Eine Polizistin führte sie vorsichtig und behutsam zu einem Auto ohne Blaulicht, aber sie legte ihre Hand nicht schützend über den Kopf der Verhafteten, wie man es in den Filmen sah. Alles lief still ab. Es gab auch keine Reporter, die ins Wageninnere fotografierten. Lisa war dabei, lautlos aus dem Leben Kellermanns zu verschwinden. Aber auch jetzt überraschte sie ihn. Sie musste ihn durch das Maschengeflecht der Jacke hindurch erblickt haben, denn sie hob beim Wegfahren ihre schöne Hand und öffnete die Finger zum Victory-Zeichen.

Kellermann sah sein Gebäude zusammenstürzen, noch bevor er es errichtet hatte. Alles würde auffliegen, Lisa konnte unmöglich durchhalten. Er erinnerte sich an die eigenen Verhöre. Schon bald würde ihr der Name Dr. Hannes Kellermann über die Lippen kommen.

Er bemühte sich um einen möglichst unauffälligen Gang, als er die Eingangstür passierte. Im Stiegenhaus traf er keine aufgeregten Nachbarn, und seine Wohnung konnte er betreten wie immer. Noch war er ein freier Mann, nur Frau Bruckner war verschwunden. Er füllte den Grill mit Holzkohle, zündete sie an, entfachte das Feuer, wartete auf die Glut, und als sie die richtige Röte hatte, griff er zum Bajonett. Nach wenigen Minuten hörte er bereits das eingetrocknete Blut des Radfahrers knistern, und wenn es nicht in der nächsten Stunde an seiner Tür klingelte und Polizisten davor standen, konnte er gewinnen. Wie hatte es doch in der Zeitung geheißen? Bajonette aus der Schlacht von Aspern seien hier immer wieder zu finden. Wagner hatte sie, die jugendlichen Raubmörder, alle, warum nicht auch er? Ein Stück Stahl sagte gar nichts, solange darauf nichts von einem Erstochenen zu finden war. Kellermann blies in die Glut, um die Hitze zu erhöhen. Wenn er schon eine Chance für ein Überleben hatte, sollte sie auch genützt werden.

Er ging ins Badezimmer und lauschte, ob auch wirklich in der Wohnung unter ihm keine Geräusche zu vernehmen waren. Aber nichts regte sich. Keine Dusche war zu hören. Stattdessen ertönte in diesem Augenblick das Klingeln an der Wohnungstür.

Als er öffnete, standen zwei Männern draußen. Sie zeigten ihre Ausweise und baten eintreten zu dürfen. Sie hielten sich mit Höflichkeiten nur kurz auf, lächelten aber, als sie die Holzkohlenglut rochen und den Grill auf dem Balkon sahen.

»Herr Dr. Kellermann, wir stören Sie nicht lange. Kennen Sie Frau Lisa Bruckner?

»Meine Nachbarin. Eine Krankenschwester.«

»Sie behauptet, in der Nacht, als der junge Mann ermordet wurde, bei Ihnen gewesen zu sein.«

»Der junge Mann mit der Gitarre. Dominik, oder?«

»Kennen Sie ihn?«

»Nein. Ich habe ihn einmal gesehen. Und gehört. Am See.«

»War Frau Bruckner bei Ihnen?«

»Ja.«

»Wann?«

»In dieser Nacht. Frau Bruckner hat meinen Vortrag organisiert, es war ihre Idee, sie ist sehr tüchtig.«

»Sie war in dieser Nacht bei Ihnen?«

»Ja. Wir waren am See, nach dem Vortrag, und dann sind wir zu mir.«

»Wie lange war Frau Bruckner bei Ihnen?«

»Die ganze Nacht.«

»Die ganze Nacht?«

»Ja.«

»Wie lange?«

»Bis zum Morgen. Danach ist sie in ihre Wohnung.«

Kellermann zeigte nach unten. Ihm fiel das Lügen leicht. Er war wie Lisa. Man musste nur die richtigen Geschichten erfinden.

Einer der Beamten notierte alles, und beide glaubten Kellermann, weil sie nickten, ohne es selbst zu merken. Er sah auch die Langeweile in ihren Gesichtern, aber vielleicht waren sie nur müde. Zwei ehrliche Kerle, keine Täuscher wie Columbo, keiner von ihnen ein Minenfeld wie Wagner.

»Danke, Herr Dr. Kellermann, und guten Appetit!«

Er drückte die Tür hinter den zwei Herren zu. Sie hatten nicht einmal das Skelett in seiner angrenzenden Praxis bemerkt. Für Kellermann waren die beiden bloß Zuträger für Kriminalisten, nur Geschichtensammler, keine beißenden Hunde. Wichtig war, dass ihm Hofstätter immer noch herzliche Grüße schickte und Kellermann sich in Lisa nicht getäuscht hatte. Klug und raffiniert. Sie brauchte ein Alibi, denn Psychopax und Krankenschwester konnte auch der einfältigste Kriminalist zusammenzählen. Aber warum gab man sich mit ihr ab, warum kümmerte man sich um eine letale Dosis, wenn Dominik eindeutig erstochen worden war? Wollte man zwei Mörder für einen Umgebrachten haben?

In den Abendnachrichten kam keine Meldung über eine verhaftete Frau in der Seestadt. Die Jugendlichen hatten den Diebstahl der Geldtasche und der Uhr gestanden, aber nicht den Mord. Kellermann hielt den Atem an, weil der Unbekannte beschrieben wurde, den die Jugendlichen bei der Leiche gesehen haben wollten. Groß, schlank, kräftig. Kellermann war groß und schlank, Kraft hatte er nur im rechten Arm für das Bajonett, ansonsten war er Anthony Perkins. Ein Phantombild würde angefertigt werden.

Kellermann hatte damit gerechnet, dass man sich einmal mit seinem Gesicht beschäftigen würde. Es war eines, das man sich merkte. Deswegen wurde er in der Seestadt auch so oft erkannt, und fast immer war ein Lächeln in den Augen der Menschen zu sehen, und sie grüßten gerne zurück. Er hatte nicht nur ein gewinnendes Wesen, sondern auch ein vertrauenserweckendes Äußeres. Doch nach dem zweimaligen Einstechen auf den Radfahrer hatte er bestimmt nicht liebenswert ausgesehen. Kellermann verabscheute diese Fratze im Spiegel, doch jetzt konnte sie ihn retten. Wenn das

Phantombild nur halbwegs so aussah wie sie, würde man den Unbekannten in einer Irrenanstalt oder im Massengrab unter der Seestadt suchen. Außerdem hatte Kellermann für den Mordfall in der Schenk-Danzinger-Gasse ein Alibi, er war den ganzen Abend bei Lisa und ihren Butterbroten gewesen. Sie würde es beschwören. Er half ihr, sie half ihm. Ein Killer-Paar konnte niemand auseinanderbringen.

Kellermann fand auch am nächsten Tag in den Morgenzeitungen nichts über Lisa. Er war erleichtert, weil das ihre Bedeutungslosigkeit bewies. Man hatte eine Diebin verhaftet, und wahrscheinlich wollte das Spital auch kein Aufsehen wegen gestohlener Medikamente. Nur, warum hatten ihn Kriminalbeamte besucht und Lisas Alibi überprüft? Auch wie sie abgeführt worden war, fiel ihm immer wieder ein. Er sah die Strickjacke über ihrem Kopf, die Männer hinter ihr, die Frau an ihrer Seite, Lisas vorsichtige Schritte, die ernsthaften Gesichter, die Zeremonie des Ganzen. Solche Bilder kannte er nur aus Filmen von verhafteten Mördern.

Zu allem Überfluss meldete sich auch noch Hochstätter und kündigte ihm seinen Besuch in einer Stunde an. Die Angelegenheit sei äußerst wichtig, unaufschiebbar, sehr heikel. Er würde ihn mit dem Auto abholen. Hofstätter lachte trotzdem, bevor er auflegte.

Kellermann war es nicht gelungen, aus der Stimme Hofstätters herauszuhören, ob er noch immer seinen Mentor vor sich hatte oder schon einen Feind. Wenn jemand etwas über Unregelmäßigkeiten in Kellermanns Leben als Fußfesselträger wusste, dann er. Ihm wurde alles berichtet und zugetragen, er erfuhr durch sein dichtes Netz in der Justiz auch oft schon lange vor allen anderen, wer im Verdacht stand und gegen wen die Richter Haftbefehle unterschrieben hatten.

Pünktlich nach einer Stunde erschien Hofstätter in einem unauffälligen Auto, aber mit Chauffeur. Kellermann wollte ihn in seine Wohnung einladen, schließlich hatte er sie ihm zu verdanken. Doch Hochstätter lehnte ab und vertröstete ihn auf ein anderes Mal.

Nachdem Kellermann zugestiegen war, fuhr der Wagen los, glitt durch die Sonnenallee, und Kellermann dachte an Lisa. Auch sie war abgeholt worden. Doch die Fahrt mit Hofstätter führte ihn nicht ins Gefängnis, sondern durch die Seestadt. Vielleicht wollte er ihm die Schauplätze vorführen. Aber Kellermann blieb ruhig.

»Sie wohnen am Ende der Welt, Herr Kellermann, aber schön haben Sie es hier, sehr schön, ein bisschen Steinzeit, was die Autos betrifft, aber Sie haben ja keines. Wo war der letzte Mord? Führen Sie uns, Herr Dr. Kellermann! Alle drei können wir nicht besuchen, aber einer steht da für alle. Mord ist Mord.«

Kellermann zeigte dem Chauffeur den Weg zur Schenk-Danzinger-Gasse. Der Wagen rollte lautlos über den glatten Asphalt, zwischen dem Fahrradständer und der Kreuzung blieben sie stehen. Hofstätter sah das Meer von Kerzen. Alle brannten.

»Eine Tragödie. Abgeschlachtet. Hingerichtet. Oder ganz einfach ein Mord aus Vergnügen. Der Täter wurde überrascht und hat die Nerven verloren. Wer geht schon gerne für sein ganzes Leben ins Gefängnis, auch wenn er es gut bei uns hätte. Waren Sie vielleicht unzufrieden mit uns?«

»In der Seestadt gefällt es mir besser.«

»Deswegen sind Sie auch hier. Ein Experiment. Ob es gelungen ist, weiß man erst am Ende. Sie haben keine Ahnung, wie oft ich an Sie denke. Wir leben nur einmal, da darf es keine großen Fehler geben. Wollen Sie ein Geständnis von mir hören?«

Kellermann nickte.

»Der erste Mord in der Seestadt, und ich dachte schon, Sie waren es. Schlaflose Nächte, aus der Traum. Wieder Migräne, ein Anfall nach dem anderen, und warum? Weil ich ihn in die Seestadt bringe, und dieser Kerl mordet wieder, seine Ehefrau war ihm nicht genug. Dann die Erlösung, Fußfessel, Sie konnten es nicht gewesen sein! Alles Dinge, die Sie nicht interessieren, aber ich konnte wieder schlafen. Zweiter Mord, und man ist klüger geworden, gleich ein Anruf in der Überwachung, Herr Dr. Kellermann hat wieder ein wasserdichtes Alibi, und über den dritten Mord brauchen wir nicht zu reden, wer die ersten beiden umgebracht hat, der hat auch den Radfahrer auf dem Gewissen.«

»Kein Trittbrettfahrer?«

»Valium für die Seestadt, eine Beruhigungsspritze, Herr Kellermann, wo leben Sie? Zum Glück hat man die Leiche bestohlen, eine Woche Ablenkung, und dann? Helfen Sie uns! Ihnen vertraut man, die Leute hier mögen Sie. Vielleicht kommt er zu Ihnen.«

Kellermann blickte Hofstätter fragend an.

»Unser Mörder. Dem Profil nach zwischen 30 und 45, groß, unauffällig, er lebt allein oder hat sogar Frau und Kinder, das wissen wir noch nicht. Wir wissen nichts, um ehrlich zu sein. Aber es könnte sein, ich sage, es könnte sein, er fasst sich ein Herz und taucht bei Ihnen auf. Warum nicht? Er kommt nicht als Mörder zu Ihnen, aber als Patient. Achten Sie auf Andeutungen. Hat er eine auffällige Aura? Sehen Sie in seine Augen? Die Augen sind die Seele eines Menschen, meine langjährige Erfahrung.«

»Das kann ich nicht!«

»Doch. Wenn es jemand kann, dann Sie. Und wenn er nicht zu Ihnen kommt, gehen Sie auf die Straße und suchen Sie diesen Wahnsinnigen. Sie werden es nicht bereuen.«

Hofstätter klopfte mit dem Finger auf seine Armbanduhr, der Fahrer startete den Motor. Kellermann stieg aus. Er hatte sich nicht verraten. Hofstätter öffnete das Türfenster einen Spalt.

»Sie helfen auch einem Unschuldigen. Wagner schweigt, aber solange der Mörder nicht gefunden ist, ist er der Mörder. Das hat dieser alte Herr nicht verdient, ein kleiner Beamter, nie aufsässig. Sie sind ein außergewöhnlicher Mensch, Herr Dr. Kellermann, lassen Sie uns nicht im Stich.«

Dann fuhr der Wagen an, musste aber wenden, weil ihm die breite Gedenkstätte den Weg versperrte. Hofstätter machte kein Victory-Zeichen, aber er hob die Hand zum Abschied. Kellermann wich dem Fahrradständer aus, doch am Lichtermeer ging er nicht vorbei. Dieses Mal wurden ihm schon von drei Kindern Kerzen angeboten, und er kaufte sie alle. Er kam sich nicht wie ein Heuchler vor. Kellermann hatte kein Mitleid mehr mit Hinterbliebenen, und wie die Toten hießen, interessierte ihn nun noch weniger. Es gab genug Namen, die ihm wichtig waren. Lisa. Wagner. Hofstätter.

Ich bin ein außergewöhnlicher Mensch, dachte Kellermann immer wieder auf dem Nachhauseweg. Wenn es sogar Hofstätter sagte, musste es stimmen. Aber auch sein Mentor wusste nur die Hälfte, nein, noch weniger, einen Bruchteil von Kellermann, er kannte nur den äußeren Schein. Die Aura.

In der Sonnenallee blieb Kellermann stehen. Er blickte in ihre Tiefe. Jetzt begann seine beste Zeit. Das war kein Wunsch oder Ahnen, sondern klares Wissen. Noch nie hatte ihm die Seestadt besser gefallen. Er freute sich auf die Nächte. Auf die kommenden Wochen, in denen man den wahren Mörder jagen und ihn doch nicht finden würde. Hofstätter hatte ihm in die Augen geblickt und nichts bemerkt. Sein Mentor kannte mehr Verbrechergesichter als jeder andere, aber er war mit einer Bitte zu ihm gekommen, er sah ihn als die große Hoffnung, er vertraute einem Fußfesselträger und nicht den Kriminalisten. Kellermann war endlich frei, er brauchte nicht mehr auf die Nächte warten, er konnte die

Zeit vergessen, er musste keine Angst mehr haben. Er konnte töten, wann immer er wollte.

An einem der nächsten Tage fand er in seinem Postkasten einen einzigen Brief. Er kannte diese Art von Kuverts, auch die Klebebänder der Zensur, und als er den Brief herausnahm, stach ihm Lisas mädchenhafte Schrift in die Augen. Er öffnete das Kuvert, und Lisas Wohnungsschlüssel fiel ihm entgegen. Auf dem beiliegenden Blatt Papier bat sie ihn, die Blumen zu gießen. Sonst nichts. Bei genauerem Hinsehen erkannte er winzige Markierungen auf der Briefmarke. Lisa hatte einige der aufgedruckten Buchstaben mit kaum merklichen Punkten versehen. Insgesamt fünf. Wenn er die Buchstaben zusammenfügte, ergaben sie das Wort Liebe. Er und sie gehörten zusammen, niemals würde einer den anderen verraten.

Sein Handy klingelte. Kellermann legte Lisas Brief und ihre Schlüssel auf seinen Vorzimmerschrank. Es machte ihm nichts aus, in diesem Augenblick angerufen zu werden, heute war er unverletzbar, er hätte mit jedem gerne telefoniert.

Es war der Patient mit den Rückenschmerzen.

»Entschuldigen Sie, Herr Dr. Kellermann, dass ich Sie störe. Ich würde Sie gerne einladen. Ich gebe morgen Nachmittag ein Fest für meine Freunde, und Sie sind mein Ehrengast. Der Mittelpunkt. Sie haben mich gerettet. Die Rückenschmerzen sind wie weggeblasen. Und bringen Sie ihn unbedingt mit!«

»Wen meinen Sie?«

»Ihren Knochenmann. Wenn er zu schwer ist, meine Freunde transportieren ihn. Die Hauptsache ist, er kommt gut an, steht in voller Größe bei uns am Pool, aber nicht im Hof, ganz oben, auf unserer Dachterrasse in der Maria-Tusch-Straße, mit Blick über die ganze Seestadt und auf Wien. Und nehmen Sie dieses Werkzeug mit, Schraubendreher, Feile, keine Ahnung, was es war, aber es hat geholfen.«

»Es war eine Ahle.«

»Nehmen Sie sie mit. Zeigen Sie meinen Freunden, wie Sie mich gerettet haben. Mit einer Ahle. Stich in die Wirbelsäule.«

Kellermann, von dem Überschwang mitgerissen, ließ sich dazu überreden, beim Fest für entsprechende Spannung zu sorgen.

Nachdem er aufgelegt hatte, holte er das Bajonett aus dem Grill, blies die Asche von der Klinge und schob es vorsichtig in die Wirbelsäule. Der Rücken des Knochenmannes wurde wieder gerade, aber man musste schon ein Arzt sein oder eine Krankenschwester wie Lisa, um diese Abnormität zu erkennen. Kellermann setzte den Schädel auf den schon etwas brüchigen Atlas. Mit Drahtschlingen wurde das Skelett zusammengehalten. Der Totenkopf hatte im Kultursaal schon seine Wirkung gehabt, fiel ihm ein, ein Skelett auf einer Dachterrasse wäre wohl das Höchste, zugleich reizvolles Spiel und bitterer Ernst.

Nachdem er das Skelett vorsichtig wieder genau an seinen angestammten Platz geschoben hatte, ging Kellermann zur U-Bahn-Station, um wie immer die Zeitungen zu holen. Außerdem wollte er das Wohnhaus dieses Patienten in der Maria-Tusch-Straße besichtigen. Von unten konnte er nur das Geländer der Terrasse erkennen, und einen Pool auf einem Dach hatte er noch überhaupt nicht gesehen, nur die in die Erde gegrabenen Becken in den Hinterhöfen.

Aber er wollte über die bevorstehende Einladung erst nachdenken, wenn dieser großartige Tag auch ein gutes Ende genommen hatte. Er schlug die Zeitung auf. Von Lisa gab es nach wie vor nichts, nur das Phantombild des unbekannten Mörders sprang ihm entgegen. Er fand den abgebildeten Herrn abstoßend. Entweder hatten die Jugendlichen nichts gesehen und ein Gespenst aus ihrer Fantasie beschrieben, oder er sah nach einem Mord wirklich so aus. Wenn es diesen Kerl tatsächlich gab, konnte er nur hoffen, dass nicht er das war.

Die Menschen auf dem Weg von der U-Bahn-Station zur Seestadt brachten ihn jedenfalls nicht mit dem Phantombild in Verbindung, obwohl sie schon alle neugierig in den Zeitungen geblättert hatten. Jetzt schienen sie noch mehr Angst zu haben, Kellermann sah, wie sie sich gegenseitig musterten und dabei versuchten, möglichst unschuldige Gesichter zu machen. Niemand wollte der Mann aus der Zeitung sein, alle hatten Angst vor ihm, keiner aber wich dem wahren Mörder aus.

Kellermanns Blick war inzwischen wieder auf das hohe Haus in der Maria-Tusch-Straße gerichtet. Das Gebäude gefiel ihm. Eine noble Adresse. Dem See zugewandt. Straße statt Gasse. Als Schauplatz wie geschaffen. Nicht jede Leiche musste auf dem glatten Asphalt oder auf einem holprigen Kopfsteinpflaster liegen. Man würde noch immer seine Handschrift erkennen. Auf dem Nachhauseweg entschied er sich dafür, seinem guten Ruf als Aura-Chirurg gerecht zu werden und seinen Gastgeber in keiner Weise zu enttäuschen. Auch das Skelett sollte er haben.

Kellermann fühlte sich ausgeruht. Er hatte in der vergangenen Nacht gut geschlafen, es war eben eine neue Zeit für ihn angebrochen. Heute würde er wieder seine Schüchternheit überwinden, in eine Rolle schlüpfen, die bei den Menschen bestens ankam, mit ihm aber wenig zu tun hatte. Sich zu verstellen war ihm schon immer leichtgefallen, aber er nahm sich vor, auf der Dachterrasse nichts Großes zu tun. Die Aura, die ihn umgab, musste genügen.

Als es an der Zeit war, packte er daher auch keine Instrumente ein, sogar die Ahle blieb auf dem Tisch. Er war ja zu einem Fest geladen und nicht zu einem Vortrag. Er würde auch zu spät kommen, viel zu spät. Er war der beste Gast. Alle Augen mussten sich auf ihn richten. Die Vorkehrungen waren einfach. Kellermann war mit dem Skelett schon einige Male umgezogen, und nie hatte es dabei Probleme gegeben. Ein Mensch, der nur noch aus Knochen bestand, war leicht wie eine Feder. Er durfte nur nicht nackt auf die Straße, und deswegen umhüllte Kellermann das Skelett nach einem alten Rat seines Vaters mit einer bunt gemusterten Decke. Nun konnte er damit rechnen, unbeachtet die Dachterrasse seines Gastgebers zu erreichen. Dort würde es dann gefährlich werden. Seestädter Roulette.

Die Sonne stand noch über dem Horizont, als er zum Fest aufbrach. Er musste seinen Gefährten nicht einmal tragen, weil er sich auf den kleinen Rädern schieben ließ. Er machte sogar weniger Lärm als der Trolley des alten Wagner. Kellermann brauchte von der Sonnenallee nur um die Ecke biegen, um in die Maria-Tusch-Straße zu gelangen, die wie alle Gassen und Plätze in der Seestadt nach einer Frau benannt war. Er wusste einiges über Hannah Arendt, schätzte sie, aber nur eine der Damen gefiel ihm wirklich, Janis Joplin, und wann immer es möglich war, lenkte er seine Schritte über die Janis-Joplin-Promenade, wenn er zur U-Bahn-Station musste.

Als er das Hochhaus seines Gastgebers erreichte, stand die Eingangstür weit offen. Es war eben ein Fest für Seestädter. Jeder konnte hinein, jeder heraus, Besucher, Freunde, Fremde, der Täter. Es war alles für ihn bereit, auch der Rückzug würde ihm gelingen. Beim Anblick des Hochhauses hatte er kurz noch an eine Umkehr gedacht, doch jetzt verflog die Angst vor seinem Auftritt. Das verdankte er unter anderem seinem Begleiter. Auch das Skelett war einmal ein Mensch gewesen, John Reid. Kellermann erinnerte sich gut daran, sein Vater hatte ihn nur John genannt.

Kellermann rollte John jetzt in den Lift. Die Fahrt schien ihm ewig zu dauern, es war ja auch das höchste Haus in der Umgebung. Am meisten fürchtete Kellermann sich davor, dass er mit Gelächter empfangen wurde. Es musste von Anfang an erstickt werden. Wenn ihm das gelang, durfte er zu Recht von sich behaupten, ganz oben zu sein. Nicht nur auf der Dachterrasse eines dankbaren Patienten, sondern in seinem Können.

Die nach Catering stinkende Luft im Aufzug machte ihm das Atmen schwer. Oder war es doch die Angst, heute von sehr hoch oben sehr tief zu stürzen? Außergewöhnliche Serienmörder liebten das Risiko und das Spiel mit den Menschen, und Kellermann war einer von ihnen. Nur kein Gelächter. Ein Skelett war eine ernste Angelegenheit, ein Skelett war ein Mensch, sagte sich Kellermann immer wieder, und als der Lift anhielt, war er überzeugt davon, dass ihm heute alles gelingen würde.

Sein Gastgeber wusste sofort, was sich unter dem Tuch befand, als er Kellermann eintreten sah. Er begrüßte ihn mit einer Umarmung. Der Glückliche war noch immer ohne Schmerzen, vielleicht auch nie wirklich krank gewesen und Kellermann hatte in ihm einen Hysteriker geheilt. Dafür eignete sich die Aura-Chirurgie bestens, wie er wusste. Auch seine anderen Erfolge waren Zufallstreffer gewesen, war er überzeugt, oder die übliche Wirkung einer Scheinbehandlung. Placebo. Er mochte den lateinischen Ausdruck, weil er auch auf ihn selbst zutraf. »Ich werde gefallen.« »Placebo, placebo, placebo«, dachte er im Stillen.

Der Gastgeber stellte Kellermann den Anwesenden vor, aber diese nahmen ihn kaum wahr, und für die Enthüllung war es noch zu früh. Wie gut, dass er John bei sich hatte, mit ihm würde sich das ändern. Er nippte nur am roten Wein, dachte an Lisa und an die Möglichkeit, dass Psychopax ihr doch noch das Genick brechen könnte. Es kam darauf an, wie viel sie gestohlen hatte. Aber da war Dominik. Kellermann erinnerte sich nur noch an seine Gitarre, eigentlich an den hohlen Klang, als Dominik sie beim Verlassen von Lisas Wohnung irgendwo angestoßen hatte. Schwankend. Vergiftet. Das Werk einer Krankenschwester. Kellermann empfand Eifersucht. Sie mordete leise. Er war ein Schlächter mit weit ausholendem Arm, Lisa brauchte nur eine kleine Handbewegung, um den Inhalt eines Fläschchens in ein Glas zu leeren. Bei Dominik zum ersten Mal?

Kellermann war froh, dass ihn sein Gastgeber jetzt von diesen Gedanken befreite.

»Was werden Sie zeigen?«, wollte er wissen.

»Nichts. Nur erzählen.«

»Keine Ahle, Herr Dr. Kellermann, kein Stich in das Rückgrat?«

»Kein Stich in das Rückgrat.«

»Oder stochern Sie wieder in der Nasenhöhle herum wie bei ihrem Vortrag, ich war nicht dort, man hat es mir erzählt. Sie und ein Totenkopf in Ihren Händen, sehe ich das heute?«

»Ich glaube nicht. Aber vielleicht. Ich weiß es noch nicht.«

Kellermann hatte schon am Nachmittag einmal seinen Gastgeber in Betracht gezogen. Wenn es ihn treffen sollte, würde er den abgenommenen Totenschädel vielleicht gerade noch wahrnehmen, dann aber nicht mehr viel. Der Mann wäre ein gutes Opfer, weil er Kellermann dankbar war, und dies auch schon allen Anwesenden erzählt hatte. Damit hätte Kellermann kein Motiv, jeder andere auf der Terrasse käme für die Kriminalisten eher in Betracht. Neid, Eifersucht, Rachegefühle, alles gab es hier, die Menschen zeigten es nur nicht offen.

Doch wozu sollte er den netten Gastgeber umbringen, wenn es heute eine Auswahl gab wie noch nie? Kellermann sah sich um. Einer der vielen hatte nur noch wenige Stunden zu leben. Bis dahin kein Aufsehen, kein Vortrag, nur John Reids kurze Geschichte, und schon jetzt für den Gastgeber ein Kompliment.

»Sie haben alles hier.«

»Alles, Herr Dr. Kellermann. Viel Platz, Ruhe, kein Streit, sauberes Wasser, wir sind im siebten Stock, aber in Wirklichkeit im siebten Himmel. Oder auf Wolke sieben, wie Sie wollen.«

Mord im Paradies, kam Kellermann in den Sinn, und er schlug vor, das Skelett nach dem Sonnenuntergang zu enthüllen, weil die heraufziehende Dämmerung eine passende Stimmung ergeben würde. Für einen kurzen Auftritt, ohne Ahle, ohne Stich in das Rückgrat. Er versuchte, sich in sein zukünftiges Publikum zu mischen, aber es gelang ihm nicht. Er gehörte nicht zu den oberen Hundert der Seestadt. Seine Wohnung war im Halbstock, und man merkte es ihm an. Es schien hier auch keine Kranken zu geben, keine Schmerzen. Der einzige traurige Anblick war der verlassene Pool, in dem einige Pappteller und Sandwichbrote schwammen, aber weit und breit kein Mensch. Kellermann bückte sich, tauchte seine Finger ins Wasser. Ihm fiel dabei ein, dass er die Latex-Handschuhe vergessen hatte.

Kellermann beugte sich über das Geländer, blickte in alle Richtungen. Viel gab es nicht zu sehen. Die Häuser, die Straßen und Gassen, den See, die Steppe. Der Vergleich der Seestadt mit einem Schiff im weiten Ozean traf zu. Doch die wichtigsten Passagiere waren in Gefangenschaft. Er hätte jetzt gerne Wagner und Lisa an seiner Seite gehabt. Ihn für den Kampf, sie für die Liebe. Er blickte in die Sonne, bis sie hinter dem Horizont verschwand. Der Wind frischte noch mehr auf, und die Damen zogen Jacken an und Tücher über ihre Schultern. Alle hielten sich an die wärmenden und meist harten Getränke. Gerne hätte auch Kellermann zu einem Glas Whisky gegriffen, doch seine Augen mussten heute Abend klar sehen, seine Hand ruhig sein, für eine kreuzförmige Wunde, die keinen Zweifel aufkommen ließ, dass es nur einen Mörder in der Seestadt gab.

Der Gastgeber kam auf ihn zu und führte ihn zum verhüllten Skelett. Dann stellte er ihn den anderen Gästen nochmals als den Wunderdoktor der Seestadt vor. Und Kellermann begann mit einer Lüge.

»Meine Damen und Herren, ich bin Dr. Kellermann.«

Die Leute interessierten sich nicht für ihn, redeten noch, lachten.

Er zeigte auf das verhüllte Skelett.

»Engländer, Bomberpilot.«

Weil er noch immer Menschen sah, die sich lieber miteinander unterhielten als auf ihn zu achten, hob er seine Stimme.

»Er hat Wien in Brand gesetzt, hunderte Menschen umgebracht.«

Immer mehr Gäste wandten sich Kellermann zu.

»Nicht nur er, er war nur einer von vielen. Seine Maschine wurde abgeschossen, er rettete sich mit dem Fallschirm und blieb in einem Baum hängen, an einer felsigen Wand, bis er verdurstete. Mein Vater schnitt ihn vom Baum. Mein Vater war ein guter Bergsteiger und ein noch besserer Arzt. Er las die Papiere des Toten, seinen letzten Wunsch. Dieser Flieger aus Sheffield wollte Medizin studieren, und im Falle seines Todes sollte sein Körper der Pathologie zur Verfügung gestellt werden. Ich darf vorstellen, John Reid!«

Er zog das Tuch vom Skelett. Einige Damen schrien auf, andere lachten, manche vor Schreck, einige aus Vergnügen.

»Man könnte also sagen, John war ein Geschenk des Himmels. Sehen Sie ihn an. Unversehrt, kein Kopfschuss, kein weggerissenes Bein, verdurstet, wie gesagt, oder er hat sich mit einer der Fallschirmleinen erdrosselt. Er ist glücklich, davon bin ich überzeugt. Sein letzter Wunsch wurde erfüllt, er dient der Medizin, und er hat unserem Gastgeber geholfen.«

Der Gastgeber nickte. Die Geschichte der Befreiung von seinen Schmerzen durch einen Stich mit einer Ahle in das

Rückgrat des Skeletts musste Kellermann nicht mehr erzählen, alle kannten sie schon.

»John hat es auch in meiner Praxis besser als seine abgeschossenen Freunde der Bomberstaffel. John liegt nicht in der Erde, so wie die tausenden Soldaten unter der Seestadt.«

Kellermann wollte sich beherrschen, aber es gelang ihm nicht, er übertrieb, um seine Zuhörer in Bann zuschlagen, das Erschrecken in ihren Augen zu sehen. Aber vielleicht war es auch die Wahrheit.

»Meine Damen und Herren, wir stehen auf einem Massengrab. Doch haben Sie keine Angst, ein Skelett ist etwas Wunderbares, über zweihundert Knochen, und sehen Sie her, sehen Sie her!«

Kellermann hatte eine kleine Schachtel in der Größe eines Fingerhuts aus seiner Jackentasche geholt und schüttelte sie vor den Augen der Gäste, bis sie verstummten und das leise Klackern zu hören war.

»Die kleinsten Knochen des Menschen, die leichtesten, Hammer, Amboss und Steigbügel, ohne sie könnten wir nicht hören, wir hätten nie das Reden gelernt, wir könnten uns nicht unterhalten, wir wären nicht einmal Tiere.«

In einer Ecke applaudierte jemand, andere fielen ein, dann alle. Kellermann sah aus wie ein Magier. Neben dem Skelett stand ein besonderer Mensch, und man glaubte ihm auch, dass John glücklich war.

In diesem Augenblick sah Kellermann einen Mann auf sich zukommen, es war der Kerl aus der Ecke, der mit dem Beifall begonnen hatte. Seine Tätowierungen waren jetzt nicht so gut zu erkennen wie am See, und seine Stimme klang ein bisschen krächzend.

»Herr Dr. Kellermann hat mein Leben gerettet.«

Er zeigte auf die Narbe an seinem Hals. Auch seine Geschichte kannten alle.

»Ich habe mich nie bei Ihnen bedankt, Herr Dr. Kellermann, das hole ich jetzt nach. Ich bedanke mich bei Ihnen! Sie sind mein Lebensretter!«

Kellermann hob abwehrend die Hände. Bescheidenheit kam in jeder Situation gut an, und er war froh, dass seine Bemerkung über das Massengrab untergegangen war. Darüber würden die Leute morgen reden, oder auch nicht, weil es dann etwas gab, das über der Erde stattgefunden hatte, auf einem Hochhaus, mitten in der Seestadt und doch unbemerkt.

Der Tätowierte erzählte unterdessen weiter, dass er den Wespenstich noch gespürt habe, nicht aber den Schnitt in die Kehle. Dann gab er Kellermann die Hand, und beinahe hätte er im Eifer auch die von John Reid geschüttelt.

Der Gastgeber strahlte nach der gelungenen Einlage voller Zufriedenheit und überraschte die Leute mit einer Einladung in den Keller, wo das Fest weitergehen sollte. In den Fitnessräumen müsse niemand frieren, scherzte er und versprach eine heiße Nacht.

Kellermann gab ihm zu verstehen, dass er lieber noch auf der Terrasse bleiben möchte, um die Aussicht zu genießen und die Schönheit der heraufziehenden Regenwolken. Auch die übrigen Gäste folgten der Aufforderung nur zögernd, sodass sich die Dachterrasse erst langsam leerte. Immer noch standen Paare beisammen am Geländer oder schon eng umschlungen in einer Ecke. Der Tätowierte hatte gleich zwei Frauen. Zwei zu viel, dachte Kellermann. Es konnte Stunden dauern, bis er genug von ihnen hatte oder sie von ihm. Er würde sich auf einen langen Abend einstellen müssen.

Er verhüllte das Skelett, weil noch neue Gäste kamen. Nicht alle sahen aus, als wären sie eingeladen worden. Einige bedienten sich am Buffet, andere wollten sich am Tag der offenen Tür die Seestadt von oben ansehen. Kellermann waren sie alle willkommen, denn in den Augen der Kriminalisten konnte einer von ihnen der Serienmörder sein. Sie mussten nur bald wieder verschwinden, im Lift nach unten fahren, um beim unterirdischen Fest aufzutauchen oder das Haus zu verlassen. Je größer das Chaos, desto besser.

Kellermann setzte sich an einen leeren Tisch. Er hatte dem Tätowierten das Leben gerettet, er durfte es ihm auch wieder nehmen. Es kam jetzt nur noch darauf an, im richtigen Augenblick zu handeln. Im Lift, auf der Terrasse, im Stiegenhaus. Der Mann hatte sich mit seiner Dankesrede selbst das Grab geschaufelt. Keine Feindschaft, kein Motiv. Niemand war unverdächtiger als Kellermann. Stich in die Luftröhre, Monate später in das Herz.

Kellermann nahm eine Zigarette aus einer Packung, die auf dem Tisch lag, doch er fand kein Feuerzeug. Die ersten Tropfen fielen auf den Sonnenschirm über seinem Tisch, das Fest auf der Terrasse würde bald ein Ende finden. Die Damen häuften rasch noch Sandwichbrote auf ihre Teller, die Herren langten nach Flaschen und Gläsern. Der Regen aus dem Nachthimmel wühlte das glatte Wasser des Pools auf, und als er noch stärker wurde, flüchteten immer mehr Gäste.

Kellermann ließ den Tätowierten nicht aus den Augen. Aber jetzt wurde er gerade von den beiden Frauen an seinem Tisch vorbeigeführt und zum Lift gezerrt. Kellermann zerdrückte die ungerauchte Zigarette im Aschenbecher. Auf der Terrasse gab es nur noch ihn, nicht einmal eine Katze, die er hätte umbringen können. Er würde unverrichteter Dinge nach Hause gehen und sich eingestehen müssen, ein Träumer zu sein. Ein Versager. Er hätte wenigstens den Tätowierten um Feuer bitten können. Oder ihn auffordern, bei ihm Platz zu nehmen. Doch dann hätte es die beiden Frauen als Zeuginnen gegeben, sie wären es gewesen, die ihren Freund zum letzten Mal lebend gesehen hätten, an seinem, Kellermanns Tisch.

Wut stieg in ihm auf. Er hieb auf den Tisch, dass Gläser zu Boden kollerten und zerbarsten, die Splitter sprangen bis an den Pool. Aber gleich darauf gewann er seine Beherrschung wieder, als er Schritte hörte, die sich ihm näherten.

»Was trinken Sie? Ich bin froh, dass Sie noch hier sind. Im Keller wird getanzt, nichts für mich.«

Kellermann erkannte die krächzende Stimme sofort wieder. Der Tätowierte war zurückgekommen und verschwand eben hinter dem Getränkebuffet, er schien sich hier auszukennen. Kellermann bestellte Whisky bei ihm, obwohl er jetzt mit allem zufrieden gewesen wäre, und kurz darauf kam der Mann mit zwei frischen Gläsern und einer Flasche zurück. Er setzte sich an den Tisch und schenkte für beide ein.

»Sie haben mich gerettet, Herr Kellermann, und ich ruiniere mich. Ich trinke zu viel. Aber ich rauche nicht mehr. Die Stimmbänder brauchen Ruhe. Aber ich lebe. Nächste Woche werde ich wieder gestochen, aber diesmal von einem Künstler.«

Er öffnete sein Hemd und zeigte auf seiner Brust die freie Stelle für das nächste Tattoo. Kellermann trank, bevor er antwortete.

»Viel Platz ist da nicht mehr.«

»Dafür reicht es. Das coolste Tattoo. Sie erraten es nie.«

»Eine Wespe?«

»Ich bitte Sie!«

»Eine Frau? Ein Gesicht?«

Der Mann verneinte immer wieder.

»Ein kleiner Totenkopf?«

»Viel, viel einfacher, aber absolut cool. Oder pervers, wie Sie wollen.«

»Ein Hakenkreuz?«

»Fast.«

»Ein Kreuz?«

»Ein Kreuz. Aber kein gewöhnliches. Deswegen hier, an dieser Stelle.«

»Darunter ist Ihr Herz.«

Der Mann holte eine Zeitung und legte sie vor sich auf den Tisch. Er glättete das Papier, um das Bild besser sichtbar zu machen. Aber Kellermann kannte die Abbildung der Einstichstelle bereits.

»Cool oder pervers? Was sagen Sie?« Der Tätowierte blickte ihn gespannt an.

»Beides. Eine fantastische Idee. Grandios. Sie haben Mut.« Der Mann nickte und fuhr mit seiner Fingerspitze die Kreuzbalken auf dem Zeitungsfoto entlang.

»Genau so wird es aussehen. Genau so. Es ist für Dominik und für die anderen. Ein Serienmörder hört nicht auf.«

»Wie meinen Sie das?«

»Er ist wie ich, nur ich bringe niemanden um.«

Der Mann hob sein Glas, leerte es, füllte nach, trank es aus, schenkte sich nach, setzte gleichzeitig die Flasche an den Mund, schüttete den Whisky in immer größeren Zügen in den Hals mit der Narbe.

Kellermann hatte die Antwort begriffen, aber auch, dass er einen Säufer gerettet hatte, der die Gelegenheit jetzt nützte, sich noch mehr zu betrinken. Um so einen war wirklich nicht schade, die Seestadt konnte auf solche Menschen verzichten.

Kellermann schob den Gedanken beiseite, dass er offensichtlich noch immer einen Grund brauchte, um jemanden zu töten, aber am Morgen danach würde er sich besser fühlen, weil es keinen Unschuldigen getroffen hatte. Er konnte jetzt ruhig aufs Ganze gehen.

»Ich – ich, Dr. Kittel-Kellermann.«

Schon einmal hatte Kellermann gestehen wollen. Hofstätter hätte ihm allerdings nichts verziehen, aber einer todgeweihten Kreatur konnte man alles erzählen. Der Tätowierte füllte gerade Kellermanns Glas bis zum Rand mit Whisky. Kellermann ließ sich Zeit, sprach leise, er wusste, danach musste schnell gehandelt werden.

»Dominik, die Frau, den Radfahrer, ich habe sie alle umgebracht.«

Der Mann lachte, glaubte nichts, trank. Niemand traute Kellermann etwas zu. Nur Lisa und Wagner. Deswegen mochte Kellermann die beiden auch mehr als alle anderen Menschen in der Seestadt. Dieser Säufer vor ihm aber hörte erst mit seinem krächzenden Gelächter auf, als Kellermann schon aufsprang und ihn allein am Tisch zurückließ. Vor John Reid blieb Kellermann stehen und enthüllte das Skelett.

»Herr Kellermann, ich habe aufgepasst, über zweihundert Knochen.«

Kellermann hob mit einem Griff den Totenschädel ab und legte ihn auf einen Stuhl.

»Aufgepasst wie in der Schule. Die leichtesten Knochen heißen Hammer, Amboss, den dritten habe ich vergessen.«

»Dieses Kreuz lässt man sich nicht tätowieren.«

»Eine fantastische Idee, grandios, das haben Sie selbst gesagt.«

»Dieses Kreuz bekommt man geschenkt. Sehen Sie nach!«

Der Tätowierte stand auf, öffnete das Hemd weiter als vorhin, sein Kehlkopf hüpfte auf und ab.

»Da ist nichts, nichts.«

Kellermann zog das Bajonett aus dem Rückgrat des Skeletts. Der Tätowierte wich zurück.

»Sie haben niemanden umgebracht, Herr Kellermann, Sie nicht.«

Kellermann näherte sich ihm sehr langsam, aus Angst, dass er ihn im letzten Augenblick noch verlieren könnte. Der Mann wusste zu viel, er durfte jetzt nicht in den Pool stürzen, ein Gemetzel im Wasser wäre Wahnsinn.

»Sie sind kein Mörder, Herr Kellermann.«

»Herr Kittel-Kellermann.«

»Sie haben mir das Leben gerettet, Herr Kittel-Kellermann.«

»Einem versoffenen Idioten, der nichts begreift, sich nichts merkt. Steigbügel, der dritte Knochen heißt Steigbügel.«

Kellermann sah die Stelle für die Tätowierung. Sie war klein wie eine Münze. Er traf sie trotzdem. Der Mann sackte am Beckenrand zusammen, nur seine linke Hand klatschte in den Pool. Kellermann wischte sich die regennassen Haare aus der Stirn und zog das Bajonett so behutsam wie nie zuvor aus dem Toten. Das Kreuz war makellos, schöner und ehrlicher als jedes Tattoo.

Kellermann tauchte das Bajonett in den Pool, durchschnitt einige Male das Wasser und trocknete die Waffe mit einer der vielen herumliegenden Servietten. Sie roch nach Lachs, als er sie zwischen seinen Schuh und den Boden festklemmte, um jede Berührung mit den Fingern zu vermeiden. Nie wieder würde er seine Handschuhe vergessen!

Aber er war zufrieden. Er hatte seinen vierten Mord in der Seestadt begangen, und abermals gab es keine Zeugen. Die Augen des Tätowierten waren starr in den Nachthimmel gerichtet, sein Gesicht glänzte vom Regen, der Kehlkopf neben der Narbe am Hals hüpfte nicht mehr auf und ab, doch am meisten gefiel Kellermann die unbekleidete Brust. Zum ersten Mal hatte er weder Hemd noch Bluse oder Jacke durchstochen, sondern war gleich wie auf einem Operationstisch in das Fleisch vorgedrungen. Ihn störte es nur, dass unter den vielen Tätowierungen sein Kreuz kaum zu erkennen war.

Er kniete nieder, beugte sich über den nach Alkohol riechenden Körper. Er schnitt kein Andenken aus der Leiche wie andere Serienmörder, aber er sog den Anblick in sich auf, um dieses einzigartige Bild mit nach Hause zu nehmen.

Als Kellermann das Bajonett wieder in die Wirbelsäule des Skeletts drückte und den Totenkopf auf den obersten Halswirbel setzte, kam ihm eine Idee. Heute musste ihm John helfen. Jeder würde es verstehen, dass die Knochen seines treuen Begleiters nicht nass werden durften. Er bedeckte ihn mit dem Tuch, schob ihn zum Lift. Auf der gemeinsamen Fahrt nach unten glättete Kellermann sein Gesicht mit den Händen, er schnitt auch Grimassen, um seine Mörderfratze loszuwerden. Einen Spiegel in der Kabine gab es nicht, er musste sich darauf verlassen, dass ihm die Veränderung zwischen Dachgeschoss und Keller gelungen war.

Aber er hatte sich zu viele Sorgen gemacht, die Menschen im Keller liefen alle mit entstellten Gesichtern herum. Er sah glänzende Augen, er hörte grelle Stimmen, er spürte die tiefen Bässe der Musik in seinem Magen. Kellermann hätte seinen Gastgeber auch zu sich heranwinken können, doch das Eintauchen in die Menge war notwendig. Ein jeder sollte einen unbekümmerten Menschen sehen, einen Mann, der unmöglich Minuten vorher jemanden getötet haben konnte.

Kellermann wurde angestoßen, lachend um Verzeihung gebeten, ihm begegneten Männer, die ihre Arme um seinen Nacken legten, und eine Frau, die ihn auf die kleine Tanzfläche zerren wollte. Kellermann schaffte es bis zum Gastgeber, er schrie ihm seine Bitte ins Ohr. Der Mann lachte auf, bahnte sich einen Weg zur Musikanlage, drehte sie leise.

»Meine lieben, lieben Freunde, Herr Dr. Kellermann muss leider nach Hause, mit seinem Begleiter.«

John, John, John. Kellermann hört es von allen Seiten. Eine Frau wusste sogar noch den Namen Reid. Die kurze Vorstellung auf der Dachterrasse hatte die Leute beeindruckt, jetzt kam die nächste, und sie war für Kellermann noch viel wichtiger. Der Gastgeber bat mit erhobenen Händen um Ruhe, aber es dauerte, bis er wieder zu Wort kam.

»Es regnet, es regnet in Strömen, morgen steht die Seestadt unter Wasser.«

Die betrunkenen Frauen lachten am lautesten.

»Herr Dr. Kellermann ist nicht aus Zucker, aber John hat ein Problem, John braucht einen …«

»Schirm.«

Alle wussten, was John brauchte. Das eine Wort kam aus vielen Mündern, Kellermann hörte einen ganzen Chor. Das war wieder Schmierentheater, aber jede Sekunde davon kostbar. Kellermann ließ es über sich ergehen, er dachte aber an den Tätowierten auf der Dachterrasse, an seinen offenstehenden Mund, in den es seit zehn Minuten hineinregnete.

Jeder Gast würde tausend Eide schwören, dass viele mit dem vierten Mord in der Seestadt etwas zu tun haben konnten, nur nicht dieser nette Herr, der John trocken nach Hause bringen wollte. Kellermann gelang es sogar, den Gastgeber um den Schirm in seine Wohnung zu schicken. Erst wenn er ihm vor den Augen aller überreicht wurde, war sein Auftritt vollkommen.

Schon wenige Minuten später bekam Kellermann einen schwarzen Schirm in die Hände gedrückt, er spannte ihn nicht auf, das wäre zu viel des Guten gewesen, aber er bedankte sich mit einem Lächeln.

Dann trat er in den Regen hinaus. Der Clown musste abgewaschen werden. Kellermann wäre gerne morgen bei Lisa, wenn sie im Gefängnis die Zeitung aufschlug und beim schnellen Durchblättern über den kreuzförmigen Einstich las. Ihre Liebe zu ihm würde noch größer werden.

Nun ließ der Regen allmählich nach, nur noch wenige dicke Tropfen fielen von den farbigen Balkonen und den jungen Bäumen auf den Boden. Kellermann und John kamen ohne aufgespannten Schirm und unbeachtet nach Hause. Alles ging heute glatt, nur Lisa fehlte. Sie hätte ihm wieder Brote mit Butter, Schinken und Honig über den Tisch gereicht.

Kellermann nahm sich vor, morgen endlich Kerzenleuchter zu kaufen, ein passendes Geschenk zur Begrüßung, wenn sie aus dem Gefängnis kam. Hoffentlich bald. Wagner musste auf jeden Fall demnächst entlassen werden. Schon in wenigen Tagen würde er wieder vor seiner Tür stehen und ihn mit hinterhältigen Fragen bedrängen. Die Herbstjagd konnte beginnen.

Zu Hause angekommen, erledigte Kellermann die notwendigen Arbeiten. Holzkohlenrauch stieg von seinem Balkon in die Höhe, und er stand eine Stunde unter der Dusche. Alles schon Routine. Vier waren es schon. Mit Brigitte fünf. Eine Handvoll. Lange konnte es nicht mehr gut gehen. Dieser Gedanke war Kellermann in den letzten Tagen schon einige Male gekommen. Aber noch lief es besser als erwartet. Nie hätte er gedacht, dass man morden konnte und trotzdem in Ruhe durch die Seestadt spazieren durfte. Morgen schon wieder.

Am nächsten Tag wachte Kellermann erst gegen Mittag auf. Ein Hubschrauber drehte wieder über der Seestadt seine Kreise. Man hatte also die Leiche gefunden. Er zog sich schnell an, schob das erkaltete Bajonett in die Wirbelsäule des Skeletts und verließ die Wohnung. Als er vors Haus trat, sahen die Fassaden der Häuser aus wie immer, aber er hatte einen Blick für das Dahinter. Das bedeutete zweimal versperrte Türen, die Augen an den Gucklöchern, die Handys in den Händen, Pfeffersprays und sicher auch Schusswaffen griffbereit, Kinder, die nicht auf die Spielplätze durften, Erwachsene, die sich einander nun endlich eingestanden, Angst zu haben. Mit nur vier Toten hatte Kellermann die Seestadt aus den Angeln gehoben. Überall wurde gehupt wie sonst nur bei Hochzeiten, und in der Steppe richtete der Übertragungswagen eines deutschen Fernsehsenders seinen Parabolspiegel nach einem Satelliten aus.

Kellermann befiel kurz die Angst, dass nicht seine Morde der Grund für die Aufregung und den Aufwand waren, sondern dass sich womöglich etwas noch Größeres in der Stadt ereignet haben könnte. Ein Busunfall mit zehn Toten, der Einsturz eines Neubaus oder die Explosion einer Fliegerbombe, denn nicht alle Blindgänger aus den Luftangriffen auf den ehemaligen Flughafen waren gefunden worden. Er hatte in der Nacht nichts gehört, aber nach einem Mord schlief er immer tief und fest. Doch die erhitzte Seestadt galt ihm. Das Wort Serienmörder war überall zu hören. Eine Journalistin vor ihm auf dem Weg sagte es vor einer laufenden Kamera, das einzige Kind auf der Janis-Joplin-Promenade fragte seine dahineilende Mutter, was es bedeute. Ein Serienmörder war einfach zu erklären, doch was dahintersteckte, wusste nur Kellermann.

Als er nahe genug bei der TV-Journalistin war, bat sie ihn um ein Interview. Er lehnte freundlich ab. In ein paar Wochen, sagte er zu sich. Nach dem nächsten Mord. Er fragte die junge Dame nach dem Grund ihrer Begeisterung. Aufgeregt erzählte sie ihm, dass vier Erstochene hintereinander in einem kleinen Ort eine tolle, eine ganz tolle Geschichte seien. Am meisten beeindruckt war die Journalistin vom Bajonett. Sie würde gerne eines in Händen halten, die ausgefallene Mordwaffe ihren Zuschauern zeigen. Ob er ihr nicht eines beschaffen könne, fragte sie ihn und gab ihm ihre Karte. Er versprach ihr, sich umzusehen, im Sand der Baugruben war vielleicht eines zu finden, und damit setzte seinen Weg fort.

Am Seeufer ließ er sich auf seiner Bank nieder und streckte die Beine aus, sodass die Fußfessel zwischen Hose und Schuh hervorlugte. Es interessierte ihn nicht mehr, wie lange er sie noch tragen musste, sie war so bedeutungslos wie alles andere geworden. Was kümmerte ihn noch dieses komplizierte Alibi und ein Mord in zehn Minuten, wenn er töten konnte, wann immer er wollte. Da er nach Hofstätters Überzeugung weder Dominik noch die Frau umgebracht hatte, durfte er sein Leben genießen. So wie jetzt.

Mit seinen ausgebreiteten Armen auf der Rückenlehne umfing Kellermann den See, die Welt. Lisa müsste jetzt hier sein. Sie würden beide über ihr erstes Beisammensein auf dieser Bank lachen, als er noch schüchtern gewesen war, sie eine naive Krankenschwester. Damals hatte es einen Gitarrenspieler gegeben, jetzt filmte ein Kameramann die Wasserpflanzen im See. Auch das andere Ufer lag leer und einsam da, doch nicht mehr lange, bald würden die jungen Leute das Gefängnis verlassen dürfen und dort wieder ihre laute Musik spielen. Kellermann nahm sich wieder vor, sie zu besuchen. Man wäre unter sich, alles ehemalige Häftlinge.

Er wandte sich um, richtete die Augen nach oben. Gehört hatte er sie schon, doch jetzt sah er die Kriminalisten auch. Zwar nur ihre Köpfe über dem Geländer des Hochhauses, aber er konnte sich vorstellen, wie sie einander auf die Füße traten. Die Horde musste alles untersuchen. Am genauesten die Leiche. Hatte sie fremde Haut unter den Fingernägeln, Flecken am Hals, auf der Brust? Doch da würde man nur ein kleines Kreuz finden, nichts von einem Kampf. Ob man auch das Wasser aus dem Pool ablaufen ließ? Alle Flaschen und Gläser auf Fingerabdrücke zu untersuchen würde Wochen dauern und dann erst nur ergeben, dass sie von den zahllosen Gästen benützt worden waren.

Kellermann sah, wie ihn der Kameramann filmte. Auch diese Aufnahme würde Geschichte schreiben. Noch dazu, wo im Hintergrund das Haus zu sehen war, auf dessen Dachterrasse dieser Mann wenige Stunden vorher gemordet hatte. Doch das war etwas für später, für die Zeit, in der über ihn die vielen Geschichten erzählt werden würden. Jetzt genoss er es, dass man in seinen Kopf nicht hineinsehen konnte. Doch wenn der Kameramann eine Großaufnahme machte, musste dieser Glanz in den Augen zu bemerken sein. Wer weiß, wie viele Morde Jack wirklich begangen hatte. Wie wenige. Bei Kellermann ging es voran. Immer schneller.

Kellermann stand auf, weil er sonst zu lächeln angefangen hätte. In der Seestadt mussten alle verzweifelte Gesichter haben. Mit Angst konnte er nicht dienen, und die Menschen auf der Dachterrasse waren nichts als Fliegen, die Abfall und eine Leiche umkreisten, sie würden den Lauf der Dinge nicht aufhalten können.

Als er von der Janis-Joplin-Promenade in seine Sonnenallee einbog, war die ehemals noble Adresse mit dem Pool für ihn nur noch ein Gebäude in der Seestadt wie so viele andere. An der Tür zu seinem Haus kamen ihm einige Nachbarn entgegen. Gerade dass sie sich nicht an den Händen hielten, aber sie warteten aufeinander, um nur ja keinen Schritt alleine zu machen. Kellermann wusste als Einziger, dass ihnen heute nichts passieren würde.

Im Postfach fand er wieder einen Brief von Lisa. Auf der Marke waren dieselben Buchstaben mit Punkten versehen, also war ihre Liebe zu ihm ungebrochen. Aufgeregt öffnete er das Kuvert, doch die Nachricht war enttäuschend: Bitte auch die Blumen im Bad gießen, unbedingt, bitte nicht übersehen, ihnen darf nichts passieren.

Nach Kellermanns Erinnerung gab es in Lisas Bad keine Blumen. Aber vielleicht hatte sie vor ihrer Verhaftung noch welche gekauft. Er holte Lisas Schlüssel aus seinem ledernen Etui, er sperrte ihre Wohnung auf, er drückte die Tür hinter sich zu. Im Bad sah er sich im Spiegel, Lisas Zahnbürste, Flacons, den Korb für Schmutzwäsche, aber nirgendwo Blumen. Gießen, unbedingt, ihnen darf nichts passieren. Es klang wie ein Hilferuf. Oder wie eine unverfängliche Botschaft. Lisa war klug, jetzt durfte er nicht der Dumme sein.

Kellermann drehte alle Lichter an, suchte. Auch dort, wo nur Verrückte Pflanzengrün unterbrachten oder eine geheimnisvolle Lisa etwas versteckte. Er schob Spiegeltüren auf, öffnete Schränke, er zog eine Lade nach der anderen heraus, er durchwühlte gebrauchte Handtücher. Kellermann gab auf. Er war ein Mörder, aber kein Narr. Oder doch. Weil er Lisa vertraute und an ihrer Waschmaschine die kleine Klappe zum Flusensieb öffnete und das Untergestell durchsuchte.

Seine Hand fühlte Kabel, Leitungen, Rohre, einen Antriebsriemen, den Bauch des Motors. Er spürte, wie er sich an einer scharfen Blechkannte schnitt.

Unbedingt, nicht übersehen, ihnen darf nichts passieren. Kellermann sah die Worte nicht nur, er hörte sie aus Lisas schönem Mund. Er fühlte Papier. Er musste sich auf den Boden legen, um das dicke Kuvert aus der engen Öffnung zu ziehen. Seine Hand blutete, sie ertastete Fläschchen. Kellermann hörte auch, wie sie gegeneinanderschlugen. Er hatte aber keine Lust, das Kuvert zu öffnen. Lisa war eine Diebin. Aber nicht klug, denn an Psychopax konnte man leichter herankommen. Etwas fiel auf den Boden, zersplitterte. Kellermann sah Glas, sehr dünnes Glas, auf einem Stück klebte noch das weiße und unauffällige Etikett mit den nüchternen Zahlen und Buchstaben. Zuletzt hatte er vor sechs Jahren solche Ampullen in den Händen gehalten, ihre Köpfe abgebrochen, die Spritzen aufgezogen und das Morphin Patienten injiziert, die sonst vor Schmerz gebrüllt hätten. Er glaubte aber nicht, dass Lisa es für sich selbst verwendet hatte, dass sie süchtig war, man hätte es ihr angesehen. Auch die große Menge sprach nicht dafür. Das Kuvert enthielt nur Ampullen ohne Schachteln, und Kellermann sah kein einziges Fläschchen Psychopax.

Er schloss die Klappe an der Waschmaschine. Jetzt konnten sie die Kriminalisten auseinandernehmen. Er füllte Wasser in die kleine Kanne, aber nicht um Blumen zu gießen, sondern um den Boden zu säubern. Auch von seinem Blut. Es war auf die Glassplitter und in das Morphin getropft. Wäre Lisa nicht im Gefängnis, sondern hier, würde sie seine Hand verbinden. Aber sie war eben mehr als nur eine Krankenschwester.

Ilse-Arlt-Straße

Kellermann hätte Lisas Diebesgut wegwerfen können, doch dazu war es zu kostbar, wertvoller als ein Bündel Geldscheine. Lisa hatte es ihm anvertraut. Sie beschützte ihn, er beschützte sie. Diebin und Mörder. Kellermann hatte auch ein gutes Versteck für das Kuvert gefunden. In seinem eigenen Postfach war es sicher, er konnte noch immer behaupten, jemand habe es hineingeschoben, ihm ein unerwünschtes Geschenk gemacht.

Kellermann sah am Abend im Fernsehen so viele Bilder von der Seestadt wie noch nie. Sein Gesicht war nicht dabei. Trotzdem wartete er, denn es konnte jederzeit auftauchen. Er hatte den Ton auf stumm geschaltet, weil er die Profiler und Psychologen nicht hören wollte. Es genügte ihm, die ernsten Moderatoren zu sehen und das immer wieder eingeblendete Phantombild, mit dem er hoffentlich nichts zu tun hatte. Er versuchte, sich selbst zu begreifen, sich vor Augen zu führen, was für ein Mensch er war. Kittel-Kellermann konnte von einem einzigen Geist unmöglich erfasst werden. Damit gab er sich zufrieden. Er würde später über sich nachdenken. Im Gefängnis hätte er Zeit dazu. Doch dazu durfte es nie kommen.

»Nie wieder ins Gefängnis.«

Kellermann redete mit John, der wieder das Bajonett in sich hatte und den Kopf auf dem Atlas trug.

»Dich haben sie abgeschossen, mich werden sie abschießen.«

Er sah im Fernsehen zum wiederholten Male die Dachterrasse. Alle Flaschen und Gläser hatten Nummerntafeln vor sich. Die Kriminalisten arbeiteten sehr sorgfältig. Einer fotografierte Kellermanns Tisch mit dem Sonnenschirm, doch das war kein Grund zur Beunruhigung, denn er machte auch Bilder von der Theke und dem Pool. Die Leiche des Tätowierten war mit einer Plane bedeckt.

Kellermanns Hand blutete wieder. Er hätte sie verbinden oder wenigstens ein Pflaster auf die Verletzung kleben müssen, denn das scharfkantige Blech der Waschmaschine hatte sich tief in das Fleisch geschnitten. Die Luft heilt immer noch am besten, war eine der Weisheiten seines Vaters, und eine Blutvergiftung würde es auch dieses Mal nicht geben. Kellermann mochte das kleine Merkmal auf dem Rücken seiner Hand. Durch Lisa. Für Lisa. Fast ein Kreuz. Eine schöne Wunde. Er küsste sie. Sein Blut war süß wie ihr Mund.

Er sah auf die Uhr. Für eine Zigarette auf dem Balkon war es zu früh. Er hatte Sehnsucht nach einem Menschen, auch wenn es nur eine wohlklingende Stimme war. Kellermann würde Wagner erst in ein paar Tagen anrufen können, Lisa wahrscheinlich noch lange nicht. Aber dann richtete er sich doch vom Patientenstuhl auf, weil er Schritte auf der Sonnenallee hörte, so viele wie noch nie. Vom Balkon aus blickte er auf ein Lichtermeer, das sich wie ein Lavastrom vorwärtsbewegte. Auf dem Transparent über die ganze Straßenbreite stand etwas vom Zusammenhalt der Seestädter, auf einem Plakat, das in alle Richtungen geschwenkt wurde, der Ruf nach Schutz. Niemand sprach, kein Gebrüll wie sonst bei Demonstrationen. Kellermann war die Stille unheimlich, und die großen Fotografien an langen Stangen von Dominik, der Frau, dem Radfahrer und dem Tätowierten konnte er nur ertragen, weil sie Menschen zeigten, die tot waren und nichts mehr spürten. Aber Kellermann hatte auch kein Mitgefühl für die Trauernden, dazu waren es zu viele. Alle waren gegen ihn, ohne ihn zu kennen. Sie würden mit ihm nichts anderes tun als er mit den vier Seestädtern. Man quälte ihn schon jetzt.

Kellermann erkannte die Gitarre. Der junge Mann könnte dem Gesicht nach Dominiks Bruder sein. Kellermann hatte noch gehofft, dass er das Instrument nur wie eine Reliquie dem Fackelzug vorantragen würde, aber er begann darauf zu spielen. Wenigstens keinen Song von Cat Stevens. We Shall Overcome. Viele stimmten ein, immer mehr. Kellermann mochte am meisten die Fassung des Liedes von Joan Baez, er selbst hatte es in seiner Studentenzeit bei Demonstrationen gesungen.

Er verließ den Balkon, schob die Tür zu. Er ging ins Bad, stellte die Brause an, aber die Seestadt war noch immer zu hören. Er kehrte in sein Zimmer zurück, summte mit. Er erinnerte sich sogar noch an den Text. Während man draußen We Are Not Afraid sang, blieb er bei der einen Zeile, die er schon immer am meisten gemocht hatte: Oh, Deep In My Heart. Was wussten die Seestädter schon von ihm.

Kellermann wagte sich erst wieder nach Mitternacht auf den Balkon. Ihm war übel, weil er fast die Hälfte des Waldblütenhonigs aus dem Glas gelöffelt hatte, um den Aufmarsch zu vergessen und Lisa nah zu sein. Es half ihm auch nicht, sich immer wieder über das Geländer zu beugen, um einen Lichtschimmer hinter einem ihrer Fenster zu entdecken. Angst überkam ihn, dass er Lisa nie wiedersehen könnte. Außer er fuhr mit der U-Bahn in die Stadt, um sie im Gefängnis zu besuchen, Hofstätter würde es ermöglichen, noch in ihrer Untersuchungshaft. Zwischen seinem Haus in der Sonnenallee und der U-Bahn-Station waren es nur sieben Minuten, wenn man sich beeilte. Trotzdem würde er Menschen begegnen. Kellermann hatte noch ihren Gesang im Ohr. Eine ganze Stadt richtete sich gegen einen. Gegen ihn.

Er zündete sich eine Zigarette an. Heute würde er so lange auf dem Balkon bleiben, bis es klingelte. In dem Augenblick, in dem er das gedacht hatte, klingelte es tatsächlich. Kellermann ergriff das Telefon und hörte die angenehme Stimme.

»Es freut mich, dass Sie noch leben. Sie waren doch auch bei diesem Umzug, oder?«

»Ich war dabei.«

»Ich nur über das Fernsehen. Schöne Bilder. Darf ich offen mit Ihnen reden?«

»Über das Rauchen, unsere gemeinsame Leidenschaft?«

»Worüber sonst? Beim ersten Mord in der Seestadt waren Sie auf dem Balkon, beim zweiten auch. Ich habe Sie nicht angerufen, weil ich Sie beim Rauchen nicht stören wollte, ich habe niemandem davon erzählt, auch nicht Hofstätter. Darf ich Ihnen etwas anvertrauen?«

»Bitte.«

Kellermann hoffte, dass der Überwacher sein Schlucken nicht gehört hatte.

»Sie haben immer zur Tatzeit auf dem Balkon geraucht, und ich bin nachdenklich geworden. Zu Hause auf meinem Sofa, bei einer Zigarette, habe ich mir gesagt, wenn das keine Zufälle sind. Das sind doch Zufälle, oder? Tut mir leid, die Arbeit, es blinkt jetzt, aber wir haben uns wieder gut unterhalten, bis morgen, denken Sie auch nach, über die Zufälle, ich freue mich.«

Kellermann lauschte noch in die Stille der abrupt beendeten Telefonverbindung. Die Stimme des Überwachers war bis zum Ende wohlklingend geblieben, aber er fühlte sich nicht mehr geborgen wie sonst immer. Er setzte sich auf den Stuhl neben dem Holzkohlengrill und öffnete den Kragen seines Hemdes. Sein Puls war hoch, noch immer nicht bedenklich, aber ein Teufel hatte sich auf seine Brust gesetzt. Unter dem Balkon patrouillierten zwei Polizisten, ein Taxi hielt in der Sonnenallee. Ein junges Paar entstieg dem Auto und verschwand schnell im gegenüberliegenden Haus. Kellermann blieb noch auf dem Balkon, um durch einen weiteren Anruf seines Überwachers Gewissheit zu bekommen. Er wartete eine halbe Stunde in der Kälte, doch das Klingeln des Telefons blieb aus. Der Mann mit der freundlichen Stimme wusste anscheinend, wie er den Serienmörder fertigmachen konnte.

Kellermann klinkte die Schnüre an den Fenstern aus, die Jalousien rollten lärmend herunter. Er drehte die Lichter aus und fiel angezogen auf sein Bett. Um die Fußfessel im Lichtschimmer der Straßenlaternen nicht sehen zu müssen, winkelt er sein Bein ab. Sein Alibi hatte einen Riss bekommen. Mehr noch. Sein Alibi hatte sich in das Gegenteil verkehrt. Die Übereinstimmung der Zeiten war zwar noch kein Beweis, doch ein schlagkräftiges Indiz für ihn als Täter. Und wer die beiden ersten Morde begangen hatte, war der Serienmörder der Seestadt.

Jetzt kam es darauf an, ob nur sein Überwacher davon wusste. Wenn allerdings die freundliche Stimme sogar Hofstätter von den auffallenden Zusammenhängen erzählte, war es nur eine Frage der Zeit, bis Kriminalisten vor seiner Tür standen oder man ihn bat, zu einer Befragung in die Stadt zu kommen. Oder er wurde gleich verhaftet. Er hatte nicht einmal eine Pistole, um sich den Weg freizuschießen oder das Feuer auf sich zu ziehen. Er war auf ein anständiges Ende einfach nicht vorbereitet, er hatte sich zu viel mit dem Sterben der anderen beschäftigt. Für sie gab es Kerzen und Umzüge, aber bei seiner Verhaftung würde die Seestadt feiern, sie würde nicht mehr wiederzuerkennen sein.

Kellermann betrachtete seine Hand. Er konnte sich nicht vorstellen, damit nie wieder zu töten. Er würde nur ein paar Tage warten müssen, damit die Verletzung abheilen konnte, um nicht das eigene Blut auf dem nächsten Opfer zu hinterlassen. Er müsste die angenehme Stimme in die Seestadt locken. Oder radikal alles beenden, Hand an sich selbst anlegen, auch ohne Pistole. Wozu hatte er die Ampullen gefunden? Zwei würden genügen, und Spritzen gab es noch in der Tasche seines Vaters. Bei der Aura-Chirurgie brauchte er sie nicht, doch für eine Reise in die Welt von Morpheus und ohne Wiederkehr könnte Dr. Kittel-Kellermann eine in die Hände nehmen, sie aufziehen, sich den Arm abbinden, die Vene suchen und zustechen. Allerdings sahen die Drogentoten nach einem tödlichen Schuss erbärmlich aus, nicht besser als die strangulierten Frauen Unterwegers.

Draußen war es schon hell, als Kellermann endlich einschlief. Aber das Telefon riss ihn frühmorgens unbarmherzig aus dem Schlaf. Es war der Überwacher mit der angenehmen Stimme, auch wenn die Verbindung anders klang.

»Ich sitze zu Hause auf meinem Sofa, Herr Kellermann, ich rauche endlich eine Zigarette, aber ich bin müde, ich hoffe, Sie haben nicht geschlafen. Was bieten Sie mir an? Häftlinge haben doch kein Geld.«

»Ich verstehe Sie nicht. Ich biete Ihnen nichts an, ich habe auch keine Ahnung, was Sie mit den Zufällen meinen.«

»Beeilen Sie sich. Die Schlüssel von Frau Bruckner haben Sie ja, durchsuchen Sie ihre Wohnung, bevor es unsere Leute tun. Frau Bruckner ist attraktiv, sehr clever, aber das Spital weiß, wie viele Ampullen fehlen. Sie werden sie finden. Packen Sie sie schön zusammen, steigen Sie in den 84A, heute um 15.05, Haltestelle Hannah-Arendt-Platz, am Yella-Herztka-Park steigen Sie aus, alles in Ihrer Nähe, in ein paar Minuten sind Sie wieder zu Hause, wie nach einem Mord. Das Päckchen vergessen Sie auf einem Doppelsitz, und ich werde dafür sorgen, dass es nicht in falsche Hände kommt. Wie Sie aussehen, weiß ich, mich kennen Sie nur vom Telefon, und wer immer Sie jetzt angerufen hat, ich war es nicht, ich hinterlasse keine Spuren, das tun nur Sie.«

Kellermann hörte, wie aufgelegt wurde. Obwohl er noch halb im Schlaf war, begriff er, wie sehr ihn das Schicksal liebte. Der Mann mit der wohlklingenden Stimme war ein Mensch wie er. Eine kleine Fahrt mit dem Bus, und keiner konnte mehr den anderen verraten, ohne sich selbst ans Messer zu liefern.

Kellermanns Kleidung war vom Nachtschweiß feucht, doch duschen und umziehen würde er sich später. Jetzt galt es wieder einmal, alles richtig zu machen.

Auf dem Weg zum Postfach begegnete ihm niemand, im Stiegenhaus war er dann für eine kleine Gruppe von Nachbarn nur jemand, der sich über das Päckchen in seinen Händen freute. Oben in seiner Wohnung streifte Kellermann ein frisches Paar Handschuhe über, breitete die Ampullen auf dem Tisch aus, wischte sie sauber ab, auch das Kuvert. Nicht nur wegen seiner eigenen Fingerabdrücke, es war auch ein Liebesdienst an Lisa.

Er notierte alle Nummern der Etiketten. Das war Misstrauen und Vorsicht. Obwohl es viel Arbeit war, beeilen musste sich Kellermann nicht, wie sein Überwacher gemeint hatte, denn die mühevolle Suche in Lisas Wohnung hatte er bereits gestern erledigt.

Kellermann hielt inne, um seine Gedanken zu sammeln. Der Mann mit der angenehmen Stimme wusste erstaunlich viel. Andererseits war das nicht verwunderlich, er war Justizbeamter, arbeitete im Gefängnis, kannte Hofstätter, saß an der Quelle. Trotzdem war die Angelegenheit mehr als gefährlich. Eine perfekte Falle seiner Feinde. Der Überwacher, die Kriminalisten und sogar Hofstätter konnten sich gegen ihn verbündet haben. Wenn er sich auf den Handel einließ, zeigte er, dass er etwas zu verbergen hatte. Es käme einem Schuldeingeständnis gleich, er wäre als Serienmörder überführt, und zudem hätte er auch noch Lisas Diebstahl bewiesen. Trotzdem gab es die Möglichkeit, dass der Mann mit der angenehmen Stimme nichts als ein Erpresser war, aber noch sehr gefährlich werden konnte, wenn er nicht bekam, was er wollte.

Eine Stunde blieb noch bis zur Abfahrt des Busses. Er

könnte jetzt hier abwarten, was geschehen würde. Noch hatte er sich nicht verraten, am Telefon nur den Ahnungslosen gespielt, und in Zukunft musste er nur aufbegehren, Empörung zeigen. Oder er nahm die Herausforderung an. In einer Stunde. Einer gegen alle. Auch wenn es nur den Erpresser gab, wäre es ein unglaublicher Triumph, ihn abzufertigen. Töten kam nicht infrage, weil das ein Stich ins Wespennest wäre. Er durfte Seestädter umbringen, aber keinen Kriminalisten, und noch weniger einen Mann der Justiz.

Schließlich verstaute er die Ampullen wieder im Kuvert und bat Lisa dabei insgeheim um Verzeihung, dass er sie beinahe bestohlen, verraten, ausgeliefert und sich selbst mit eigener Hand in den Abgrund gestürzt hätte. Er war jetzt an dem Punkt, an dem Verbrecher die leichtsinnigsten Fehler machten. Ihm würde das nicht passieren. Er war klug, intelligent, kein Mann für billige Fallen. Wie hatte Hofstätter gesagt? Ein außergewöhnlicher Mensch. Warum sollte sich daran etwas geändert haben? Obwohl Lisa im Gefängnis war, half sie ihm jetzt. Denn der Gedanke an sie brachte ihn auf eine Idee. Hoffentlich gab es die Kassetten ihres Vaters wirklich.

Er hetzte die Stiege hinunter, legte Lisas Kuvert mit den Ampullen wieder in sein Postfach zurück und ging dann in ihre Wohnung. Beim nächsten Abendessen würde er sie bitten, Musik zu spielen, auch um zu erfahren, welchen Geschmack seine große Liebe hatte. Im Augenblick hatte er aber anderes vor. Er steuerte zielstrebig auf die abgegriffene Stereoanlage zu und durchforstete den danebenstehenden Karton. In dem Durcheinander entdeckte er alles von Pink Floyd über die Doors bis zu Bruce Springsteen. Ihr Vater musste älter sein als er, ein Mann längst vergangener Zeiten, der die Kassetten sehr sorgfältig und genau beschriftet hatte. Kellermann nahm eine davon an sich, machte kehrt und verließ die Wohnung wieder.

Oben bei sich streifte er die Handschuhe wieder ab. Viel Zeit blieb ihm nicht mehr, aber wer innerhalb von zehn Minuten einen Mord vollbringen konnte, der schaffte alles. Er füllte ein gepolstertes Kuvert mit zerknülltem Zeitungspapier, um es möglichst dick und wertvoll aussehen zu lassen, und steckte ein paar Fläschchen aus seiner Praxis dazu hinein, damit man das Geräusch von Glas gegen Glas hören konnte. Er zog das Etikett von der Musikkassette. Er war nicht nur ein außergewöhnlicher Mensch, er war auch ein Magier, der die Welt dazu bringen konnte, das zu sehen, zu hören und zu denken, was er wollte. Heute würde es nicht seinen größten Coup geben, aber einen, der ein Problem löste. In diesem Bewusstsein verließ er das Haus.

Sonnenallee, Maria-Tusch-Straße, Hannah-Arendt-Platz. Kellermann liebte seine Seestadt. Auf dem Weg zur Haltestelle begegnete ihm kein Mensch. Das Kuvert hatte ein glaubwürdiges Gewicht, und wenn man es schüttelte, hörte man das Glucksen einer Flüssigkeit, von der Kassette war nichts zu spüren. Seinem Überwacher würde die wohlklingende Stimme im Hals steckenbleiben, wenn es so weit war.

Kellermann war noch nie mit dem Bus gefahren, und schon gar nicht das kurze Stück zwischen den zwei Stationen, das man fast schneller zu Fuß zurücklegen konnte. Nun wartete er an der Haltestelle, bis das neue Fahrzeug mit den Aufschriften 84A und Aspernstraße näherkam. Eine Handvoll Passagiere saßen im Inneren des Busses. Sein Überwacher musste bereits in der Haltestelle bei der U-Bahn-Station zugestiegen sein. Wie sah er wohl aus, wie alt war er? Hatte ein Mensch mit einer angenehmen Stimme auch ein angenehmes Gesicht?

Als der Bus hielt, stieg Kellermann ein. Wenige Minuten später rollte der Bus wieder an, ruckelte, als sei der Fahrer ein Neuling. Kellermann versuchte, sich so schnell wie möglich einen Überblick zu verschaffen, denn viel Zeit bis zur nächsten Station blieb ihm nicht. Die Frauen ließ er außer Acht, aber von den drei Männern konnte ein jeder sein Überwacher sein. Einer sah zu ihm her, der andere schaute nervös um sich, der Dritte betrachtete die neuen Häuser, an denen es im Grunde nichts zu bestaunen gab. Er war der Hässlichste, und Kellermann glaubte, ihn schon einmal gesehen zu haben. Er setzte sich, obwohl es für die Fahrt von einer Minute vollkommen unsinnig war, doch anders hätte er das Kuvert nicht unbemerkt ablegen können. Ein Bombenattentäter würde es ähnlich machen, dachte er. Dann stand er wieder auf und ging langsam zum Ausstieg.

Er drückte die Taste, die dem Fahrer anzeigte, dass er aussteigen wollte. Doch der Bus verlangsamte die Geschwindigkeit nicht, sondern fuhr weiter, an der Haltestelle vorbei, und erhöhte dabei sogar das Tempo. Eine Frau neben Kellermann rief dem Lenker zu, anzuhalten, aber der schien taub zu sein. Oder betrunken. Er nahm auch die Mitte der Straße, und Kellermann sah, wie die letzten Häuser an ihnen vorbeizogen, wie die Seestadt immer kleiner wurde, sich die Steppe vor ihnen öffnete und Autos von zwei Seiten entgegenkamen.

Plötzlich wurde der Bus so heftig abgebremst, dass Kellermann sich kaum festhalten konnte. Die Frau neben ihm verlor sogar das Gleichgewicht und fiel zu Boden. Im nächsten Moment hörte Kellermann laute Kommandos, er sah Helme und Maschinenpistolen. Der Fahrer sprang zur Tür hinaus, und vermummte Männer drangen in das Businnere ein.

Das war die Falle, er hätte es wissen müssen!

Doch die Männer drängten eilends an ihm vorbei und hin zu dem überraschten Passagier mit dem hässlichen Gesicht in der hintersten Reihe. Sie rangen ihn nieder, einer kniete in dem engen Gang auf seinem Rücken, und fesselten ihn. Als der Mann ins Freie gezerrt und in ein Auto verfrachtet wurde, fiel Kellermann wieder ein, wo er die Teufelsfratze schon einmal gesehen hatte. Jeder kannte dieses Gesicht, aus der Presse der letzten Tage, vom Fernsehen. Wahrscheinlich hatte der Busfahrer die Polizei verständigt, denn dieser wagte sich jetzt wieder hinter das Lenkrad, obwohl an eine Weiterfahrt nicht zu denken war, nahm eine zusammengefaltete Zeitung aus dem Türfach und glättete, sichtlich zufrieden, mit zitternden Händen das Phantombild des Serienmörders.

Kellermann ging langsam zurück zu dem Platz, wo er das Kuvert hingelegt hatte. Das Einsatzkommando interessierte sich nicht für ihn, er hatte keine Bedeutung, die Gefahr war vorbei. Nichts war zu sehen. Er bückte sich, um unter den Sitz zu schauen, denn das Kuvert konnte durch die wilde Fahrt oder bei der Überwältigung des Mannes zu Boden gefallen sein. Aber auch dort lag es nicht. Der Mann mit der angenehmen Stimme hatte offensichtlich bereits dafür gesorgt, dass es nicht in die falschen Hände geriet.

Im Bus saßen nur noch zwei junge Frauen nebeneinander auf einer Sitzbank. Kellermann stieg aus. Sein Überwacher hatte vielleicht die Heimreise bequem in einem der Polizeiautos angetreten. Als er seinen Blick die Straße entlangstreifen ließ, entdeckte er einen Fahrgast, der mit einem dicken Kuvert unterm Arm auf die Seestadt zuging, während das Auto mit dem Verhafteten in die entgegengesetzte Richtung fuhr, hinaus in die Steppe, um auf schnellstem Weg in das sichere Gebäude für Gefangene zu kommen.

Kellermann fing an zu laufen, um den flüchtenden Überwacher einzuholen. Plötzlich ertönte ein Schuss. Er blieb sofort stehen, und als er nach hinten blickte, stand das Auto mit dem Verhafteten quer zur Straße. Obwohl sich nur etwas Schreckliches ereignet haben konnte, ging Kellermann langsam Richtung Seestadt weiter, wie jemand, der mit all dem nichts zu tun hatte. Der Mann mit der angenehmen Stimme und dem dicken Kuvert unterm Arm war bereits verschwunden.

Zu Hause wartete Kellermann auf den Anruf seines Überwachers. Im Fernsehen zeigte man das Phantombild, dann den Hässlichen aus dem Bus. Abstoßend waren beide, die Ähnlichkeit verblüffend. Aber man gab schon jetzt zu, jemanden verhaftet zu haben, der mit den Seestadtmorden nichts zu tun haben konnte. Morgen würde es eine Pressekonferenz zu der dramatischen Entwicklung des Falles geben, in deren Verlauf sich der Verhaftete selbst in die Brust geschossen hatte, mit einer Pistole noch ungeklärter Herkunft. Der Mann sei bereits außer Lebensgefahr.

Kellermann wunderte sich über diese Meldung, denn der Verhaftete musste doch vor seinem Einsteigen in das Polizeiauto auf Waffen und andere gefährliche Gegenstände untersucht worden sein.

Um seinem Überwacher genug Zeit für einen Anruf zu geben, blieb Kellermann nach Mitternacht länger als sonst auf dem Balkon. Aber nichts geschah. Er war auf jede nur denkbare Frage eingestellt, hatte alle Antworten parat, es würde von ihm kein Lachen zu hören sein, wenn sein Plan geglückt war.

Er harrte eine ganze Weile in der Kälte aus, dann verließ er den Balkon, um die Heizung höherzudrehen. Fröstelnd warf er sich die bunte Decke über, mit der er John Reid verhüllt hatte. Eine Erklärung, warum der Anruf ausgeblieben war, kam ihm in den Sinn. Der Erpresser wollte kein Risiko eingehen, keine Zeugen haben, er würde erst von seinem Sofa aus telefonieren.

Am nächsten Vormittag läutete endlich das Telefon. Die Verbindung klang wie gestern um diese Zeit, aber das Angenehme in der Stimme des Anrufers war verschwunden.

»Sie sind Ihr eigener Totengräber, Herr Kellermann. Sehr primitiv, sehr primitiv. Was soll ich mit dieser Kassette? Sie werden es bereuen. Sie haben kein Alibi, ganz im Gegenteil. Hofstätter erfährt es als Erster. Sie kommen wieder zu uns, für den Rest Ihres Lebens. Vier Morde, Sie müssen wahnsinnig sein!«

»Warum nicht gleich fünf oder zehn? Ich habe damit nichts zu tun.«

»Eine Chance gebe ich Ihnen noch. Heute. Dieselbe Zeit, derselbe Bus.«

»Haben Sie die Kassette gehört?«

»Dieses veraltete Zeug, wozu, und wie?«

»Mit einem Kassettenspieler. Sie haben doch einen? Die Kassette ist nicht von bester Qualität, aber man versteht mich, man versteht Sie, man versteht sofort, worum es in unserem Telefonat gegangen ist. Im zweiten, das erste habe ich nicht aufgenommen, aber das zweite, von Ihrem Sofa aus sind Sie sehr deutlich geworden, so wie jetzt, Sie bekommen auch diese Kassette, wenn Sie wollen. Hofstätter kriegt beide, wenn Sie mich nicht in Ruhe lassen. Er wird Sie erkennen, auch ohne Namen, an der Stimme. Für mich sind Sie immer der Mann mit der wohlklingenden Stimme. Nach jedem Telefonat habe ich mich gut und sicher gefühlt. So wie jetzt.«

Kellermann hörte Atmen, nach einer langen Stille das plötzliche Auflegen. Er hätte sich keine bessere Antwort wünschen können. Der Mann mit der wohlklingenden Stimme war ein Anfänger, ein Idiot, mit dem man alles anstellen konnte, und er würde nie auch nur einen Song von Leonard Cohen hören, nichts überprüfen. Das war Aura-Chirurgie. Man schnitt jemandem die Kehle durch, ohne ihn zu berühren.

Im Fernsehen brachten sie jetzt die Pressekonferenz. Er rauchte. Er war glücklich. Er erfuhr erstaunliche Neuigkeiten. Der hässliche Mann konnte die Seestadtmorde nicht begangen haben, weil er erst am Tag vor seiner Verhaftung aus dem Gefängnis entlassen worden war. Im Auto hatte er einem Polizeibeamten die Dienstwaffe entrissen und sich in die Brust geschossen. Kellermann versuchte sich vorzustellen, wie der ehemalige Häftling mit auf den Rücken gefesselten Händen das alles geschafft hatte. Und warum hatte er sich nicht eine Kugel in den Kopf gejagt? Wollte er lieber zurück in das Gefängnis und doch nicht sterben wie Kellermann, wenn es einmal bei ihm so weit war? Welche Verbrechen hatte der Hässliche in seiner Vergangenheit begangen?

Wieder sah Kellermann die Bilder von der Seestadt, jetzt kamen sie schon auf fast allen Kanälen. Er hörte das Geknatter der Hubschrauber und die Stimmen der besorgten Einwohner auf NBC. Er hatte es geschafft. Den Sendern und Journalisten gefielen auch die Waffen, ein Bajonett aus der Zeit Napoleons und eine entrissene Dienstpistole waren eben etwas Besonderes. Das Phantombild wurde weiterhin gezeigt, denn der Mann mit diesem hässlichen Gesicht lief immer noch frei herum. Es gab auch schon erste Liebesbriefe für ihn, adressiert an das Gefängnis, in dem er einsam und für Jahrzehnte in einer Zelle sitzen würde. Eine Frau nannte ihn ein erbarmungswürdiges Geschöpf, eine andere ein faszinierendes Monster. Jemand meinte, falls es Jack the Ripper wirklich gegeben habe, müsse er so ausgesehen haben. Die alten Filmberichte über Jack Unterweger wurden wieder gesendet, ein paar neuere, doch sie verschwanden auch bald wieder. Der tote Jack hatte keine Chance, auch nicht in den Zeitungen. Der Seestadtmörder lebte, und er würde wieder zuschlagen.

Kellermann fand das Phantombild nicht mehr abstoßend. Er hoffte sogar, dass ihn die Jugendlichen nach dem Mord an dem Radfahrer wirklich gesehen und sein Gesicht beschrieben hatten. Es war eine Maske, die er danach immer wieder ablegen konnte. Alle kannten sie. Niemand aber wusste, wem sie gehörte. Er würde weder in einem Bus noch in den Gassen der Stadt verhaftet werden.

Kellermann ließ den Fernseher den ganzen Tag laufen, auch die Nacht hindurch. Wenn er Glück hatte, sah er manchmal beim Aufwachen das Phantombild. Oder er hielt dann die Augen so lange offen, bis die Zeichnung von Dr. Kittel-Kellermann zu sehen war. Er entschied sich für Dr. Kittel-Killermann, kurz Killerman. Irgendwo musste er vor seinem Ende diese Botschaft noch hinterlassen, damit nicht ein Kellermann in die Geschichte einging. Dieser Name begann ihm unbedeutend vorzukommen, fast fremd.

Sie logen, nicht nur er. Die Nachricht kam zwei Tage nach der Pressekonferenz. Kellermann hatte während dieser Zeit nur geraucht und getrunken. Der Verhaftete hatte sich nicht selbst in die Brust geschossen. Entrissene Dienstwaffe, Suizidversuch, nichts als Märchen. Die Pistole hatte sich in der Hand eines Polizisten befunden, der Schuss sich in einem harmlosen Handgemenge gelöst, so sah die Wahrheit aus. Aber vielleicht war das auch noch nicht alles, vielleicht kam morgen mehr.

Kellermann musste sich etwas einfallen lassen. Für die nächste Gasse. Um sich zu steigern. Das Interesse der Menschen war schnell verloren, und Serienmörder gab es überall. Aber auch die Dächer hatte er hinter sich. Originelle Plätze gab es hier kaum, und er war auf die Seestadt angewiesen. Ein Mord woanders würde alles durcheinanderbringen, das klare Bild zerstören. Wenn er nicht hinausging, musste jemand hereinkommen. Ein Unbekannter könnte auch die Einwohner beruhigen, für einen Fremden würden sie kaum wieder mit Kerzen und Fackeln auf die Straße gehen. Kellermann schauderte jetzt noch vor den vielen Schritten in der Sonnenallee, und dieser verfluchte Gesang hatte sich in seinem Gehirn festgesetzt.

Doch zuvor musste er wissen, wie weit man auf der anderen Seite war und ob er schon ins Auge gefasst wurde. Es beunruhigte ihn, noch immer nicht zum Mord auf der Dachterrasse befragt worden zu sein. Sicher gab es inzwischen eine Liste der Gäste, Hausbesuche von Kriminalisten und vielleicht auch schon eine engere Auswahl an Verdächtigen. Gehörte er dazu, oder stand er bereits im Mittelpunkt der Ermittlungen?

Kellermann griff zum geliehenen Schirm und verließ sein Haus. Unten auf der Straße sah er einen wolkenlosen Himmel und Menschen, die sich nicht um ihn kümmerten. Die Stadt warf einen langen Schatten, und Kellermann versuchte sich vorzustellen, wie es hier aussah, wenn die Gassen und Straßen verschneit und der See zugefroren war. Er verstand immer noch nicht, warum das Eislaufen im kommenden Winter verboten sein sollte, denn das hätte schöne Erinnerungen an seine Kindheit geweckt. Aber vielleicht gab es bis dahin ohnehin keine Menschen mehr in der Seestadt, weil sie alle geflohen waren.

Er begegnete auf den Gehsteigen verschwitzten Möbelpackern, die riesigen Fahrzeuge der Speditionsfirmen wirkten wie Rettungsboote, und Türme von Hausrat versperrten ihm einige Male den Weg zum Mordhaus. Noch war es laut und geschäftig, aber bald könnte eine große Stille und Traurigkeit über der Seestadt liegen. Kellermann wollte nicht in einem ausgestorbenen Ort leben, in einer Geisterstadt am Ende der Welt.

Beim Betreten des Hauses begegnete er weder Polizisten noch Kriminalbeamten, wie er es erwartet hatte, er konnte auch unbehelligt mit dem Lift in das oberste Stockwerk des Gastgebers fahren. Er läutete an dessen Tür. In wenigen Augenblicken würde er mehr wissen oder sogar alles. Schon sah er, wie sich das Guckloch verdunkelte, und hörte seinen Namen. Die Tür schwang weit auf. Der Gastgeber bat ihn gleich in die Wohnung, seine Frau grüßte bereits aus dem Hintergrund mit einem freundlichen Lächeln. Kellermann überreichte ihm nur den Schirm und bedankte sich dafür.

»Ihr John war ein Vorzeichen, Herr Dr. Kellermann«, begann der Mann, »jetzt haben wir den Tod im Haus. Andere ziehen weg, meine Frau und ich bleiben. Wir gehen höchstens für ein paar Tage oder die nächsten Wochen in ein Hotel, bis er gefunden ist. Der Mörder hat keine Chance, glauben Sie mir, und das verdanken wir diesem Schirm! Was für ein Zufall, dass Sie ihn mir jetzt bringen, denn die ganze Zeit reden wird von ihm. Sie erinnern sich, wie ich ihn geholt habe, aus meiner Wohnung, ich steige aus dem Lift, da habe ich ihn gesehen.«

»Wen haben Sie gesehen?«

»Ihn. Für mich ist er der Mörder. Ich steige aus dem Lift aus, und er läuft mir entgegen. Der Mörder meines Freundes. Von der Dachterrasse die Stiegen hinunter. Ein junger Mann. Ungustiös, lange Haare, auf der Flucht. Leider habe ich mir damals nichts dabei gedacht, ich wollte Ihnen nur schnell den Schirm bringen, damit John trocken nach Hause kommt. Alles weitere wissen Sie. Ein Glück, dass ich noch vor Ihnen stehe, er hätte auch mich abstechen können, obwohl, das Bajonett habe ich nicht gesehen, aber es wurde auf der Terrasse auch nicht gefunden, also hat er es bei sich gehabt, er braucht es wohl für den nächsten Mord.«

Kellermann dachte an John. Ihm verdankte er mehr und mehr. Er war nicht nur ein Versteck, das auch ihn Zukunft das Bajonett wie vom Erdboden verschwinden lassen würde, sondern auch ein Mensch, der ihn beschützte. Ohne ihn kein Schirm, ohne Schirm keine Begegnung des Gastgebers mit einem neuen Mörder. Kellermann hörte Stimmen von der Dachterrasse.

»Die Herrschaften suchen den Seestadtkiller noch immer hinter einem Sonnenschirm, unter einem Tisch, im Pool, ich weiß es nicht. Ich habe ihn gesehen, oder glauben Sie mir auch nicht?«

»Sie haben es diesen Leuten erzählt?«

»Fünfmal, zehnmal. Aber was ärgere ich mich. Ich sage

zu meiner Frau immer, das war keine gewöhnliche Feier auf unserer schönen Terrasse, das war mein Geburtstagsfest. Ich bin wieder geboren worden. Vor ein paar Tagen. Der Serienmörder war drei Schritte vor mir und auf der Flucht, das sagt alles. Kommen Sie gut nach Hause, geben sie Acht, wenn Sie einen Mann um die zwanzig mit langen Haaren sehen, laufen Sie. Bei meinem nächsten Fest sind Sie wieder mein Gast! Grüßen Sie mir John, und danke für meinen Rücken, noch immer keine Schmerzen. Sie werden sehen, die Wahrheit kommt ans Licht.«

»Danke für den Schirm, er hat mir sehr geholfen, sehr.«

Kellermann wartete vor dem Aufzug, bis die Tür seines Gastgebers geschlossen war, und er stieg auch dann noch nicht ein. Ein Kriminalbeamter eilte heran, nahm nach einem kurzen Gruß allein den Lift, Kellermann folgte den Stimmen von der Dachterrasse.

Als er das Haus verließ, blendete Kellermann die Sonne, und es kam ihm wärmer vor als am Todestag des Tätowierten. Das Wasser des Pools hatte man nicht abgelassen, aber statt der Teller, Flaschen und Gläser standen kleine Nummerntafeln auf der Theke, auf den Tischen, bei den Lehnstühlen, überall. 32, 88, 104, 222. Mehr Geschirr als Gäste. Kellermann hatte von einer derartigen Arbeitsmethode noch nie gehört, aber vielleicht war diese aufwendige Spurensuche und ungewöhnliche Mörderjagd auch der Einfall eines ehrgeizigen Kriminalisten. Unter den wenigen Beamten sah er einen jungen Mann, der dafür infrage kam. Einer, der seine Augen gleichzeitig überall hatte, das große Wort führte, Kellermann sofort entdeckte, auf ihn zueilte, ihn knapp begrüßte und sich als Stieglitz vorstellte.

»Schön, dass Sie da sind, Herr Kellermann, wir hätten Sie sonst heute noch beehrt. Sie verzeihen mir, dass ich Sie kenne. Ich kenne Sie sehr gut sogar, durch Ihre Vergangenheit, ein Strafregister ist etwas für die Ewigkeit, die Fußfessel noch für ein halbes Jahr, aber wie man sieht, geht es Ihnen jetzt schon sehr gut, Sie haben ein neues Leben.«

Stieglitz holte Bilder aus seiner Jacke. Bei dem Fest war viel und alles fotografiert worden. Er fand schon nach kurzer Durchsicht Kellermann als einen unter vielen Gästen, auf dem nächsten Bild stand er neben dem Skelett, dann wieder wie verloren in der Menge. Stieglitz sprach so laut, dass ihn jeder auf der Dachterrasse hören konnte.

»Toller Auftritt, hätte ich gern gesehen, auch diesen John, rührende Geschichte, langsamer Tod am Fallschirm. Sie und Ihr Skelett sind den Gästen im Gedächtnis geblieben. Ja, wir alle sind sterblich, irgendwann bleibt nichts übrig, Staub zu Staub. Aber Knochen halten sich sehr, sehr lange. Auch die kleinsten. Hammer, Amboss, und wie heißt der dritte?«

Jemand von seinen Mitarbeitern rief es über die Terrasse.

»Richtig. Steigbügel. Das gehört Ihnen.«

Stieglitz hielt die kleine Schachtel zwischen Daumen und Zeigefinger, schüttelte sie. Man konnte hören, wie die Gehörknöchelchen gegeneinanderschlugen.

»Wir haben sie gefunden. Raten Sie, wo?«

»Auf diesem Tisch? Hier bin ich gesessen.«

Kellermann sah anstelle seines Glases die Nummer 36, daneben 35.

»Auf dem Glas sind Ihre Fingerabdrücke, alle aktenkundig, durch Ihre Vergangenheit, und es freut mich, dass Sie ehrlich sind, kooperativ, andere Gäste waren das nicht. Auf der Flasche daneben waren die Spuren vom Mordopfer, sehr viele, der Herr muss sich regelrecht an ihr festgehalten haben.«

»Er hat ausgesehen wie jemand, der gerne trinkt.«

»Worüber haben Sie geredet?«

»Geredet? Wir sind nicht dazu gekommen. Leider. Jetzt ist es zu spät.«

»Er war nicht an Ihrem Tisch?«

»Doch. Wenn seine Spuren auf der Flasche sind, muss er hier gewesen sein.«

»Er hat sich nicht zu Ihnen gesetzt?«

»Zu mir? Ich war allein, deswegen bin ich auch gegangen.«

»Mit Ihrem Skelett. Er hat sich also nicht an Ihren Tisch gesetzt?«

»Vielleicht später, nach mir, oder er ist nur vorbeigekommen und hat die Flasche abgestellt.«

»Haben Sie ihn irgendwo auf der Terrasse gesehen?«

»Natürlich, er war ein Gast, er hat sich sogar bei mir vor allen Leuten bedankt, für einen kleinen Schnitt in die Luftröhre.«

»Das wissen wir, das wissen wir, stellen Sie sich nicht so an, ich meine später, später, als alle weg waren, im Keller, haben Sie ihn da gesehen oder nicht?«

»Nein. Er war vielleicht hier, in einem Liegestuhl, irgendwo in der Dunkelheit, in einer Ecke, kann sein oder auch nicht, eher nicht, denn dann wäre er zu mir gekommen, er hätte sich gesetzt, wir hätten uns wahrscheinlich gut unterhalten, zusammen getrunken, er war mir sehr dankbar.«

»Ohne Sie wäre er erstickt.«

»Das ist meine Aufgabe. Ich bin Arzt. In meiner Vergangenheit habe ich vielleicht dreißig Menschen das Leben gerettet, vierzig. Fünfzig? Und Sie?«

»Keinem, aber ich habe auch niemanden umgebracht.«

»Und ich nur meine Frau. Vor sieben Jahren.«

»Ich habe Sie nicht verdächtigt, Herr Kellermann. Doch. Aber Sie haben Alibis. Sogar für den Mord an dem Radfahrer. Wir haben Frau Bruckner befragt, verhört. Sie behauptet, dass Sie diese Nacht bei ihr gewesen sind. Sie schwört es. Butterbrote mit Schinken und Honig. Frau Bruckner mag eine Krankenschwester sein, aber sie ist kriminell, deswegen sind ihre Aussagen auch nicht sehr glaubwürdig, nicht so überzeugend wie Ihre Alibis durch die Fußfessel.«

»Jetzt aber habe ich keines.«

»Aber eine gute Nachrede. Sie sind sehr beliebt. Sie unterhalten die Menschen, Sie erzählen die Geschichte eines Skeletts, Sie lassen sich für John einen Schirm bringen, Sie laufen auch nicht aus dem Haus wie ein junger Mann mit langen Haaren. Sollte es ihn wirklich geben, werden wir ihn finden.«

Stieglitz übergab Kellermann die kleine Schachtel.

»Damit Ihr John wieder komplett ist, und ich brauche keinen Beweis, Sie haben mir alles erzählt, ehrlich, kooperativ, Sie sind an diesem Tisch gesessen, allein, niemand hat sich zu Ihnen gesetzt.«

Kellermann nickte.

»Herr Kellermann, was glauben Sie, wann schlägt er wieder zu?«

»Wenn er weitermacht wie bisher, in ein, zwei Wochen.«

»Wo?«

»In einem Lift.«

»Gute Idee, sehr gute Idee, von ihm und von Ihnen. Wie viele Aufzüge gibt es in der Seestadt?«

»Mehr als Gassen. Aber Sie haben ja genug Leute.«

Damit verließ Kellermann das höchste Gebäude der Seestadt mit einem freundlichen Gesicht und in Ruhe, er musste wiederum nicht wie der junge Mann mit den langen Haaren überstürzt davonlaufen. Über diesen hätte er gerne mehr erfahren. Wahrscheinlich war der ungebetene Gast kurz nach Kellermann auf die Terrasse gekommen, er hatte die Leiche gesehen und anstatt das Buffet zu plündern die Flucht ergriffen. Aber jagte man wirklich ihn oder nicht schon längst und verdeckt Kittel-Kellermann? Noch war er von Menschen umgeben, die alle ihren Kopf für ihn hinhalten mussten. Nicht nur Wagner, auch die jungen Leute vom anderen Ufer, der Hässliche, und jetzt ein Langhaariger. Kein gutes Zeugnis für die Kriminalisten. Sie konnten nicht eins und eins zusammenzählen, aber sie rückten mit Armeen an.

Kellermann kamen die Anstrengungen auf der Dachterrasse lächerlich vor, ebenso die neue Brigade der Straßenlampenreiniger. Für ihn war es klar, dass verkleidete Polizeibeamte mit ihren ausfahrbaren Kränen zu den Leuchten hinaufstiegen, um die Gassen zu überwachen, durch die Fenster zu spähen und in die Wohnungen zu blicken. In irgendeinem Zimmer könnte der Serienmörder an einem Tisch sitzen und das Bajonett reinigen oder auf dem kleinen Plan der Seestadt die nächste Gasse suchen. Kellermann lächelte. Seine Gegner bemühten sich, er war nur besser. So etwas nannte man Überlegenheit. Ihm fiel nicht nur das Lügen leicht, er war auch in den letzten Monaten kühner geworden, schlagfertiger. Der Dummkopf von der Dachterrasse musste nun alle Lifte überwachen lassen, und trotzdem würde es einen nächsten Mord geben, aber eben woanders.

Kellermann ärgerte sich über das Klingeln des Telefons, das seine Fantasien durchkreuzte, aber noch war er Fußfesselträger, noch musste er abheben, wann und wo immer er war.

Es war Stieglitz. Der Dummkopf von der Dachterrasse bat ihn, zurückzukommen.

Auf der langen Fahrt im Lift in das oberste Stockwerk des höchsten Hauses der Seestadt schwor sich Kellermann, bei seiner Aussage zu bleiben. Allein am Tisch. Es passte zu ihm. Man kannte ihn nicht anders. In der Seestadt hatte man Kellermann nur einmal zu zweit gesehen, mit Lisa auf der Bank am Ufer. Dass er mit einem Tätowierten an einem Tisch saß und auch noch mit ihm trank, würde niemand glauben. Zeugen hatte es keine gegeben. Oder der junge Mann mit den langen Haaren war schon früher auf die Terrasse gekommen.

Als er oben ankam, tat Stieglitz so, als würde er sich über die schnelle Wiederbegegnung mit ihm freuen. Er forderte ihn auf, genau an dem Tisch Platz zu nehmen, an dem er beim Fest gesessen hatte. Kellermann sah die Nummern 35 und 36 und hörte Stieglitz von der Theke her fragen, was er trinken wolle.

»Nichts.«

Stieglitz brachte trotzdem zwei Gläser und eine Flasche Whisky.

»Herr Kellermann, so war es doch. Auf Ihrem Glas haben wir nicht nur Ihre Fingerabdrücke gefunden, sondern auch die von diesem armen Kerl. Sie haben sich von ihm bedienen lassen. Er war ein netter Mensch, Ihnen sehr dankbar. Worüber haben Sie geredet?«

Stieglitz schenkte ein, Kellermann verschränkte die Arme.

»Wir haben nicht miteinander getrunken, nicht geredet, ich war allein an diesem Tisch, und wenn mein Glas seine Fingerabdrücke hat, gibt es dafür eine einfache Erklärung. Er hat es weggeschoben, um seine Flasche abzustellen. Aber nachdem ich nicht mehr hier war. Deswegen lassen Sie mich kommen?«

»Sie müssen, Herr Kellermann, Sie müssen. Oder haben Sie vergessen, was Sie noch immer sind? Ein Häftling, in Hausarrest, mit Fußfessel, jederzeit kann man Sie zurückholen, und Sie sitzen das nächste halbe Jahr wieder in einer Einzelzelle. Sie haben zu parieren, verstanden? Zeigen Sie sie mir. Los. Ihre Fußfessel.«

Kellermann streckte das Bein aus, Stieglitz kniete vor ihm nieder, zwängte einen Schreibstift zwischen das Fesselband und die nackte Haut, zog daran, fluchte leise, zeigte seinen Ekel und seine Enttäuschung. Er setzte sich wieder, warf den Stift auf den Tisch, hielt Kellermann ein Plastiksäckchen entgegen. Kellermann sah darin eine Serviette.

»Das ist keine rote Farbe, Herr Kellermann, das ist Blut, aber als Arzt erkennen Sie das auf den ersten Blick. Der Täter hat damit die Waffe gereinigt. Wissen Sie wie?«

»Keine Ahnung, ich war nicht dabei.«

»Er hat sie auf den Boden gelegt, ist daraufgestiegen, hat das Bajonett durchgezogen. Sehen Sie den Schuhabdruck? Zeigen Sie mir Ihre Sohle.«

Kellermann hob wieder sein Bein. Abdruck und Sohle glichen einander.

»Herr Stieglitz, oder wie immer Sie heißen, ich bin vielleicht auf die Serviette gestiegen, sie lag herum, überall lagen Servietten herum, wie viele haben Sie eingesammelt? Sind das die Nummern, 103, 89, dort 212, es war ein Fest, Herr Stieglitz, ein Fest.«

»Auf der Serviette ist nicht nur das Blut des Opfers, sondern auch Chlor. Und wo gibt es Chlor? In diesem schönen Pool. Der Täter hat das Bajonett vorher in das Wasser getaucht. Er hat sich niedergekniet, am Beckenrand, dort, drehen Sie sich um, sehen Sie hin, sehen Sie die Nummer 149? Das sind Ihre Fingerabdrücke. Sehen Sie 150? Das ist Ihre Handfläche. Vom Abstützen.«

»Ja. Ich habe mich niedergekniet, genau dort, mich abgestützt, aber nicht ein Bajonett in den Pool getaucht, nur meine Hand. Ich habe mich gewundert, warum niemand hineinspringt, ein paar Runden schwimmt, das Wasser wäre warm genug gewesen. Man hat mich dabei gesehen, fragen Sie die Gäste.«

Stieglitz trank, lehnte sich zurück, sah Kellermann über den Rand des Glases hin an. Seine Stimme war leiser geworden, doch für Kellermann klang sie nicht weniger gefährlich.

»Dieser Dominik war der Erste. Ein Talent auf der Gitarre, aber ein Schwein bei den Frauen. In der Nacht, als er erstochen wurde, war Frau Bruckner bei Ihnen. Das sagt Frau Bruckner, das sagen Sie. Aber wie kommen dann Hautfetzen und Blut von Frau Bruckner unter die Fingernägel von diesem Dominik? Man könnte denken, Sie geben Frau Bruckner ein Alibi und sie Ihnen. Eine Hand wäscht die andere.

Gitarrist gegen Radfahrer. Sie und Frau Bruckner spielen im Duett. Sie sind ein Paar. Sie sind ein Killer-Paar.«

»Darauf trinke ich jetzt. Wie haben Sie das so schnell herausgefunden? Weil ich ein Mörder bin? Für immer. In der Rosengartenschlucht und deswegen auch in der Seestadt?

Stieglitz griff in seine Jacke, legte eine Pistole auf den Tisch.

»Eine Dienstwaffe. Wie bei der Verhaftung dieses widerlichen Menschen, der dem Phantombild ähnlich sah, ein Schuss im Auto, Sie haben es gelesen, in den Nachrichten gehört, gesehen, aber Sie wissen nicht, wie es wirklich zu dem Schuss gekommen ist. Aus Hass auf den Serienmörder. In diesem Fall hat es den Falschen getroffen, aber geschossen wurde aus Wut, Zorn, aus Rache. Polizisten dürfen nicht hassen, Kriminalisten auch nicht. Aber manchmal können sie nicht anders. Ich treffe nicht den Falschen. Mein Serienmörder kommt nicht in das Gefängnis.«

Stieglitz steckte seine Dienstwaffe wieder ein. Kellermann stand auf, bedankte sich für den Whisky, ging zur Terrassentür, die Stimme von Stieglitz hielt ihn aber zurück, sie war auch wieder laut geworden.

»Herr Kellermann, das Gespräch bleibt unter uns. Das ist das Schöne hier, hoch über der Stadt, wenn man zu zweit ist, kann man alles sagen, tun, sogar töten, man sieht nichts, hört nichts. Meine Leute habe ich in die Pause geschickt, sie haben eine kleine Erholung verdient, wir arbeiten rund um die Uhr.«

Kellermann ging aufrecht zum Lift. Die Zeiten waren vorbei, als er nach Gesprächen mit Wagner, Lisa, seinem Vater, Brigitte oder den vielen anderen ein Hund war, der still davonlief und sich dann irgendwo verkroch. Auch im Lift hatte er das Gefühl, dem Angriff bestens standgehalten und Stieglitz zur Weißglut gebracht zu haben. Auf der Maria-Tusch-Straße staunte Kellermann über sich und seine Kaltblütigkeit, in der Sonnenallee kamen die ersten Gedanken über die Folgen des heutigen Duells. Der von Ehrgeiz zerfressene Kriminalist würde ihm auf den Fersen bleiben. Vielleicht kam es wirklich einmal zu dem großen Augenblick, in dem man einander gegenüberstand und er in den Pistolenlauf eines Blindwütigen blickte.

Kellermann wurde klar, dass er nicht mehr viel Zeit hatte. Die Armee der Feinde rückte immer näher heran, mit einem gefährlichen Heerführer an der Spitze. Stieglitz plante seine Angriffe auf der Dachterrasse wie ein Stratege, und seine Nummerntafeln waren kein Sandkastenspiel. Dieser kaltblütige Denker fühlte sich wohl da oben, er hatte den Überblick, nicht nur bei den Häusern und Gassen der Seestadt, sondern auch über Kellermanns Schritte, Handgriffe, Morde. Stieglitz sah genau vor sich, wie Killerman das Bajonett gereinigt hatte. Der helle Geist hatte eine Serviette gefunden und Schlüsse gezogen, aus Blut und Chlor eine Geschichte gemacht, die von vorne bis hinten stimmte. Ein gewöhnlicher Kriminalist hätte das Stück Papier betrachtet, beschnuppert und zu den Akten gelegt. Auf halber Höhe der Sonnenallee wusste Kellermann plötzlich, dass Stieglitz in seinen Kopf kriechen würde, weil er so denken konnte wie er. Sie beide waren Killer.

Als er in seiner Wohnung ankam, erhielt er einen Anruf von Wagner. Wagner war wieder ein freier Mann. Wieder unschuldig, unbescholten, ein kleiner Justizbeamter im Ruhestand, wieder ein Minenfeld, wenn es nach seinen Fantasien ging. Vor einer Stunde war er aus dem Gefängnis gekommen und jetzt schon dort, wo er sich am wohlsten fühlte. Er bat Kellermann, zu ihm zu kommen, an den heiligen Ort, in dessen Erde noch immer das kopflose Pferdegerippe lag. Er habe ihm etwas mitzuteilen.

Nach der ersten Verblüffung willigte Kellermann ein. Der alte Columbo hatte womöglich eine wertvolle Information für ihn.

Als er zu Wagner stieß, wäre es fast zu einer Umarmung gekommen, aber man besann sich rechtzeitig auf die Feindschaft. Es blieb also beim Händeschütteln und einer Schweigeminute. Wagner hatte die Steppe gewählt, weil er Angst hatte vor den Seestädtern. Wie würden sie jemandem begegnen, der bis vor ein paar Tagen noch ein Monster gewesen war? Er dankte Kellermann für den schnellen Mord auf der Dachterrasse, denn der tote Radfahrer mit den vielen Unklarheiten hatte nicht den notwendigen Erfolg gebracht. Jetzt war es eindeutig, der alte Mann konnte nicht der Serienmörder sein. Und nun stand er mit Kellermann an einem Pferdegrab und ärgerte sich, dass es nicht besser gesichert war. Wagners Blick fixierte die weißen Knochen.

»Der Kopf ist ein Prunkstück, in einer Kiste, in meinem Keller, kein Kriminalbeamter hat sie aufgebrochen, wenigstens etwas. Er steht mir zu, ich war der Erste, habe ihn entdeckt, noch in der Erde, Finderlohn, Trophäe, Skalp, wie Sie wollen, und auch Sie werden ihn noch schätzen, sehr sogar, warten Sie ab. Pferde haben oft noch tagelang gelebt, geschrien, aber einen Gnadenschuss haben nur die Soldaten bekommen, Kugeln und das Pulver waren zu kostbar und mit den alten Vorderladern hätte alles auch eine Ewigkeit gedauert. Lassen wir die Vergangenheit, ich lebe, aber nicht gut, die Justiz kannte ich nur von einer Seite, jetzt auch von der anderen. Es war aber nicht meine Zelle, an der ich fast zugrunde gegangen wäre, sondern ein Mensch. Kein Mithäftling, ein Mensch. Nach außen hin ist er ein Mensch. Er selbst glaubt auch, dass er einer ist. Sie kennen ihn, sehr gut sogar, aber nicht gut genug, sie werden noch mit ihm zu tun haben, deswegen sind wir hier.«

»Um über Frau Bruckner zu reden?«

»Frau Bruckner? Wie kommen Sie darauf? Lisa ist eine von uns. Kriminell, man spricht von Morphin, hätte ich dem Mädchen nicht zugetraut. Wir sind zu dritt, endlich.

Ich musste ins Gefängnis, um vieles zu begreifen. Ich gehöre zu Ihnen. Ich glaube, ich habe es schon einmal gesagt: Zu dritt sind wir unschlagbar. Ich ziehe die Fäden, Sie töten, Lisa liebt Sie und hängt an Ihnen, wie man nur an einem Serienmörder hängen kann. Seestadt-Trio gefällt mir nicht, klingt zu sehr nach Volksmusik, aber wie wäre es mit Trio Janis Joplin, hat wenigstens mit Rock zu tun, und die Kleine war auch wütend, man müsste alle Gassen in der Seestadt nach ihr benennen, live fast, love hard, die young.«

In Kellermanns Augen war er noch immer der Träumer, der kleine Mann aus der Justiz, der Filmfiguren und Rockstars brauchte, um mit dem Leben zurechtzukommen.

»Sie sind doch Columbo.«

»Columbo? Was meinen Sie? Hat Columbo schon einmal einem Mörder ein Alibi gegeben? Nein! Ich gebe Ihnen eines. Für Ihren nächsten Mord. Schade, dass Lisa nicht hier ist, sonst könnte sie es tun. Frau Bruckners Butterbrote kennt das ganze Gefängnis. Ich habe Lisa Unrecht getan. Ich wollte ihr unbedingt den Mord an dem Gitarrenspieler zuschieben. Zuschieben, haben Sie gehört? Ich, ich habe dieses Plektrum unter ihr Sofakissen gelegt, ich.«

»Es war nicht einfach, Sie haben dabei gezittert und geschwitzt, Ihr Gesicht dann mit einem Taschentuch abgewischt.«

»Das Sie wiederum bei dem Mord an dieser Frau in Blut getränkt und mir untergeschoben haben. Sie sehen, wir passen zusammen. Trio Jimi Hendrix wäre noch besser, aber in der Seestadt dürfen die Gassen nicht nach Männern benannt werden, auch in Zukunft nicht, nie.«

Wagner schlüpfte unter der Absperrung hindurch, winkte Kellermann, ihm zu folgen. Kellermann verstand den Alten nicht. Er musste im Gefängnis vollkommen verrückt geworden sein.

222

»Es geht um Ihr Alibi, Herr Dr. Kellermann. Für Ihren nächsten Mord. Sie waren hier, mit mir, mit dem Pferdekopf. Ich habe ein schlechtes Gewissen bekommen, ihn zurückgebracht, Sie gebeten, mir zu helfen. Ich vertraue sonst niemandem, nur Ihnen, das wird man uns glauben. Sie sind Aura-Chirurg, ich Ihr Patient. Und weil mein Trolley im See versunken ist, habe ich eine Reisetasche genommen. Zu schwer für einen alten Mann. Gehen Sie herum, Ihre Schuhabdrücke sind wichtig. Vor dem nächsten Mord rufen Sie mich an, sagen aber nichts, und ich ziehe los, allein mit dem Pferdekopf, behaupte aber, dass wir zu zweit waren. Und jetzt knien Sie sich nieder, an den Rand, als würden Sie den Pferdekopf hineinlegen, die Abdrücke Ihrer Knie sind wichtig, die Erde auf Ihrer Hose, auf den Schuhen, die Kriminalisten achten auf solche Dinge, und wenn sie dann auch noch den Dreck bei Ihnen zu Hause finden, suchen sie sich einen anderen Mörder.«

Kellermann war über die Absperrung gestiegen, hatte ein paar Schritte gemacht, doch auf die Knie fiel er nicht.

»Schämen Sie sich? Vor mir? Niemand sonst sieht Sie, niemand hört uns. Ihnen gefällt doch dieses Alibi. Ich habe im Gefängnis viel Zeit gehabt, nachzudenken. Ich hätte nie den Mut, jemanden umzubringen, Sie schon. Wer ist der Nächste? Wie wäre es mit Hofstätter?«

»Mit wem?«

»Mit Hofstätter. Ihrem Freund. Meinem Feind. Meinem ärgsten Feind. Das war er schon immer, aber jetzt hat er als Menschenverachter seine wahre Größe gezeigt. Er geht über Leichen, um ganz hinaufzukommen, Hofrat, Minister, wer weiß, was ihm noch alles vorschwebt, und Sie sind für ihn ein dankbares Objekt, ein kleiner Pflasterstein auf seiner Straße.«

»Er hat mir sehr geholfen.«

»Auf mir ist er herumgetrampelt. Damals, und jetzt schon

wieder. Er braucht Untergebene und Gefangene. Ich war beides. Er gehört ausgelöscht?«

»Nicht Hofstätter, niemals.«

»Doch. Glauben Sie mir!«

»Ich verdanke ihm sehr viel.«

»Sie sind sein Wunschkind. Sie waren es. Jetzt ist es Frau Bruckner. Machen Sie die Augen auf. Ich habe ihn gesehen. Bei ihr. Zu zweit in einer Einzelzelle. Er hat auch Sie ab und zu besucht, jetzt ist Lisa an der Reihe. Mich hat Hofstätter nur einmal in sein Amtszimmer führen lassen, vor ein paar Tagen, um Witze über mich zu machen, über einen Justizbeamten im Gefängnis, gelacht hat nur er. Lisa war oft bei ihm, gelacht haben beide. Wenn Sie nichts unternehmen, bekommt er sie in die Finger. Lisa ist kriminell, erpressbar, ich glaube nicht, dass sie uns freiwillig betrügt. Denken Sie nach, ich werde Sie dabei nicht stören, ich höre von Ihnen.«

Wagner versuchte, wie Kellermann über die Absperrung zu klettern, schlüpfte aber dann doch wieder darunter hindurch.

»Husten Sie am Telefon nur, Herr Kellermann, für den Fall, dass Sie schon abgehört werden. Einmal husten genügt. Und es muss Hofstätter sein, das Alibi kriegen Sie nur für ihn.«

Kellermann zündete sich eine Zigarette an, weil er wusste, wie lange es dauerte, bis ein Mensch in der Ebene der Steppe verschwunden war und er selbst nicht mehr gesehen werden konnte. Er trat an den Rand der Ausgrabungsstätte, dachte an Lisa im Gefängnis und blies den Rauch in Ringen langsam über die Pferdegebeine. Er erinnerte sich an Hofstätters Amtszimmer, an seinen Schreibtisch, an die Prospekte der Seestadt, an das neue Lebensgefühl, das ihm von seinem Mentor versprochen worden war. Was versprach Hofstätter Lisa?

Kellermann kannte seine Verheißungen, und er ließ die

halb gerauchte Zigarette in aufsteigender Wut auf die Erde fallen, trat sie aus. Stieglitz würde die Kippe entdecken und herausfinden, wer sie weggeworfen hatte. Um einen Mord zu verbergen, musste man Spuren vermeiden, um ein Alibi stichhaltig zu machen, möglichst viele hinterlassen. Kellermann ging in die Hocke, kniete nieder.

Dann ging er ohne Umwege nach Hause. Im Vorzimmer stellte er seine Schuhe vorsichtig auf eine Zeitung, im Bad zog er die Hose behutsam aus, die Erde auf Kniehöhe hatte schon angefangen, einzutrocknen. Er legte die Hose in die Waschtrommel, wie zur Reinigung bereit, denn irgendwo abgelegt sähe sie aus wie für ein Alibi aufgehoben, und jemand wie Stieglitz käme sicherlich auf gefährliche Gedanken. Damit er die Maschine nicht versehentlich einschaltete, zog er vorsorglich den Stecker.

Kellermann holte Lisas Briefe hervor. Auf beiden Marken waren dieselben Buchstaben mit Punkten versehen. Liebe. Das war Lisa. Sie war auch nicht das Problem, sondern Hofstätter. Sein Tod wäre sinnvoll. Kellermann hätte etwas davon, aber nicht nur er. Er würde auch nicht für sich allein jemanden umbringen, sondern für eine Zukunft mit Lisa.

Kellermann fing an zu glauben, dass Hofstätter für Lisa viel gefährlicher war als das gestohlene Morphin. Er konnte sie verderben, Besitz von ihr ergreifen, Lisa zu seinem Wunschkind machen, das noch mehr von ihm abhing als Kellermann. Hofstätter musste weg. Kellermann hätte am liebsten Wagner angerufen, um ihm zu danken. Dieser alte Mann hatte ihm die Augen geöffnet. Doch beim nächsten Telefonat durfte es keine Worte geben. Einmal husten oder öfter?

Ihm fiel auch ein, wie er Hofstätter in die Seestadt locken könnte. Er musste ihn nur um ein Gespräch bitten. Für eine höchst vertrauliche Mitteilung. Hofstätter würde kommen, allein, ohne Chauffeur, auch nachts, er würde alles tun, um von Kellermann etwas über den Serienmörder zu erfahren. Kellermann könnte ihm irgendwelche Namen nennen, beliebige Gestalten beschreiben, erfundene Gesichter, belauschte Gespräche erzählen und dann zustechen. Oder er öffnete seinem Mentor die Augen. Das wäre das Kühnste, das Aufregendste, das Schönste. Und dann erst Hofstätter töten. Keine Umkehr, keine Begnadigung, kein Rückzug, das Bajonett würde vorschnellen und den Mitwisser Hofstätter für immer zum Schweigen bringen.

Die Zeiten waren vorbei, in denen es genügte, die Mordwaffe im linken Jackenärmel zu verbergen. Mit Hofstätter wuchsen auch die Schwierigkeiten, die Ansprüche, mit ihm kam frisches Blut in die Seestadt, und von einem Stillstand des Serienmörders Kellermann konnte keine Rede mehr sein.

Kellermann breitete seine Jeans aus der Gefängniszeit vor sich aus, und wie einst in seiner Zeit als Chirurg umfassten seine Finger geschmeidig ein Skalpell. Der Schnitt war kürzer als die alten Risse und ausgefransten Löcher in der Hose, und als er sie anzog und das Bajonett hindurchschob, lag es kühl und stramm an seinem nackten Unterschenkel. Er ging auf und ab, lief durch die Zimmer, als wären sie Gassen und Hofstätter schon hinter ihm auf dem Asphalt zusammengesunken. Die Waffe schlug nicht hin und her, sie blieb eng an ihn geschmiegt, sie war wie mit ihm verwachsen. Das aus den Jeans ragende Rohr umwickelte Kellermann mit einem blauen Klebeband, für den Fall, dass das Licht einer Straßenlampe darauf fiel oder er den Mantel zu früh öffnen würde.

Viel Freiheit hatte Kellermann nicht mehr. Er musste Hofstätter bald zu sich bitten, denn seine Kollegen aus der Justiz und den Kriminalabteilungen gaben sich immer mehr Mühe, den Serienmörder aufzuhalten. Die Belohnung für Hinweise, die zu seiner Ergreifung führten, war inzwischen auf einen fünfstelligen Betrag angestiegen, und Kellermann rechnete mit Scharen von Kopfgeldjägern, die in der Seestadt ihr Glück machen wollten. Eine Bürgerwehr gab es schon, aber sie war zahnlos, ihre Möglichkeiten eingeschränkt, ihre Empfehlungen für das Überleben lächerlich. Der Ratschlag, Trillerpfeifen gegen den Serienmörder mit sich zu führen und bereitzuhalten, sorgte für nächtliche Konzerte in den Gassen der Seestadt.

Der Aufruf, freiwillig Speichelproben abzugeben, kam für Kellermann als Beruhigung. Vor der Kulturfabrik standen die Menschen Schlange, zum ersten und größten DNA-Test in der Geschichte der Seestadt waren nicht nur die Männer zwischen 14 und 80 gebeten worden, auch Frauen, denn sie konnten ebenfalls die Morde begangen haben. Dies bedeutete aber, dass die Kriminalisten noch im Dunkeln tappten und keine Beweise gegen ihn hatten, denn sonst wären sie längst bei ihm aufgetaucht, war doch den Behörden seit der Rosengartenschlucht seine DNA bekannt.

Kellermann verließ das Haus und spazierte ohne große Eile durch die Gassen. Er war auf der Suche. In einer davon würde er Hofstätter treffen. Auf einer großen Tafel in der Nähe der Janis-Joplin-Promenade mit dem Plan der Seestadt wurde ihm vor Augen geführt, wo er nicht mehr zuschlagen durfte, jemand hatte die vier Tatorte mit Kreuzen markiert. Die Promenade selbst gönnte er Hofstätter nicht, sie wollte er für jemanden aufheben, der eine noch größere Bedeutung hatte. Vielleicht tötete er ja irgendwann jemanden, den er mochte, schätzte, liebte. Zu Janis passte nur live fast, love hard, die young.

Kellermann sah unbekannte Gesichter, er blickte in Augen, die in der Gegend herumirrten, auf der Suche nach dem Täter. Die vom Jagdfieber ergriffenen Männer gingen ahnungslos an Kellermann vorbei, einige wandten sich nach ihm um, keiner blieb stehen. Er sah eben nicht wie ein Mörder aus, und er roch auch nicht nach dem Tod. Trotzdem lauerte die

Gefahr überall. Der hölzerne Aussichtsturm war für Besucher gesperrt, und der einsame Mann mit Gesichtsmaske in der obersten Etage würde abdrücken, wenn er durch sein Zielfernrohr auch nur irgendwo ein Bajonett aufblitzen sah. Ihn hätte interessiert, wo die anderen Scharfschützen waren, die Sniper der Seestadt.

In den nächsten Tagen entwickelte Kellermann Pläne, die er alle wieder verwarf. Hofstätter war jemand, der wie von einem schützenden Panzer umgeben zu sein schien, und Kellermann konnte sich immer weniger vorstellen, die Hand gegen seinen Mentor und das hohe Tier der Justiz zu erheben. Die Bilder von Hofstätter und Lisa in ihrer Zelle verblassten in ihm, auch das Lachen der beiden hörte er nicht mehr. Das alles hatte ihm Wagner eingepflanzt, wer weiß, ob es auch stimmte und er nicht zum Werkzeug eines rachsüchtigen Greises wurde. Aber Kellermann war keine Tötungsmaschine, die man jederzeit in die Seestadt schicken konnte.

Als eines Abends auch der Nebel einfiel, verbreitete sich in der Seestadt eine Atmosphäre, von der ein Mörder nur träumen konnte. Das Haus gegenüber war kaum noch auszumachen, von dem Gebäude daneben schimmerten nur die gelben Balkone wie matte Lichter durch den milchigen Schleier. Kellermann sah vom Fenster aus, wie die Gassen verschwanden, kurz auftauchten, abermals von ziehenden Nebelschwaden verhüllt wurden, die Lampen der Laternen von Lichthöfen umgeben waren. Kein Mensch wagte sich offenbar vor die Tür, weil da draußen der Tod lauerte, und es jeden Augenblick wieder Aufschreie, das Geheul von Folgetonhörnern und die quietschenden Reifen der Polizeifahrzeuge geben konnte. In einer Nacht wie heute, dachte er, da gehörte es sich geradezu, dass in einer der Gassen eine Leiche aufgefunden wurde. Das Bajonett war griffbereit, seine Jeans lagen bereit, sie mussten nur angezogen werden, doch einfach hinauszustürmen und irgendwo irgendjemanden auszulöschen, war Kellermann zuwider.

Als hätte das Schicksal ein Einsehen mit ihm, klingelte es an einem dieser Tage an seiner Tür, und als er öffnete, tauchte hinter einer Goldbrille das Gesicht Hofstätters auf. Kellermann hielt den Atem an.

»Herr Kellermann, es ist nicht meine Art, Menschen zu überfallen, auch nicht Häftlinge, aber Frau Bruckner braucht ein paar Dinge, Dinge, die Frauen brauchen, keine Reizwäsche, aber doch etwas zum Anziehen. Sie möchte auch Musik in ihrer Zelle hören, ich habe es ihr erlaubt. Ich bin kein Unmensch, wie Sie wissen, das arme Geschöpf soll bei mir ja nicht aus Kummer oder Langweile verrecken, sondern irgendwann wieder ins Leben zurückfinden, in die Seestadt natürlich. Frau Bruckner hat Ihnen den Schlüssel geschickt, war ja kein Geheimnis, in einem offenen Brief sozusagen, Sie bekommen ihn auch gleich wieder zurück. Übrigens, Sie sehen sehr erholt aus, sehr frisch, mir gefällt nur nicht, dass Sie Ihre Praxis geschlossen haben. Aber jeder braucht einmal Ruhe, Abstand von den Menschen, bei Ihnen sind es Patienten, bei mir Gestolperte, Gestrauchelte, ich hole sie aus den Sackgassen, und einer heißt Dr. Kellermann, übrigens ein sehr schönes Schild, Ihr Dr. Kellermann, das Ihr haben Sie unterstrichen, das sind Sie, höflich, nett, zuvorkommend, mehr noch, Sie sind ein außergewöhnlicher Mensch.«

Er streckte die Hand aus. Kellermann wusste immer noch nicht, wie er auf diesen unvermuteten Besuch reagieren sollte.

»Verstehen Sie mich nicht falsch, das ist kein Misstrauen, aber hat Frau Bruckner Sie geschickt?«

»Natürlich, oder glauben Sie, Lisa lässt einen Fremden in ihre Wohnung?«

Widerstrebend wandte Kellermann sich um und ging Lisas Schlüssel holen. Er zog ihn aus dem Lederetui und gab ihn dem wartenden Hofstätter.

»Ich beeile mich, aber es kann trotzdem eine Weile dauern. Aber wir haben Zeit, es wartet kein Chauffeur, ich bin allein unterwegs. Verdammt lange und umständliche Anreise mit dem Auto, wenige Wege führen hierher, die Seestadt ist ein Labyrinth, geben Sie es zu! Bis gleich.«

Kellermann hörte, wie Hofstätter die Wohnung im Erdgeschoss betrat. Wie schon einige Male bei Lisas Anwesenheit in früheren Zeiten, legte er er sich auf den Boden und lauschte. Inzwischen kannte er die Räumlichkeiten unter sich ganz genau. Hofstätter durchquerte den Flur, betrat auch Lisas Schlafzimmer, hielt sich jedoch dort nicht lange auf, rückte einen Stuhl am Esstisch, ging ins Bad, dann wurde es still.

Sofort richtete sich Kellermann auf, mehr seinem Instinkt als klaren Überlegungen gehorchend. Wenn sich schon aus dem überraschenden Besuch Hofstätters eine Gelegenheit ergab, die neblige Nacht in der Seestadt mit einem Mord zu verbinden, dann wollte er wenigstens vorbereitet sein.

Er zog seine Jeans an, holte das Bajonett aus dem Skelett, schob es in sein Hosenbein, machte ein paar Schritte. Wiederum war die Waffe wie mit ihm verwachsen. Er würde sie nur hervorholen, schwor er sich, wenn Hofstätters Schuld bewiesen war. Auf jeden Fall stand Hofstätter Lisa sehr nahe, er durchwühlte immerhin in diesem Augenblick ihre Wäsche. Hatte sie ihn tatsächlich darum gebeten und ihn wie einen engen Vertrauten in die Seestadt geschickt, oder war Hofstätter mit einer Lüge in das Reich des Killer-Paares eingedrungen? Warum war er allein gekommen, warum rückten nicht die Armeen der Kriminalisten oder Stieglitz an, um die Wohnung auf den Kopf zu stellen und sie danach als den Unterschlupf einer Verbrecherin zu versiegeln?

Kellermann wurde übel bei der Vorstellung, Hofstätter könnte jetzt in Lisas Küche Schränke öffnen und die Dosen mit Ravioli und das Glas mit Honig sehen, im Wohnzimmer am Tisch sitzen, auf seinem Stuhl, sich wie zu Hause fühlen, eine Zukunft mit Frau Bruckner planen.

Wagner hatte weder gelogen noch übertrieben, Hofstätters neues Wunschkind war Lisa. Was einen Stock tiefer geschah, hatte nichts mit der Arbeit der Justiz zu tun, sondern mit den Begierden eines Mannes, der nicht genug kriegen konnte, der zu seiner Karriere auch noch Liebesaffären brauchte und vielleicht sogar eine schöne Frau wie Lisa an seiner Seite haben wollte. Wagner hatte ihn jahrelang ertragen, beobachtet und durchschaut, zu Recht am Pferdegrab behauptet, dass dieser Menschenverachter über Leichen ging, um an die Spitze zu kommen. Kellermann war nur ein Pflasterstein auf der Straße nach oben, Lisa war der nächste. Wenn er Hofstätter durchbohrte, würde nur ein Monster sterben.

Kellermann hörte aus dem Badezimmer unten laufendes Wasser. Hofstätter wusch sich offenbar die Hände, nach seiner schmutzigen Arbeit war das auch angebracht. Er sah jetzt bestimmt die einsame Zahnbürste, Lisas Kamm, die wenigen Parfums, er blickte auf die Dusche, in der sie immer wieder nackt gestanden hatte. Kellermann musste Hofstätter töten.

Es klingelte wieder an seiner Tür. Hofstätter bat, eintreten zu dürfen. Er gab die Schlüssel zurück und stellte im Vorzimmer zwei Taschen ab. Kellermann sah in einer der Taschen Pullover und eine Jacke aus Wolle, die Dessous lagen bestimmt darunter, verborgen vor seinen Augen, um ihn nicht zu reizen, nichts sollte auf die Nähe der beiden hinweisen, auf das heimliche Paar im Gefängnis. Bald würden Hofstätter und Lisa in ihrer Zelle wieder lachen, über seine Witze, über den Aura-Chirurgen. Kellermann warf nur einen kurzen Blick auf einen Walkman, den ihm Hofstätter entgegenhielt, auf die Kassetten in der zweiten Tasche mit Musik von Pink Floyd über die Doors bis zu Bruce Springsteen. Jetzt hörte er ihn reden.

»Ihre Ordination ist zwar geschlossen, aber ich brauche

trotzdem Ihre Hilfe. Eine kleine Verletzung, aber eine Blutvergiftung hat man schnell, ich weiß nicht einmal, wo ich mich geschnitten habe. Desinfizieren und ein Pflaster genügen.«

Kellermann führte Hofstätter in das nächste Zimmer, bot ihm aber nicht den Patientenstuhl an, er war auch entschlossen, auf keinen Fall in seiner Wohnung zu töten. Hofstätter warf nur einen kurzen Blick auf das Skelett, erschauerte nicht, lachte auch nicht, stellte keine Fragen. Kellermann betrachtete seine blutende Hand, erkannte die Verletzung, er selbst hatte sie gehabt, ihn, diesen tiefen Schnitt ins Fleisch, den er sich bei der Durchsuchung der Waschmachine zugezogen hatte. Er beträufelte sie mit einer Tinktur, er genoss Hofstätters schmerzverzerrtes Gesicht und dass dieser hinterhältige Mann das Haus ohne Morphin verlassen musste.

»Herr Hofstätter, wo steht Ihr Auto? In der Sonnenallee oder weit weg? Ich werde Sie begleiten, ein kleiner Abendspaziergang, und noch darf ich.«

»Anstrengend, nicht? Immer pünktlich sein, immer ab 22.00 zu Hause, nachts nie hinaus, wie viele Tage noch?«

»Ich zähle nicht mit, es geht mir gut, ohne Fußfessel werde ich mich nackt fühlen.«

Kellermann klebte ein Pflaster auf den Handrücken Hofstätters.

»Sie sind der Arzt, Sie müssen es wissen, aber warum haben Sie die Wunde nicht gereinigt? Oder gibt es heutzutage keine Blutvergiftung mehr?«

»Es war Öl dabei, blau schimmernd, nicht aus der Küche, von einer Maschine, es klebt fest, man müsste die Haut abtragen, oder man wartet, bis sie abfällt, ohne Blutvergiftung, ich verspreche es Ihnen.«

Kellermann fiel es nicht nur bei Stieglitz leicht zu lügen, und die Wahrheit hätte Hofstätter kaum verstanden. Es lohnte sich nicht, einen großen Aufwand bei einer Wunde zu treiben, wenn der Verletzte ohnehin in der nächsten halben Stunde sterben würde, und Kellermann war kein Chirurg mehr, der um das Leben der Menschen bis zur letzten Sekunde kämpfte.

»Wo steht Ihr Auto?«

»Weit weg, zu weit für Sie. Auf einer Zufahrtstraße, irgendetwas mit Kutsche. Es muss ja nicht jeder meinen Wagen sehen, sich womöglich das Kennzeichen merken, keine geheime Mission, aber doch eine private Angelegenheit, eine kleine Hilfe für Frau Bruckner.«

Kellermann ging ins Bad, wusch sich die Hände, drehte den Hahn noch nicht zu, wählte auf seinem Handy die Nummer Wagners, hustete, wartete noch, hörte, wie Wagner auflegte. Die Aktion Alibi konnte beginnen, der alte Mann sich mit dem Pferdekopf auf den Weg machen. Kellermann ließ noch das Wasser laufen, um unbemerkt die wenigen Schritte vom Waschbecken zur angelehnten Tür machen zu können. Er sah, wie Hofstätter das Skelett betrachtete, mit seiner unverletzten Hand gegen die Wirbelsäule drückte. Sie gab nach, fiel dann wieder zurück in die S-förmige Krümmung. Nur Lisa kannte das Versteck, nur sie konnte es verraten haben. Kellermann ließ Hofstätter Zeit, sich von John zurückzuziehen, er räusperte sich sogar, bevor er wieder seine Ordination betrat.

»Herr Hofstätter, was Sie für Frau Bruckner getan haben, war mehr als eine kleine Hilfe, es war ein Liebesdienst. Ein Liebesdienst an Frau Bruckner.«

»Ja, so könnte man es nennen. Ich bin eben für alle da, nicht nur für Sie, Herr Dr. Kellermann. Gehen wir?«

»Gefällt Ihnen das Skelett?«

»Makaber. Wer will schon an den Tod erinnert werden?«

Hofstätter ging voraus, beim Anheben der Taschen stöhnte er, Kellermann nahm ihm Lisas Musikkassetten ab.

»Danke, eine kleine Verletzung und schon ist man ein

halber Krüppel. Ich werde Lisa erzählen, wie hilfsbereit Sie waren. Gut, dass Sie mitkommen, irgendetwas mit Kutsche.«

»Johann-Kutschera-Gasse. Die einzige mit einem männlichen Namen, sie gab es schon lange vor der Seestadt. Ein Katzensprung von hier, mit einem kleinen Umweg etwas länger, für den Fall, dass man Sie nicht sehen soll. Umweg?«

Hofstätter nickte. Kellermann ging voran. In der Sonnenallee umfing sie dichter Nebel und eine eigenartige Stille.

»Herr Hofstätter, es gibt Scharfschützen hier, überall und nirgendwo, das wissen Sie ja, aber auf wen wollen diese Herren ihre Gewehre anlegen, wenn man wie heute so gut wie nichts sieht?«

»Infrarot, Wärmebildkameras, unsere Leute sind bestens ausgerüstet, für Nacht und Nebel, aber sie werden nicht schießen, auf keinen von uns, wir sind für sie nur Umrisse, Konturen, rote Flecken, Figuren aus einem billigen Zeichentrickfilm, wie wollen Sie da den Serienmörder erkennen?«

»Am Bajonett. Wenn er den Arm hebt, zusticht.«

»Dann gibt es einen Schuss. Bevor er zusticht. Wann drückt man ab? Eine Entscheidung, um die ich niemanden beneide. Ein Pech, wenn beide krepieren.«

»Beide?«

»Mörder und Opfer. Wir sind zu zweit, aber ich glaube nicht, Herr Kellermann, dass Sie plötzlich umfallen, mit einem Loch im Kopf.«

»Weil ich nicht der Serienmörder bin und auch kein Bajonett aus dem Ärmel ziehe.«

»Sie besitzen nicht einmal eines. Aber Stieglitz ist davon überzeugt. Sie haben ihn kennengelernt, aber Sie kennen ihn nicht. Ein Pitbull-Terrier. Auf den Fotos vom Fest hat er Ihr Skelett gesehen und sich Gedanken über die gerade Wirbelsäule gemacht. Ich habe nachgesehen, weil es mir keine Ruhe gelassen hat. Ohne Durchsuchungsbefehl, heimlich, während Sie im Badezimmer waren, mein Besuch in der Seestadt war nicht nur ein Liebesdienst an Frau Bruckner. Eines muss man Stieglitz lassen, er ist originell, hat Ideen, auf ein Bajonett in einem Skelett käme sonst niemand.«

Sie durchquerten den kleinen Park, und Hofstätter setzte seine Rede fort.

»Ich war Ihr Mentor, jetzt bin ich Ihr Protektor. Und ich beschütze auch Frau Bruckner, vor Stieglitz, er fletscht schon seine Zähne. Das soll ein Park sein? Wohin bringen Sie mich?«

Kellermann blieb stehen, ging mit Hofstätter ein Stück zurück, zeigte ihm ein Schild. Sie mussten nahe herangehen, um die Aufschrift Yella-Hertzka-Park im Nebel lesen zu können.

»Herr Dr. Kellermann, Sie hinken.«

»Ja? Hätte ich nicht gedacht. Zu Hause habe ich davon nichts bemerkt. Ich bin auf und ab gegangen.«

»Ich habe mich an der Hand verletzt, Sie sich an Ihrem Bein. Oder ist es die Fußfessel?«

»Die trage ich links, wie alle, das müssten Sie wissen, das Bajonett rechts, wie sonst niemand, das wussten Sie noch nicht.«

»Doch. Sie sollten ihr Gesicht sehen.«

Kellermann zog das Bajonett aus den Jeans. Als Hofstätter die Bewegung sah, warf er seine Tasche nach Kellermann, sodass die Waffe zu Boden fiel. Rasch trat er darauf, bückte sich, hob sie auf und richtete sie gegen Kellermann.

»Die anderen haben sich nicht gewehrt, ich bin der Erste, stimmt es? Wenn ich das Bajonett nicht im Skelett finde, was denke ich dann? Dass Sie keines haben? Das wäre sehr dumm. Oder wenn Sie mich unbedingt begleiten wollen, glaube ich dann an Ihre Freundlichkeit? Ich kenne hunderte Mörder, Sie nur einen.«

Hofstätter setzte Kellermann die Spitze der Waffe an den Hals.

»Ein Stich, und Sie verbluten.«

Er führte das Bajonett über Kellermanns Brust.

»Sie sind der Fünfte mit einem durchbohrten Herzen. Ein besseres Opfer als Sie kann ich mir nicht wünschen. Der Serienmörder hat mein Wunschkind umgebracht, mein Wunschkind war unschuldig, ein gelungenes Experiment.«

Kellermann ließ die Tasche mit den Musikkassetten fallen, hob abwehrend die Hände. Er blickte zum ersten Mal in die Augen eines Menschen, der kurz davor war, jemanden zu töten. Er wich zurück, weil Hofstätters Körper plötzlich herumgerissen wurde, und er hörte den Knall. Der nächste Schuss kam ebenfalls aus großer Höhe, von einem Dach oder aus einer leerstehenden Wohnungen, doch dieses Mal hatte Kellermann im Nebel ein Aufblitzen gesehen. Es konnte nur das Mündungsfeuer eines Gewehres gewesen sein.

Hofstätter war auch das zweite Mal getroffen worden, aber nicht tödlich, er versuchte in Deckung zu gehen, ließ auf seiner Flucht aus dem Park das verräterische Bajonett fallen, drohte im Nebel zu verschwinden, aber schon in der Ilse-Arlt-Gasse blieb er schwankend stehen.

Kellermann hob das Bajonett auf, hoffte, nicht mehr im Blickwinkel des Scharfschützen zu sein, ging auf Hofstätter zu, sah seine blutende Schulter, den aufgerissenen Hals. Kellermann kümmerte sich nicht mehr um das Herz Hofstätters, er stach einfach zu. Er durchbohrte seinen Protektor mehrmals und von allen Seiten, er hörte keine Schreie, nur die Stiche und wie die Brille zu Boden fiel, Glas splitterte.

Aus dem Nebel drangen nun immer mehr grelle Folgetonhörner und blaue Lichter, und sie alle waren zum Yella-Hertzka-Park unterwegs, obwohl der fünfte Mord in Serie in der Ilse-Arlt-Straße begangen worden war.

Kellermann machte sich auf den Heimweg, vorsichtig und langsam, denn Laternenpfähle und Abfallhaie tauchten plötzlich auf, und gegen ein Verkehrsschild war er schon gestoßen. Er schlug aber keine Umwege ein, weil es nichts zu verbergen gab und das Bajonett wieder mit ihm verwachsen war, er musste heute nur noch länger duschen als sonst, um das Blut von seinem Bein abzuwaschen. Kellermann hoffte, dass Hofstätter ihn nicht in allem belogen hatte, denn es wäre verhängnisvoll, würde der Scharfschütze mehr erkannt haben als die Umrisse einer Stichwaffe, mehr als die Konturen von Mörder und Opfer, mehr als rote Flecken und Figuren wie aus einem billigen Zeichentrickfilm.

Janis-Joplin-Promenade

Kellermann glühte das Bajonett aus. Die Zeiten waren vorbei, als er es noch im Skelett verstecken konnte. Glücklicherweise hatte ihn Hofstätter gewarnt, mit dem Auftauchen dieses Pitbulls Stieglitz war jederzeit zu rechnen. Er würde allein oder in Begleitung seiner Soldaten in Kellermanns Wohnung stürmen und zielgerichtet auf John zugehen. Die Mordwaffe musste woanders untergebracht werden, Kellermann dachte an die Wiese vor seinem Haus, auch Spielplätze kamen infrage, denn um diese Jahreszeit waren sie vor Kindern sicher. Kellermann fiel auf, dass er nicht mehr an den nächsten Sommer dachte, nicht einmal mehr an den Frühling. Er würde in der Kälte sterben. Mit dem Tod Hofstätters war sein Ende näher gerückt. Es kam jetzt nur noch darauf an, sich bis zum letzten Atemzug zu verteidigen und bis es so weit war Dinge zu verrichten, an die man sich auch in Jahrzehnten erinnern würde. Dinge, die unauslöschlich mit dem Namen Kittel-Kellermann verbunden waren. Killerman. Ab dieser Nebel-Nacht hieß er Killerman. Nur wenn er seinen Namen nennen musste, würde er ihn so aussprechen, dass man glaubte, wie gewohnt Kellermann zu hören.

Draußen tobte es auch noch um Mitternacht, als hätte es eine Naturkatastrophe gegeben, dabei war nur ein einziger Mensch zu Tode gekommen. Kellermann wünschte sich aber nicht, dass die Seestadt zum Einsturz käme oder unterginge, denn er liebte diese Wagenburg im Wilden Westen, die Oase in der Steppe, ohne sie wäre er nur ein Mörder unter vielen, die Anekdote einer Weltstadt oder ein Herumirrender wie Unterweger, der die halbe Welt bereisen musste, um seine

Damen zu erdrosseln. Jack the Ripper war unsterblich geworden, weil er in seinen Gassen geblieben war. Wenn alles vorbei war, sollten die Seestädter erleichtert sein, aber auch stolz. Sie hätten etwas zu erzählen, jeder Einzelne von ihnen wäre etwas Besonderes. Kellermann begriff, dass er vor etwas Großem stand. Auf einen Toten mehr oder weniger kam es nicht mehr an, sondern wie er sich in den letzten Schlachten verhielt, wie der Serienmörder unterging und zugleich siegte, weil er durch seine Taten unsterblich geworden war. Abstechen war einfach, und nichts langweiliger als aufgefädelte Leichen. Mit Hofstätter war er an einen Höhepunkt gelangt, jetzt musste er an sich denken. Sein Leben in der Seestadt würde bis ins Kleinste durchforscht werden, jeder seiner Schritte ans Tageslicht kommen. Deswegen kam es darauf an, in Zukunft Wege einzuschlagen, die man ihm nie zugetraut hätte.

Killerman war kein gewöhnlicher Serienmörder. Er wusste es schon lange, doch erst jetzt wurde ihm klar, was er alles zustande gebracht hatte. Fünf Gassen, ohne Widerstand, ohne Verhaftung. Noch im Sommer hatte er geglaubt, dazu ein ganzes Jahr zu brauchen. Traurig machte ihn, dass es nach Hofstätter kaum eine Steigerung geben konnte. Doch die Seestädter würde es freuen, dass es einen von draußen getroffen hatte. Warum kamen sie auch hierher, Hofstätter sogar bei Nacht und Nebel, auf Umwegen, in Sorge um das Kennzeichen seines Autos, mit Lügen und miesen Absichten, mit Händen, die sich in einer Waschmaschine blutig schnitten und an John Reid rüttelten.

Um ein Uhr früh war die kleine Stadt noch immer ein Hexenkessel. Vom See her dröhnte die Musik der erst vor kurzem freigelassenen Jugendlichen, Autos mit Lautsprechern forderten die Menschen auf, in den Wohnungen zu bleiben, die Häuser keinesfalls zu verlassen, weil wegen des Nebels die Sicherheit der Bürger nicht garantiert werden könne. Killermann hätte es nicht verwundert, wäre daraufhin das Lachen tausender Menschen zu hören gewesen. Ihm gefiel die Hilflosigkeit der Polizei, die vor wenigen Stunden selbst jemand angeschossen hatte, noch dazu einen Mann aus den eigenen Reihen. Killerman hätte auf Hofstätter nicht einstechen müssen, denn mit zerrissenem Hals lebte man nicht lange, doch die Gefahr bestand, dass ein durch die Schüsse aufgescheuchter und beherzter Seestädter auf die Gasse lief und die Schlagader mit den Fingern abklemmte oder ein Notarzt gerade noch rechtzeitig kam und sein enttäuschter Mentor überlebte. Einen besseren Zeugen könnte sich Stieglitz nicht wünschen.

Plötzlich befiel Kellermann Angst. Er hatte nicht nachgesehen, ob Hofstätter auch wirklich tot war. Zwei Gewehrkugeln und vier oder fünf Stiche mit einem Bajonett hatten schon einige Soldaten auf dem Schlachtfeld zur Zeit Napoleons überlebt, warum nicht auch ein Mensch von heute?

Tags darauf brach es wieder über ihn herein, das grausame Erwachen nach dem Rausch, nur dieses Mal früher, noch bevor Kellermann auch nur eine Minute geschlafen hatte. Dazu kam auch die plötzliche Stille von draußen, das Lauern vor dem Ansturm, die Vorbereitungen der Feinde, und der Gedanke, dass Stieglitz jederzeit vor seiner Tür stehen konnte. Dann würde er das Bajonett doch entdecken, die Jeans mit der Blutspur entlang der Naht am Hosenbein. Kellermann wünschte sich, ein ganz gewöhnlicher Seestädter zu sein, einer, dem man nichts anhaben konnte, den man nicht noch in dieser Nacht zu einem Polizeiauto führen, hineinzwängen und in die Brust schießen durfte. Je ruhiger es in der Seestadt wurde, desto aufgeregter wurde er. Wo blieben die Sirenen, warum heulten sie nicht mehr?

Vom Balkon aus sah er nur Nebel und matte Lichter. In der Sonnenallee konnten schon die Männer in ihren Helmen und mit Maschinenpistolen stehen, dieses Mal würden sie nicht einen Bus stürmen, sondern eine Wohnung im Halbstock, nicht einen Unschuldigen mit hässlichem Gesicht zu Boden drücken, sondern sich auf seinen Rücken knien und seine Hände fesseln. Oder ein Scharfschütze in einer der leerstehenden Wohnungen gegenüber legte in diesem Augenblick an auf ihn, zielte genau auf seine Stirn, drückte erst ab, wenn er sich sicher war, dass Kellermann tot auf dem Balkon zusammenbrach und nicht mit offenem Hals in die Wohnung floh. Er wich langsam zurück, in kleinsten Schritten, seinen Körper noch immer der Sonnenallee zugewandt und den Kopf dem Haus gegenüber dargeboten, um kein Aufsehen zu erregen und möglichen Angreifern das Gefühl zu geben, dass er sie nicht bemerkt hatte und sie ihn immer noch in der Wohnung überraschen und niedermachen konnten. Er stieß gegen den Grill. Die Holzkohlenglut ergoss sich wie Lava über den Boden, das Bajonett glitt bis an das Geländer, Funken flogen durch die Luft, aber Kellermann sah kein Mündungsfeuer. Der Lärm hatte nicht einmal jemanden aufgescheucht, niemand schrie wütend von einem der nebelverhangenen Balkone oder aus einem unsichtbaren Fenster. Es schien eine Nacht ohne Zeugen zu sein.

Um vier Uhr früh klingelte das Telefon erneut. Kellermann hatte nicht geschlafen und stürzte zum Hörer, glücklich, dass es einen Menschen gab, der mit ihm redete, und mochte es auch der Erpresser mit der angenehmen Stimme sein. Doch er hörte nur ein Husten. Einmal, und kurz. Dann wurde aufgelegt.

Wagner. Er hielt zu ihm. Aber woher wusste der alte Mann, dass es auch wirklich Hofstätter getroffen hatte, denn in den Nachrichten war über das Opfer noch nichts berichtet worden?

Erst jetzt bemerkte Kellermann die E-Mail, die Wagner ihm geschickt hatte. Ohne Worte, nur mit Anhang, fünf

Bilder. Das erste zeigte das Pferdeskelett mit Kopf. Auf den alten Mann war Verlass. Er hatte sein Versprechen eingelöst und Kellermann ein todsicheres Alibi geliefert. Man sah sogar auf dem Handyfoto seine Knieabdrücke am Rand des Grabes, die dazugehörende Hose lag in der Waschmaschine, die Schuhe mit dem Dreck standen als endgültiger Beweis auf Zeitungspapier im Vorzimmer. Verstörend war nur die Uhrzeit.

Die Aufnahme hatte Wagner um 22.40 Uhr gemacht, eine Stunde nach dem Mord. Eine Verwechslung, eine falsch eingestellte Uhr, alles war möglich. Das nächste Foto war davor entstanden, eine Stunde früher. Kellermann sah fast nur milchiges Weiß, aber das Schild vom Yella-Hertzka-Park war erkennbar, von den beiden Gestalten nur Schemen, mit einem Bajonett zwischen ihnen und Taschen in ihren Händen. Auf dem darauffolgenden Bild griff sich Hofstätter schon an den Hals, und sein Körper war von den Schüssen eingedreht. Das dritte Foto erschien wie aus einem Film über Jack the Ripper, East End bei Nacht und Nebel, aber es war die Seestadt, und der Mörder stach nicht auf eine Prostituierte ein, sondern auf einen liegenden Mann, der abwehrend die Arme ausstreckte. Bei der letzten Aufnahme musste Kellermann nah an Wagner vorbeigekommen sein, denn sogar die Augen des Serienmörders waren zu erkennen. Sie hatten nur das Töten gesehen, sonst nichts.

Kellermann begriff erst jetzt, wie blind er in das Minenfeld Columbos getreten war. Einmal husten hatte Wagner genügt, um zwei Menschen loszuwerden. Hofstätter würde nie wieder ins Gefängnis zurückkehren, aber Kellermann demnächst.

Kellermann hörte jetzt wieder ein Husten, dann noch einmal, beim dritten Mal trat er auf den Balkon. Das Display eines Smartphones leuchtete ihm aus der nebelverhangenen Sonnenallee entgegen. Wagner stand unten vor dem Haus.

Kellermann machte die Haustür auf und ließ ihn herein. Als er die Wohnung betrat, legte Wagner gleich den Finger auf den Mund und sagte leise:

»Es genügt, wenn wir beide noch wach sind und mit uns ein paar hundert Kriminalbeamte. Morgen werden es mehr, dann kommt auf jeden Seestädter ein Polizist. Sie haben niemanden, nur mich. Lisa ist in ihrer Zelle, auch allein, sehr allein, Hofstätter wird nicht kommen, heute nicht, nie wieder, danke, danke. Aber ist er auch wirklich verreckt, man hört nichts in den Nachrichten? Stellen Sie sich vor, wir feiern jetzt seinen Tod, und er liegt in einem Operationssaal, unter den Händen eines anderen Chirurgen. Ich trinke alles, nur nicht Bier, Wodka wäre mir am liebsten.«

Wagner ging am Skelett vorbei, hinaus auf den Balkon. Kellermann öffnete den Verschluss einer halb geleerten Flasche Whisky, goss ein, dachte daran, wie er mit dem Tätowierten auf der Dachterrasse getrunken hatte, an dessen Tod kurz darauf.

»Sehen darf man mich, falls man in dieser Nacht überhaupt etwas sehen kann. Deswegen haben wir auch den Pferdekopf zurückgebracht, heimlich und verstohlen, wie es sich für ein Diebesgut gehört. Dann haben Sie mich eingeladen, seitdem trinken wir, die Flasche in Ihren Händen beweist das. Falls jemand kommt. Jetzt. Aber vielleicht war alles ganz anders und ich allein am Grab eines Pferdes. Das wäre traurig, für mich und für Sie. Übrigens, ich würde das Bajonett nicht mitten auf dem Balkon herumliegen lassen. Zwar noch in der Asche, aber wie frisch aus dem Ofen einer Schmiede, vor Kurzem hat es noch geglüht, ich wurde verhaftet, nur weil ich meine drei Fundstücke an der Wand hängen hatte.«

Wagner blieb in der Balkontür stehen, ließ sich das Glas reichen.

»Es war so einfach. Sie husten, und ich mache mich auf den Weg zu einem Mord.«

»Sie haben wieder Columbo gespielt und alles gesehen.«

»Und gehört. Die zwei Schüsse, die vielen Stiche, Hofstätters Röcheln. Wenn er nur nicht aufwacht und redet. Dann bin ich an der Reihe, falsche Aussage, falsches Alibi, Gefängnis, für Sie ohnehin, das Trio Janis Joplin ist hinter Gitter.«

Kellermann trank, Wagner auch. Beide setzten sich. Wagner legte sein Smartphone auf den Tisch.

»Dabei könnte ich es so einfach haben. Ein Klick. An meine ehemaligen Kollegen, und gleich an die Zeitungen. Ich bin kein guter Fotograf, aber meine Bilder würden gedruckt werden. Und das Größte, ich würde Ehrenbürger der Seestadt. Aber ich wäre ein Schwein. Halten Sie mich für ein Schwein?«

»Ja.«

»Aber ich gefalle Ihnen.«

»Ein wenig.«

»Sie mir auch. Ihr Gesicht. Auf meinem Foto. Sie haben noch keine Zeit gehabt, es sich anzusehen, in Ruhe, immer bin ich da, störe Sie, mache ihnen Vorschläge, wen Sie als Nächsten umbringen könnten. Stieglitz. Keine originelle Idee, ich weiß, Sie haben sie selbst auch schon gehabt, er wird zu Ihnen kommen, dann zu mir, wieder zu Ihnen, alles sehr umständlich, ein ewiges Hin und Her. Da ist es doch viel einfacher, wenn Sie gleich zustechen, bei der ersten Begegnung. Ich denke, heute Vormittag, aber Vorsicht, der Kerl ist bewaffnet, und Ihnen traut er nicht, er ist wie Sie, ein Killer, nur darf er nicht, bei Ihnen schon, er wartet darauf, glauben Sie mir.«

»Ich weiß es. Er oder ich.«

»Es wird bald geschehen, und es wird schnell gehen, Sie werden nicht einmal dazukommen, mich anzurufen. Auf Stieglitz.«

Wagner hob das Glas und trank, Kellermann zögerte noch, als es an der Wohnungstür klingelte. Wagner flüsterte ihm zu:

»Wer kommt da mitten in der Nacht noch zu Ihnen?«

Nun wurde gegen die Tür geschlagen. Kellermann stand auf, ging in das Vorzimmer, öffnete. Stieglitz stand draußen im Flur.

»Wie ich gehört habe, sind Sie nicht allein, Herr Kellermann. Darf ich? Ich dürfte nicht, aber was soll ich schon viel anstellen, noch dazu wenn es einen Zeugen gibt.« Er warf einen Blick an Kellermann vorbei. »Ausgerechnet Sie, Herr Wagner, was für ein Zufall, eine Flasche Whisky, zwei Gläser. Gratuliere, dass Sie noch leben.«

Wagner war eben dabei, die Balkontür zu schließen. Er flüsterte noch immer.

»Waren wir zu laut? Das kommt davon, wenn sich zwei ehemalige Häftlinge treffen, aber warum sollte ich nicht mehr leben? Oder glauben Sie, Herr Dr. Kellermann hat mir Gift in das Glas geschüttet? Eine letale Dosis wie diesem Dominik. Mir geht es gut, sehen Sie uns an, wir haben beide zufriedene Gesichter, nur in den Augen könnte ein leichter Glanz sein, eine halbe Flasche ist eine halbe Flasche, auch wenn wir sehr vorsichtig damit umgegangen sind, den ganzen Abend, die halbe Nacht, immer nur Schluck für Schluck.«

Stieglitz betrachtete das Skelett. Seine Stimme war laut wie immer.

»Schluck für Schluck. Den ganzen Abend. Auch zwischen halb zehn und zehn?«

»Verhören Sie mich oder Herrn Dr. Kellermann?«

»Niemanden. Ich frage nur.«

»Zwischen halb zehn und zehn? Da waren wir beim Pferd, Herr Dr. Kellermann war so freundlich. So ein Schädel hat ein Gewicht, zu viel für einen alten Mann, für einen Grabräuber, aber jetzt ist das arme Tier wieder komplett.«

Wagner tippte auf seinem Smartphone herum, das erste der fünf Bilder erschien. Stieglitz betrachtete das Pferdeskelett.

»Sie wollen mir erklären …«

»Jemand hatte den Pferdekopf gestohlen, das war ich. Vor ein paar Wochen.«

»Mich interessieren nur menschliche Skelette. Am meisten John.«

»Jemand hat den Pferdekopf zurückgebracht. Das waren wir. Zwischen halb zehn und zehn.«

»Aber das Bild wurde eine Stunde später aufgenommen.«

»Sommerzeit, ich habe vergessen, umzustellen. Ein alter Mann kann nicht alles, manchmal drücke ich, es kommen dann Dinge, die ich alle nicht will. Apps.«

»Haben Sie noch mehr Fotos?«

Wagner tippte auf das Handy, das Licht des Displays fiel auf sein Gesicht.

»Mehr Fotos? Wovon?«

»Eines, auf dem man Kellermann sieht.«

»Herr Dr. Kellermann, habe ich Sie heute fotografiert?«

»Ich habe nichts bemerkt.«

»Hier. Sehen Sie.«

Wagner hielt Stieglitz wieder das Smartphone entgegen.

»Die Schuhabdrücke, und wenn Sie genau hinsehen, und Sie sehen ja immer sehr genau hin, hier hat Herr Dr. Kellermann gekniet. Um den Schädel hineinzulegen. Er hat für mich die Drecksarbeit gemacht, aber sich umgezogen, damit wir gemütlich beisammensitzen können.«

Stieglitz sah Kellermanns Jeans über einem Stuhl hängen, hob sie auf, zog die Hosenbeine in die Länge.

»Wenn ich knie, mache ich mich schmutzig. Sie, Herr Kellermann, Sie sind sauber geblieben. An Ihren Jeans sieht man nur Löcher, Risse, sonst nichts.«

Kellermann führte Stieglitz ins Bad, öffnete das Bullauge der Waschmaschine. Stieglitz zog die verdreckte Hose heraus, warf sie zurück.

»Ihre Schuhe, oder waren Sie barfuß unterwegs?«

Kellermann führte Stieglitz ins Vorzimmer, deutete auf die Schuhe. Stieglitz sah und befühlte die Erde auf den Sohlen.

»Herr Kellermann, sehr eingetrocknet, wie erklären Sie sich das?«

»Mit der angenehmen Wärme in meiner Wohnung, mit den vier Stunden, die seitdem vergangen sind.«

Wagner meldete sich.

»Sie sehen, Herr Stieglitz, alles ist in Ordnung. Bei uns. Aber bei Ihnen ist wieder einmal Weltuntergang. Sagen Sie nicht, dass es keinen Mord gegeben hat. Man muss nur Ohren für das Sirengeheul haben, Augen für das viele blaue Licht im Nebel, und Ihnen sieht man die Verzweiflung an. In den Nachrichten gibt es nichts, aber Sie besuchen uns in der Nacht. Wer wurde umgebracht? Eine Frau, ein Mann? Auf eine neue Weise? Wir haben am Pferdegrab Schüsse gehört. Wie viele?«

Wagner hatte sich an Kellermann gewandt.

»Zwei. Aus der Ferne, aus der Seestadt. Ist jemand verletzt?«

Statt zu antworten trat Stieglitz an das Skelett heran.

»Das also ist John. Ohne Hammer, Amboss und … Steigbügel. Herr Kellermann, Sie sehen, ich lerne. Jeden Tag, mit jeder Stunde, und ich denke auch wie der Mörder. Als Mörder habe ich viele Sorgen. Wie merke ich mir meine vielen Lügen? Was für ein Gesicht mache ich, wenn man mich fragt oder hinterhältig verhört oder mich sogar dieser Stieglitz in meiner Wohnung besucht, mitten in der Nacht? Wo verstecke ich das Bajonett? Wo würden Sie es denn verstecken, Herr Kellermann, helfen Sie mir.«

»Irgendwo in der Erde, auf einem Spielplatz, auf jeden Fall draußen.«

»Nehmen Sie ihm den Kopf ab und hören Sie auf zu zittern, es nützt Ihnen nichts, ich finde die Mordwaffe, hier, jetzt, und noch in dieser Nacht. Kopf ab.«

248

Kellermann hob vorsichtig den Totenschädel vom Skelett. Stieglitz trat vor, lugte in den Wirbelkanal, schob seine Finger hinein, zog sie zurück, begutachtete sie, roch daran, rieb sie gegeneinander, ein Wölkchen von Knochenmehl stieg auf.

»Das ist nicht Staub, Herr Kellermann. Ihr John zerfällt auch nicht von innen her. Er muss aber viel aushalten. John hat seinen Körper der Medizin geschenkt, und Sie machen eine Scheide aus ihm. John kommt ein zweites Mal auf den Seziertisch, er wird auseinandergenommen, Wirbel für Wirbel. Wir werden Blut finden, aber nicht seines, sondern Spuren von Seestädtern, eine einzige Zelle genügt, und alle Fälle sind geklärt. Alle. Ich lasse John abholen, Sie leihen uns Ihren Freund, und ich bin sicher, er wird reden. Oder Sie zeigen mir das Bajonett, jetzt, auf der Stelle. Darf ich?«

Stieglitz öffnete die Balkontür, trat hinaus, forderte Kellermann mit einer Handbewegung auf, nachzukommen.

»Warum glauben Sie, stehen wir jetzt hier. Damit der Alte uns nicht hört? Nein! Er kann alles wissen, er hat keine Bedeutung. Er ist so wertlos wie das Alibi, das er Ihnen gibt, er ist zu kompliziert, schmückt die Dinge aus, lässt sich groteske Dinge einfallen. Ein Pferdekopf, ich bitte Sie, da müssen Sie doch hellhörig geworden sein! Wer zu viel Fantasie hat, macht Fehler, er wird stolpern. Jetzt bin ich hier, um Ihnen etwas zu zeigen, auch wenn man es nicht sieht, aber Sie haben genug Fantasie. Sie sehen das Haus gegenüber? Dritter Stock, die leere Wohnung, wegen der Serienmorde verlassen, aber Blumen gibt es noch, alte Zeitschriften, den Fernseher, wie bei der Titanic vergisst man vieles, auch einen Schirm, falls Sie wieder einen für Ihr Skelett brauchen. Ab heute ziehe ich dort ein, ich bin Ihr neuer Nachbar. Sie haben Stieglitz immer vor sich, er hat Sie im Auge, wir sind das neue Paar, vergessen Sie Lisa.«

Kellermann versuchte unmerklich den einzigen Stuhl auf dem Balkon über den umgestürzten Grill zu schieben.

»Apropos Schirm. Wozu haben Sie einen gebraucht, nachdem Sie für das Skelett ohnehin eine Decke hatten?«

»Für mich. Das Skelett war eine Ausrede. John begleitet mich schon mein ganzes Leben.«

»Man kann in ihm ein Bajonett verstecken. Tolle Idee, alle Achtung.«

»Ja, alle Achtung.«

»Wann ist Ihnen das eingefallen?«

»Nie. Es ist Ihre Idee. Alle Achtung.«

Stieglitz zog den Stuhl beiseite. Es stieg keine Asche vom umgestürzten Grill auf, der Nebel hatte sie verklebt. Stieglitz schürte in ihr mit seinem Fuß herum.

»Sie lieben das Feuer? Ich auch. Das Fleisch noch blutig oder ganz durch? Laden Sie mich ein. Es sind ja nur ein paar Schritte, ich bin gerne bei Ihnen. Wir kommen uns immer näher. Übrigens, noch eine Idee, von mir, nicht von Ihnen, wie immer. Man legt ein blutiges Bajonett in die Glut, was halten Sie davon?«

»Wozu, warum?«

»Wozu, warum? Jetzt haben Sie einen Fehler gemacht. Stellen Sie sich nicht dumm, das gelingt Ihnen nicht.«

Stieglitz ging in die Wohnung zurück, Kellermann sah die Kohlenreste des umgestürzten Grills, aber nicht mehr das ausgeglühte Bajonett.

»Kommen Sie, Herr Kellermann, wenn Sie zu lange auf dem Balkon sind, gibt es Ärger, und ich möchte nicht hören, wie Sie Ihrem Überwacher schwören, nicht auf der Flucht zu sein oder gerade niemanden umzubringen. Wie haben Sie den Pferdekopf transportiert? Unterm Arm, auf dem Kopf, so ein Ding ist doch groß und nicht ganz leicht. Sonst hätten Sie unserem alten Herrn nicht helfen müssen.«

Wagner kam Kellermann mit der Antwort zuvor.

»In einer großen Tasche, ich verreise nicht mehr, aber dafür ist sie gut.«

»Wo ist sie?«

»Vergessen.«

»Wo?«

»Draußen. Beim Pferd.«

»Wir holen sie.«

»Ich brauche sie nicht mehr.«

»Ich aber. Kommen Sie. Vergessen Sie auch Ihr Smartphone nicht, das schöne Bild vom Pferdegrab, ich würde es mir gerne noch einmal ansehen. Mir geht die Sommerzeit nicht aus dem Kopf. Geben Sie es mir, meine Finger sind jünger, ich finde alles schnell, Anrufe, Mails, Fotos.«

Wagner nahm das Telefon, händigte es aber Stieglitz nicht aus, sondern steckte es ein.

»Wie Sie wollen, Wagner. Aber Sie haben mich jetzt neugierig gemacht. Sie werden Ihre Tasche brauchen, für eine lange Reise, dieses Mal kehren Sie nicht so bald in die Seestadt zurück.«

Stieglitz ging voran. Er war schon an der Wohnungstür, als Wagner schnell seine Jacke öffnete, das Bajonett aus seinem Gürtel zog und es Kellermann zusteckte.

Kellermann wartete, bis er die beiden vom Stiegenhaus hörte, Augenblicke später aus der Sonnenallee. Behutsam strich er mit der Hand über die Waffe. Einige Aschenreste fielen zu Boden, andere blieben an seinen Fingern hängen. Wagner hatte sich selbst in größte Gefahr gebracht, um ihn zu retten. Jetzt war nur zu hoffen, dass es Stieglitz nicht schaffte, den alten Mann am Pferdegrab der Lüge zu überführen, aber mit einer nicht vorhandenen Reisetasche würde ihm das leicht gelingen.

Noch explosiver war Wagners Handy. Stieglitz brauchte nur die richtige Taste drücken, um den Fall des Serienmörders der Seestadt gelöst zu haben, mit unumstößlichen Beweisen, mit Fotos, die auch Kellermann kaum ertragen konnte. Immer wieder klickte er sie auf seinem Smartphone an, ließ sie wie einen Film aus vier Bildern vor sich ablaufen. So sah ein Mord aus, der Mörder.

Kellermann blieb allein in der Wohnung zurück. In den Nachrichten gab es noch immer keinen neuen Toten in der Seestadt, und Kellermann stellte sich schon darauf ein, irgendwann Hofstätter wieder gegenüberzustehen. Der lag vermutlich in einem Krankenhausbett. Ihn selbst würde man mit gefesselten Händen und scharf bewacht herumstoßen wie ein Stück Vieh, von dem niedergestochenen Mann zu den Toten bei einem Lokalaugenschein, von den kurzsichtigen Augen Hofstätters in die Gassen der Seestadt. Kellermann setzte die Spitze des Bajonetts auf seine nackte Brust. In seinem rechten Arm hätte er genug Kraft, aber die Gefahr war groß, dass er das Herz verfehlte. Die Römer hatten sich in ihre Schwerter gestürzt, doch für einen solchen ehrenhaften Tod war Kellermanns Waffe zu kurz. Er müsste sich auf den Boden knien und vornüber in das Bajonett fallen lassen.

Aber dann war in den nächsten Rundfunknachrichten endlich von einem weiteren Vorfall in der Seestadt die Rede. Eine Stunde später wurde über Straßensperren, ein Großaufgebot der Polizei und Sondereinheiten berichtet. In den Fernsehsendungen, die dann folgten, sah Kellermann aufgelegt auf einem Tisch Lisas Pullover und ihre Jacke aus Wolle, ein paar ihrer Dessous und die Musikkassetten ihres Vaters. Ein Kriminalist bat um Hinweise, denn diese Stücke hätte man in der Nähe des Tatorts gefunden, und sie könnten mit dem fünften Mord in der Seestadt in Zusammenhang stehen.

Mord. Endlich! Über das Opfer wurde nichts berichtet, nur mehrere Stiche mit einem Bajonett wurden erwähnt, doch jetzt gab es keine Zweifel mehr, Hofstätter würde Kellermann weder von einem Bett aus noch in einem Rollstuhl sitzend mit einem vorwurfsvollen Blick betrachten und nicken, wenn er gefragt würde, ob das der Mann sei, der auf ihn eingestochen habe.

Kellermann stand auf, das Bajonett war für die anderen, nicht für ihn. Er schlug es in seine Jeans ein, beide Stücke mussten aus seiner Wohnung verschwinden. Nach dem Tod Hofstätters lohnte es sich, weiterzumachen, hinauszugehen, noch dazu, wo sich draußen der Nebel gelichtet hatte und Kellermann nach einer schlaflosen Nacht ein neuer Tag bevorstand, einer von vielen, denn der Pitbull konnte nur bellen, Stieglitz hatte nicht den geringsten Beweis gegen ihn in der Hand, und auf Wagner war Verlass. Kellermann kam sich vor wie ein Genesender, weil jener Mensch, den er umbringen wollte, auch tot war, weil ihm alles gelang. Mit einigem Glück konnte er seinen Aufstieg fortsetzen, Hofstätter durfte nicht der Letzte sein, er wäre kein guter Abschluss, nur eine Brücke, hinüber zur Janis-Joplin-Promenade. Er verabschiedete sich von John, einmal würde es das letzte Mal sein, doch noch nicht heute, nicht an diesem Tag, an dem die anderen noch mehr logen als er, denn von Schüssen aus einem Gewehr und dem Tod eines hohen Tiers aus ihren eigenen Reihen war noch immer nichts berichtet worden.

Kellermann machte es Freude, auf den Schritt genau den Weg zu gehen wie am Abend zuvor mit Hofstätter. Es gab nur keine Gespräche über Infrarot und Wärmebildkameras, auch der Nebel fehlte jetzt, und wahrscheinlich stand nicht einmal ein einziger Scharfschütze hinter einem der Fenster. Statt einer Tasche mit Lisas Kassetten in der Hand trug er jetzt das in seine Jeans gerollte Bajonett unterm Arm. Die verlässliche Waffe musste verborgen werden, für kurze Zeit. Nur ein einziges Mal noch. Noch einmal zustechen, und Kellermann hätte Frieden. Auf der Janis-Joplin-Promenade töten, und er wäre glücklich. Wenn ihm nur niemand in die Quere kam. Deswegen musste es bald geschehen. Er könnte es jederzeit tun. Doch dann wäre es zu schnell vollendet und vorüber. Kellermann spürte, dass er sich bändigen musste, er träumte schon von der Promenade, und Hofstätter lag wahrscheinlich noch nicht einmal auf dem Seziertisch. Ob er durch die Schüsse ohnehin gestorben wäre, wie Dominik an Psychopax?

Kellermann durfte das Schild des Yella-Hertzka-Parks nur aus der Ferne wiedersehen. Er könnte durch die Absperrung gelangen, wenn er sich von einem der Polizisten zu einem Kriminalisten führen ließe, um eine wichtige Aussage zu machen. Kellermann wusste eben mehr als jeder andere, auch dass dieser Pullover, die Jacke aus Wolle und die Musikkassetten Frau Bruckner gehörten. Eine Lawine würde er lostreten. Was hatte Herr Hofstätter in der Wohnung seiner Inhaftierten zu suchen? Später konnte Kellermann noch immer alles erzählen, am besten Stieglitz, wenn er eine Waffe gegen ihn brauchte und ihn darauf aufmerksam machte, welche Kollegen und Freunde er hatte. Mit Hofstätter würde sich noch viel anfangen lassen.

Kellermann begnügte sich vorerst damit, auf dem Weg zum Tatort eine kleine Entdeckung zu machen, die Stieglitz und seinen Spürhunden entgangen war. Überall standen Nummerntafeln, die meisten auf dem eingetrockneten Blut Hofstätters, aber keine bei seiner zerbrochenen Brille auf dem Asphalt der menschenleeren Ilse-Arlt-Straße. Wenn man nicht einmal das goldfarbene Stück bemerkte, warum sollten dann diese Menschen Kellermann gefährlich werden?

Kellermann blickte sich um. Seestädter schien es keine mehr zu geben, nur noch Fremde. Niemand sonst schien neugierig zu sein auf den Untergang der Stadt. Er begegnete aber Forensikern in hellen Overalls und Zivilisten in kleinen Gruppen, die ihre Köpfe zusammensteckten und flüsterten, als gäbe es etwas zu verbergen. Er schnappte trotzdem Worte wie Hofstätter, Desaster und Waffengebrauch auf. Die Herren waren erst am Anfang. Sie würden noch vieles entdecken. Über Funk wurde aufgeregt mitgeteilt, dass man das Auto in der Johann-Kutschera-Gasse gefunden hatte, weit draußen, und man vermutete auch gleich, dass Hofstätter über Hirschstetten gekommen sein musste. Warum? Niemand hatte eine Erklärung. Kellermann hätte sie am liebsten den ratlosen Männern zugerufen. Hofstätter war bei Nacht und Nebel in die Seestadt eingedrungen, um Beweise verschwinden zu lassen, gestohlenes Morphin aus der Welt zu schaffen. Um für Frau Bruckner selbst zum Täter zu werden. Weil er schon früher ein Verbrecher war. Kellermann lächelte, weil seine Antworten der Wahrheit immer näher kamen, die letzte gefiel ihm am besten. Hofstätter war in die Seestadt gekommen, um zu sterben.

Kellermann war erstaunt, wie sehr ihn das Schicksal liebte. Er hatte Hofstätter nicht einmal unter einem Vorwand zu einem geheimen Treffen bitten müssen. Sein Mentor war freiwillig zu ihm gekommen, wie schon der Tätowierte. Wer würde der Nächste sein? Kellermann fand es aufregend, dass nicht einmal er wusste, wer auf seiner Liste stand. Nach Hofstätter war es schwer, den Richtigen zu finden. Nie wieder würde er eine belanglose Gestalt wie Dominik umbringen oder auf einen fliehenden Radfahrer einstechen. Auf keinen Fall durfte er töten, nur weil sich die Gelegenheit dazu bot.

Kellermann hielt die blaue Hose in seinem Arm, als wäre in ihr ein Kind. Er musste es vor allen verbergen, nur Lisa könnte er es zeigen, sie würde es streicheln. Nach dem Tod Hofstätters standen ihre Chancen auf Freiheit noch schlechter, es wäre eine Tragödie, käme sie erst in die Seestadt zurück, wenn alles schon vorüber war. Kellermann könnte eine Geisel nehmen, ihr das Bajonett an den Hals setzen und Frau Bruckner verlangen. Stieglitz würde ihm glauben, ihn ernst nehmen, Lisa befreien. Wie aber ginge es weiter? Eine Flucht irgendwohin wäre ausgeschlossen, da Kellermann für immer in der Seestadt bleiben wollte.

Er zwang sich zur Ruhe, töten konnte er noch immer. Er fing an, die letzten Tage von Serienmördern zu begreifen, und wie leicht es war, überstürzt zu handeln, Fehler zu machen, das eigene Schicksal erbärmlich enden zu lassen. Kellermann wollte nicht einer werden wie sie. Er hatte nach wie vor die besten Karten, Alibis für einige Morde, und er stand aufrecht Feinden gegenüber, die keine Beweise in den Händen hielten, nur Nummerntafeln. Wie sie jetzt eben die Goldbrille Hofstätters bekam, die endlich von einem Kriminalisten entdeckt worden war. Ein Fernsehteam lief herbei, filmte das Relikt Hofstätters von allen Seiten, wurde verjagt, aber die junge Journalistin, der er schon einmal begegnet war, ließ es sich nicht nehmen, vor die Kamera zu treten und mit der Ilse-Arlt-Gasse im Hintergrund die Vermutung zu äußern, dass die Brille dem Serienmörder der Seestadt gehören könne.

Kellermann hatte ihr damals die Hoffnung gemacht, sie bei ihrer Arbeit zu unterstützen, ihr als Seestädter zu helfen. Und bei ihrem Anblick jetzt fasste er spontan einen Entschluss. Er konnte sich auf sie verlassen, denn immerhin war das junge Geschöpf der kleinen Stadt treu geblieben, und selbst wenn sie jetzt im Morgengrauen fror, nur um mit Killerman Karriere zu machen, so würde sie für seinen Ruf sorgen. Kellermann hatte noch ihre Visitenkarte, aber er rief sie erst an, nachdem er außer Sichtweite seiner Feinde war, auf dem Steinpflaster der Susanne-Schmida-Gasse. Er gab sich zu erkennen und bat sie, ihn zu treffen, allein, ohne den Mann hinter der Kamera, für eine vertrauliche Angelegenheit, er nannte ihr seinen Standort.

Daraufhin kam sie nach ein paar Minuten schon um die Ecke gebogen. Er nickte ihr zu, und sie ging ihm forschen Schrittes entgegen, sie gefiel ihm.

»Sie haben etwas für mich, Herr Kellermann. Sie sind der Herr, der mir kein Interview geben wollte.«

»Kein Interview, auch jetzt nicht, das machen die anderen. Von mir bekommen Sie mehr, eine Leihgabe zum Herzeigen, damit sich Ihre Zuseher etwas vorstellen können.«

Kellermann zog das Bajonett aus den Jeans.

»So sieht die Mordwaffe aus? Das ist fantastisch!

»So sieht sie aus. Von einer Baugrube.«

»Wann haben Sie das Ding gefunden?«

»Vor Monaten. Zufällig.«

»Nicht erst jetzt? Der Mörder könnte sie weggeworfen haben. Aufregend.«

»Das Bajonett war verrostet, verkrustet, unbrauchbar, ich habe es gereinigt, auf Hochglanz gebracht.«

»Für mich.«

»Für uns alle. Auch für Ihr Publikum. Sie haben es aber nicht von mir. Versprochen?«

»Versprochen.«

»Sie geben es mir zurück, morgen oder jedenfall in ein paar Tagen, ich rufe Sie an. Auch versprochen?«

»Geschworen, bei meiner Seele. Ich bin hier. Ab heute immer. Im Wohnmobil oder auf der Straße. Bis man den Killer gefunden hat, und wenn es noch Monate dauert, aber langsam wird es heiß, ich spüre es.«

Kellermann überreichte ihr das Bajonett. Sie nahm es ehrfürchtig in beide Hände.

»Schade. Schade, dass es nicht die Mordwaffe ist.«

»Bringen Sie jemanden um damit, dann ist es eine.«

»Frauen morden mit Gift, wir können kein Blut sehen. Eines verstehe ich nicht, Herr Kellermann, Sie stecken mir das Bajonett heimlich zu, aber Sie nennen mir Ihren Namen.«

»Weil ich Ihnen vertraue.«

»Oder heißen Sie in Wahrheit anders?«

»Ja. Kittel. Oder Kittel-Kellermann. Killerman, wie Sie wollen.«

»Killerman gefällt mir am besten. Es ist das kleinere Wohnmobil, unten am See, am anderen Ufer. Das große ist für meinen Kameramann und die Technik, weit genug weg. Besuchen Sie mich doch!«

»Sie vertrauen mir auch.«

»Ich mag Männer mit Witz. Und in der Seestadt kann es ohne Morde ganz schön langweilig werden, wer weiß, wann der nächste kommt.«

»Haben Sie Angst?«

»Ja.«

Die TV-Journalistin reichte Kellermann die Hand, hielt sie lange, drückte das Bajonett an sich.

»In den Abendnachrichten. Sehen Sie auch mich an, nicht nur auf das Bajonett, und ich hoffe, Sie wollen es bald wiederhaben.«

Die Journalistin verschwand schnell und ohne sich umzuwenden. Sie würde sich an jeden Augenblick dieser Begegnung erinnern, wahre und erfundene Geschichten erzählen, im Fernsehen vom Serienmörder der Seestadt schwärmen, alle seine Tage erforschen, ihn durchleuchten, in Büchern beschreiben, von ihm nie wieder loskommen und ihn auch nicht verraten. Niemand hatte sie zusammen gesehen, es gab weder Blut auf dem Bajonett noch seine Fingerabdrücke, er hatte es auch jetzt mit dem zerschlissenen Stoff der Jeans angefasst. Die Mordwaffe war in guten Händen. Kellermann gefiel auch die junge Frau besser als John. Das Skelett war etwas für Stieglitz, aber ein solches Versteck vor Millionen Augen konnte nur Killerman eingefallen sein.

Die Jeans in seinen Händen waren zwar leichter geworden, aber als Beweismittel gegen ihn wog sie noch immer schwer, und Stieglitz durften sie nicht ein zweites Mal in die Hände fallen. Kellermann ging am Park vorbei, als wäre dort nichts geschehen. Es fiel ihm immer leichter, den alten Tod zu vergessen, da seine ganze Aufmerksamkeit nach vorne gerichtet war. Wenn er noch eine kleine Zukunft haben wollte, musste er sie bauen, Stein für Stein, dafür kämpfen, die richtigen Entscheidungen treffen, und vor allem Stieglitz immer einen Schritt voraus sein.

Wieder einmal verschluckte ihn das Schlachtfeld und er verschwand in seiner Baugrube. Wieder einmal wurde er unsichtbar für die Oberirdischen, höchstens ein Hubschrauber könnte ihn entdecken. Er schob den Gedanken beiseite, dass sein Kreis anfing sich zu schließen, aber auch hier deutete alles darauf hin. Vor Monaten hatte er in der Hitze des Sommers Bücher, kompromittierende Zeitungen und alte Dokumente eingeäschert, jetzt setzte er seine Jeans in Brand, und er hielt seine Hände über das Feuer, um sie in der Kälte zu wärmen. Viele Träume hatte er nicht mehr, aber die Seestadt im Schnee gehörte dazu und eine Nacht mit Lisa.

Trotzdem war Kellermann mit seinem neuen Leben zufrieden. Hofstätter hatte ihn in die Seestadt geschickt, Hofstätter war dem eigenen Experiment zum Opfer gefallen. Er war selbst schuld. Kellermann nickte, obwohl er allein war. Sein Mentor hätte erkennen müssen, welche Möglichkeiten in Kellermann schlummerten und nur darauf lauerten, sich am Ende der Welt zu entfalten.

Er wurde wehmütig, als er nach dem Aufstieg aus der Baugrube im Vormittagslicht die zusammengeschobenen Häuser der Seestadt sah. Hofstätter hatte einen besonderen Ort für ihn ausgesucht. Er konnte wahrscheinlich wirklich nicht ahnen, wie das neue Lebensgefühl sich bei seinem Wunschkind entfalten würde.

Auf den Weg zurück in seine Stadt wanderte er in einem Bogen um sie herum, damit er sie noch einmal auch von der anderen Seite betrachten durfte. Als er sich dem Pferdegrab näherte und an die Absperrung herantrat, stand er plötzlich vor einem neuen Rätsel. Dem Pferd fehlte wieder der Schädel.

Kellermann überfiel eine Müdigkeit, die er schon von den schlaflosen Nächten nach seinen Morden kannte. Doch jetzt kam noch eine Atemnot hinzu, die sonst nur bei Anfällen von Wut oder Panik auftrat. Er war nur ein Mensch, und er gestand sich zu, wie jeder Sterbliche Angst zu haben. In seiner Seestadt warteten tausende voller Feindseligkeit auf ihn, die verbliebenen Einwohner wollten ihn gefesselt oder tot sehen, die Kriminalisten und das Heer der Polizei unternahm alles, dass es dazu kam. Er könnte jetzt in die entgegengesetzte Richtung gehen, über Hirschstetten fliehen, in der Großstadt untertauchen. Aber in der Großstadt hätte er niemanden. Als er den ersten Fuß auf den Asphalt der Sonnenallee setzte, hatte er alles. Die Erde der Baugrube fiel von seinen Schuhen, und er dachte an die tausenden Soldaten unter ihm. Flucht war etwas für Feiglinge.

Kellermann verschlief den restlichen Tag wie tot, sodass er auch das Klingeln des Telefons überhörte. Wagner hinterließ eine Nachricht auf dem Anrufbeantworter, und Kellermann rief ihn zurück, auch weil er von dem kopflosen Pferd geträumt hatte. Der alte Mann wirkte immer noch wie verjüngt, er erzählte lachend von der Ankunft an der Ausgrabungsstätte, von der Enttäuschung seines Begleiters Stieglitz, als er die tatsächlich vergessene Reisetasche in der Baugrube gesehen hatte. Um sein Gesicht nicht ganz zu verlieren, habe der zornrote Kriminalist den Pferdekopf in der Tasche verstaut und mitgenommen. Wagner beteuerte, dass er alles fotografiert, aber keine Bilder gezeigt habe. Sein Handy hätte er nicht aus der Hand gegeben.

Kellermann versprach dem alten Mann einmal mehr ein kleines Fest, irgendwann, vielleicht schon bald, mit den Jugendlichen am anderen Ufer oder auch nur zu zweit am See, als Zeichen der Freiheit, alles ehemalige Häftlinge.

»Herr Wagner, die Seestadt gehört jetzt uns.«

»Wir sind das Recht, die neue Ordnung.«

Beide lachten, legten auf. Kellermann nahm die Whiskyflasche, ging auf den Balkon hinaus, streckte sie von sich, kippte sie. Der bernsteinfarbene Saft gluckste am Flaschenhals, fiel aber nicht gerade zu Boden, sondern wurde durch den Wind wie ein kurzer Regenguss versprüht. Niemand schrie auf, niemand beschwerte sich, Lisa hätte gelacht und ihn auf ein paar Gläser Wein eingeladen. Kellermann musste nüchtern bleiben, um nicht betrunken ein falsches Wort zu sagen, am Telefon oder bei hinterhältigen Fragen von einem der tausend Feinde, die immer näher rückten und ihn umlauerten. Doch Killerman konnte man nicht einschüchtern, nur belügen. John stand nach wie vor im überhitzen Zimmer anstatt auf dem Seziertisch zu liegen, und die Fenster im Haus gegenüber spiegelten nur die Schwärze des Nachthimmels. Stieglitz war nie erschienen, wahrscheinlich noch nicht einmal eingezogen. Der Pitbull bellte, biss aber nicht zu. Worauf wartete er noch?

In der Nachrichtensendung wurde das Bajonett schon im Vorspann gezeigt, im Beitrag dann von allen Seiten, nah, noch näher, und bei dem Expertengespräch lag es auf dem Tisch. Die junge Journalistin hielt Wort, war ehrlich, eine Frau, auf die sich Kellermann ebenfalls verlassen konnte. Immer wieder betonte sie, dass es sich nicht um die Mordwaffe handle, sondern um einen Bodenfund, aber aus der Seestadt, von einem Museum zur Verfügung gestellt, das aber nicht genannt werden wollte. Kellermann riss sich von seiner Mordwaffe los, sah die Augen der Frau, ihren Mund, ihren schönen Mund, aus dem die Lügen wie Wahrheiten kamen. Sie beschützte ihn, sie machte ihre Sache großartig, und es war genial von ihr, weiße Zwirnhandschuhe anzuziehen, das Bajonett mit spitzen Finger anzufassen und dann wie eine kostbare Reliquie vor die Kamera zu halten, es im Scheinwerferlicht von allen Seiten glänzen zu lassen. Gab es Zuschauer, die noch dachten, dass sie nicht die Mordwaffe in den Händen hielt, es aber verschweigen musste?

Kellermann würde sie besuchen. Schon um zu sehen, wie sie lebte, in einem Wohnmobil an einem See bis zur Ergreifung des Serienmörders, weit genug weg von der Technik und dem Kameramann, nur sie und er, auf Lisa länger zu warten war allmählich Wahnsinn, auf eine Gefangene zu hoffen, die zu spät kommen musste, selbst wenn sie in der nächsten Woche freikäme und von der U-Bahn in die Sonnenallee lief.

Er war überzeugt, dass ihm eine letzte Liebe zustand. Lisa hatte sie ihm verdorben, sie hatte für Morphin das gemeinsame Glück zerstört und dann auch noch Hofstätter schöne Augen gemacht. Wenn sie nur an sich dachte, war es auch Kellermann erlaubt, ohnehin nur ein einziges Mal und am Ende. Er war auch überzeugt davon, aus dem schönen Mund der jungen Frau aus dem Fernsehen kein Lachen zu hören, wenn sie mit ihrem nackten Körper seine Fußfessel spürte.

Kellermann bemerkte, dass er nicht der Einzige war, der von dieser Nachrichtensendung gefesselt wurde. Im Haus gegenüber, im dritten Stock, stand im blauen Licht des zurückgelassenen Fernsehers Stieglitz. Vermutlich auch mit angehaltenem Atem, auf jeden Fall gebannt und reglos, ohne Augen für etwas anderes zu haben. Kellermann hätte gerne gewusst, ob Stieglitz die junge Frau anstarrte oder das Bajonett, ob er sich Gedanken über die Liebe oder über das Töten machte. Der Pitbull telefonierte bereits, ohne den Blick von der Mordwaffe zu lassen, er war nicht zu täuschen, dem argwöhnischen Lügner machte man nichts vor, aber er wurde wahrscheinlich wie die vielen anderen Anrufer beruhigt und belogen. Kellermann sah auf dem Bilschirm, wie die junge Frau mit den weißen Handschuhen ein Blatt Papier auf den Tisch bekam. Sie überflog es, lächelte, freute sich über das große Interesse an der Sendung, über die vielen Anrufe, sogar aus dem Ausland, und beteuerte nochmals, dass es sich bei dem gezeigten Bajonett nicht um die Tatwaffe handelte.

Stieglitz telefonierte noch immer. Kellermann schämte sich für seine Naivität, denn Stieglitz war kein gewöhnlicher

Zuschauer, ihm standen andere Mittel und Waffen zur Verfügung, die ganze Macht des Staates. Wenn auch sie versagten, würde Stieglitz noch in dieser Nacht an den See gehen, hinüber zum anderen Ufer, und die Tür zum Wohnmobil eintreten, falls man sie ihm nicht gleich öffnete. Er wäre bei ihr. Nicht mit vielen Fragen wie bei Kellermann, denn er brauchte für seine Jagd nach dem Besitzer des Bajonetts nur eine Antwort. Einen Namen. Kittel? Kellermann? Früher oder später würde die eingeschüchterte TV-Journalistin ihn ausspucken, zusammen mit den eingeschlagenen Zähnen. Stieglitz war alles zuzutrauen. Er musste Killerman erledigen, bevor es zum sechsten Mord in der Seestadt kam und er als unfähig abgelöst wurde.

Jetzt sah Stieglitz herüber in seine Richtung. Und hob sein Glas. Kellermann, der auf den Balkon getreten war, hob die leere Flasche. Der Pitbull öffnete das Fenster nicht, aber er winkte ihm zu, forderte ihn mit befehlender Handbewegung auf, hinüberzukommen. Kellermann zeigte auf seine Uhr, es war nach zehn, Zeit, in der Nähe des Modems zu bleiben, schon der Balkon war ein Wagnis. Gleich darauf erklärte ihm Stieglitz über das Telefon, dass es mit der Fußfessel keine Probleme geben würde, es sei in der Seestadt ohnehin alles im Ausnahmezustand.

Wenig später betrat Kellermann ein Haus, das in seinem Inneren genau so aussah wie seines, aber manche Türen zu den verlassenen Wohnungen standen offen, und auf den Graffities an den Wänden wünschte man dem Serienkiller den Tod, andere Aufschriften feierten ihn und wünschten der verfluchten Gegend eine Zahl von zwölf Morden. Warum nicht elf oder dreizehn? Kellermann hatte keine Ahnung, aber mit jedem Stockwerk, das er erkletterte, weil der Lift außer Betrieb war, wurde ihm klar, dass er dieses Ziel nicht erreichen und einige Seestädter enttäuschen würde.

Stieglitz erwartete ihn schon mit weit geöffneter Tür und einem Glas randvoll mit Wein, von dem schon einiges auf den verschmutzen Boden getropft war.

»War es die Mordwaffe? Was glauben Sie, Herr Kellermann? Haben Sie auch bemerkt, wie zärtlich die Dame das Bajonett gestreichelt hat? Obwohl es nur aus einem Museum ist? Was finden Frauen an Mördern? Ich gebe zu, Herr Kellermann, auch mein Herz schlägt schneller, wenn ich an Sie denke. Sie sind ein Teil meines Lebens, und vielleicht der wichtigste. Was kommt nach Ihnen? Die große Langweile, mein Abstieg, nichts als Routine, ein Mord da, ein Mord dort, die Seestadt gibt es nur einmal. Trinken Sie, nehmen Sie Platz, oft werden wir einander nicht mehr begegnen, und es wird immer ungemütlicher werden, vor allem für Sie.«

Kellermann setzte sich zu Stieglitz auf einen der zwei Stühle, die ohne Tisch neben einem aufgeklappten Koffer mit Schmutzwäsche so nah beisammenstanden, dass man mit den Gläsern anstoßen konnte.

»Sie sehen, Herr Kellermann, ich bin zuversichtlich. Falsch. Ich bin sicher. Lange bleibe ich nicht, ich richte mich nicht ein, weil die ganze Angelegenheit schon bald erledigt ist. Aber Sie könnten mir einen Gefallen tun, waschen Sie meine Wäsche in Ihrer schönen Maschine, ich komme nicht dazu, die Dinge überstürzen sich, eben habe ich erfahren, dass man auf dem ekelhaften Pferdekopf nur die Fingerabdrücke von Wagner gefunden hat, keinen einzigen Abdruck von Ihnen, obwohl Sie den Totenschädel in die Grube gelegt haben. Auf den Knien! Gut ausgedacht, bis ins Kleinste, aber nicht alles bedacht, meistens werden mit Fingerabdrücken Verbrecher überführt, in Ihrem Fall fehlen sie, und wieder werden Sie eine Erklärung haben. Ich warte, lügen Sie mich an.«

»Handschuhe. Aus meinen früheren Jahren. Einige habe ich noch, sie reichen für mein ganzes Leben, wenn es nicht jeden Tag ein Pferdebegräbnis gibt. Ekelhaft. Das habe ich mir auch gedacht, es Wagner aber nicht gesagt, wozu einen alten Mann beleidigen. Bei John ist es etwas anderes, John fasse ich gerne an, er ist auch ein Mensch. Wagner hat es nicht bemerkt, Latex, kaum sichtbar, wie eine zweite Haut, verraten Sie mich nicht, Wagner hat schon genug durchgemacht, er war unschuldig im Gefängnis.«

Stieglitz stand so schnell und heftig auf, dass sein Stuhl kippte. Kellermann fing ihn auf.

»Sitzen Sie nicht herum, Kellermann, kommen Sie, was sagen Sie zu meiner Aussicht?«

Kellermann trat neben Stieglitz ans Fenster. Stieglitz schaute unverwandt hinaus.

»Eigentlich ist es eine Einsicht. In Ihren Balkon, in Ihre Wohnung, in Ihr Leben, in einen kleinen Teil. Ich kenne alles. Ich kenne Sie besser als mich. Sie sind auch interessanter als ich. Über Sie wird man Bücher schreiben, mir wird man vorwerfen, dass ich Sie erschossen habe, man hätte Sie noch so vieles fragen können. Kommen Sie, noch näher, wie sonst wollen Sie den Grill auf Ihrem Balkon sehen? Asche, Holzkohle, eine geschwärzte Wanne, alles vorhanden, nur auf dem Rost keine Reste von Fleisch, Käse, Gemüse. Ich kenne schon Ihre Antwort, Sie haben das Eisengitter gereinigt, zufällig kurz vor meinem letzten Besuch. Aber ich habe sehr genau hingesehen, sehr genau, und auch auf dem Spieß war nichts von Würsten oder Hühnern, keine Spur von Ruß, nicht die geringste Verfärbung. Ich weiß auch, wie oft Sie gegrillt und dann nichts gegessen haben. Wie viele Morde gab es in der Seestadt? Darum ist es auch für mich egal, ob das Bajonett im Fernsehen die Tatwaffe ist oder nicht, man würde nichts finden, es hätte nur einen ideellen Wert. Es kommt aus einem Museum? Glaube ich nicht. Es kommt in ein Museum, da bin ich mir sicher. Sie können stolz sein. Fünf Morde, fünf Tote.«

»Wer war der letzte?«

»Sie haben Ihre Geheimnisse, wir unsere. Aber tun Sie nicht, als wüssten Sie nicht, wer seine Brille verloren hat. Wir verstellen uns zu viel, Sie und ich. Aber ich bin offenherziger als Sie, ich bekenne meine Fehler. Manchmal habe ich mich nicht in der Hand. Wie vorhin. Ich hätte von diesem verdammten Stuhl nicht aufspringen dürfen. Das war nicht gut. Ich bin nervös, verstehen Sie? Ich möchte schon schießen. Aber ich verzeihe mir, vergeben, vergessen, Ihnen hat es eine Freude gemacht, und ich werde noch abdrücken. Wissen Sie, warum ich noch warte? Weil fünf Morde zu wenig sind. Mittelmaß. Nicht einmal die halbe Strecke von Unterweger. Sie sind noch nichts. Ich habe jemanden anderen verdient.«

»Hofstätter war doch jemand.«

»Eben wollten Sie noch wissen, wer umgebracht wurde. Niemand weiß es, außer wir und der Mörder. Das war jetzt ein Geständnis. Sie sind auch nervös. Oder sehr beschlagen. Weil Sie wissen, dass ich damit nichts anfangen kann, ohne Zeugen. Sie sind froh darüber, ich auch. Weil ich offenherzig bleiben kann. Warum, glauben Sie, bin ich betrunken? Weil ich trinke, drei Flaschen, das ist auch für mich nicht wenig. Und warum so viel? Weil es ein Fest gibt. Was feiere ich? Dass mich Hofstätter nie wieder durch seine Brille mit Goldrand ansehen wird. Von oben herab. Gönnerhaft. Wir waren auch alle seine Wunschkinder, über eines ist er eben gestolpert. Danke. Fast wäre Ihnen einer unserer Herren zuvorgekommen, mit Schüssen, aber nicht ins Herz, Sie waren besser, wenn auch nicht so gut wie sonst, fünf Kreuze sind ein Massaker, kein schöner Anblick in der Pathologie, aber weil es Hofstätter war, kann ich trotzdem gut schlafen.«

Stieglitz streckte sich plötzlich, um besser nach unten sehen zu können.

»Was will die hier, was will dieses Miststück?«, stieß er hervor.

Auf der gegenüberliegenden Seite der Sonnenallee hatte eben ein Taxi gehalten, dem Lisa entstiegen war. Sie bezahlte, hatte keinen Koffer, aber auch keine Schlüssel, weil sie an der Eingangstür einen Klingelknopf drückte. Kellermann glaubte das Läuten aus seiner Wohnung zu hören, er sah, wie Lisa wartete, ärgerlich auf die Straße trat und zu seinem Balkon im Halbstock blickte, auf die Tür dahinter, auf das nicht abgedrehte Licht.

»Herr Kellermann, Sie bleiben hier, Herr Kellermann, Sie verlassen mich nicht.«

Lisa bückte sich, strich mit ihrer Hand über den glatten Asphalt, fand etwas, warf es an Kellermanns Fenster. Der scharfe Klang des Steinchens gegen das Glas hallte wider, ein weiterer folgte. Stieglitz versuchte Kellermann den Blick auf die Sonnenallee zu versperren.

»Herr Kellermann, diese Frau zieht Sie in etwas hinein, noch tiefer, Finger weg von ihr, lassen Sie dieses verlogene Luder aus dem Spiel, Sie sind nicht Ihr Hund, werden Sie vernünftig, bleiben Sie hier, diese Frau bringt Sie um.«

Stieglitz breitete die Arme aus, stieß Kellermann zurück, und für einen Augenblick sah es aus, als wollte er seine Pistole ziehen. Kellermann blieb stehen, hob die Arme, als würde schon auf ihn angelegt, ging weiter, im Vorzimmer drehte er Stieglitz den Rücken zu, wartete. Es fiel kein Schuss. Vorsichtig öffnete er die Tür und verließ schnell die Wohnung.

Er lief die drei Stockwerke hinunter, zur Eingangstür, dann ging er leise und langsam hinaus und von hinten auf Lisa zu. Er blieb stehen, sah ihre Haare, ihre Schulter, er hörte sie fluchen. Er ließ sich Zeit für den großen Augenblick. Er räusperte sich. Er sah in Lisas Gesicht, ihre Augen. Diese Frau gehörte zu ihm.

»Herr Kellermann, warum sind Sie nicht zu Hause, um diese Zeit? Ich warte schon eine Ewigkeit. Meine Schlüssel.«

»Sie sind da. Für wie lange? Sie frieren, tut mir leid! Sie müssen mir alles erzählen! Kommen Sie!«

»Es gibt nicht viel zu erzählen, ich war im Gefängnis.«

Kellermann schloss die Eingangstür auf, öffnete sie so weit, dass sie laut gegen die Wand schlug. Im gegenüberliegenden Haus sah er am Fenster des dritten Stocks die Umrisse von Stieglitz, kein Gesicht. Er folgte Lisa nach, übergab ihr die Schlüssel.

»Für immer, Lisa? Oder nur kurz und vorübergehend? Aber jetzt sind Sie da. Warum sehen Sie mich so an? Sind Sie böse auf mich?«

»Wie lange war ich weg?«

»Eine Ewigkeit. Ohne Sie ist die Seestadt nichts.«

»Aber es ist viel passiert. Der Taxifahrer wollte mich schon draußen absetzen und vor lauter Angst nicht einmal hereinfahren in die Sonnenallee, in Ihre Sonnenallee.«

»In unsere. Wirklich schön wird sie erst wieder im Sommer, dann sieht es bei uns aus wie in einem italienischen Badeort. Aber das wissen Sie ja, so lange waren Sie nicht weg. Vor ein paar Tagen hatten wir Nebel. Nein, es war gestern. Gestern?«

Lisa schloss ihre Wohnungstür auf, Finsternis und abgestandene Luft schlugen ihnen entgegen.

»Ich habe vergessen –. Ich habe Ihre Blumen nicht gegossen.«

»Sie hatten viel zu tun. Wichtigeres.«

»Wo soll ich anfangen? Ich war auf einem Pferdegrab. Das glauben Sie mir nicht? Doch, es gibt eines. In der Seestadt. Wir haben alles. Nur eislaufen darf man nicht, im Winter, auf dem See. Aber spazieren gehen, im Schnee.«

»Bringen wir es hinter uns.«

Lisa stellte ihre kleine Tasche in das Vorzimmer.

»Was bringen wir hinter uns?«

»Unsere Vergangenheit, Ihre, meine, oben bei Ihnen, aber erzählen Sie mir nicht alles, ich bin müde.«

»Jetzt sind Sie mir doch böse, wegen der Blumen. Ich kaufe Ihnen neue, aber vielleicht sind sie gar nicht verdorrt.«

»Doch. Wie ich. Gehen wir.«

Lisa wandte sich zur Tür und Kellermann folgte ihr hinaus ins Stiegenhaus. Sie gingen die Stufen hinauf. Oben öffnete er für Lisa seine Wohnungstür. Er sah, dass Stieglitz im Haus gegenüber das Fenster geöffnet hatte, als wollte er den beiden noch näher sein, sie belauschen. Kellerman zog die Vorhänge zu, Lisa sah die leere Whiskyflasche auf dem Tisch.

»Ich trinke nichts. Ich esse auch nichts.«

Sie setzte sich. Kellermann zeigte in seine Küche.

»Eine Kleinigkeit zu essen? Wenn Sie schon nichts trinken.«

»Meine Briefe haben Sie bekommen?«

»Und verstanden. Alles erledigt. Bis auf die Blumen.«

Kellermann legte den kleinen Schlüssel zu seinem Postfach auf den Tisch.

»Er gehört Ihnen, ich habe einen zweiten. Die Beute ist in Sicherheit, ich frage Sie nicht, wie die Sache steht, ob man Ihnen etwas nachweisen kann.«

»Ein paar Jahre, wenn man mir etwas nachweisen kann. Sie haben alles gefunden, sind Sie sicher?«

»Ihre Waschmaschine ist sauber.«

»Wie Ihr Skelett. Keine Ampullen, kein Bajonett. Bevor ich abgeholt und nach Hause geschickt wurde, durfte ich noch fernsehen. Hübsche Dame, sehr hübsch, ein wenig dumm, oder weiß sie, was sie in den Händen gehalten hat?«

»Ein Museumsstück.«

»Das ich schon einmal gesehen habe, in Ihrer Jacke, nach dem Mord am Radfahrer, das blutige Bajonett ist mir zu Boden gefallen. Aber ich wollte Ihnen helfen, Sie waren bei mir, den ganzen Abend, Butterbrote mit Schinken und Honig. Haben Sie für den Mord an Hofstätter auch ein Alibi?«

»Ein Pferdegrab, aber Sie waren mir lieber.«

»Wie viele Stiche? Ein zäher Bursche, dieser Hofstätter, einer, der nicht aufgeben kann, sterben schon gar nicht, Sie haben es geschafft.«

»Wenn ich jetzt antworte, haben Sie ein Geständnis.«

»Reden Sie nicht mit mir wie mit einem Kriminalbeamten. Ich bin Lisa. Ich habe das Morphin in drei verschiedenen Spitälern gestohlen, und vorher noch mehr aus den verschiedensten Giftschränken geholt. Ich lebe davon, und das gut, ein Leben, das Sie nicht kennen, genügt Ihnen das?«

»Fünf Stiche. Hat man mir gesagt. Ich kann mich nicht erinnern. Aber ich kann Sie beruhigen, er hat gelitten, sonst wären es nicht so viele geworden.«

»Der Kerl auf der Dachterrasse? Warum er?«

»Er wollte sich die Einstichwunde auf die Brust tätowieren lassen. Darf man das?«

»Ich meine es ernst.«

»Er war da, ganz einfach. Und er mochte mich.«

»Ich mag Sie auch. Muss ich jetzt Angst haben?«

»Ihnen würde ich nie etwas tun. Nie. Was wollte Hofstätter?«

»Ich glaube, es liegt auch an mir, ich gefalle den Männern. Aber in einer Einzelzelle müsste man doch seine Ruhe haben. Ich muss wieder zurück.«

»Wann?«

»Keine Ahnung. Es hängt davon ab. Ob es genug ist.«

»Sie meinen, zu viel. Zu viel Morphin. Deswegen haben Sie auch Hofstätter geschickt.«

»Weil Sie mir nicht geantwortet haben, kein Brief, keine versteckte Botschaft, Sie hätten mich auch nur besuchen müssen und nicken.«

Lisa nahm den Postfachschlüssel.

»Wo ist das Bajonett jetzt, Herr Kellermann? Damit ich beruhigt bin.«

»Sie brauchen keine Angst vor mir haben.«

»Damit es aufhört.«

»Hören Sie auf?«

Lisa ging zur Tür.

»Lisa, ich weiß es nicht. Warum ist es so wichtig, wo das Bajonett ist? In einem Studio, in ihrem Wohnmobil, sie ist jung, aber verlässlich, sie passt auf, und vor allem, sie hat keine Ahnung.«

»Sie ist sehr hübsch. Waren Sie bei ihr? Im Wohnmobil? Eine Mordwaffe drückt man ja nicht jemandem unter einer Straßenlaterne in die Hand.«

»Hübsch ist sie nur im Fernsehen, und wenn Sie wollen, besuchen wir sie. Morgen. Unten am See. Da ist nichts. Sie sind da, wieder in der Seestadt, bei mir.«

»Morgen bin ich müde, den ganzen Tag.«

»Am Abend. Wir gehen aus, Lisa. Wir sitzen wieder am See, Sie und ich.«

Kellermann drückte die Tür hinter Lisa zu. Er hörte ihre Schritte, die kleine Blechklappe seines Postfachs, wie sie geöffnet und nach einem kratzenden Geräusch wieder geschlossen wurde. Beinahe wäre er ihr nachgelaufen, um sie zu warnen, denn alles konnte eine Falle sein. Es war verdächtig genug, dass man sie mitten in der Nacht aus dem Gefängnis entlassen hatte. Jetzt brauchte man nur noch in ihre Wohnung eindringen, sie überraschen, sie stellen. Noch heute wäre sie wieder in ihrer Zelle. Doch Lisa war alt genug und clever, und es bestand die Gefahr, dass er sie doch noch umarmte, ihre Müdigkeit ausnützte und vielleicht schon heute an ihrer Seite lag.

Die Welt draußen war Kellermann gleichgültig. Es interessierten ihn weder die Nachrichten im Fernsehen noch das Haus gegenüber. Lisa war hier, und dass ihm mit ihr nicht viel Zeit bleiben würde, wusste er. Ihre Angst vor ihm rührte ihn, er hatte sie in ihren Augen vorhin gesehen. Oder Lisa war eine andere geworden, durch das Gefängnis, durch

Hofstätter. Allmählich würde sie wieder weichherzig werden, zärtlich, nicht so abweisend wie vorhin. Härte und Lisa passten nicht zusammen, aber Kellermann verstand es, dass sich dieses zarte Geschöpf noch schützen musste.

Er lauschte nach unten, hörte sie aber nicht. Sie war offenbar ohne ihre geliebte Dusche ins Bett gefallen. Alles an ihr stimmte. Die Müdigkeit, ihr Vorwurf an ihn, sie im Gefängnis nicht besucht und ihr nicht einmal einen Brief geschrieben zu haben. Sie war auf sich allein gestellt, alles, was er für sie getan hatte, war das Durchsuchen einer Waschmaschine. Kellermann hatte Lisa wie ihre Blumen verdorren lassen. Ihm fielen Dominik und Hofstätter ein, aber auch die beiden waren nicht für Lisa gestorben, sondern weil sie sich angeboten hatten und Kellermann nichts anderes übrigblieb, als etwas zu unternehmen, um wieder seine Ruhe zu haben.

Kellermann zwang sich zur Ruhe, auch zu klaren Gedanken. Stieglitz kam es auf einen Mord mehr oder weniger nicht an, er wollte nur schnell den nächsten. Den wichtigsten. Um Kellermann beim Töten zu stellen. Kellermann musste damit rechnen, in dem Augenblick des Zustechens einen kurzen Schmerz im eigenen Körper zu verspüren, eine Explosion im Kopf. Wie oft würde Stieglitz schießen? Vorerst dreimal, um Kellermann außer Gefecht zu setzen, zwei weitere Male aus Hass, und dann noch weiter, um endlich auf seine Kosten zu kommen, aus Lust am Töten. Wie viele Patronen hatte das Magazin in seiner Pistole? Kellermann wurde übel, weil jede einzelne für ihn bestimmt war. Wenigstens konnte er den Zeitpunkt bestimmen. Bis dahin würde der Pitbull ihm hinterherhecheln, ihn nicht mehr aus den Augen lassen, bei jeder Bewegung Kellermanns aufspringen und aus dem trostlosen Zimmer mit den zwei Stühlen hetzen. Kellermann konnte nicht einmal den Halbstock hinuntergehen, leise an die Tür klopfen, damit Stieglitz von gegenüber nicht das Klingeln hörte, Lisa wecken und ohne viel zu erklären mit ihr das Haus verlassen, um woanders eine neue Zukunft zu beginnen.

Er ging ans Fenster und bog vorsichtig zwei Lamellen auseinander. Trotzdem schlug die Jalousie gegen das Glas, und die Zugschnur pendelte am Fenster hin und her. Kellermann hatte zwar das Licht abgedreht, aber Stieglitz sah ihn jetzt wahrscheinlich durch ein Fernglas, auf jeden Fall mit offenen Augen, auf der Wache, und nur ein Idiot glaubte ihm, dass er betrunken war. Drei Flaschen Wein, aber nur eine hatte es in dem trostlosen Zimmer gegeben. Damit sollte Kellermann sorglos und übermütig gemacht werden, damit er noch in dieser Nacht hinausging, das Bajonett aus dem Wohnmobil holte und in einer der verbliebenen Gassen zustach. Doch Stieglitz hatte nicht mit Lisa gerechnet. Der Pitbull hatte sich gekrümmt, befohlen, gebettelt, und trotzdem war ihm Kellermann entkommen, hatte er eine knappe Viertelstunde mit Lisa verbracht. Morgen würde es kein ganzer Tag sein, aber ein schöner Abend. Bis zehn. Bis dahin musste er ihr alles gestanden haben, und sie würde über seine Fußfessel lachen, denn sie könnte selbst irgendwann eine tragen, und in der Sonnenallee bekämen die herumstreunenden Polizisten einen Menschen zu sehen, obwohl es zwei waren, eng umschlungen, voller Freude auf das Schlafzimmer im Erdgeschoss oder einen Halbstock höher.

Kellermann wollte schon die zwei Lamellen der Jalousie loslassen, als er Stieglitz sah. Er wirkte nicht müde, aber er kümmerte sich nicht um Kellermann. Er zog seinen Vorhang so heftig zu, als wollte er ihn herunterreißen, wütend, oder eben wie ein Mensch, der sich nicht mehr im Griff hatte. Ein Spalt blieb offen. Für den Rücken von Stieglitz, seine Nackenhaare, die gestikulierenden Hände. Er sprach mit jemandem, aber an seinem Ohr war kein Telefon zu sehen. Er wurde heftig. Dann erkannte Kellermann, dass Stieglitz mit einer Frau schrie. Er hörte, wie sie sich mit ebenfalls lauter Stimme wehrte, und Kellermann konnte eine schlanke Hand erkennen, als Stieglitz den Vorhang ganz zuzog, Haare, das Gesicht im Profil.

Es war ein Aufblitzen, zu kurz für ein Phantombild, aber lang genug, dass Kellermann es nicht glauben wollte. Er taumelte vom Balkon in sein Zimmer zurück, stieß gegen John, und weil er auch aus der Wohnung unter ihm noch immer nichts hörte, ging er einen Stock tiefer, klingelte an Lisas Tür, schlug dagegen, trat sie fast ein. Wenn Lisa öffnete, würde er sie um Verzeihung bitten, sich vor ihr niederknien, nicht viel erklären, nur lügen, von einem Albtraum reden, ihn aber nicht beschreiben, weil sie ihn nicht verstehen würde.

Im nächsten Augenblick zog er sich aber wieder zurück und ging hinaus in seine Wohnung. Warum sollte es nicht doch ein Albtraum gewesen sein, ohne Schlaf, aber überreizt, ständig blitzte es irgendwo auf, kamen Kellermann am helllichten Tag die Gesichter der Toten unter, warum nicht zur Abwechslung eine Lebende hinter einem Vorhang? Es war doch nur natürlich, dass sein Gehirn Lisas Atem gespürt hatte, war sie da, überall, wohin er auch blickte. Kellermann schloss die Augen, und er hatte recht gehabt. Er sah Lisa. Warum also nicht auch im Haus gegenüber? Er öffnete die Augen. Sie war da, und nichts war einfacher, als sich ihr Gesicht im Kopf des Skeletts vorzustellen. Lisa war eine Diebin, aber ihn hatte sie noch nie betrogen. Nicht einmal mit Hofstätter. Weder in ihrer Zelle noch in seinem Amtszimmer. Sie hätte es ihm erzählt, oder er hätte es ihr angemerkt. Kellermann schwor sich, allen zu misstrauen, nur nicht Lisa. Todmüde war sie. Deswegen hatte sie das Klingeln nicht gehört, einfach weitergeschlafen oder sich die Bettdecke über den Kopf gezogen, als er gegen die Tür getreten hatte.

Kellermann ließ aus einem Fläschchen Tropfen auf ein Stück Zucker fallen. Zuletzt hatte er das Medikament vor Jahren genommen, vor wichtigen Operationen, stärker als

Baldrian, schwächer als Psychopax. Als er die Nachttischlampe ausschaltete, hörte er Lisa. Nicht sie, aber eine Tür in ihrer Wohnung, die sie öffnete und kurz danach wieder schloss. Sie war nicht eben nach Hause gekommen, sondern bestimmt nur aufgestanden und in die Küche gegangen, um einen Schluck Wasser zu trinken. Kellermann kannte ihre Zimmer, gerade vor dem Einschlafen lebte er oft unten bei Lisa und nicht hier oben. Er hielt den Atem an, weil Lisa wieder in ihr Bett schlüpfte. Kellermann schloss die Augen, und er sah, wie sie beide schliefen.

Der nächste Tag begann für Kellermann erst am Abend, als sei die Finsternis des herankommenden Winters die richtige Zeit für den Spaziergang mit Lisa durch die kleine Stadt. Er würde nicht Arm in Arm mit ihr durch die Gassen gehen, um nicht den Neid der anderen zu erwecken, und vor allem musste Kellermann noch klären, ob sie wirklich die Unschuldige war, für die er sie bisher gehalten hatte. Seine Träume hatten ihn beruhigt, doch in den kurzen Zeiten des Aufwachens war sie ihm als Mensch mit zwei Gesichtern erschienen, als eine, die ihn verraten könnte. Kellermann schob die Zweifel an ihr auf die Kräfte des Schlafmittels, aber es gab die Frau am Fenster gegenüber. Sollte es Lisa gewesen sein, wäre der heutige Tag der letzte ihres Lebens. Zum ersten Mal würde er aus Leidenschaft töten, aus Hass. Verräter gehörten vernichtet.

Kellermann zog seinen Mantel an. Zum ersten Mal in der Seestadt, zum ersten Mal seit sieben Jahren. Nur nicht wieder ins Gefängnis.

»Ich schwöre es. Nie wieder.«

John antwortete nicht, er behielt auch seine steinerne Miene, als Kellermann warm angezogen vor ihn trat.

»Den Körper für die Medizin, das war eine gute Idee, aber ob man einen Serienmörder nimmt?«

Nachdem Kellermann die Tür hinter sich hatte zufallen lassen, drehte er den Schlüssel zweimal im Schloss um. Lisa empfing ihn unten vor ihrer Wohnung mit einer langen Umarmung. Sie drückte ihn an sich, er spürte, wie sich sein Körper dagegen wehrte. Er versuchte ihre Augen zu sehen, ob sie logen, ihren Blick bei ihren ersten Schritten hinaus auf die Sonnenallee. Lisa sah nicht hinüber, nicht hinauf, es schien, als gäbe es für sie auf der anderen Seite kein Haus, kein Fenster im dritten Stock.

Eine unglaubliche Freude umfing Kellermann, ein Glücksgefühl, wie er es sonst nur kannte, wenn er einen Mord begangen hatte. Er stieß auch mit Lisa kurz zusammen, obwohl der Gehsteig breit genug war, er hatte den Eindruck, dass sie ihm nahe sein wollte. Er winkelte den Arm ab, doch Lisa übersah diese Geste. Es war noch Zeit, den ganzen Abend, irgendwann würde sie sich einhaken, ihn dann bei jedem Schritt mit ihren Hüften berühren, wie das Bajonett mit ihm verschmelzen. Die Sonnenallee war erst der Anfang für diese Nacht, die Avenue der Seestadt die Straße zu einem großen Glück. Kellermann blieb stehen, blickte nach oben. Eigentlich wollte er etwas über die jungen Bäume sagen, über ihre Ähnlichkeit mit der Liebe, und dass sie wachsen würde. Doch es kam etwas aus dem Himmel, was ihm noch gelegener war.

»Lisa, sehen Sie? Schnee. Die ersten Schneeflocken.«

»Oder Staub.«

»Oder Staub.«

Kellermann hatte in der Seestadt selten nach oben geblickt, bei den Morden in den Gassen nie, und Lisa mochte recht haben, im Sommer umkreisten die Straßenlampen Insekten, jetzt wurde in ihrem Licht der feine Sand der Steppe sichtbar. Lisa blieb unter dem Schild der Janis-Joplin-Promenade stehen.

»Trotzdem ist es schön, Herr Kellermann. Oder kommt es nur mir so vor, nach dem Gefängnis?«

»Wir leben in der schönsten Stadt der Welt, einverstanden?«

Der Motor eines Autos heulte neben ihnen auf, und der Lenker rief ihnen aus dem halb geöffneten Fenster zu:

»Ich wäre an Ihrer Stelle vorsichtiger, unser Serienmörder läuft noch immer frei herum.«

Kellermann und Lisa hatten den Wagen überhört, aber vielleicht war er ihnen schon längere Zeit langsam und lautlos gefolgt, im Schritttempo von der Sonnenallee bis her zur Janis-Joplin-Promenade. Stieglitz beugte sich jetzt aus dem Wagenfenster, lächelte.

»Wir kriegen ihn. Was meinen Sie, Herr Kellermann, kriege ich ihn?«

»Keine Ahnung.«

»Frau Bruckner?«

»Nie.«

»Haben Sie das gehört, Herr Kellermann? Nie. Gratuliere. Es sieht aus, als müsste ich dann ewig hier bleiben, in der schönsten Stadt der Welt, ich habe zugehört, Sie waren sehr vertieft, und Sie sind heute Abend auch lauter als sonst, keine Katze, die durch die Gassen schleicht, Sie werden romantisch, Herr Kellermann, das gefällt mir nicht, wir haben doch etwas ganz anderes vor, oder? Oder???«

Stieglitz bedeutete Kellermann, näherzukommen.

»Sehen Sie, auf meinem Rücksitz.«

Kellermann musste die Hand an seine Stirn legen, um das Licht der Straßenlaterne in der Janis-Joplin-Promenade abzuschatten. Das pralle Kuvert aus seinem Postfach lag offen da, wie hingelegt.

»Herr Kellermann, ich habe gelogen, mir fällt doch noch etwas ein. Im Gefängnis hat sie Lisa Seestadt geheißen. Man kann sie kaufen. Ob mit Geld, weiß ich nicht, aber mit Freiheit, die liebt sie über alles. Sie ist störrisch, das Wichtigste hat sie mir noch nicht geliefert, aber es kommt, ganz sicher, wie der erste Schnee. Sie sind blind vor Liebe, Sie wissen gar nicht, wie dankbar ich Ihnen dafür bin, schon gestern sind Sie losgelaufen, als sie Lisa unten auf der Straße gesehen haben, weg aus meiner leeren Wohnung, ich versuche Sie zurückzuhalten, warne Sie, rede vom Miststück, dabei habe ich Lisa aus dem Gefängnis geholt.«

Kellermann richtete sich auf, und Stieglitz fuhr davon, während Lisa sich an die gelöcherte Stahlwand eines Vorgartens drückte.

»Herr Kellermann, er hat nichts, keinen Namen, nichts über Sie, ich schwöre es, es gibt keinen Mord.«

»Keine Ampullen, kein Morphin, nur die Wahrheit.«

»Ich habe geschwiegen. Darauf kommt es an. Ich gehe wieder ins Gefängnis.«

Kellermanns Handy klingelte. Er holte es aus seinem Mantel, hob ab. Es war noch einmal Stieglitz.

»Tut mir leid, dass ich vorhin laut geworden bin! Jetzt ist bei Ihnen die Hölle los, ich sehe es im Rückspiegel, aber noch sind wir nicht so weit. Sie sind heute ohne Bajonett unterwegs, Ihr Bajonett ist in sicheren Händen und gut aufgehoben, wo auch immer, aber schlagen Sie Lisa nicht, das habe ich schon getan, gekonnt, wenn Sie sie heute ausziehen. Der Bluterguss auf ihrem Rücken kommt vom Sturz, die Arme ist zwischen die zwei Stühle gefallen. Sind Sie noch da? Also. Sie hat nicht geredet. Sie sind unschuldig, Herr Kellermann. Bedanken Sie sich bei ihr, morgen wird sie wieder abgeholt, einen Versuch war es wert, wie so viele, der nächste kommt, bis bald.«

Stieglitz hatte wieder so laut geredet, dass Lisa in der Stille der ausgestorbenen Seestadt mithören konnte.

»Jetzt glauben Sie mir, Herr Kellermann.«

»Gestern habe ich Ihnen geglaubt.«

»Ich hätte Ihnen alles erzählt. Unten am See. Ich bin auf Ihrer Seite. Er hasst mich. Wollen Sie meinen Rücken sehen?«

»Sie haben mich ausgehorcht.«

»Ich war unfreundlich zu Ihnen, kalt, um Sie abzuschrecken, in Wahrheit verzweifelt, das ist alles.«

»Sie wollten alles von mir hören, das ist die Wahrheit. Wie viele Stiche für Hofstätter? Und der Kerl auf der Dachterrasse, warum er?«

»Ich weiß es, er auch, aber nicht von mir. Stieglitz hat gegen Sie nichts in der Hand. Ich werde Sie nie verraten.«

Musik dröhnte los. Am anderen Ufer des Sees waren erst wenige Jugendliche versammelt, aber es kamen andere hinzu.

»Kommen Sie, Herr Kellermann!«, drängte Liste. »Es sind meine Freunde, ich habe sie im Gefängnis kennengelernt. Sie haben gestohlen, wie ich, aber nur Kleinigkeiten, ich glaube, eine Uhr, eine Brieftasche, aber den Radfahrer muss jemand anderer umgebracht haben, sonst hätte man sie nicht entlassen, der Mörder läuft noch frei herum.«

Die Musik am anderen Ufer wurde durch Freudengebrüll übertönt, die Jugendlichen begrüßten einander mit Umarmungen, das Feuer in ihrer Mitte loderte höher. Lisa zog Kellermann von der Janis-Joplin-Promenade weg, und auf dem kurzen Stück zum See hinunter schrie sie ihm ins Ohr, dass sie die Freiheit über alles liebe, damit habe Stieglitz recht gehabt, aber ihn müsste man umbringen, dann wäre Ruhe, dann gäbe es morgen kein Gefängnis.

Kellermann wäre gerne mit Lisa auf der Bank gesessen, die in seinen Vorstellungen und Tagträumen so oft vorgekommen war, doch dazu war es zu kalt.

»Im Frühling sitzen wir wieder hier, Herr Kellermann, Sie wissen gar nicht, wie ich mich erst auf den Sommer freue, mein zweiter in der Seestadt, auch Ihrer, die unerträgliche Hitze, und auch Sie werden ins Wasser gehen, wir schwimmen von Ufer zu Ufer, wir lassen uns bräunen, und wenn wir Bier trinken, passen wir auf die Wespen auf.«

Kellermann bemerkte in diesem Augenblick die TV-Journalistin bei einer Gruppe Einheimischer, deren Gesichter er von Begegnungen in den Gassen kannte, und auch einige seiner ehemaligen Patienten waren darunter. Man gab Interviews, ließ sich das grelle Licht des Scheinwerfers auf der Kamera in die Augen leuchten, und als die Musik am anderen Ufer ausblieb, konnte Kellermann wilde Spekulationen über den Serienmörder der Seestadt hören. Von Untoten war die Rede, von einem französischen Soldaten, der vor zwei Jahrhunderten erstochen worden war und sich nun an den Lebenden rächte.

Wortführer in der Runde war ein Mann, der mehr als alle anderen an die Aura-Chirurgie geglaubt hatte. Die TV-Journalistin nickte ständig und zeigte ein interessiertes Gesicht, um noch mehr abenteuerliche Vermutungen und Theorien aus den Seestädtern herauszulocken. Lisa folgte Kellermanns Blick.

»Mit dieser Frau haben Sie sich eingelassen, Herr Kellermann? Sie macht alles, das sehen Sie doch, aber Sie haben recht, hübsch ist sie nur im Fernsehen, ich hätte ihr nichts anvertraut, sie schreckt vor nichts zurück. Diese Frau und Ihr Bajonett, Sie müssen wahnsinnig gewesen sein.«

»Es ist bei ihr gut aufgehoben, und sie hat mir versprochen ...«

»Versprochen, versprochen. Holen Sie es zurück. Jetzt. Ich glaube nicht an Untote und Geister, aber ich habe einen sechsten Sinn. Ich nehme es an mich, mich durchsucht Stieglitz nicht, aber Sie vielleicht. Er hat die Geduld verloren, er kann jetzt nicht mehr aufhören, verstehen Sie das nicht? Und diese Frau hat etwas vor mit Ihnen, sie ist falsch, Stieglitz war schon bei ihr, ich spüre es, ich weiß es.«

»Sie wissen es?«

»Haben Sie nie Ahnungen? Man muss doch einschreiten, bevor etwas passiert! Herr Kellermann, ich nehme das Ding an mich, gibt es einen größeren Beweis? Vertrauen Sie mir noch immer nicht?«

Kellermann versuchte in ihrem Gesicht die Wahrheit zu erkennen. Alles konnte eine perfekte Falle sein, eingefädelt von Stieglitz. Irgendwo in der Finsternis stand er vielleicht mit entsicherter Waffe. Kellermann musste nur noch mit dem Bajonett in den Händen angetroffen werden. Lisa redete weiter auf ihn ein.

»Sie sieht her zu uns, sie hasst mich, sie hat Angst vor mir. Sie will Sie für sich alleine haben. Nichts wie weg von hier, aber nicht zu Ihnen, auch nicht zu mir, in eine neue Wohnung, viele stehen leer, wir verschwinden, und wenn es nur für diese eine Nacht ist, aber vielleicht für immer.«

Die TV-Journalistin kam auf die beiden zu, Kellermann ging ihr entgegen, traf sie auf halbem Weg.

»Killerman! Sie sind überall, ich auch. Wie habe ich Ihnen gefallen? Eine junge Frau und eine Waffe hat die Menschen schon immer fasziniert. Ich ertrinke in Zuschriften, nicht nur Mails, auch Briefe. Sagen Sie nicht, das waren die weißen Handschuhe. Ich liebe die Seestadt und Sie doch auch.«

»Sie haben alles sehr gut gemacht, sehr gut. Jetzt brauche ich es aber wieder.«

»Das Bajonett? Wozu braucht man ein Bajonett? Ausgerechnet Sie, der Mann mit Witz, und so plötzlich? Eine gefährliche Waffe. Wenn man damit gesehen wird, geht es los, dann ist man der Serienmörder. Das wollen Sie sich doch nicht antun, warten Sie, bis man ihn hat, den wahren Täter. Fünf Tote, es werden mehr. Ich habe auch den ersten Schnee schon gestern gerochen und für heute Abend vorausgesagt.«

»Bitte, geben Sie mir das Bajonett.«

»Ich bin bei der Arbeit, das sehen Sie doch. Wir machen ein Interview mit Ihnen, damit Sie nicht umsonst gekommen sind, aber nur, wenn Sie wollen. Untote, eine ganz tolle Geschichte, ich möchte Ihre Meinung hören, aus Ihrem Mund.«

»Sie haben es versprochen.«

»Ach ja? Manche Versprechen kann man beim besten Willen nicht halten. Das Bajonett ist nicht mehr da. Gestohlen. Die Tür zu meinem Wohnmobil war aufgebrochen. Kommen Sie, ich zeige sie Ihnen, Sie ungläubiger Mensch, wenigstens hat sonst nichts gefehlt.«

»Gestohlen? Wann?«

»Wann, wann. Das ist doch egal, weg ist weg. In der letzten Nacht, zufrieden? Jetzt laufen Sie doch nicht gleich davon, Herr Kellermann! Man kümmert sich darum, ein Herr Stieglitz wird es finden.«

Kellermann kehrte zu Lisa zurück, streckte ihr seine Arme entgegen, er verschloss ihren Mund mit seiner Hand. Er musste nicht mehr schreien, er konnte flüstern, keine Musik störte ihn.

»Lisa, wir brauchen es nicht. Brauchst du ein Bajonett? Es ist irgendwo, weit weg, in Sicherheit, und wer weiß, wofür es gut ist.«

»Herr Kellermann, Sie haben du zu mir gesagt.«

»Sagen Sie nie wieder Herr Kellermann.«

»Aber wie sonst?«

»Sagen Sie John. Ich heiße Johannes, Hannes gefällt mir auch nicht, aber John. Er lebt ewig.«

»Warum ist es so still? Keine Musik.«

Kellermann sah am anderen Ufer die jungen Leute. Wie eingefrorene Figuren starrten sie zu ihnen her über den See, auf dem sich eine hauchdünne Eisdecke gebildet hatte, die aber schon bei leichtem Wind und kaum merkbaren Wellen zerbrach. Kellermanns Handy klingelte.

»Lisa hat mir Ihre Nummer gegeben. Im Gefängnis. Ich bin der Mann mit dem Feuerzeug. Ich bin hier am See. Wir sollten uns treffen. Oben, auf der Promenade.«

»Janis …?«

»In der Seestadt gibt es keine andere. Schade. Aber Janis war die Größte.«

Es wurde aufgelegt. Eine der Figuren löste sich aus der Gruppe der Jugendlichen am anderen Ufer. Jemand begann auf einer Gitarre zu spielen, aber es war keine Melodie von Cat Stevens.

»Lisa, du kennst ihn. Ich weiß nicht, ob er von dir etwas will oder von mir.«

Kellermann und Lisa warteten, bis der junge Mann zwischen zwei Straßenlaternen der Janis-Joplin-Promenade auftauchte. Lisa ging voran.

»Er ist ein netter Kerl. Er mag dich, John. Alle da drüben. Jeder kennt die Geschichte von der Wespe. Du hast einem Menschen das Leben gerettet.«

»Und ihn dann umgebracht.«

»Das ist ja das Schöne daran.«

Kellermann und Lisa gingen auf den jungen Mann zu.

»Herr Kellermann, ich muss mich entschuldigen.«

»Wofür? Sie waren immer nett, Sie haben mir zweimal Feuer gegeben.«

»Ich habe zu dick aufgetragen, dem Zeichner immer wieder gesagt, noch das und dies. Sie haben damals schrecklich ausgesehen, aber nicht so hässlich wie auf dem Phantombild. Deswegen hat man Sie auch nicht gefunden, das ist gut so. Um den Radfahrer ist nicht schade, um ihn nicht.«

»Was wollen Sie?«

»Frieden. Damit wir wieder in Ruhe Musik hören können. Jetzt sollte sein Bruder etwas von Janis spielen. Er kann es aber nicht. Hören Sie? Dominik hätte es gekonnt. Dominik hätte Piece of My Heart ausgesucht oder Cry Baby, und auch ein Plektron genommen, damit es schön laut wird.«

Der junge Mann öffnete seine Lederjacke. Beinahe wäre ihm das Bajonett zu Boden gefallen, er bekam es am Rohrstück zu fassen, hielt es ins Licht, als wollte er es allen zeigen, nicht nur Kellermann und Lisa.

»Die Uhr und die Geldtasche habe ich auch gestohlen. Ich war schon immer der Mutigste. Wann habe ich Ihnen das zweite Mal Feuer gegeben?«

»Bei den Kerzen.«

»Gutes Gedächtnis. Sie können sich an alles erinnern. An den alten Spinner, der sich für Columbo hält, an das Foto bei den Kerzen. Was stand auf dem kleinen Schildchen, eigentlich nur ein Stück von einer Schachtel, aber es war ehrlich gemeint. Einfach und ernst.«

»Rache für Dominik.«

Der junge Mann stach zu. Immer wieder. Er hatte es nicht nur auf das Herz von Kellermann abgesehen, sondern wollte alles vernichten. Der Mantel gab Kellermann Schutz, aber nicht lange, er platzte auf, Knöpfe fielen auf die Betonplatten der Janis-Joplin-Promenade, dann er selbst. Als er noch immer röchelte, trieb der junge Mann das Bajonett in seinen Hals, dann von unten durch den Gaumen in den Kopf. Lisa schrie, Kellermann rührte sich nicht mehr, der junge Mann taumelte, griff sich an die Brust, erst beim dritten Schuss in den Kopf ging er in die Knie.

Stieglitz lief heran, er richtete abwechselnd seine Pistole auf die beiden Toten, er steckte sie ein, er rief über sein Handy die Rettung, tippte dann eine weitere Nummer.

»Vorbei, es ist alles vorbei. Aber es ist alles anders. Ich kann nichts dafür.«

Die Gitarre verstummte, die Musik dröhnte wieder auf, lauter als jemals zuvor, die TV-Journalistin jagte ihren Kameramann über das Seeufer herauf zur Janis-Joplin-Promenade.

Stieglitz versuchte vergeblich, Lisa von Kellermann wegzuschieben, und als sie schrie, sie habe Dominik umgebracht, ihn mit Psychopax vergiftet, John sei unschuldig, schlug er ihr mit der Faust ins Gesicht. Er wollte auch noch das Bajonett mit dem Fuß zu Kellermanns Hand schieben, doch er begriff, wie unsinnig es wäre, gerade jetzt aus Kellermann einen Mörder zu machen, und er trat beiseite.

Der Schneefall wurde dichter, die Flocken zerflossen noch im warmen Blut, aber bald würde eine weiße Decke die ganze Seestadt verhüllen.

Als das Scheinwerferlicht der Kamera Kellermanns Gesicht für die ersten Großaufnahmen traf, leuchtete seine Iris auf, geweitet und als hellblauer Sternenkranz von unglaublicher Schönheit, Killerman hatte im letzten Augenblick seinen Tod noch begriffen, wie Brigitte, wie die anderen.

ENDE